芳賀紀雄監修
鉄野昌弘
奥村和美編

萬葉集研究

第三十七集

塙書房刊

はしがき

『萬葉集研究』第一集の「はしがき」には、昭和四十七年三月三日の日付が記されている。それから四十四年の月日が経ち、元号は昭和から平成へと改まって、『萬葉集研究』は第三十五集までの刊行を積み重ねてきた。

この第三十六集より、芳賀紀雄先生の監修のもと、鉄野昌弘・奥村和美が編輯に当たることになった。編輯の両名は、上代文学の勉強を始める前から、『萬葉集研究』が存在していた世代である。分量に制限されることなく掲載されるスケールの大きい諸論文に、どれだけ教えられ、また刺激を受けて来たかわからない。執筆の機会を与えられ、考えを自由に書き記すことができたのも、振り返ってみれば大切な経験であった。自らの力量を省みず、編輯の任を引きうけたのは、これまでの執筆者、また監修・編輯の諸先生に与えられた学恩に、いささかでも報いたいと思うからである。

第一集の「はしがき」の冒頭に、「万葉集の研究は近来ますます盛であり」とある状況は、残念ながら今日も同じとは言えない（これまでの「はしがき」は巻末を参照されたい）。あまつさえ、文学、いや人文学全体までが不要などと公言される世相である。しかしそれはむしろ、立場を超えた共感を創出する文学とその研究の必要性が、現在ほど高まった時代は無いことを表わしている。『萬葉集研究』は、その大事な橋頭堡の一つであると信ずる。今後も、定期的に刊行してゆきたいと考えている。一層のご支援を賜れば幸いである。

終わりに、本書の続刊を、変わらぬ熱意をもって推進された塙書房社長白石タイ氏に敬意を表し、編集に携わられた寺島正行氏に感謝申し上げる。

二〇一六年十月

編　者　識

目　次

目　次

『万葉集研究』第三十七集

大伴旅人考――〈遊於松浦河〉〈龍の馬〉と『楚辞』――

荻原千鶴

はじめに

『万葉集』巻五の前半部は、大伴旅人・山上憶良らの贈答を中心とした漢文や歌等であるが、そのうちいくつかは作者記名がなく、作者の推定をめぐってさまざまな論議が交わされてきた。本稿は、そのうちの〈遊於松浦河〉の序と歌について作者の考証を試み、〈梅花宴〉〈龍の馬〉などについての考察をも通して、旅人の作品世界について考究するものである。作品のまとまりをあらわすために、便宜的に以下の略称を用いる。

A〈龍の馬〉　806前置文、806～809
B〈梧桐日本琴〉　810前置文、810～811、812前置文、812
C〈鎮懐石〉　813前置文、813、814
D〈梅花宴〉　815前置文、815～846、847～848、849～852

E〈遊於松浦河〉853前置文（序）、853〜863　864前置文、864〜867

F〈憶良謹啓〉868前置文、868〜870

G〈領巾麾之嶺〉871前置文、871〜875

一　〈遊於松浦河〉の作者研究史をめぐって

E〈遊於松浦河〉については、後半部の吉田宜の返信に関わる部分を除く前半部は、序・歌（853〜863の十一首）ともにすべて作者記名がなく、それぞれについて作者の推定をめぐり、多くの説が提出されている。(1)

松浦河に遊ぶ序

余《われ》、暫《しばら》く松浦の県《あがた》に往きて逍遙し、聊《いささ》かに玉嶋の潭《ふち》に臨みて遊覧するに、忽《たちま》ちに魚を釣る女子《をとめら》等に値《あ》ひぬ。花容双《なら》びなく、光儀匹《たぐひ》なし。柳葉を眉中に開き、桃花を頬上《けふじやう》に発《ひら》く。意気は雲を凌ぎ、風流は世に絶えたり。僕《われ》問ひて曰はく、「誰《た》が郷、誰が家の児《こ》らそ。若《も》し疑ふらくは神仙の者ならむか」といふ。娘《をとめら》等皆咲《わら》ひて答へて曰はく、「児等《こら》は漁夫の舎《いへ》の児、草庵の微《いや》しき者なり。郷もなく家もなし、何そ称《あ》げ云《い》ふに足らむや。唯性《ただひととなり》水に便《なら》ひ、復《また》心山を楽しぶ。或いは洛浦《らくほ》に臨みて徒《いたづら》に王魚《わうぎよ》を羨《ねが》ひ、巫峡《ふけふ》に臥して空しく煙霞を望む。今邂逅《たまさか》に貴客に相遇《あ》ひ、感応に勝《あ》へず、輙《すなは》ち欵曲《くわんきよく》を陳《の》ぶ。今より後、豈偕老《あにかいらう》にあらざるべけむ」といふ。下官《われ》対《こた》へて曰はく、「唯々《をを》。敬《つつし》みて芳命を奉《うけたまは》る」といふ。時に日は山の西に落ち、驪馬《りばい》去なむとす。遂《つひ》に懐抱《くわいはう》を申《の》べ、因《よ》りて詠歌を贈りて曰はく

阿佐理須流《あさりする》　阿末能古等母等《あまのこどもと》　比得波伊倍騰《ひとはいへど》　美流尓之良延奴《みるにしらえぬ》　有麻必等能古等《うまひとのこと》　（853）

答詩曰

多麻之末能《たましまの》　許能可波加美尓《このかはかみに》　伊返波阿礼騰《いへはあれど》　吉美乎夜佐之美《きみをやさしみ》　阿良波佐受阿利吉《あらはさずありき》　（854）

蓬客等更贈歌三首

麻都良河波《まつらがは》　可波能世比可利《かはのせひかり》　阿由都流等《あゆつると》　多々勢流伊毛河《たたせるいもが》　毛能須蘇奴例奴《ものすそぬれぬ》　（855）

麻都良奈流《まつらなる》　多麻之麻河波尓《たましまがはに》　阿由都流等《あゆつると》　多々世流古良何《たたせるこらが》　伊弊遅斯良受毛《いへぢしらずも》　（856）

等富都比等《とほつひと》　末都良能加波尓《まつらのかはに》　和可由都流《わかゆつる》　伊毛我多毛等乎《いもがたもとを》　和礼許曽末加米《われこそまかめ》　（857）

娘等更報歌三首

和可由都流《わかゆつる》　麻都良能可波能《まつらのかはの》　可波奈美能《かはなみの》　奈美迩之母波婆《なみにしもはば》　和礼故飛米夜母《われこひめやも》　（858）

波流佐礼婆《はるされば》　和伎覇能佐刀能《わぎへのさとの》　加波度尓波《かはとには》　阿由故佐婆斯留《あゆこさばしる》　吉美麻知我弖尓《きみまちがてに》　（859）

麻都良我波《まつらがは》　奈々勢能與騰波《ななせのよどは》　与等武等毛《よどむとも》　和礼波与騰麻受《われはよどまず》　吉美遠志麻多武《きみをしまたむ》　（860）

後人追和之詩三首帥老

麻都良河波《まつらがは》　可波能世波夜美《かはのせはやみ》　久礼奈為能《くれなゐの》　母能須蘇奴例弖《ものすそぬれて》　阿由可都流良武《あゆかつるらむ》　（861）

比等未奈能《ひとみなの》　美良武麻都良能《みらむまつらの》　多麻志末乎《たましまを》　美受弖夜和礼波《みずてやわれは》　故飛都々遠良武《こひつつをらむ》　（862）

麻都良河波《まつらがは》　多麻斯麻能有良尓《たましまのうらに》　和可由都流《わかゆつる》　伊毛良遠美良牟《いもらをみらむ》　比等能等母斯佐《ひとのともしさ》　（863）

巻五には作者記名のない漢文や歌が多いが、旅人と憶良を中心とした限られた時期の限られた空間に集う人々の作だと考えられるため、作者の考証が研究の中心的な課題として行われてきた。歌については巻五が一字一音式の表記を主体としているため、仮名遣いを根拠として作者を考察する研究が、多くの先達によって蓄積されてきている。ことに有坂秀世氏（2）が、巻五には他の『万葉集』の巻にはみられない「モ」の上代特殊仮名遣いの甲乙の書き分けがみられることを指摘されたのは重要で、有坂氏は、旅人・憶良など巻五の主要な作者が「七十代又は六十代の高齢者であるため」そうした文字遣いが保存されたのであるとされた。筆録者がすなわち作者であるかどうかは即断できないわけだが、巻五の場合、それぞれの歌の作者本人の筆録が残されている可能性のきわめて高いことが、その後の研究の中でも縷々示唆されてきているととらえてよいと思う。作者記名のある歌については、作者によって仮名遣いに特色があり、旅人作歌と憶良作歌では使用仮名字母に大きな違いがあること、ことに憶良作歌にはたいそう特徴的な仮名遣いがみられること、憶良作歌の用字は、時間的にやや変化があることなどが稲岡耕二氏[3]を中心に指摘されてきている。これらを勘案すると、その文字遣いは、作者個々の用いた用字をそのまま残している場合が多いと考えてよいと思う。

後注に記したように、E〈遊於松浦河〉前半部の作者推定の研究史は複雑だが、今ここでは最も重要な観点を提示していると考えられる稲岡耕二氏の業績を中心に据えながら、問題点を考える方法をとりたい。稲岡氏は、仮名字母使用傾向から漢文序と853・854を旅人作、上代特殊仮名遣いの「モ」の書き分けの違例を生じていることから、855～860を旅人に随行した大宰府官人作、憶良作歌に特徴的な同字再使用率の高さなどから後人追和之詩三首(861～863)を憶良作とされ、追和三首は憶良があとから旅人や随行の人々に唱和したものであり、861の題詞に「帥老」の注記があるのは誤記とされた[4]。しかし稲岡氏はその後、見解を変えられた。追和三首が憶良の歌であるとすると、「帥老」を誤記と考えざるを得なくなること、憶良がこの三首のような無難な追和をする意味がはたしてあったのかという点に違和感を生ずること、松浦河の作を示された憶良のF〈憶良謹啓〉の大仰さに揶揄や諧謔が読み取れること、さらには旅人と憶良の間に深い理解にもとづいた交流がみられることなどから、稲岡氏はこの三首については、仮名字母選択のしかたは憶良的だが、実は旅人の作であると考えを改められた。旅人が憶良を思わせる文字遣いによって、同行できなかった人の立場の歌を作り、それを憶良に見せる、といった戯れであったとされた。憶良がこれらの歌を旅人から受け取ったとき、

憶良君、君ノ同行シナカッタコトハ甚ダ残念ダッタ。恐ラク君自身モ、コレラノ歌々ヲ見テ、行カレナカッタコトヲ口惜シク思ウニ違イナイト私ハ考エル。ソコデ太宰府ニ残ッタ人ノ気持ヲ代弁スル歌モ、私ガカワリニ作ッテ加エテオイタ。ハタシテ君ノ気持ニカナウダロウカ、ドウダロウカ。

というふうに旅人が語りかけてくるのを憶良は「師老」の注記から読みとったのではなかろうか、と稲岡氏は述べられている。(5) 私は、稲岡氏のこの考え方を、たいへん重要な観点を提示されたものと考える。

[D]〈梅花宴〉についても触れておきたい。[D]は、梅花の宴に集った各人記名の歌（815〜846）の後に、「員外思故郷歌両首」（847〜848）と「後追和梅歌四首」（849〜852）があり、ここにだけは記名がない。

員外思故郷歌両首

和我佐可理《わがさかり》　伊多久々多知奴《いたくくたちぬ》　久毛尓得夫《くもにとぶ》　久須利波武等母《くすりはむとも》　麻多遠知米也母《またをちめやも》（847）

久毛尓得夫《くもにとぶ》　久須利波牟用波《くすりはむよは》　美也古弥婆《みやこみば》　伊夜之吉阿何微《いやしきあがみ》　麻多越知奴倍之《またをちぬべし》（848）

後追和梅歌四首

能許利多流《のこりたる》　由棄仁末自例留《ゆきにまじれる》　宇梅能半奈《うめのはな》　半也久奈知利曽《はやくなちりそ》　由吉波気奴等勿《ゆきはけぬとも》（849）

由吉能伊呂遠《ゆきのいろを》　有婆比弖佐家流《うばひてさける》　有米能波奈《うめのはな》　伊麻左加利奈利《いまさかりなり》　弥牟必登母我聞《みむひともがも》（850）

和我夜度尓《わがやどに》　左加里尓散家留《さかりにさける》　宇梅能波奈《うめのはな》　知流倍久奈里奴《ちるべくなりぬ》　美牟必登聞我母《みむひともがも》（851）

烏梅能波奈《うめのはな》　伊米尓加多良久《いめにかたらく》　美也備多流《みやびたる》　波奈等阿例母布《はなとあれもふ》　左気尓于可倍許曽《さけにうかべこそ》一云「伊多豆良尓《いたづらに》　阿例乎知良須《あれをちらす》奈《な》　左気尓于可倍許曽《さけにうかべこそ》」（852）

「員外」「追和」として、宴席の正規のメンバーではなかった者、あるいは宴席に参加しなかった者の立場から詠まれているのだが、稲岡氏は、「モ」の甲乙書き分けが整然となされ、B用字圏に親近し、巻五で旅人の歌にしばしば現れる字が多用されているため、旅人作であると推定された。首肯される説であると思う。(6)(7)

ここで注意したいことは、旅人がみずから主宰し、みずからも参加していた集団詠の後に、列席していなかった人の歌であるとして、自作の歌を旅人自身が作者であることを文字遣いによって露わにしながら加えるということをしていることだ。文字遣いによって露わにしながら、というのは、わかる人が見ればこれは旅人の作であり、旅人があえて宴の主催者大宰帥ではないことを装いながら、旅人自身の感慨を歌にしているのだ、ということが、わかる人にはわかる仕組みになっている、ということだ。わかる人とは、この場合、これらの歌を見せられた吉田宜であり、また山上憶良だと思われる。以上、旅人は、それがわかる人にはわかることを前提としつつ、自らが関わった歌（歌群）への追和歌を、別人を装って自作し、「わかる人」に提示することがある、ということに留意しつつ、次に進みたい。

二　〈遊於松浦河〉前半部の作者について――随行官人は関与しているか

前節に述べたように、稲岡氏はE〈遊於松浦河〉の序と853・854については旅人作、861～863については、旅人が憶良を装って唱和し、憶良に提示したものであるとされた。私もそれを前提にする。問題は855～860である。853～863を次のように三グループに分けて考える。

第一グループ　853～854「贈詠歌曰」「答詩曰」

第二グループ　855〜860「蓬客等更贈歌三首」「娘等更報歌三首」
第三グループ　861〜863「後人追和之詩三首帥老」

第一・第三グループはモの甲乙書き分けがあるが、第二グループには違例がみられる。そこから稲岡氏は、855〜860（第二グループ）を旅人・憶良以外の人物の作であるとされた。また旅人作と想定される853〜854（第一グループ）は、淡々とした序の世界の範囲内のものであるのに対し、「蓬客等更贈歌三首」「娘等更報歌三首」（第二グループ）については「愛の交歓の極めて現実的な口吻」がみられ、当初の旅人の意図からのずれを生じているとし、随行の人々の歌は旅人の本来の意図からは離れて、仙女と男性たちとの贈答が次々に加えられるといった方向に流れていっており、表記からも内容からも、旅人の作とは考えにくい、と稲岡氏は結論づけられている。(8)

第二グループと第三グループの間には、モの甲乙の書き分けの有無という大きな相違がある。しかしまた第二グループと第三グループは、意外なほどに使用語彙とそれを表記する文字遣いの共通性が高いのである。左に示すように「和可由都流《わかゆつる》」が857・858（第二）と863（第三）に、「阿由都流《あゆつる》」が855・856（第二）と861（第三）にあり、同じ語句が全く同じ表記で第二グループにも第三グループにも現れる。同様にして、「麻都良河波《まつらがは》」(9)が855（第二）と861・863（第三）に、「麻都良《まつら》」が856・858・860（第二）と862（第三）に、「可波能世《かはのせ》」が855（第二）と861（第三）に、「故《こ》飛《ひ》」（かなり特異な用字である）が858（第二）と862（第三）に、「須蘇奴例《すそぬれ》」（かなり特異な用字である）が855（第二）と861（第三）に、全く同じ表記で第二グループにも第三グループにも現れる。一般的な語彙ながら、「比等《ひと》」（第二の857と第三の862・863）・「伊毛《いも》」（第二の855・857と第三の863）・「和礼」（第二の857・858・860と第三の862）についても全く同じことがいえる。

蓬客等更贈歌三首

麻都良河波　可波能世比可利　阿由都流等　多々勢流伊毛河　毛能須蘇奴例奴　(855)

麻都良奈流　多麻之麻河波尓　阿由都流等　多々世流古良何　伊弊遅斯良受毛　(856)

等富都比等　末都良能加波尓　和可由都流　伊毛我多毛等乎　和礼許曽末加米　(857)

娘等更報歌三首

和可由都流　麻都良能可波能　可波奈美能　奈美迩之母波婆　和礼故飛米夜母　(858)

波流佐礼婆　和伎覇能佐刀能　加波度尓波　阿由故佐婆斯留　吉美麻知我弖尓　(859)

麻都良我波　奈々勢能與騰波　与等武等毛　和礼波与騰麻受　吉美遠志麻多武　(860)

後人追和之詩三首帥老

麻都良河波　可波能世波夜美　久礼奈為能　母能須蘇奴例弖　阿由可都流良武　(861)

比等未奈能　美良武麻都良能　多麻志末乎　美受弖夜和礼波　故飛都々遠良武　(862)

麻都良河波　多麻斯麻能有良尓　和可由都流　伊毛良遠美良牟　比等能等母斯佐　(863)

第二グループ

第三グループ

こうしてみると第二グループで用いられた語彙とその表記が、第三グループにもそのまま用いられていることがわかる。第二グループと第三グループの使用語彙、およびそれを表記する文字遣いはきわめて近しく、第二グループの歌を書き表した意識をそのまま持続させて、第三グループの歌が書かれているともいえるのだ。

第三グループの歌は、第二グループの語彙にそのほとんどを依存し、表記もそのままなぞっている。このことは何を意味するだろうか。第三グループの作者が、自身の意図とは無関係にたまたま展開された第二グループに触れ、その語彙や表記を参考に第三グループの歌を作り書記したとは考えにくい。第三グループは旅人が憶良の文字遣いを意図的に模倣して作歌するという、文字遣いに関しきわめて目的意識の高い営みによって成っているからだ。このことは、第二グループもまた、第三グループと同じ人物による意図的な文字遣いによってしたためられたことを表す。すなわち旅人によって、旅人・憶良以外の者を装って作歌されたのが第二グループと考えられる。

第二グループは「モ」の上代特殊仮名遣いの書き分けがない。このことが従来、第二グループを旅人・憶良以外の人物の作を想定する根拠となってきた。しかし、「モ」の甲乙の使い分けをすることができない人間が、できる人間の表記を装うことは平易ではないが、逆に「モ」の甲乙の使い分けをすることができる人間が、できない人間の表記を装うことは、なんの造作もないことである。この玉嶋川遊覧が想定される天平二年四月についていうならば、おそらく旅人が官人たちを連れて松浦の玉嶋に出かけるなどということはなかったのだと思われる（後述）。しかし、あたかも皆で出かけたように装い、旅人の序と問答歌（第一グループ）による「釣魚女子等との邂逅」という虚構設定に対して、同行者たちの詠作が序における旅人の意図とはやや異なる方向に展開していった、という局面を仮構することが、第二グループの存在意義であると考える。実際には第二グループが官人たちの詠作ではないからこそ、旅人は憶良を思わせる人物を装ってわざわざ「人皆の」(10)(862)と言い、あたかも官人ら複数の人々での遊覧があったかのようにうたってみせているのである。

序から863までを旅人から送られた憶良が、序から順番に読み進め、第三グループにいたったときに、憶良は旅人が自分（憶良）を思わせる文字遣いをあえてしてみせていることに気づく。そこから憶良が「旅人の装い」という目でもう一度翻って第二グループを読み直したときに、第二グループも旅人が他者を装って記していることに気づき、第二グループから第三グループへの流れ全体によって、旅人が自分（憶良）をからかっていることに気づくしかけになっている。憶良は自分の文字遣いを髣髴させるように作られた第三グループが、わざと第二グループの語彙の範囲内で作られているところに旅人の意図を感じ取り、わざわざ甲乙の区別ができないことを示した文字遣いで記しているところに、あたかも若い官人たちの制作であるかのように装った旅人の意図が存在していることにも気づく。旅人はそのようにして、憶良が気づくことをねらった文字遣いをしていると思われる。

旅人の序の意図については後述するが、これが『遊仙窟』の文辞を多用していることは衆目の一致するところである。『遊仙窟』では旅中の「余（下官）」が美女に出逢って歓待を受け交歓の一夜を過ごすが、その『遊仙窟』の世界に歩み寄る役割を果たすのが第二グループであり、それをそのまま受け取るのが第三グループである。第二グループ・第三グループはともにその冒頭に、男性（第二グループは「蓬客等」、第三グループは《憶良》）による、裳裾を塗らす女性をうたう歌（855・861）を置く。

　麻《ま》都《つ》良《ら》河《が》波《は》　可《か》波《は》能《の》世《せ》比《ひ》可《か》利《り》　阿《あ》由《ゆ》都《つ》流《る》等《と》　多《た》々《た》勢《せ》流《る》伊《い》毛《も》河《が》　毛《も》能《の》須《す》蘇《そ》奴《ぬ》例《れ》奴《ぬ》　（855）

　麻《ま》都《つ》良《ら》河《が》波《は》　可《か》波《は》能《の》世《せ》波《は》夜《や》美《み》　久《く》礼《れ》奈《な》為《ゐ》能《の》　母《も》能《の》須《す》蘇《そ》奴《ぬ》例《れ》弖《て》　阿《あ》由《ゆ》可《か》都《つ》流《る》良《ら》武《む》　（861）

女性が裳の裾を水に濡らす様子は、男性官人たちには魅惑的な眺めであったようで、

　あみの浦に　船乗りすらむ　𡢽嬬《をとめ》らが　珠裳《たまも》のすそに　しほみつらむか　（巻一―40　柿本人麻呂）

　風のむた　寄せ来る波に　いざりする　あまをとめらが　裳のすそぬれぬ　（巻十五―3661）

など『万葉集』中に多い。855（若い官人が装われている）は、淡泊で清廉な第一グループの「余」と「娘等」の世界を、一気に肉感的な雰囲気のものに変貌させる役割を果たし、861（憶良が装われている）はそれに追随しながら、娘等の「紅の裳の裾濡れて」いる様子をリアルに想像する追和の男性（《憶良》）の姿を点描する役割を果たすことになる。

憶良には［E］を去る二年前、神亀五年七月作の「哀世間難住歌并序」がある。憶良が旅人に献上したと推定される日本挽歌等と同一日の「撰定」であり、これも憶良から旅人に送られたものと思われる。

世間能《よのなかの》　周弊奈伎物能波《すべなきものは》　年月波《としつきは》　奈何流々其等斯《ながるるごとし》　等利都々伎《とりつつき》　意比久留母能波《おひくるものは》　毛々久佐尓《ももくさに》　勢米余利《せめより》
伎多流《きたる》　遠等咩良何《をとめらが》　遠等咩佐備周等《をとめさびすと》　可羅多麻乎《からたまを》　多母等尓麻可志《たもとにまかし》　或有此句云、「之路多倍乃《しろたへの》　袖布利可伴之《そでふりかはし》　久《く》
礼奈為乃《れなゐの》　阿可毛須蘇毗伎《あかもすそびき》」　余知古良等《よちこらと》　手多豆佐波利提《てたづさはりて》　阿蘇比家武《あそびけむ》　等伎能佐迦利乎《ときのさかりを》　等々尾迦祢《とどみかね》　周具斯《すぐし》
野利都礼《やりつれ》　美奈乃和多《みなのわた》　迦具漏伎可美尓《かぐろきかみに》　伊都乃麻可《いつのまか》　斯毛乃布利家武《しものふりけむ》　久礼奈為能《くれなゐの》　一云、「尓能保奈須《にのほなす》」　意《お》
母提乃宇倍尓《もてのうへに》　伊豆久由可《いづくゆか》　斯和何伎多利斯《しわがきたりし》　一云「都祢奈利之《つねなりし》　恵麻比麻欲毗伎《ゑまひまよびき》　散久伴奈能《さくはなの》　宇都呂比尓家里《うつろひにけり》　余乃奈《よのな》
可伴《かは》　可久乃未奈良之《かくのみならし》」　麻周羅遠乃《ますらをの》　遠刀古佐備周等《をとこさびすと》　都流伎多智《つるぎたち》　許志尓刀利波枳《こしにとりはき》　佐都由美乎《さつゆみを》　多尓伎利《たにぎり》
物知提《もちて》　阿迦胡麻尓《あかごまに》　志都久良宇知意伎《しつくらうちおき》　波比能利提《はひのりて》　阿蘇比阿留伎斯《あそびあるきし》　余乃奈迦野《よのなかや》　都祢尓阿利家留《つねにありける》
遠等咩良何《をとめらが》　佐那周伊多斗乎《さなすいたとを》　意斯比良伎《おしひらき》　伊多度利与利提《いたどりよりて》　麻多麻提乃《またまての》　多麻提佐斯迦閇《たまてさしかへ》　佐祢斯欲能《さねしよの》
伊久陁母阿羅祢婆《いくだもあらねば》　多都可豆恵《たつかづゑ》　許志尓多何祢提《こしにたがねて》　可由既婆《かゆけば》　比等尓伊等波延《ひとにいとはえ》　可久由既婆《かくゆけば》　比等尓迩久麻《ひとににくま》
延《え》　意余斯遠波《およしをは》　迦久能尾奈良志《かくのみならし》　多摩枳波流《たまきはる》　伊能知遠志家騰《いのちをしけど》　世武周弊母奈斯《せむすべもなし》　（804）

「或有此句云」「一云」として引かれる異伝を、稲岡耕二氏は憶良の初案と推測されている。初案の形が旅人に送られて大伴家に伝えられ、それとは別にやや後になって憶良の手元で推敲を加えられたのが本文の形であり、巻五の編纂に際し憶良から出た第一次資料に編者家持が第二次資料（この場合は大伴家所伝の初案形）を注の形で記入し、その際、もと訓字主体表記であったのかもしれない初案を、一字一音の音仮名主体表記に改めたものと推測されている。(11) 肯われる説であると思われる。

そうすると、憶良が旅人に送った形が「之路多倍乃《しろたへの》　袖布利可伴之《そでふりかはし》　久礼奈為乃《くれなゐの》　阿可毛須蘇毗伎《あかもすそびき》」（この『万

葉集』の表記は、稲岡氏によれば憶良初案の表記のままではない可能性が高い）となるわけだが、旅人はこの表現や「哀世間難住歌」の全体を踏まえつつ、E の第二グループ・第三グループにおいて憶良をからかっているのではないだろうか。女たちの若い頃の様子として赤裳裾引き遊ぶ姿を、男たちの若い頃の様子として馬に乗り遊び、娘を妻問う姿を描き、最後は老いた男の蹌踉たるさまで結ぶ「哀世間難住歌」の全体構成は、うら若き「蓬客等」と「娘等」の歌の贈報を《憶良》（すなわち「老《お》よし男《を》」）の羨望的な追和で結ぶ、E の第二グループ・第三グループの構成と同型なのである。日頃謹厳で嘆老や哀世間を口にしがちな憶良が「をとめら」の裳裾を、また「をとめらがさ寝す板戸を押し開きい辿り寄りてま玉手の玉手さし交へさ寝し夜」と、慎みを保ちながらも「神語」(12)をふまえたことは、旅人には印象的でもあり可笑しくもあり、その「哀世間難住歌」を髣髴させ、「をとめら」の裳裾が川水に濡れることまで述べることによって、憶良をからかってもいるのが E 第二・第三グループなのではないかと思われる。

すなわち、E〈遊於松浦河〉前半部（吉田宜の書簡文と歌を除いた部分）の作者は、すべて旅人となる。「すべて旅人」という結論については、研究史的に言えば契沖ほか研究史初期の状況にもどることになるが、その根拠や歌のありようについての考え方は全く異なる。第一グループ（序、853・854）は旅人が旅人自身の作として制作し、第二グループは旅人に随行した若い人々の作として旅人が制作し、第三グループは旅人が憶良を思わせる文字遣いによって制作したのである。旅人が第三グループまでを吉田宜に送ったのかどうかは不明とせざるをえない。憶良と宜の関係性を知る手がかりがないからである。旅人は少なくとも第一・第二グループまでを（場合によっては第三グループまでを）都の吉田宜に送り、第三グループまでを憶良に送ったのだと思われる。他の官人たちに見せることは最初から考えられていないと思う。すべてが旅人の作であり自分をからかっていることは、憶良には文字遣いと語彙からすぐに理解できたと思われる。そしてまた憶良は、旅人ら官人たち一行が、松浦の玉嶋に行っていないことを知ってもいるのだ。

E〈遊於松浦河〉前半部を旅人から送られた憶良のリアクションが、F〈憶良謹啓〉である。第三グループ「帥老」の歌が、憶良にとっては「憶良君、君ノ同行シナカッタコトハ甚ダ残念ダッタ。恐ラク君自身モ、……ソコデ太宰府ニ残ッタ人ノ気持ヲ代弁スル歌モ、私ガカワリニ作ッテ加エテオイタ。……」といったようなメッセージをもったであろうと稲岡氏が述べられたことは、先述したとおりである。これを受けた憶良の868は、

《みなさんで松浦県に行かれ、『遊仙窟』や「洛神賦」さながらに、鮎釣りのきれいなお嬢さんたちと歌を交わされたとは、たいへん結構なことでした。しかし松浦県といえば、サヨヒメがヒレを振った山のある名所ですのに、山の名を聞いているだけで、そこは行ってご覧にはならなかったのでしょうか。》

869・870は、

《ほんとうに松浦県にいらっしゃったのなら、タラシヒメ様が鮎を釣るとてお立ちになった玉嶋河の石を、誰もご覧にならなかったのでしょうか。》

《百日もかかるというわけではない松浦県、すぐに行って来られるところですから、私だって誘っていただけたなら、ご一緒するのに何の支障もありませんでしたのに、誘ってくださらなかったとは残念です。みなさんがいらっしゃったなんて私は全く存じませんでした。》

となる。三首いずれも、E前半部の主張「旅人や官人たちがみなで松浦県に行った」ということ自体に対して、礼を失しないように気づかいながら疑問を呈した歌なのだと理解すべきであろう。第二グループが旅人による官人同行を装ったものと解釈することにより、Fにおける憶良のうたいぶりの意図がよりはっきりするのではな(13)

いだろうか。だからこそ、これを承けた旅人は次のGでは、《サヨヒメのヒレフリ嶺やらタラシヒメの石やらを、この私が見たかどうかを君が気にするのも尤もだ。だからこんな歌を作ろう》ということで、憶良のCタラシヒメの鎮懐石を踏まえつつ、[14] G〈領巾麾之嶺〉の漢文と歌を創作したのである。

三 〈遊於松浦河〉序と漢籍

前節までの作者考証を踏まえつつ、旅人の漢文や歌の志向するものについて考えてみたい。

E〈遊於松浦河〉序については、『遊仙窟』の大きな影響が指摘されている。[15]「余」「忽値」「女子」「無双」「光儀」「匹」「開柳」「眉中」「発桃花」「頬上」「風流」「僕問曰」「誰家」「神仙」「咲答曰」「舎児」「邂逅相遇」「不勝」「下官」「奉芳命」「驪馬」「遂申懐抱」「因贈詠歌曰」など、全般にわたり非常に多くの辞句が一致する上に、一人称による叙述や会話による進行といった構成や、男女交歓を主題とした歌の贈答が続くことも『遊仙窟』と同工であり、全体を『遊仙窟』ふうに仕立て上げる明確な意図があったことは疑いない。その他に、宋玉「高唐賦」「神女賦」、曹植「洛神賦」（いずれも『文選』巻十九所収）などを踏まえていることが指摘されている。これらの『文選』賦や『遊仙窟』は、旅中または夢中における美女との遭遇・美女の容姿・美女との対話・美女との別離などを主な構成要素とし、美女の端麗さや別離の恋々たる情を描くのにたいそうな精力を投入するのが特徴である。

旅人の作品に、こうした情賦や『遊仙窟』のもつテーマが、E〈遊於松浦河〉序以外にも繰り返し現れることは事実で、B〈梧桐日本琴〉の琴娘子や、D〈梅花宴〉852（旅人の歌であることがほぼ定説となっている）の夢の中で美女のごとき振る舞いをする梅花などをあげることができる。美女との夢幻的な出会いが旅人の好む特徴的なテーマであるとして屡説されてきたが、私はそのことに疑問をもつ。[B]〈梧桐日本琴〉の琴娘子は艶麗だが、決して漢文中の一人称男性（旅人にあたる）と交歓するわけではなく、自分を愛用の琴としてくれる君子を求めている。[D]〈梅花宴〉の梅花も、酒に浮かべてほしいと言うだけであって、それ以上の交渉に進展していくわけではなく、いずれも美女ならざるものがその本性にふさわしい処遇を求めているに過ぎない点において共通し、そのことは旅人が美女との邂逅そのものに興趣を求めてなどいないことを示唆している。興趣を求めているかのように見えるのは、旅人のポーズに過ぎないのではないか。

『遊仙窟』などが濃密な男女交歓をテーマとしているのに対し、[E]〈遊於松浦河〉序の世界は、「驪馬去なむとす」と男女は交渉をもつわけでもなく淡々として別れていくようにみえる。その意味でも、神仙との淡い出会いと別れの悲しさをテーマとする「洛神賦」が注意され、[E]前半部を旅人から送られた吉田宜が、「衡《かう》皐《かう》税《せい》駕《か》の篇に疑《に》たり[16]」と、旅人の序文を、「洛神賦」を髣髴させるとして誉めていることも注目される。

文選の巻十九に「情」として分類されたいわゆる情賦は、『文選』収載のもの[17]が著名だが、類書をみると、宋玉以後六朝期に至るまでの間だけでも、おびただしい作品が制作されているのを知ることができる[18]。現実美女の系統と神霊女の系統とがあるが、両系の内容は時にクロスし、川のほとりや夢の中に現れた女性の美しさや纏綿たる情を描くことが熱心に繰り返された。そうした膨大な蓄積の果てに『遊仙窟』という小説が現れる。この分厚い伝統のルーツが宋玉にあることは明らかだが、しかし「賦」という形式にこだわらずに考えれば、宋玉の源泉は『楚辞』、すなわち屈原の「離騒」「九歌」「九章」などにある。『楚辞』は最も古く神女との交渉を夢幻的に描いた作品で、私は[E]〈遊於松浦河〉序を考える上でこのことを重視したいと思う。

すでにE〈遊於松浦河〉序について『楚辞』に着目された論として、東茂美氏の論考があり、氏は『楚辞』「九歌」中の「山鬼」から「神女賦」「洛神賦」へという流れの上に、旅人が制作した美人詠が「松浦河に遊ぶ序」であるとされたが(19)、私の考えは異なる。『楚辞』には、随所に神女の登場する場面があるが、左はその一例である。

朝に吾将に白水を済《わた》り、閬風《らんふう》に登りて馬を緤《つな》がんとす。忽《たちま》ち反顧《はんこ》して以て流涕し、高丘の女無きを哀《かな》しむ。溘《たちま》ち吾此の春宮に遊び、瓊枝《けいし》を折りて以て佩《はい》を継ぐ。栄華の未だ落ちざるに及んで、下女《かぢよ》の詒《おく》る可《べ》きを相《み》ん。吾豊隆《ほうりゆう》をして雲に乗り、宓妃《ふくひ》の所在を求めしむ。佩纕《はいじやう》を解いて以て言を結び、吾蹇脩《けんしう》をして以て理を為《な》さしむ。……信《まこと》に美なりと雖も而も礼無し、来《きた》れ違棄《ゐき》して改め求めん。覧《み》て四極を相観し、天に周流して余《よ》乃ち下《くだ》る。　（『楚辞』巻一　屈原「離騒」、『文選』巻三十二）

「吾」は崑崙山上で馬をつないで休もうとしたが、求める美女がいないので、下界で女性を求めようと、雲の神豊隆に命じて宓妃の居場所を探させ、蹇脩に媒酌を頼んだが、宓妃は自分の美貌におごり、美しくはあっても心が悪く徳がないため、そんな女は捨て去って、別の女性を捜しに行く、といった一節である。こうして「吾」（屈原）は次々に美女を探し歩くが、理想的な女性はどこにもおらず、そしてまた英明な君主もいない。

あるいは「天問」では、

帝夷羿《いげい》を降《くだ》して、孽《わざはひ》を夏《か》の民に革《あらた》め、胡《なん》ぞ夫《か》の河伯を射て、彼《か》の洛嬪《らくひん》を妻とせる。胡は何なり。洛嬪は水神、宓妃を謂ふなり。　（『楚辞』巻三「天問」）

と、宓妃の夫である河伯を夷羿が射たという、宓妃にまつわる伝説を取りあげている。宓妃は右の王逸注にいうように、洛嬪とも呼ばれる洛水の女神で、旅人が大きく影響を受けた「洛神賦」のヒロインである。

黄初三年、余《よ》京師に朝《てう》し、還りて洛川を済《わた》る。古人に言へること有り、斯の水の神は、名を宓妃《ふくひ》と曰ふと。宋玉の楚王に対《こた》ふる神女の事に感じ、遂に斯の賦を作る。其の辞に曰はく、余《よ》京域従《よ》り、言《ここ》に東藩に帰る。……一麗人を、巌の畔に覩《み》る。廼《すなは》ち御者《ぎよしや》を援《ひ》きて之に告げて曰はく、爾彼《なんぢ》の者を覩《み》ること有りや。彼何の人ぞや、此の若く之豔《えん》なると。御者対《こた》へて曰はく、臣聞く、河洛の神、名を宓妃《ふくひ》と曰ふと。（曹植「洛神賦」）

また「九歌」の河伯では、

女《なんぢ》と九河に遊べば、衝風《しようふう》起りて波を横たふ。水車に乗りて荷《か》の蓋《がい》し、両龍を駕《が》して螭《ち》を驂《さん》とす。崑崙に登りて四《よも》を望めば、心は飛揚《ひやう》して浩蕩《かうたう》たり。日将に暮れんとして悵《ちやう》として帰るを忘れ、惟極浦《ただきよくほ》を寤懐《あひおも》ふ。魚鱗の屋と龍の堂と、紫貝《しばい》の闕《けつ》と朱宮《しゆきゆう》と。霊何為《す》れぞ水中なる。白黿《はくげん》に乗りて文魚《ぶんぎよ》を逐《お》ひ、女《なんぢ》と河の渚に遊べば、流澌《りうし》は紛《ふん》として将に来り下《くだ》らんとす。子《し》と手を交へて東行し、美人を南浦《なんぽ》に送れば、波は滔滔《たうたう》として来り迎へ、魚は隣隣として予《よ》に媵《したが》ふ。（『楚辞』巻二　屈原「九歌（河伯）」）

と、河伯と女性（宓妃か）の恋愛が描かれ、この中の「美人を南浦に送る」は『懐風藻』の山田三方の詩序に「兼ねて南浦の送《わかれ》を陳《の》べむ」、藤原房前の詩に「枻《ふなだな》を鼓《う》ちて南浦に遊び」などと踏まえられているので、奈良時代の官人たちの教養のうちにあったことが窺える。

右のように『楚辞』の「離騒」や「九歌」では華麗な空中飛行が繰り広げられるが、「洛神賦」にも宓妃ら神霊たちの空中飛行が描かれ、

是に於て屏翳《へいえい》風を収め、川后《せんこう》波を静む。馮《ひよう》夷《い》鼓を鳴らし、女媧《ぢよくわ》清歌す。文魚を騰《あ》げて以て乗を警《いまし》め、玉鸞《ぎよくらん》を鳴らして以て偕《とも》に逝《ゆ》く。六龍儼《おごそ》かにして其れ首を斉《ひと》しくし、雲車の容裔《ようえい》たるに載る。鯨鯢《けいげい》踊りて轂《こしき》を夾《はさ》

み、水禽翔りて衛《まも》りと為《な》る。（「洛神賦」）

などとあって、「屏翳」（「九歌」王逸注）・「馮夷」（「九歌」王逸注）・「鳴鼓」（「離騒」）・「女媧」（「天問」）・「雲車」（「九歌」王逸注）・「文魚」（「九歌」）・「鳴玉鸞」（「離騒」）・「六龍」（「離騒」）・「夾轂」（「遠遊」王逸注）などの語句からも『楚辞』にならったものであることが窺え、「洛神賦」は『楚辞』の大きな影響下にある作品の一つである。

ここで重要なことは、『楚辞』に登場する美女たちは、ことばどおりの「美しい女」ではないことだ。王逸注は美女をもって忠臣の喩えとする傾向が強いが、君主の譬喩、徳の高い英明な君主の譬喩でもあり、屈原は理想的な美女を求めて、すなわち理想的な君主を求めて、遍歴を繰り返す。また美女は、美しくても徳がないことを以て、正しい人物を見分けたり、しかるべき道を見通したりすることができない愚かな君主の譬喩でもある。時にはまた「衆女余の蛾眉を嫉みて、謡諑《えうたく》して余を謂ふに善く淫するを以てす」（「離騒」）などとある美女は、高潔の士であり、まわりの悪辣な人物たちからねたまれる清廉潔白な屈原自身の譬喩でもある。このように『楚辞』に登場する美女は多義的であるが、美女の始末の悪さ、礼節のなさを述べてきて、突然に「哲王又寤《さと》らず」と展開していくあり方（「離騒」）から、また「離騒」の終局において、

乱に曰はく、已《や》んぬるかな。国に人無く我を知る莫し。又何ぞ故都を懐《おも》はん。既に与《とも》に美政を為《な》すに足る莫し。吾将に彭咸《はうかん》の居る所に従はんとす、と。（「離騒」）

と「美政」への絶望を吐露するあり方からみるならば、屈原の描く美女が、混濁した世の中への愁いや怒りや悲嘆をひそませながら造型されているのを見てとるのはたやすいと思われる。

私は旅人の根底に最も大きく座を占めていたのは、屈原とその文学への共感であったと考えている。旅人は屈原のように、讒言にあったわけではないかもしれないが、政治の中枢から遠い大宰府に遠ざけられ、旅人不在の

都では中衛府の設置と藤原氏の長官任命という、大伴氏にとってその命運を決するほどの危機的な政策が実施された。このことの意味を、旅人において軽視すべきではないだろう。さらには長屋王が自死に追い込まれている。『楚辞』の屈原は、君主をあやつる奸臣たちや、暗愚な君主への愁い・怒りを抱え、身をかむような望郷の念と老い衰えゆく我が身を抱えながら、僻遠の地をさまよう自身の心象風景を、龍や神仙の飛翔とともに夢幻的に描いた。そういう『楚辞』の世界は、旅人の心にもっともそぐうものであったのではないかと、私は想像する。そのようなことを推測させる糸口を、旅人の作品のうちにいくつか見出すことができる。節を改めて論ずる。

四　〈遊於松浦河〉序と『楚辞』

E　〈遊於松浦河〉序の娘たちが「唯《ただ》性水に便《なら》ひ、復《また》心山を楽しぶ」と言うのは、これが『遊仙窟』などの女性たちと同じような存在であると考えると、たいそう奇妙である。周知のように、『論語』の「智者は水を楽しび、仁者は山を楽しぶ」（『論語』雍也）、いわゆる「智水仁山」を踏まえた表現で、『懐風藻』の吉野を舞台とする詩は、必ずといってよいほどこの句を踏まえ、吉野の景観をめでる主君と臣下が君臣そろって智者であり仁者であることを褒め称えることが、『懐風藻』ではほとんど定式化している。これを歌の上で、かつて旅人自身が用いたことがあった。

暮春之月幸芳野離宮時、中納言大伴卿奉勅作歌一首并短歌　未逕奏上歌

見吉野之《みよしのの》　芳野乃宮者《よしののみやは》　山可良志《やまからし》　貴有師《たふとくあらし》　水可良思《かはからし》　清有師《さやけくあらし》　天地与《あめつちと》　長久《ながくひさしく》　萬代尓《よろづよに》　不改将有《かはらずあらむ》　行《いで》
幸之宮《ましのみや》　（『万葉集』巻三―315）

反歌
昔見之《むかしみし》　象乃小河乎《きさのをがはを》　今見者《いまみれば》　弥《いよよ》　清《さやけく》　成尓来鴨《なりにけるかも》　（316）

聖武天皇が即位した直後の、神亀元年三月の吉野行幸に際して奏上することを予定して旅人が作歌したもので、「カハラズ（不改）」に聖武即位宣命にみえる「不改常典」[20]を踏まえたり、「カハ」に「水」をあてて「智水仁山」を踏まえたりして、智と仁をそなえた天子としての聖武天皇の治世を祝福したものであるとした、清水克彦氏の卓論[21]が定説となっている。この歌は結局奏上されなかったが、旅人自身はかつて聖武天皇の時代の始発に期待を込め、「智水仁山」を踏まえて言祝いだことを、よく覚えていると思われる。この[E]〈遊於松浦河〉序で松浦河に遊ぶ娘たちには、性水に便《なら》い山を楽しむ仁智をそなえた人物のイメージがそこはかとなく漂うことになるが、期待を寄せた聖武天皇の治世が、大宰府にいる今はもう何も恃めるところのないものになっているその落差を、誰よりも痛切に感じているのが旅人だと思われる。

村田正博氏は旅人の吉野讃歌について、「天地と長く久しく」が漢籍に由来し、吉野の宮の永遠性を讃美する表現であり、であればこそそれは反歌の、象の小川のひときわの清澄とあいまって、中国における「聖王による太平の世の実現を託して千年に一度の河清を俟つという」故事を想起させ、聖武天皇の即位と吉野出遊への瑞兆として象の小川のさやけさが詠まれたものであるとされた[22]。中国故事を介して長歌と反歌の有機的つながりを見出された卓説と思われる。村田氏は『春秋左氏伝』以下、いくつかの典拠を示されているが、漢の張衡による「思玄賦」「帰田賦」なども「俟河之清」の詞句をもつ例として紹介されている。

系に曰はく、天長く地久しく歳留まらず、河の清むことを俟ちて（俟河之清）、祇《まこと》に憂ひを懐《いだ》く。（『文選』巻十五　張衡「思玄賦」）

都邑に遊びて以て永久なるも、明略の以て時を佐《たす》くる無し。徒《いたづら》に川に臨みて以て魚を羨《ねが》ひ（徒臨川以羨魚）、河の清むことを俟てども（俟河清）、未だ期あらず。蔡子《さいし》の慷慨するに感ず、唐生に従ひて以て疑ひを決せり。天道の微昧なるを諒とし、漁父を追ひて以て嬉《よろこ》びを同じくす。埃塵を超えて以て遐《とほ》く逝《ゆ》き、世事と長く辞す。是に於て仲春令月、時和し気清し。（『文選』巻十五　張衡「帰田賦」）

こうして旅人の吉野讃歌には、聖王ともいうべき聖武天皇の出現によって千年に一度しか望めないはずの河清を望むことができる、という祝福と大きな期待が盛り込まれていたことになる。しかしそれは望むべくもない、というのが、右にあげた「思玄賦」「帰田賦」などの漢籍の述べるところである。

この村田氏が例としてあげられた「帰田賦」と「思玄賦」は、私もE〈遊於松浦河〉序との関わりにおいて注目したい作品である。まず「思玄賦」は、

太華の玉女を載せ、洛浦の宓妃を召す。咸姣麗《みなかうれい》にして以て蠱媚《こび》なり、増《ますます》嫮眼《こがん》ありて蛾眉あり。訬婧《べうせい》の繊腰《せんえう》を舒《の》べ、雑錯《ざつさく》の袿徽《けいき》を揚《あ》ぐ。朱唇を離《ひら》きて微笑し、顔的皪《てきれき》として以て光を遺《のこ》す。（「思玄賦」）

といった宓妃の登場、その姿形の美しさの描写などが、後の曹植の「洛神賦」に影響を与えている。「思玄賦」は張衡が佞臣の讒言によって失意に沈んだときの作で、空間と時間を超越した飛翔の中で、宓妃らの美女に会うのだが、約束は成り立たずに飛翔を続け、しかし仙人になる道も得ることはできず、失意に沈むといった内容をもち、その構想においても用語においても、屈原の「離騒」の影響を強く受けた作品であることが明瞭である。のちに南宋の朱熹は、「思玄賦」を『楚辞後語』[23]（巻三）に収載してもいる。また「帰田賦」の「俟河清」の直前に見える「徒臨川以羨魚」は、小島憲之氏が「松浦河に遊ぶ序」中の「或臨洛浦而徒羨王魚」の典拠として指摘されたものでもある。[24]

こうしてみると、旅人が[E]〈遊於松浦河〉序を作成する際に、これらの張衡の賦を参照したことは、確実といえる。「河清」は、高徳の君主によって世が治まったときに起こる現象で、漢籍においていくら待っても待ちえないものであるが、一方ではまたそれは、『楚辞』中の「漁父」のことばを連想させるものでもあるように思う。

漁父……漁父避世隠身、釣魚江浜、欣然自楽。……

……漁父曰はく隠士言也……漁父莞爾《くわんじ》として笑ひ、枻《えい》を鼓して去る。乃ち歌ひて曰はく、滄浪《さうらう》の水清《す》まば喩世昭明、以て吾が纓《えい》を濯《あら》ふべし沐浴升朝。滄浪の水濁《にご》らば喩世昏暗、以て吾が足を濯ふべし宜隠遁也。遂に去りて復《ま》た与《とも》に言はず合道真也。（王逸『楚辞章句』巻七、『文選』巻三十三）

「河清」を待つことは、『楚辞』の漁父が「滄浪之水清兮、可以濯我纓。滄浪之水濁兮、可以濯我足」と言った、有名なことばを連想させるものでもある。その連想が適切であることは、右掲「帰田賦」で「徒《いたづら》に川に臨みて以て魚を羨《ねが》ひ、河の清むことを俟てども、未だ期あらず。蔡子《さいし》の慷慨するに感ず、唐生に従ひて以て疑ひを決せり」と述べた直後に、「漁父を追ひて以て嬉びを同じくす」という詞句が続くことによって証明される。[E]〈遊於松浦河〉序に登場する娘たちが「漁夫之舎児」で性水に便《なら》い心山を楽しむのも、彼女たちが、世の汚濁から逃れ清らかな山水の中に隠棲し、この世の栄達などには無縁の境涯に身を置く、漁夫の娘だからである。『懐風藻』の藤原房前の詩に「枻を鼓して南浦に遊び」（五言侍宴一首）とあるのは、「漁父」の「枻を鼓して去る」、および「九歌」河伯の「美人を南浦に送る」を踏まえたものなので、『楚辞』の「漁父」もやはり奈良時代の官人たちの教養のうちにあった作品であると思われる。王逸は、「漁父は世を避け身を隠し、魚を江浜に釣り、欣然として自ら楽しぶ」と述べ、「漁父」は隠士であるとの理解を導いている。こうしてみれば[E]〈遊於松浦河〉序の描く松浦川のほとりでの「余」と漁夫の娘たちとの出会いは、川辺での屈原と漁父との出会いになぞらえられており、混濁した世にあっては政治の世界・俗世間から身を避けて、静かに魚釣りをして楽しむようなその境涯をよしとする『楚辞』の「漁父」の世界、およびその影響を強く受けた「帰田賦」のような世界を描出しようとするものであることが読み取れるのだ。E〈遊於松浦河〉序の『遊仙窟』ばりの文飾は、うわべに過ぎない。E〈遊於松浦河〉序の語り出す世界が、神仙美女との享楽的な交渉を語るものであるかのように装うために、『遊仙窟』はあたかも中身を覆う包装紙のように利用されているし、そのあとの蓬客と娘等のやりとりも、その方向に読みを導くために配されていると考えられるのだ。

そして、こうしたうわべの『遊仙窟』的な装いにもかかわらず、吉田宜は、その中にあるものをよく理解していると思われる。D〈梅花宴〉及びE〈遊於松浦河〉の序と歌（860または863まで）を旅人から送られた吉田宜が、旅人への謝礼を綴った書簡中に、

宜《よろし》啓す。伏して四月六日の賜書を奉《うけたまは》り、跪《ひざまづ》きて封函《ふうかん》を開き、拝して芳藻を読む。心神の開朗なること、泰初《たいしよ》の月を懐《むだ》くに似、鄙懐《ひくわい》の除祛《ぢよきよ》せらゆること、楽広《がくくわう》の天を披《ひら》くが若《ごと》し。辺城に羈旅し、古旧を懐ひて志を傷ましめ、年矢《ねんし》停《とど》まらず、平生を憶ひて涙を落すが若《ごと》きに至りては、但し達人は排《はい》に安みし、君子は悶《うれ》へず。伏して冀《こひねが》はくは、朝に翟《きぎし》を懐《なつ》けし化《くわ》を宣《の》べ、暮に亀を放ちし術を存《とど》め、張趙《ちやうてう》を百代に架け、松喬《しようけう》を千齢に追ひたまはむことを。兼ねて垂示を奉《うけたまは》るに、梅苑の芳席に群英藻《さう》を摛《の》べ、松浦《しようほ》の玉潭《ぎよくたん》に仙媛と贈答したるは、杏壇各言《きやうだんかくげん》の作に類ひ、衡皐税駕《かうかうせいか》の篇《へん》に疑《に》たり。耽読吟諷し、戚謝歓怡《せきしやくわんい》す。……

「至若羈旅辺城、懐古旧而傷志、年矢不停、憶平生而落涙」（傍線部）とあることについては従来、旅人から宜への書簡の中にあった内容の引用と理解されてきたが、谷口孝介氏は「至若」の構文が「前文に述べられた事態を

受けてそれを再説する」ものであることから、当該文については「いったん一般論としての心情を持ち出している箇所」と理解するのが妥当であるとし、また「古旧」「傷志」とあって、あくまで「故旧」「傷心」と記していないのは、それが人物へのいたみ悲しみなどではなく、志を阻害された政治上の不遇感に裏打ちされた望郷の念をいうものであるからで、「この不遇感を超越した境地が」「達人安排、君子無悶」なのであるとされた。すなわち当該文は「いったん一般論として旅人が置かれたような状況においてひとが感じる悲哀を述べて、それに対して」「但達人安排　君子無悶」と続け、「「達人・君子」たる旅人が、世間一般の悲哀を克服していることをいって」旅人の「来簡の高雅さのゆえんを説いている」ものであると述べられた[25]。従うべき卓説であると思う。吉田宜は、《遠くの土地、たとえば大宰府などに赴任しなければならなくなったら、普通の人ならば、都で立派な身分であった過去をなつかしんで心を痛め、年月の流れの速さに涙するものであるのに、あなたさまは年老いてゆくことに対しても心安んじ、世に入れられない憤りもなく憂えのない境地に達しておいでで、まさに達人であり君子であると申せましょう》と述べていることになる。吉田宜は、E〈遊於松浦河〉序が「帰田賦」の境涯や、隠士としての漁父のあり方への傾倒を述べたものであることを読みとり、理解した上でこそ、このように述べているのだろう。そしてまた宜がこのように述べるのは、旅人に対してこのように言ってあげることの必要性と重要性を痛感しているからであると思うのだ（旅人は実際には「安排・無悶」の境地にはほど遠いのである）。

吉田宜が、E〈遊於松浦河〉序に「帰田賦」や『楚辞』との関係を見出したであろうことは、旅人が同時に宜に送ったD〈梅花宴〉の序からも、推察することができる。「帰田賦」をもう一度引くと、

徒臨川以羨魚、俟河清乎未期。感蔡子之慷慨、従唐生以決疑。諒天道之微味、追漁父以同嬉。超埃塵以遐逝、与世事乎長辞。於是仲春令月、時和気清。原隰鬱茂、百草滋栄。（『文選』巻十五　張衡「帰田賦」）

と、先述の「追漁父以同嬉」の後に、「於是仲春令月、時和気清」と続けているのが注意される。この詞句はD〈梅花宴〉の序に踏まえられている。

　天平二年正月十三日、萃于帥老之宅。申宴会也。于時初春令月、気淑風和。梅披鏡前之粉、蘭薫珮後之香。……若非翰苑何以攄情　詩紀落梅之篇　古今夫何異矣　宜賦園梅聊成短詠。（815前置文D〈梅花宴〉の序）

D〈梅花宴〉の序は、王羲之の「蘭亭序」を踏まえていることが指摘されていて、多くの表現の一致や類似を拾うことができる。

　永和九年、歳在癸丑。暮春之初、会于会稽山陰之蘭亭。脩禊事也。群賢畢至、少長咸集。……雖無糸竹管弦之盛、一觴一詠亦足以暢叙幽情。是日也天朗気清、恵風和暢。（王羲之「蘭亭序」）

しかしD〈梅花宴〉の序の「于時初春令月、気淑風和」については、「蘭亭序」よりもむしろ「帰田賦」に拠ったものであることが、比べてみれば明らかだ(26)。吉田宜は、当然そのことに気づいただろう。

さらに右掲D〈梅花宴〉波線部「蘭薫珮後之香（蘭は珮後の香を薫らす）」に注目したい。これは該当する部分が「蘭亭序」にはなく、『楚辞』「離騒」の冒頭部、「秋蘭を紉いで以て佩と為す」による(27)。

　帝高陽《かうやう》の苗裔、朕《わ》が皇考《くわうかう》を伯庸《はくよう》と曰ふ。……紛《ふん》として吾《われ》既に此の内美《ないび》有り、又之《これ》を重ぬるに脩能《しうたい》を以てす。江離《かうり》と辟芷《へきし》とを扈《かうむ》り、秋蘭を紉《つな》いで以て佩と為《な》す。（『楚辞』巻一　屈原「離騒」『文選』巻三十二）

性質・心が麗しいだけでなく、香草や蘭をまとい芳しく装っていたとして、屈原が自身の生い立ちと高潔な姿勢を述べている部分である。王逸は「修身清潔」と注している。『楚辞』の影響の顕著な「思玄賦」でも、

　先哲の玄訓を仰ぎ、彌《いよいよ》高しと雖も違はず。……性行を旌《あらは》して以て珮を制し、夜光と瓊枝とを佩《お》ぶ。幽蘭の

秋の華を纗《か》け、又之を綴《つづ》るに江離《かうり》を以てす。（張衡「思玄賦」）

と、冒頭部の、みずからの処世姿勢を述べるにあたり、「幽蘭之秋華」を登場させている。佩としての秋の蘭は、高潔な屈原、あるいは屈原を理想と仰ぐ姿勢のメタファーであった。『懐風藻』の藤原麻呂の「神納言が墟を過ぐ」詩にも「沈吟楚蘭を佩ぶ」とあり、官職を賭して天皇への諫言を行ったものの容れられず、官を辞した大三輪高市麻呂（『日本書紀』巻三十、持統天皇六年三月条ほか）を、「佩楚蘭」の表現によって屈原になぞらえており、「蘭を佩」びることを、屈原の如き志操や諫正をも辞さない臣義の暗喩とすることが、奈良時代の官人たちの間に共通理解としてあったことがわかる。旅人の記したD〈梅花宴〉序は、初春の梅花をめでる宴でありながら、秋の蘭の香りをそっと佩の後ろ、全体の景のバックに目立たないように、しかし敢えてしのばせるということをしているわけで、そこに旅人というひとりの人物（政治家として生きてきた人物）の、矜恃の姿勢を見るべきだろう。吉田宜はこうしたところを読みとっていたと思われる。

こうした旅人の姿勢は、憶良のよく理解するところでもあったと思われる。D〈梅花宴〉序の「詩に落梅《らくばい》の篇《へん》を紀《しる》す。古今《ここん》夫《そ》れ何ぞ異《こと》ならむ。宜《よろ》しく園梅《ゑんばい》を賦《ふ》して、聊《いささ》かに短詠《たんえい》を成すべし」との旅人の呼びかけに対し、

波流佐礼婆《はるされば》　麻豆佐久耶登能《まづさくやどの》　烏梅能波奈《うめのはな》　比等利美都々夜《ひとりみつつや》　波流比久良佐武《はるひくらさむ》　筑前守山上大夫（818）

とうたった憶良は、稲岡耕二氏の指摘されるように(28)、旅人の呼びかけが『楽府詩集』の「梅花落」の如き「短詠」制作の意であることを理解し正面から受け止めたがゆえに、「ひとり辺地で梅の花を見る思い」をうたったのだと解される。そこにはまた、ただひとりで梅を見る孤高の人の姿も髣髴するのではないだろうか。『楚辞』に、

背膺《はいよう》胖《さ》けて以て交《こもごも》痛《いた》み、心鬱結《うつけつ》して紆軫《うしん》す。木蘭《もくらん》を擣《つ》いて以て蕙《けい》を矯《ま》ぜ、申椒《しんせう》を糳《しら》げて以て糧《りやう》と為《な》し、

江離《かうり》を播《は》して与《また》菊を滋《う》ゑ、願はくは春日《しゅんじつ》以て糗芳《きうはう》と為《な》さん。（『楚辞』巻四「九章」惜誦）

すなわち、「離騒」冒頭部に対応しながら、香草香木を旅の糧として、また春日の乾し飯として旅支度を準備し、芳しい心の高潔を保ち身を俗世から遠ざけたいとする孤高の姿が見られる。このような姿勢で辺地で「春日」を暮らす、『楚辞』の世界の人物像をも踏まえて、憶良は旅人の「蘭は珮後の香を薫らす」に応えているように思われる。

E〈遊於松浦河〉の旅人制作の序と歌（863まで）を送られた憶良の返信が、F〈憶良謹啓〉だが、868前置文は、

憶良、誠惶頓首《せいくわうとんしゅ》、謹みて啓す。
憶良聞く、方岳諸侯、都督刺史《ととくしし》、並に典法に依り部下を巡行し、其の風俗を察《み》ると。意内多端にして口外に出し難し。謹みて三首の鄙歌《ひか》を以ちて、五蔵《ござう》の欝結《うつけつ》を写《のぞ》かむと欲《おも》ふ。その歌に曰はく （F〈憶良謹啓〉868前置文）

とあり、「誠惶頓首、謹啓」「方岳諸侯、都督刺史」あるいは「五蔵欝結」などのことばづかいの大仰さに「親しい仲での揶揄まじりの気分(29)」、「諧謔と揶揄の調子(30)」が言われている。E〈遊於松浦河〉の旅人制作歌（863まで）が憶良へのからかいを含んでいることは前述したとおりで、それを受けた憶良が勿体ぶった大仰な表現によって、旅人のからかいに応じていることは間違いないと思われる。F 868〜870も礼儀正しさを保ちつつ、旅人へのからかいを込めている。だが、868前置文は同時にまた、表面的に『遊仙窟』的神仙美女との邂逅譚を装った旅人のE〈遊於松浦河〉序・旅人制作歌（その表面的な装いにおいて、憶良へのからかいにもなっているのだが）に対し、その深奥にある『楚辞』的世界への傾倒を理解していることも、示していると思われる。

868前置文の「多端」は漢籍中にさほど多い語ではないが、『楚辞』「九弁」中に、

何ぞ況《いは》んや一国の事、亦多端にして膠加《かうか》するをや。（『楚辞』巻八「九弁」）

とある。また868前置文「鬱結」は、『楚辞』中に用例が多い。右に既に挙げた「九章（惜誦）」に「背膺《はいよう》胖《さ》けて以て交《こもごも》痛み、心鬱結《うつけつ》して紆軫《うしん》す」とあるほか、

心鬱結《うつけつ》紆軫《うしん》して憖《うれひ》に離《かか》りて長く鞠《きく》す。（『楚辞』巻四「九章（懐沙）」）

沈濁《しんだく》たる汙穢《おあい》に遭ひて、独り鬱結して其れ誰にか語らん。（『楚辞』巻五「遠遊」）

などとあり、ほかにも「鬱邑」（「離騒」二例、「九章（惜誦）」）・「絓結」（「九章（哀郢）」「九章（悲回風）」）・「鬱鬱」（「九章（哀郢）」「九章（抽思）」「九章（悲回風）」）・「冤結」（「九章（悲回風）」）・「鬱陶」（「九弁」）等々、『楚辞』には「鬱結」に類する語が満ち満ちていて、鬱結文学ともいうべき観を呈している。憶良[F]の「鬱結」は、旅人の深奥を理解したサインとしての言辞でもあるのではないだろうか。稲岡耕二氏は、[F]869・870を、「夢想よりは史実を、神仙との別離よりは生身の人間の別離の悲哀を」重視する憶良の「現実への関心が、旅人の歌による語りかけに対して、謂わば背を向けたような形の返歌となって」提示されたものと解された[31]。

しかし叙上の考察によれば、[F]の憶良の反応はそうしたものではないと思われる。前述したように868〜870はいずれも、旅人が今回実際には松浦に行っていないことを指摘した諧謔であり、「夢幻よりは史実を」求めているのではないと思われる。憶良は[E]〈遊於松浦河〉の旅人制作部分が単に夢幻世界への逃避を志向したものではないこと、むしろそれが政治的不如意による憂悶を述べたものであることを、よく理解していると思われる。869前置文は、『楚辞』になぞらえた世界を構築してみせた旅人への理解と心からの共感を示すものであり、大仰さによる揶揄の調子を含むのは、旅人への親しさの表現であると同時に、旅人の[E]が包装紙によって中身を韜晦していることに同調する心遣いであると思われる。

五　〈龍の馬〉と『楚辞』

右に述べ来たったことを、以下二節にわたってまとめつつ、やや別観点から展望を試みたい。

E〈遊於松浦河〉の855～860（蓬客・娘等の歌）は従来、旅人に同行した大宰府官人の作であると考えるむきが多かった。しかし私はこれを旅人自身の作であると考える。また別稿で、やはり大宰府官人らの作を推測されてきたG〈領巾麾之嶺〉872・873についても、旅人の作との説を提出している。(32)確かにD〈梅花宴〉では、旅人や憶良やその周辺の大宰府関係の人々の間に、歌を作り交わしあうような親しいグループが成立していたことを思わせる。しかしそのことを、GやEにも及ぼして考えることはできず、大宰府官人たちとの文芸共作の場を、諸処に安易に想定することはできないと思われる。「筑紫歌壇」の概念を、あまりにふくらませて考えることに対し、疑念を呈したい。

従来しばしば官人作と推定されてきた歌々を、旅人作と考えるにあたっては、それらが旅人によって受け取り手を特定されたものである、ということが肝要である。その受け取り手になら理解されることを前提に、相手をからかったり、自身の別の意図をカモフラージュしたりすることに、旅人の意図的な文字遣いの目的があると考えられる。そしてそれは、これらの漢文や歌が書簡として、あるいは書簡の中に提示される作品として、旅人と相手の間に取り交わされたものであるからこそ成り立っている手法だといえると思う。アンソロジーの中の一篇となることをねらって創作された類いのものではない。したがってそれは、そのときの発信者の境涯や、発信者と受信者の現実の場における関係性などをぬきにして、考えることはできないと思われる。旅人は政治家である。

国政の中枢に関わる高官であったにも関わらず、今は僻遠の大宰府にあり、遠い都では容認しがたい政策が実施されている状況があることを、旅人書簡において軽く考えることはできないと思う。

そして、そのことから拓かれてくる問題として、旅人の屈原およびその影響下にある作品・作者への傾倒がある。[A]〈龍の馬〉をみよう。

伏して来書を辱《かたじけな》くし、具《つぶさ》に芳旨を承る。忽《たちま》ちに隔漢《かくかん》の恋を成し、また抱梁の意を傷ましむ。ただ羨《ねが》はくは、去留恙《つつみ》なく、遂に披雲《ひうん》を待たまくのみ。

歌詞両首大宰帥大伴卿

多都能馬母《たつのまも》　伊麻勿愛弖之可《いまもえてしか》　阿遠尓与志《あをによし》　奈良乃美夜古尓《ならのみやこに》　由吉帝己牟丹米《ゆきてこむため》　(806)

宇豆都仁波《うつつには》　安布余志勿奈子《あふよしもなし》　奴婆多麻能《ぬばたまの》　用流能伊昧仁越《よるのいめにを》　都伎提美延許曽《つぎてみえこそ》　(807)

答歌二首

多都乃麻乎《たつのまを》　阿礼波毛等米牟《あれはもとめむ》　阿遠尓与志《あをによし》　奈良乃美夜古迩《ならのみやこに》　許牟比等乃多仁《こむひとのたに》　(808)

多陁尓阿波須《ただにあはず》　阿良久毛於保久《あらくもおほく》　志岐多閇乃《しきたへの》　麻久良佐良受提《まくらさらずて》　伊米尓之美延牟《いめにしみえむ》　(809)

806・807は題詞にいうように旅人作であり、仮名遣いの点でも旅人作歌と認定される。したがって806前置文（書簡）も旅人作であり、書簡と806・807が旅人、それに対する答歌である808・809が書簡文にある「来書」の発信人の作で、在京の某が答えたものと解されてきた。これに対し土田知雄氏は、『玉台新詠』にみられる贈答詩を同一作者が創作する手法にヒントを得て、旅人がすべてひとりで制作したものであるとされ[33]、稲岡耕二氏も同様に旅人ひとりの制作と考えられた。すなわち「答歌二首」は旅人が亡妻の答歌を自作し、自分の愛用仮名とは異なる文字によって書記したもの、「来書」は憶良の上った書簡（巻五では省略）と794前置漢文・漢詩・日本挽歌（794〜799）を指し、[A]〈龍の馬〉は、亡妻への懇切な詩文と日本挽歌を送ってくれた憶良宛てに、憶良だけに見せられるものとして制作されたものであるとされた(34)。ほとんど贈歌をなぞるようにして答えられた809の共寝のイメージや、書簡の「抱梁の意」と日本挽歌の「にほ鳥の二人並び居語らひし心そむきて家離りいます」との連想関係など、稲岡氏の指摘は重要であり、[A]〈龍の馬〉全体が、「憶良が読めば極めて意味の明瞭な憶良宛書簡及び作品として理解されたはず」のものであるとする位置づけは、[A]についての正鵠を射た見解であると考える。

その「龍の馬」については、『代匠記』が早く『周礼』を引き、小島憲之氏が「龍馬」（『文選』巻十六「別賦」に「龍馬銀鞍」。李善注に「周礼に曰く、馬八尺已上を龍と為す」とあるもの）の翻読語とされた説(35)や、新大系の『芸文類聚』巻九十九（瑞祥部下）「馬」に引用する『瑞応図』(36)の河水の精で高さ八尺五寸、頸長く翼をもつ「龍馬」とする説、あるいは「仏典の竜王の騎乗する竜馬」とする説によって解釈がなされてきた。しかし[A]の贈答の「夜の夢」や、「奈良の都に行きて来む」とあるような瞬時の都との往還といった空想的な雰囲気を考慮すると、私はむしろ『楚辞』に注目したいと思う。

『楚辞』では、しばしば屈原の華麗な空中飛行が語られる。

玉虬《ぎょくきゅう》を駟《し》として以て鷖《えい》に乗り、溘《たちま》ち風に埃《ほこり》あげて余上《よのぼ》り征《ゆ》く。（『楚辞』巻一「離騒」）

四頭の白龍に牽かせて鷖（大鳥）のかつぐ車に乗り、空中を飛行して崑崙山にいたり、咸池で馬（龍を指す）に水を飲ませ、風が渦巻き雲や虹の離合する中を鳳凰や風神・雷神をともなって天帝の国へと飛翔する。

余《よ》が為に飛龍を駕《が》し、瑤象《えうざう》を雑《まじ》へて以て車と為《な》す。何ぞ離心の同じかる可《べ》き。吾将に遠逝《ゑんせい》して以て自ら疏《とほざ》けんとす。……八龍の婉婉《ゑんゑん》たるを駕《が》して、雲旗《うんき》の委蛇《ゐい》たるを載《た》つ。志を抑《おさ》へて節を弭《とど》め、神高く馳《は》せて之れ邈邈《ばくばく》たり。九歌を奏して韶《せう》を舞ひ、聊《しばら》く日を仮りて以て媮楽《ゆらく》す。皇《くわう》の赫戯《かくぎ》たるに陟陞《ちよくしよう》し、忽《たちま》ち夫《か》の旧郷を臨睨《りんげい》す。僕夫悲しみ余が馬懐《おも》ひ、蜷局《けんきょく》として顧みて行かず。（「離騒」）

時勢に希望を失った「余」は、旅の準備をし空飛ぶ龍を車につけて牽かせた、みずから君主から身を遠ざけて、崑崙へ、不周山へ、西海へとたなびく雲の旗を立てて飛行する、精神は高じ心楽しんだが、陽光の中を天へと昇るとき、ふと眼下に故郷を見た、従者は身を悲しみ、馬（龍）も故郷を恋い慕って立ちすくみ、振り返り見て進まないのであった、という。ほかにも『楚辞』巻二「九歌（湘君・大司命・東君）」・巻四「九章（渉江）」・巻五「遠遊」など、龍に駕しての飛翔の場面はいたるところにみられる。

旅人が遠い大宰府にあって、望郷の念にさいなまれていたことは、[A]〈龍の馬〉からも[D]〈梅花宴〉の「員外故郷を思ふ歌」、巻三の「帥大伴卿歌五首」などからも知られる。

員外思故郷歌両首

和我佐可理《わがさかり》　伊多久々多知奴《いたくくたちぬ》　久毛尓得夫《くもにとぶ》　久須利波武等母《くすりはむとも》　麻多遠知米也母《またをちめやも》（847）

久毛尓得夫《くもにとぶ》　久須利波牟用波《くすりはむよは》　美也古弥婆《みやこみば》　伊夜之吉阿何微《いやしきあがみ》　麻多越知奴倍之《またをちぬべし》（848）

一目故郷の都を見たいという至切なる懐郷の思いをもつ者にとって、『楚辞』の龍に駕しての軽々とした天空飛翔は、どれほど魅力的であったことだろう。こうした叙述が大宰府の旅人にとっていかに胸に迫るものであったか、想像するに余りある。「新奇な素材だけに凭れ掛った舶来趣味の作品」「「龍の馬」という一語を取り去ってしまえば、帰心はいかにも空疎なもの」(37)といった評言はあたらないのではないだろうか。

老冉冉《おいぜんぜん》として既に極《きは》まるに、寖《やうや》く近づかずして愈《いよいよ》疏《とほざか》る。龍に乗りて轔轔《りんりん》と高く駝《は》せて天に冲《ちゅう》し、桂枝《けいし》を結んで延佇《えんちょ》すれど、羌《ああ》愈《いよいよ》思ひて人をして愁へしむ。（『楚辞』巻二「九歌（大司命）」）

老いの極まりと懐郷の悲しみを抱えての飛翔は、旅人の心に痛切に響くものがあり、[A]の「龍の馬」は、こうした『楚辞』の世界からイメージされたものではないだろうか。すなわちそれは従来の説のような漢語「龍馬」の翻読語ではなく、「の」は「体言の資格をもつ語句二つを結び、同格・性質・所属・所有などの関係をあらわす」助詞の「の」(38)であり、漢籍から翻案した和語としての「龍の馬」（龍が馬の役目をつとめているもの）として理解すべきではないか。『楚辞』の龍の馬の飛翔には美女がしばしば点景されるが、その美女が多義的であることは既に述べた。[A]〈龍の馬〉において『楚辞』的美女の位置を占めるのは、憶良の794（日本挽歌）前置文に「紅顔」と讃えられた旅人の亡妻その人であろう。

[A]〈龍の馬〉の806前置文にある「隔漢《かくかん》の恋」は諸注にいうように、天漢を隔てた牽牛の恋を意味するのだろうが、同時に、

倡《しやう》に曰《い》はく、鳥有りて南自りす。来りて漢北に集《とど》まる。……道卓遠《たくゑん》にして日に忘れられ、自《みづか》ら申べんと願へども而も得ず。北山を望んで流涕し、流水に臨んで太息す。孟夏の短夜を望めども、何ぞ晦明《くわいめい》の歳の若くなる。惟《こ》れ郢《えい》の路の遼遠《れうゑん》なる。魂一夕にして九も逝《ゆ》く。曾《かつ》て路の曲直を知らず。南のかた月と列星を指す。徑《ただ》ちに逝かんと願ひて未だ得ず。魂は路を識りて之れ営営たり。何ぞ霊魂の信直なる。人の心は吾が心と同じからず。理弱くして媒通ぜず。尚余《よ》の従容を知らず。……愁嘆して神を苦しめ、霊は遥かに思へども、路は遠く、処は幽にして、又行媒無し。道思ひて頌《しよう》を作り、聊《いささ》か以て自ら救へども、憂心遂げず。斯の言誰にか告げん。（『楚辞』巻四「九章（抽思）」）

漢北に流謫した屈原が、故郷を思うあまりに魂は一夜に九回も遠路をたどるものの、身は僻遠の地を流浪する、その憂いを述べたものである。旅人が我が身になぞらえつつ読んだことも想像され、屈原が漢水の北に流謫し、漢水によって故郷（郢《えい》）から隔てられての恋慕も、「隔漢の恋」のイメージの一端をなしているかもしれない。

従来、神仙思想への傾倒が、憶良の仏教思想への親近と対蹠的に、旅人の特性として言われてきた。しかしそれは旅人の神仙思想そのものへの傾倒というよりむしろ、旅人が傾倒した屈原や屈原の影響下にある人々に対する傾倒によるものではないだろうか。右にみてきたような『楚辞』における神仙界への飛翔、あるいは『楚辞』に親近した「思玄賦」における飛翔などが、旅人のいわゆる神仙趣味の源泉であろう。憶良もまた、旅人の対極にあるわけではない。「思玄賦」は、四方を遍歴した結果、俗世を離れ神仙に遊ぶことを断念する。

系に曰はく、天長く地久しく歳留まらず、河の清まんことを俟ちて秖《まこと》に憂ひを懐く。遠く渡りて自ら娯しむことを得、上下して常無く六区を窮めんと願ふ。超逾騰躍《てうゆとうやく》して世俗を絶ち、飄遙《へうえう》として神のごとくに挙りて欲する所を逞《たくま》しくす。天階《のぼ》る可《べ》からず、仙夫《せんふ》稀《まれ》なり。柏舟悄悄《はくしうせうせう》として飛ばざるを忝《うら》む。松喬《しようけう》高く跱《た》てり、孰《たれ》か能《よ》く離《つ》かん。精を結び遠遊すれば心を携《はな》れしむ。志を廻し朅来《けつらい》して玄謀《げんぼう》に従ふ、我が求むる所を獲ては、夫れ何をか思はむ。（『文選』巻十五　張衡「思玄賦」）

こうして「思玄賦」は、天に昇る道はなく、神仙になり得た者は少ない、赤松子も王子喬もあまりに高く手の届くところではない。精神を遠く遊ばせれば、心が離れてしまう、帰り来て玄謀（奥深い道）に従うだけだ、と結論する。憶良の「惑情を反さしむる歌」（序と800・801）が、神仙道教に憧れる山沢亡命の徒への忠告として、

ひさかたの　天路《あまぢ》は遠し　なほなほに　家に帰りて　業《なり》をしまさに（801）

とまとめるのは、右の「思玄賦」の結語と全く同工であろう。旅人と憶良の間には、書簡を通じての親しい交渉のほかに、共通の漢籍を通じて共通の知識をわかちあう、書籍を通しての交渉があった可能性を考えさせる。(39)

六　旅人の韜晦

こうして『楚辞』や『楚辞』の影響を顕著に受けた作品への傾倒は、旅人の作品を考える上での枢要と思われるが、このことが従来全く考えられてこなかったのは、屈原等への傾倒が旅人にとってあからさまに言表されるべきものではないがために、作品の表面に必ずしも明瞭に現れていないからである。明らかな言表が避けられるのは、ひとつには屈原等への傾倒が、君主や中央の政治家に対する批判になり、はばかりがあるからである。そしてもうひとつには、旅人という人物の矜持、プライドの問題があるだろう。

そのことの帰結として、旅人の表現活動には韜晦[40]がある。韜晦はたいへんデリケートな云為で、わかる人にはわかり、わからない人にはわからない。わからない人にわかってもらう必要は全くないし、わかってもらわない方がよいのだが、わかる人にはわかってほしい、しかしわかってほしくはあっても、だからといってわかった人に「わかった」などとは決して言ってほしくないものである。そうしたことのすべてがわかる人を選んで、そういう人に対して、旅人はボールを投げる。

巻五前半部は、いくつかの例外はあるが、ほぼ旅人の、憶良との間の親しい書簡のやりとりに基づいていると思われる。書簡はお互いの間で通じれば目的を達せられるのであって、それが客観的に見たときに他者にも理解されなければならないという必要性は、全くない。書簡はお互いの間で起こった過去のできごとや共通の特定知識を前提にすることも多々ある。書簡の中の歌は、文字テクストが一元的に表現する意味とは別のニュアンス・別の意味を、テクスト外のものに支えられて放出することがありうるのだ。

また、書簡の中の歌であればこそ、旅人が他者の文字遣いや語彙表記の癖を故意に用いることによって、他者を装ったり示唆したりすることがありうる。それは書簡であればこそ、右に述べた「お互いの間で起こった過去のできごとや共通の特定知識を前提にする」ことを特異な文字表記の上で行っているものなのである。

そのように考えることについて、旅人・憶良それぞれの文字遣いの特徴をもって、書き手（と作者）を推定するこれまで蓄積されてきた手法に対し、原則を切り崩すものであるとする批難はあたらないだろう。なぜならば、この他者の文字遣いや語彙表記を襲用（擬用）する、という方法自体が、「文字遣いの特徴が書き手を指示する」という原則にのっとったものだからである。文字遣いの特徴を以て書き手を指示することにより、書き手とは別個に存在する作者が「指示された書き手」をからかったり、受け手に特定の意味を示唆したりするあり方は、親しい人間関係を前提とした、書簡という世界の中でこそ成り立っている。書簡の中であればこそ、指示された書き手と実作者の相違は、その相違によって誤解を引き起こすことはありえないのである。

そしてそれ（他者の文字遣いの擬用）を行うことが許されるのは大宰帥（すなわち上司）大伴旅人のみであり、からかわれるのはほぼ常に憶良である。そのことを旅人、および旅人と憶良の関係性のひとつの側面として捉えてもゆくべきであると思われる。

注

（1）序と歌十一首のすべてを大伴旅人の作とする説に契沖『万葉代匠記』・武田祐吉『萬葉集全註釋』・澤瀉久孝『万葉集注釈』等・清水克彦「仙媛贈答歌の性格」（『萬葉』第四三号、一九六二年四月）・辰巳正明「松浦河に遊ぶ序と歌」（『セミナー万葉の歌人と作品』第四巻、和泉書院、二〇〇〇年）などがある。序と860までの八首を山上憶良作とする説に土屋文明『万葉集私注』、序と854までの二首を山上憶良とする説に木下正俊『日本古典文学全集　万葉集二』等、序と854までの二首を旅人、

855〜860を官人たちとして、旅人と官人たちとの共作を考える説に、土居光知『古代伝説と文学』（岩波書店、一九五〇年）・原田貞義「筑紫の雅宴（三）―「遊於松浦河歌」から「領巾麾嶺歌」まで―」（『読み歌の成立 大伴旅人と山上憶良』翰林書房、二〇〇一年。初出は一九六七年・一九七三年）・稲岡耕二『萬葉表記論』（塙書房、一九七六年）・同「松浦河に遊ぶ序と歌の形成」（『万葉集を学ぶ』第四集、有斐閣、一九七八年）・同「松浦河仙媛譚の形成・追攷―旅人と憶良の交渉―」（『説話論集』第六集、清文堂出版、一九九七年）・村山出「松浦河に遊ぶ序―追和三首の虚構性と作者―」（『萬葉の風土・文学』塙書房、一九九五年）・米内幹夫「「松浦河に遊ぶの歌」」（『大伴旅人論』翰林書房、一九九三年。初出は一九七九年。ただし序と857までを旅人作とする）・伊藤博『萬葉集釋注　三』などがある。ことに見解の相違が顕著なのが後人追和之詩三首（861〜863）の作者についてであり、憶良説に前掲原田・稲岡（『萬葉表記論』『万葉集を学ぶ』）・村山論文など、旅人説に前掲契沖・武田・澤瀉・清水・辰巳・稲岡（『説話論集』）・米内論文・井村哲夫『萬葉集全注』・伊藤博『萬葉集釋注』などがある。近年は従来の実作者考証を旨とする研究動向が、結果として作品論の不毛を招いているとして、空間や時間を仮構することに着眼した作品把握が目指される傾向がある。追和三首を留守歌の趣向のもとにとらえる神野志隆光「「松浦河に遊ぶ歌」追和三首の趣向」（『萬葉集研究』第十四集、塙書房、一九八六年）、テキストの上の作者（実作者ではない）をもとに作品論を展開する廣川晶輝「「松浦河に遊ぶ歌」の〈仕掛け〉」（『山上憶良と大伴旅人の表現方法―和歌と漢文の一体化―』和泉書院、二〇一五年。初出は二〇〇三年）・身﨑壽「語り手と時間と―松浦河歌群を例として―」（『萬葉集研究』第二十六集、塙書房、二〇〇四年）・松田浩「松浦逍遙歌群の後人追和と宜の書簡と」（『上代文学』第九十六号、二〇〇六年四月）などの論があり、背後に「筑紫歌壇」「筑紫文学圏」の存在を重視するむきもある。私は近年の、実作者をあえて不問に付したまま作品論を展開する研究には与しない。

(2) 有坂秀世『上代音韻攷』（三省堂、一九五五年）。

(3) 稲岡耕二「巻五の論」（『萬葉表記論』塙書房、一九七六年）。

(4) 稲岡耕二注(3)掲出論文、同「松浦河に遊ぶ序と歌の形成」（注(1)掲出）ほか。

(5) 稲岡耕二「松浦河仙媛譚の形成・追攷」（注(1)掲出）。

(6) 稲岡耕二氏のB用字圏とは、旅人作歌である793、806〜807、810〜811に用いられた仮名字母群、すなわち神亀五年〜天平元年頃の旅人が用いた仮名字母群をいう（注(3)掲出論文）。

(7) 稲岡耕二氏は、巻五で旅人作と認定される歌に「再々みられる」字として「仁《に》」「勿《も(乙類)》」、旅人作と認定される歌に特徴的な字として「得《と(乙類)》」「例《れ》」「有《う》」「必《ひ(甲類)》」をあげておられる（注(3)掲出論文）。

(8) 稲岡耕二注(5)掲出論文。

(9) 「麻都良河波《まつらがは》」は特異な表記である。「河」は通常、正訓字として「三輪河」「吉野の河」などと用いられるが、ここは音仮名として用いられている。音仮名として用いられるのはEの当該例以外は次のとおりで、限られた用例しかみられない。

河伯良（巻十四―3425）、阿須可河伯（巻十四―3544）、安須可河伯（巻十四―3545）、葦河爾（巻十六―3886）、伊豆美乃河波（巻十七―3908　境部老麻呂）、伊美都河伯（巻十七―3985　家持）、伊美豆河波（巻十七―3993　池主）、伊美豆河波（巻十九―4190　家持）

「河伯」は漢籍の知識からの戯書で、巻十四と巻十七の家持・池主の贈答中に現れる。Eの当該例と同じ「河波《カハ》」の表記は巻十七・十九の家持周辺で現れる。「河」を音仮名として用いるのは、巻五のこのEが最初と思われ、仮名として用いながら、音を表すだけでなく、表意文字としての機能も利用している。「河」に「波」がたち、河波のきらめき流れる光景を髣髴させる工夫された表現で、第二グループに提示されたそれがそのまま第三グループにも継承されているのを見ることができる。794（日本挽歌）前置文中の憶良による印象的な表現、「愛河《あいが》の波浪すでに先づ滅《き》え」に想を得たような文字遣いとなっていて、書記者の創意が窺われる。

(10) この「人皆」が、「特定多数を示す語」である「皆人」に対し、「不特定多数の称」であるとする伊藤博氏説について、必ずしもそうとは限らないことを指摘した神野志隆光論文（注(1)掲出論文）が有効と考える。

(11) 稲岡耕二注(3)掲出論文。

(12) 神語（『古事記』上巻）は、「栲綱の　白き腕　沫雪の　若やる胸を　そ叩き　叩きまながり　真玉手　玉手さし枕き　股長に　寝を寝さむ」と、さらに具体的な性愛描写をもつ。

(13) 稲岡耕二「異形の書簡―「作品」としての憶良書簡―」（『論集上代文学』第三〇冊、笠間書院、二〇〇八年）は、870の解釈にあたり、「今回ノ御旅行ソノモノガ現実ノコトナノカドウカ、ソレモ私ニハ信ジラレナイ状態デス」と、旅行への疑問の念を読みとられている。

(14) 拙稿「大伴旅人考―〈領巾麾之嶺〉を中心に　付、九州風土記乙類の周辺―」（『上代文学』第一一九号、二〇一七年十一月）参照。

(15) 契沖『万葉代匠記』・小島憲之「遊仙窟の投げた影」（『上代日本文学と中国文学　中』塙書房、一九六四年）・古沢未知男『漢詩文引用より見た万葉集の研究』（桜楓社、一九六六年）ほか。

(16)「洛神賦」冒頭に「駕《が》を蘅皐《かうかう》に税《と》き」とある。

(17) 宋玉「高唐賦」「神女賦」「登徒子好色賦」、曹植「洛神賦」。

(18)『芸文類聚』巻十八「美婦人」に、宋玉「登徒子好色賦」・司馬相如「美人賦」・張衡「定情賦」・蔡邕「協初賦」「検逸賦」・陳琳「止欲賦」・阮瑀「止欲賦」・王粲「閑邪賦」・応瑒「正情賦」・曹植「静思賦」・張華「永懐賦」・江淹「麗色賦」・沈約「麗人賦」、『芸文類聚』巻三十「怨」に司馬相如「長門賦」、『芸文類聚』巻三十五「愁」に繁欽「弭愁賦」、『芸文類聚』巻七十九「神」に、宋玉「高唐賦」「神女賦」・曹植「洛神賦」・陳琳「神女賦」・王粲「神女賦」・楊脩「神女賦」・謝霊運「江妃賦」・江淹「水上神女賦」、『初学記』巻七「漢水」に、徐幹「喜夢賦」などの作品名がみえる。

(19) 東茂美「河洛の女神―大伴旅人の美人詠―」（『高岡市萬葉歴史館論集1　水辺の万葉集』笠間書院、一九九八年）。

(20)「不改常典」は元明即位詔に見えるのが初見で、その後聖武天皇など数代の天皇の即位詔にみえるが、成文法とは考えられず、聖武（首皇子）即位を究極の目的としたものであるとする武田佐知子「「不改常典」について」（『日本歴史』第三〇九号、一九七四年二月）の指摘が肯われる。

(21) 清水克彦「旅人の宮廷儀礼歌」（『萬葉論集』桜楓社、一九七〇年）。

(22) 村田正博「天地と長く久しく―旅人吉野讃歌の表現の一面―」（『萬葉の風土・文学』塙書房、一九九五年）。

(23) 小島憲之「出典の問題」（『日本上代文学と中国文学　上』塙書房、一九六二年）。

(24) 李善注はさらに典拠として『淮南子』を引く。この「或臨洛浦而徒羨王魚」については「或いは洛浦《らくほ》に臨みて徒《いたづら》に王魚《わうぎょ》を羨《ともし》び」とよむテキストが多い（近年のものとして井村『全注』・『新潮集成』・『新編全集』・『釋注』・『和歌文学大系』など、いずれも「トモシビ」。『全歌講義』の「ウラヤミ」も同道）が、『淮南子』や「帰田賦」における「羨」の用法からみて「羨《ねが》ひ」とよむべきものである（大谷雅夫「王魚考―萬葉集の漢語―」『国語国文』第六二巻第三号、一九九三年三月）。旅人作と考えられる[A]〈龍の馬〉の806前置文「唯羨去留無恙」が、「ただ羨《ねが》はくは去留《きよりう》恙《つつみ》なく」とよまれるべきであることをも勘案すれば、旅人が「帰田賦」の「羨」を「ネガフ」意であると正しく理解していたことは確実であり、[E]序も「或いは洛浦《らくほ》に臨みて徒《いたづら》に王魚《わうぎよ》を羨《ねが》ひ」とよむべきと思われる（『新大系』・『全解』が「ネガヒ」の訓を採用する）。「王魚」については不明で、今日も定説をみないが、前掲『楚辞』（「九歌」河伯）や「洛神賦」にみえる「文魚」との関連が考えられよう。

(25) 谷口孝介「吉田宜の書簡と歌」（『セミナー萬葉の歌人と作品』第四巻、和泉書院、二〇〇〇年）。

(26) 契沖『萬葉代匠記』初稿本は「帰田賦」を、精撰本は「蘭亭記」を引き、岸本由豆流『萬葉集攷證』は双方を引く。

(27) 早く橘千蔭『萬葉集略解』が「珮後之香は屈原が事によりていへり」、『攷證』が「離騒経に、紉二秋蘭一以為レ佩云々とあるによれり。珮は佩と同字なり」と指摘している。

(28) 稲岡耕二注(5)掲出論文、同「布衣の交わり—憶良と旅人—」（『山上憶良』吉川弘文館、二〇一〇年）。

(29) 井村哲夫『萬葉集全注　巻第五』（有斐閣、一九八四年）。

(30) 稲岡耕二注(5)掲出論文。

(31) 稲岡耕二「大伴旅人・山上憶良」（『講座日本文学2　上代編Ⅱ』三省堂、一九六八年）、同注(13)掲出論文。

(32) 注(14)掲出拙稿。

(33) 土田知雄「大伴旅人・京人贈答歌私考」（『語学・文学』一二、一九七四年三月）。

(34) 稲岡耕二「筑紫のめぐりあい」（『山上憶良』吉川弘文館、二〇一〇年）。

(35) 小島憲之「万葉集と中国文学との交流」（『萬葉集大成』比較文学篇、平凡社、一九五四年）。

(36) 佐竹昭広ほか『新日本古典文学大系　萬葉集一』（岩波書店、一九九九年）。

(37) 原田貞義「揺れる心—旅人と京人との往復書簡二通—」（『読み歌の成立大伴旅人と山上憶良』翰林書房、二〇〇一年。初出は一九七二年）。

(38) 『時代別国語大事典上代編』（三省堂、一九六七年）。

(39) 憶良が『楚辞』を見ていたことは前述したが、ほかにも、「老冉冉《おいぜんぜん》として其れ将に至らんとす。脩名《しうめい》の立たざるを恐る」（「離騒」）などは、かつて小島憲之氏が憶良の「士《をのこ》やも空しくあるべき万代《よろづよ》に語り継ぐべき名は立てずして」（巻六—978）の典拠の可能性のひとつとして挙げられたものであり（小島憲之『日本上代文学と中国文学　中』九六七頁）、前掲の「九歌（大司命）」の例とともに、老いの迫り来る愁色を濃く伴うものである点、旅人・憶良の関心を引いたであろうし、憶良の978に最も大きく影響を与えたもののように思われる。そのほか旅人・憶良には、必ずしも相接しているわけではないそれぞれの作において、同じ漢籍を出典としていることがまま見受けられ、書籍を介しての交渉の存在を想像させる。

(40) つとに清水克彦氏が E 〈遊於松浦河〉の「帥老」注記をめぐってではあるが、「韜晦」の語を用いられている（清水氏注(1)掲出論文）。私見とは必ずしも重なるわけではないが、続けて「自分の感情を、なんらかのかたちで自分から切り離し、対象化して表現しようとする性格が、旅人の作品全般に通じて考えられる」とされているのは注目される。

※『楚辞』『文選』の書き下し文は、原則として新釈漢文大系のそれによったが、私見により改めた箇所がある。『楚辞』（星川清孝、明治書院、一九七〇年）、『文選（賦篇）下』（高橋忠彦、明治書院、二〇〇一年）。

※本稿の一部は、二〇一七年度上代文学会大会の公開講演会（二〇一七年五月二十日　於奈良女子大学）にて発表したものである。別稿（注(14)掲出拙稿）と併読いただければ幸いである。

「白妙の袖さへ濡れて朝菜摘みてむ」
——万葉集のテ形による副詞句——

吉井　健

はじめに

現代語でも古典語でもいわゆる接続助詞「て」はさまざまな関係を表す。そうした中で、

①いざ子ども　香椎の潟に　白たへの　袖左倍所沾而《そでさへぬれて》　朝菜摘みてむ（万葉集　六・九五七）

②袖ひちて　むすびし水の　こほれるを　春立つけふの　風やとくらむ（古今集　二）

といったものがある。これは①「袖さへ濡れて」のように、〈動詞連用形＋テ〉（以下テ形句と略称する）によってむすばれた部分が、句的体制をもって主句の事態と関わる副詞句である。これは富士谷成章が、次のように、「しるしのて」（『あゆひ抄』）として注意したものである。

「しるしのて」あり。しばらく神を隠してしるしのあらはなる物を言ふなり。里に「火をちらして戦ふ」「腹をよりて笑ふ」など言ふに同じ。「土さへ裂けて照る日」「思ひ出づるぞ消えて悲しき」などをはじめとして後世にはことに多し。「つつ」にも通ふ心あり。かりに「ホドニ」と里す。まことは「ヨトイフホドニ」と心得べ

（『あゆひ抄』巻五て身・中田祝夫・竹岡正夫『あゆひ抄新注』による）

し。

このうち主述構成をなすものは、のちに山田孝雄（一九〇八）が有属文の中の一類、「修飾句」として立てたものである。現代語のテ形において類似の性格をもつものは、「老婦人が静かに坐って煙草を喫っていた」のような〈付帯状態〉（仁田義雄（一九九五））と呼ばれるものかと思われる。ただし、現代語において「袖が濡れて朝菜を摘んだ」が逸脱性をもつことを見てもわかるように、現代語の〈付帯状態〉の場合、先行成分（テ形句）と後行成分（主句）との主体は同一であるのに対して、これらの例は様相を異にしている。そのことが、山田孝雄（一九〇八）が「修飾句」を特立する理由の一つであると考えられる。本稿ではこうした山田孝雄（一九〇八）の「修飾句」をなすテ形句の万葉集における様相を見てみたい。そのために「思ふ」「思ほゆ」に関わる形容詞・動詞のテ形句についても参照する。さらに、動詞テ形による「修飾句」に指摘される程度性についても考えてみたい。

一　「思ふ」「思ほゆ」に関わる場合

1　形容詞

まず、「思ふ」や「思ほゆ」に関わるものを見ておく。例えば次のような例がある。

①婦負の野の　すすき押しなべ　降る雪に　宿借る今日し　可奈之久於毛倍遊《かなしくおもほゆ》（一七・四〇一六）

②垂姫の　浦を漕ぐ舟　梶間にも　奈良の我家を　和須礼氏於毛倍也《わすれておもへや》（一八・四〇四八）

①は形容詞連用形によるもので、②は動詞連用形＋テによるものである。動詞テ形の例を見る前に形容詞連用形

による例を見ておきたい。

③家に行きて　いかにか我がせむ　枕づく　都摩夜佐夫斯久《つまやさぶしく》　思ほゆべしも（五・七九五）
④相模道の　余綾の浜の　砂なす　兒良波可奈之久《こらはかなしく》　思はるるかも（一四・三三七二）
⑤秋の野を　朝行く鹿の　跡毛奈久《あともなく》　思ひし君に　逢へる今夜か（八・一六一三）
⑥玉敷きて　待たましよりは　たけそかに　来る今夜し　樂所念《たのしくおもほゆ》（六・一〇一五）
⑦暁に　名告り鳴くなる　ほととぎす　伊夜米豆良之久《いやめづらしく》　思ほゆるかも（一八・四〇八四）
⑧橡の　衣は人皆　事なしと　言ひし時より　欲服所念《きほしくおもほゆ》（七・一三一一）

形容詞連用形の場合、内容と言うにふさわしい例が見られる。これは、後で見るが、動詞のテ形が「思ふ」「思ほゆ」と関係する場合と差がある。構成の面から見ると、③④⑤は主述関係を見やすく、同様に情意の対象をもつ⑥⑦⑧もそれに準じてよい。これらは、ほとんど情意形容詞に重なると言ってよいが、「思ほゆ」「思はる」を持つことにおいて、単に発話時点での情意を述べるだけではなく、その情意が自然に生起したものであることを反省的に述べることになっている。

⑨水鳥の　鴨の羽色の　春山の　於保束無毛《おほつかなくも》　思ほゆるかも（八・一四五一）
⑩昨夜こそば　子ろとさ寝しか　雲の上ゆ　鳴き行く鶴の　麻登保久於毛保由《まとほくおもほゆ》（一四・三五二二）
⑪奥山の　岩本菅の　根深毛《ねふかくも》　思ほゆるかも　我が思ひ妻は（一一・二七六一）
⑫大き海の　美奈曽己布可久《みなそこふかく》　思ひつつ　裳引き平《なら》しし　菅原の里（二〇・四四九一）

これらの例は、序詞に関わるものである。⑨の場合、「～春山おほつかなし」という[1]序詞の文脈は、句的な意味を構成しつつ、連接部「おほつかなし」を共有しながら主想表現の文脈に関わってゆく。したがって、これらも深層においては句的な構成をもつものと考えられる面がある。しかし、いまは、いくつか例を挙げるにとどめ、しばらく別に考えておく。次の例は主述的な構成をもつが、時間性を負って「思ほゆ」「思ふ」に関係するものである。

⑬佐太の浦に　寄する白波　無間《あひだなく》　思ふをなにか　妹に逢ひ難き（一二・三〇二九）

⑭白波の　寄する磯回を　漕ぐ舟の　可治登流間奈久《かぢとるまなく》　思ほえし君（一七・三九六一）

⑮心には　忘日無久《わするるひなく》　思へども　人の言こそ　繁き君にあれ（四・六四七）

これらは、内容とは言いがたく、時間に関わりつつも、継続性ないしは回数の累積性によって思いを測るはたらきをしている。⑬「間《あひだ》無く」は、

⑯堀江より　水脈泝る　梶の音の　麻奈久曽奈良波《まなくそならは》　恋しかりける（二〇・四四六一）

の「間《ま》無く」とも共通の性格を持つものである。

これら形容詞連用形が「思ほゆ」「思ふ」に関わった全体のありかたには、総じて情意表現への傾斜が見て取れる。形容詞連用形がつづいて行く場合、「思ほゆ」がやや優勢で、「思ふ」の場合も、

⑰山川を　中に隔りて　遠くとも　許己呂乎知可久《こころをちかく》　思ほせ我妹（一五・三七六四）

を唯一の例外として、意志に関する形を持たない。

①婦負の野の　すすき押しなべ　降る雪に　宿借る今日し　可奈之久於毛倍遊《かなしくおもほゆ》（一七・四〇一六）

のように、基本的に一人称の情意を所与のものとして「思ほゆ」で反省的に枠づけたようなものを中心としている。「思ほゆ」「思ふ」で枠づけられた全体が情意的な表現になっている。

形容詞のテ形句について見ると、全体に例が乏しく、

⑱今日よりは　可敝里見奈久弖《かへりみなくて》　大君の　醜の御楯と　出で立つ我は（二〇・四三七三）

のように、句的構成をもって主文と関わるものは見られるが、形容詞のテ形句には「思ほゆ」「思ふ」に関係するものが見られない。

2　動詞連用形

動詞について見てみる。動詞連用形について見ると、「思ほゆ」「思ふ」に関係する例に乏しい。

①磯の上に　立てるむろの木　ねもころに　何深目《なにしかふかめ》　思ひそめけむ（一一・二四八八）

この例が稀な例である。類聚古集はじめ多くの古写本でナニニフカメテの訓が見られ、旧大系はナニカフカメテと訓む。しかし、用字からはテの訓み添えはありにくい。古典全集（小学館）以降の注釈は概してナニシカフカメと訓む。これを例外として動詞連用形一般には「思ほゆ」「思ふ」に関係する例がほとんど見られないのであるが、動詞「欲る」に関しては連用形の例がまとまって見られる。

②……山川の　隔りてあれば　恋しけく　日長きものを　見麻久保里《みまくほり》　思ふ間に……（一七・三九五七）

③見麻久保里《みまくほり》　思ひしなへに　縵蘿　かぐはし君を　相見つるかも（一八・四一二〇）

④赤帛の　純裏の衣　長欲《ながくほり》　我が思ふ君が　見えぬころかも（一二・二九七二）

動詞「欲る」は万葉集に連用形だけしか現れておらず、通常の動詞と異なる点がほかにも見られる。一般には已然形にカモ・コソが付いて条件を表す。

⑤……玉かぎる　日も重なりて　念戸鴨《おもへかも》　胸安からぬ　戀烈鴨《こふれかも》　心の痛き……（一三・三二五〇）

⑥わがせこが　如是戀礼許曽《かくこふれこそ》　ぬばたまの　夢にに見えつつ　寝ねらえずけれ（四・六三九）

しかし、「欲る」の場合には連用形が用いられる。

⑦秋と言へば　心そ痛き　うたて異に　花になそへて　見麻久保里香聞《みまくほりかも》（二〇・四三〇七）

⑧このころは　千年や行きも　過ぎぬると　我や然思ふ　欲見鴨《みまくほりかも》（四・六八六）

次の例は確例ではないので「見まく欲れこそ」の訓を排除できないが、⑦の存在から、

⑨栲縄の　長き命を　欲しけくは　絶えずて人を　欲見社《みまくほりこそ》（四・七〇四）

と従来から訓まれている。また、

⑩夕されば　ひぐらし来鳴く　生駒山　越えてそ我が来る　伊毛我目乎保里《いもがめをほり》（一五・三五八九）

のように、連用形で理由の解釈を許すような例がある。こうした用いられ方はいわゆるミ語法と重なる。

⑪我妹子を　相知らしめし　人をこそ　恋の増されば　恨三念《うらめしみおもへ》（四・四九四）

⑫宇流波之美《うるはしみ》　我が思ふ君は　なでしこが　花になそへて　見れど飽かぬかも（二〇・四四五一）

ミ語法も「思ふ」に関係する例を持ち、[2] しばしば理由の読みができる例が見られる。

⑬衣手の　別る今夜ゆ　妹も我も　いたく恋ひむな　相因乎奈美《あふよしをなみ》（四・五〇八）

さらに、「かも」「こそ」を伴う次のような用法がある。

⑭我妹子を　いざみの山を　高三香裳《たかみかも》　大和の見えぬ　國遠見可聞《くにとほみかも》（一・四四）

⑮三香原　布当の野辺を　清見社《きよみこそ》　大宮所　定めけらしも（六・一〇五一）

ミ語法は情意形容詞と共通の性格をもつと見られ、[3] それと用法の点で共通性をもつ「欲る」も一般の動詞とは別に扱うべきであろう。「欲る」を除くと、動詞連用形が「思ふ」「思ほゆ」に関わる例は①のみである。このように、形容詞連用形と同様の位置には、動詞連用形ではなく動詞テ形句が用いられていることに注意したい。

3　動詞テ形

次に動詞テ形について見てみる。動詞テ形が「思ふ」「思ほゆ」に関わるものでは、主語・述語の構成と見られるものは少ない。

①ひさかたの　月夜を清み　梅の花　心開而《こころひらけて》　我が思へる君（八・一六六一）

が数少ない例の一つである。この例は確例ではないが、「梅の花」との関係では「開けて」と訓みたい。[4] 序詞に関わる例として次のような例が見られる。

②都辺に　行かむ舟もが　刈り薦の　美太礼弖於毛布《みだれておもふ》　こと告げ遣らむ（一五・三六四〇）

③高山ゆ　出で来る水の　岩に触れ　破衣念《くだけてそおもふ》　妹に逢はぬ夜は（一一・二七一六）

これらは主述構成のものとはしないが、動詞テ形が「思ふ」「思ほゆ」と関係するものに、主述構成の見やすい例が乏しい中では、これらの例も近接したものと認められる面がある。

動詞テ形の場合、「〜ヲ・〜ニ」と共存するものが多い。

④妹が袖　別れて久に　なりぬれど　一日も妹を　和須礼弖於毛倍也《わすれておもへや》（一五・三六〇四）

⑤垂姫の　浦を漕ぐ舟　梶間にも　奈良の我家を　和須礼氏於毛倍也《わすれておもへや》（一八・四〇四八）

⑥楽浪の　波越す安蹔《あざ》に　降る小雨　間文置而《あひだもおきて》　我が思はなくに（一二・三〇四六）

⑦広瀬川　袖漬くばかり　浅きをや　心深目手《こころふかめて》　我が思へるらむ（七・一三八一）

⑧……玉藻なす　なびき寝し児を　深海松の　深目手思騰《ふかめておもへど》　さ寝し夜は　いくだもあらず……（二・一三五）

⑨みをつくし　心盡而《こころつくして》　思へかも　ここにももとな　夢にし見ゆる（一二・三一六二）

形容詞連用形の場合「思ほゆ」がやや優勢であったが、動詞テ形の場合は「思ふ」が優勢である。「思ほゆ」には、

⑩韓人の　衣染むといふ　紫の　情尓染而《こころにしみて》　所念鴨《おもほゆるかも》（四・五六九）

⑪ももしきの　大宮人は　多かれど　情尓乗而《こころにのりて》　所念《おもほゆる》妹《いも》（四・六九一）

⑫我妹子が　笑まひ眉引き　面影に　懸而本名《かかりてもとな》　所念可毛《おもほゆるかも》（一二・二九〇〇）

といった例が見られ、自動詞形態のものに応じているようである。動詞テ形における「思ふ」の優勢は、他動詞形態による叙述に応じてのことと解釈される。ただ、①はこの傾向に外れているように見える。自動詞形態で「思ふ」に連なるからである。おそらく、形容詞連用形の場合でも「思ほゆ」とともに「思ふ」があり得たように、テ形の動詞が自動詞形態の場合、「思ふ」にも亘り得るのだと思われる。

⑬心には　燎而念杼《もえておもへど》　うつせみの　人目を繁み　妹に逢はぬかも（一二・二九三二）

も①と同様の例と考えられる。そうして、こうした「思ふ」を含めて、動詞テ形が関係する「思ふ」の場合も意志的な表現は持たない。

⑭須磨の海人の　塩焼き衣の　なれなばか　一日も君を　忘而将念《わすれておもはむ》（六・九四七）

は「む」が接するが、意志を表していない。動詞テ形の場合も、全体としては、形容詞連用形の場合と等質なものである。ついでながら、これに関連して、次の例は訓が揺れている。

⑮隠りどの　沢泉なる　石根　通念　我が恋ふらくは（一一・二四四三）

⑯隠りづの　沢たつみなる　石根従毛《いはねゆも》　達而念　君に逢はまくは（一一・二七九四）

これらは類歌であるが、注釈書を見ると⑮については「通して」の訓を採るものが多く、⑯については「通し

て」の訓を採るものと「通りて」の訓を採るものが拮抗している。[5] この差には助詞が「を（ないし無標）」か「ゆ」かも関わっているだろうが、こうした揺れの生じることがやむを得ないことであり、正当なことでもあるという点を認めざるを得ないだろう。

さて次に、こうした動詞テ形が「思ふ」「思ほゆ」にどのように関係しているかを見ると、これらは、内容を表示しているとは言いにくい。[6]「かなしく思はるるかも」（一四・三三七二）のように、一人称の情意を枠づけるものと連続性を持ちつつ、④⑤の「忘れて思ふ」にしても、「忘れる」ことは思いの欠如であって、内容と言いにくく、思いの頻度を問う⑥と併せて見ると、④⑤は頻度とも見られ、思いを測る方向に傾く。⑦「心深めて」⑨「心尽くして」⑩「心に染みて」⑪「心に乗りて」などは、「心」という語をもって類型的である。つまりこれらは思いの至った到達点を示すもので、同時に「心深めて」「心尽くして」等の動詞テ形句は、「思いが深まるような状態で」「心が消尽するような状態で」といった意味を表すという把握も受け入れる面をもつことになると考えられる。これは、動詞テ形句が「思ふ」「思ほゆ」以外の述語による事態と関わる場合、すなわち次に見る「修飾句」との連続面であろうと思われる。

附　説

少し話が逸れるが、こうした動詞テ形句「忘れて思ふ」「心に染みて思ほゆ」といった「動詞連用形＋テ＋思ふ（思ほゆ）」の形は現代語にないように見える。たしかに、

①私はあなたのことを忘れて思うことはない。

②あなたのことが心に染みこんで思われる。

「白妙の袖さへ濡れて朝菜摘みてむ」（吉井）

といった表現はほとんど用いられない。しかしながら、動詞が「思う」ではなく「感じる」、殊に「感じられる」

になれば、相当許容されやすくなる。

③人間の時間の感じ方と精神状態は密接に関係しています。たとえばストレスを抱えると、時間の流れが切迫して感じられるなどです。（読売新聞　二〇〇六年三月四日　大阪朝刊）

④私のような米寿を迎えた人間には、桑原氏によって甚だ人間的に解釈された孔子の言葉が身にしみて感じられるのである。（東京新聞　二〇一二年九月一〇日　夕刊　梅原猛）

⑤こんな猫たちを見ていると、私たちのそばにいる飼い猫の生活が、色あせて感じられるのも事実です。（東京新聞　二〇一三年五月一八日　夕刊）

⑥暖炉にはまだ火が入っておらず、少し肌寒い部屋の中、ウォレンの唇はとても熱を持って感じられた。（大槻はぢめ「公爵様的恋のススメ」国立国語研究所データベース少納言による）

⑦遅れをとったと焦らない。遅れは当人には誇張して感じられる。（冨永祐一「不登校母親にできること」同右）

など用いられている。「感じられる」の場合、⑦のように漢語サ変では判断の難しいものもあるが、テ形の動詞は自動詞形態になるようである。このほか、感覚的に捉える「見える」の場合も動詞テ形の形が現れやすいようである。

⑧料金所を通過する。急に風景が透き通って見えた。車の流れはよくないが、高架のせいで風が吹きぬけていく。（安部公房「方舟さくら丸」同右）

⑨寝ている人間の顔は広がって見えるのに、死んだ人間の顔は縮んで見えることが不思議だった。（川上弘美「神様」同右）

このようなことは、「思ふ」「思ほゆ」について見たことから興味深い。上代には、動詞のテ形句が関係する「思ほゆ」「思ふ」において意志を明確に示した例が見られないことと共通点が認められる。現代語では動詞テ形句については、「思う」ではなく、「感じられる」「見える」といったものが受けている。これらは、意志の用法を持たないものである。上代の例では他動詞形態の動詞テ形が「思ふ」に関係していたが、そういうものはなくなり、自動詞のテ形句のみが「感じられる」「見える」に多く関係するようになっている。現代語では、「感じる」「考える」などの動詞によって「思ふ」の意味の語彙的な分担が進み、「思ほゆ」相当部分のみが、こうした動詞に関係する形で残っているように見える。ただ、現代語の場合、例を見ても明らかなように、かえって主述的な基盤は形式の上でも強固である。引用という場において、格関係を明示しながら「感じられる」等によって受けられることを条件に存在し得ているようである。

二　「修飾句」をなす場合

1　形容詞

動詞・形容詞が句となって主句に関わるものとして、山田孝雄（一九〇八）は有属文の中に「修飾句」を立てる。[7] 山田は次のような例を挙げている。

君は余念なく文章を起草し居られたり。
声たえず鳴けや鶯。

ゆく水の早くぞ人を思ひそめてし。

名汚れては武士の道立たず。

形容詞連用形のほか、動詞の場合、自動詞形態の連用形およびテ形を挙げている。主語・述語という形をとるものである。さらに次のようなものも挙げている。

とはざりし人もとふべく、わが宿の花のさかりをすごさずもがな。

艫声雁の如くに我は澄潭を下る。

その男が尻鼻血あゆばかり蹴たまへ。

秋風膚寒きまでになりぬ。

これらは、「べく」「如く」「ばかり」「まで」が後接したものである。これらはいま直接には扱わない。

まず形容詞の場合を見てみよう。形容詞のテ形句は例が少ない。

①しきたへの　枕をまきて　妹と我と　寐夜者無而《ぬるよはなくて》　年ぞ経にける（一一・二六一五）

②まを薦の　布能末知可久弖《ふのまちかくて》　逢はなへば　沖つま鴨の　嘆きそ我がする（一四・三五二四）

③谷近く　家は居れども　許太加久氏《こだかくて》　里はあれども　ほととぎす　いまだ来鳴かず……（一九・四二〇九）

これらの例は主述的な構成で、句的事態としての価値をもって句に関わるものであるが、基本的に「～の状態で」という意味をもつ。こうした場合、上のように万葉集では形容詞連用形＋テの用例はク活用に偏っているのであるが、次のごとく平安時代の散文には活用の型を問わず現れる。

④簀子などに、若き童べところどころに臥して、今ぞ起き騒ぐ。宿直姿どもをかしうてゐるを見たまふにも心細う（源氏・須磨）

いっぽう古今和歌集にも、

⑤見る人も　なくて散りぬる　奥山の　紅葉は夜の　錦なりけり（古今集・二九七　つらゆき）

という例はあるものの例が乏しく、この点については和歌の文体ということも考えなくてはならない可能性がある。

2　動詞

次に動詞による「修飾句」の場合を見る。テ形および連用形でまとめられた句の体制を以て主句に関わるものである。

①むら肝の　情摧而《こころくだけて》　かくばかり　我が恋ふらくを　知らずかあるらむ（四・七二〇）

②……肝向かふ　心摧而《こころくだけて》　玉だすき　かけぬ時なく　口止まず　我が恋ふる児を……（九・一七九二）

③別れても　またも逢ふべく　思ほえば　心乱《こころみだれて》　我恋ひめやも〈一に云ふ「意盡而《こころつくして》」〉（九・一八〇五）

これらは句的構成を持ったテ形句が「恋ふ」を述語に持つ句に関わるものである。「思ふ」「思ほゆ」の場合と表現に重なりが大きい。「恋ふ」は引用動詞ではないが、「恋ふ」が内面の感情の動きに関わる動詞であることによると考えられる。

さて、このほか「修飾句」と目されるテ形句には、

④風高く　辺には吹けども　妹がため　袖左倍所沾而《そでさへぬれて》　刈れる玉藻そ（四・七八二）

⑤いざ子ども　香椎の潟に　白たへの　袖左倍所沾而《そでさへぬれて》　朝菜摘みてむ（六・九五七）

⑥露霜に　衣袖所沾而《ころもでぬれて》　今だにも　妹がり行かな　夜はふけぬとも（一〇・二二五七）

⑦松浦川　川の瀬早み　紅の　母能須蘇奴例弖《ものすそぬれて》　鮎か釣るらむ（五・八六一）

⑧ぬばたまの　黒髪所沾而《くろかみぬれて》　沫雪の　降るにや来ます　ここだ恋ふれば（一六・三八〇五）

といった袖や髪が「濡れる」という例がまとまって見られる。これらは、主句の事態と同時性をもち、現代語で「付帯状況」と呼ばれるものと共通性をもつ。

⑨君に恋ひ　我が泣く涙　白たへの　袖兼所漬《そでさへひちて》　せむすべもなし（一二・二九五三）

も類似の例である。

⑩袖ひちて　むすびし水の　こほれるを　春立つけふの　風やとくらむ（古今集・二）

これは古今和歌集の歌であるが、⑨と同じ動詞「ひつ」をもつ。小松英雄（一九九七）が強調するように、これは「ひたす」に対する自動詞と認定しうるもので、佐伯梅友（一九五八）が古今集歌について「袖がぬれるという状態で手にすくった水ということであるが、現代語では、そういうよりも、袖をぬらして……という方が普通」であると述べているように、現代語とは異なったものである。④でも「袖まで濡れて刈っている」というのは現代語では不自然で、「袖まで濡らして刈っている」となるのが自然であろう。「思ふ」「思ほゆ」さらには「恋ふ」では現代語との間であまり顕わにならない問題が、これらの場合には生じている。佐伯（一九五八）が指摘するように、これらを付帯状況を表すものだと見ると、このような違いが生じているということになる。こうした例は、他に、

⑪我妹子が　赤裳泥塗而《あかもひづちて》　植ゑし田を　刈りて蔵めむ　倉無の浜（九・一七一〇）

⑫……同年児らと　手多豆佐波利提《てたづさはりて》　遊びけむ　時の盛りを　留みかね　過ぐし遣りつれ……（五・八〇四）

⑬玉くしげ　明けまく惜しき　あたら夜を　袖可礼而《ころもでかれて》　ひとりかも寝む（九・一六九三）

⑭池水に　可氣左倍見要氐《かげさへみえて》　咲きにほふ　あしびの花を　袖に扱入れな（二〇・四五一二）

⑮山川を　奈可尓敝奈里弖《なかにへなりて》　遠くとも　心を近く　思ほせ我妹（一五・三七六四）

といった例が見られる。また、

⑯波羅門の　作れる小田を　食む烏　瞼腫而《まなぶたはれて》　幡幢に居り（一六・三八五六）

⑰……南風吹き　雪消益而《ゆきげはふりて》　射水川　流る水沫の　寄るべなみ　左夫流その児に……（一八・四一〇六）

これらは正訓字であるが、「腫れて」「はふりて」と訓んで例に加えてよかろう。

⑱巻向の　山邊響而《やまべとよみて》　行く水の　水沫のごとし　世の人我等は（七・一二六九）

は、「とよめて」の訓もあり得る。これは決めがたい面があるが、

⑲大き海の　水底豊三《みなそことよみ》　立つ波の　寄せむと思へる　磯のさやけさ（七・一二〇一）

を参考にして、「とよみ」と訓んでここの例に含めておく。

⑳六月の　地副割而《つちさへさけて》　照る日にも　我が袖干めや　君に逢はずして（一〇・一九九五）

も「さけて」と訓み、同様の例とする。

㉑……いふかりし　国のまほらを　つばらかに　示したまへば　嬉しみと　紐の緒解きて　家のごと　解而《とけて》
曽遊《そあそぶ》……（九・一七五三）

についても、

㉒万代に　許己呂波刀氣弖《こころはとけて》　我が背子が　摘みし手見つつ　忍びかねつも（一七・三九四〇）

を参考に「解けて」と訓み、「心は解けて」の意と解して、上記のものの類例としておく。㉑の「とけて」は主述的な構成をそれとして持たず、次のような副詞に連なるものと見られる。

㉓言はむすべ　せむすべ知らず　極《きはまりて》　貴きものは　酒にしあるらし（三・三四二）

次の例は主述的な体制を見て取れるものであり、①～⑳に連続的であることが顕わであるが、主句の事態との有縁性が減じており、やはり副詞と見うるものである。

㉔生ける代に　我はいまだ見ず　事絶而《ことたえて》　かくおもしろく　縫へる袋は（四・七四六）

動詞連用形が「修飾句」をなす場合について見てみる。

㉕あしひきの　山左倍光《やまさへひかり》　咲く花の　散りぬるごとき　我が大君かも（三・四七七）
㉖大き海の　水底豊三《みなそことよみ》　立つ波の　寄せむと思へる　磯のさやけさ（七・一二〇一　再掲）
㉗植ゑ竹の　毛登左倍登与美《もとさへとよみ》　出でて去なば　いづし向きてか　妹が嘆かむ（一四・三四七四）
㉘高山の　石本瀧千《いはもとたぎち》　行く水の　音には立てじ　恋ひて死ぬとも（一一・二七一八）
㉙宇治川の　水阿和逆纏《みなあわさかまき》　行く水の　事反らずそ　思ひそめてし（一一・二四三〇）
㉚君がため　手力労《たぢからつかれ》　織りたる衣ぞ　春さらば　いかなる色に　摺りてば良けむ（七・一二八一）
㉛神奈備の　山下動《やましたとよみ》　行く水に　かはづ鳴くなり　秋と言はむとや（一〇・二一六二）

動詞連用形による「修飾句」の例は多くない。㉚については「手力つとめ」の訓があり、[8] ㉛については「とよめ」の訓もあり得る。

㉜夜を長み　眠の寝らえぬに　あしひきの　山妣故等余米《やまびことよめ》　さ雄鹿鳴くも（一五・三六八〇）

といった他動詞形態の例も見られる。

これらは、基本的には付帯状況を表すものである。⑦「裳の裾が濡れた状態で鮎を釣っているであろうか」、⑬「衣手が離れた状態で独り寝る」、⑯「瞼が腫れた状態で幡幢に居る」、㉕「山が光る状態で花が咲く」といった意味を表している。しかしながら、現代語と違って主句と別の主語を持つとみられるのである。山田孝雄（一九〇八）が「修飾句」として特立したのも、そうした点に注意した結果であろう。現代語では、テ形が付帯状況を表す場合は、「〜ながら」の形の従属節の場合と同じく、もっとも従属度の高い節と見なされ、独立の主語を持たないものとされている。そういう点から見ると、同時併存的な付帯状況を表すと見えて、独立の主語を持つこれらの例は、確かに違っていることが目立つ。

けれども、次のような例を見ると、この自他の認定は見直される可能性がある。

㉝山川を　奈可尓敝奈里弖《なかにへなりて》　遠くとも　心を近く　思ほせ我妹（一五・三七六四）

㉞わびぬれば　身をうき草の　根を絶えて　さそふ水あらば　いなむとぞ思ふ（古今集・九三八）

㉟海の底　奥乎深目手《おきをふかめて》　生ふる藻の　もとも今こそ　恋はすべなき（一一・二七八一）

㉝の「へなる」には次のような類例がある。

㊱うるはしと　我が思ふ妹を　山川を　奈可尓敝奈里弖《なかにへなりて》　安けくもなし（一五・三七五五）

また、「へだつ」（下二段）の例であるが、次のような例がある。

㊲天照らす　神の御代より　安の川　奈加尓敝太弖々《なかにへだてて》　向かひ立ち　袖振りかはし……（一八・四一二五）

この「へだつ」は他動詞と見ることができるだろう。㉝㊱の「へなる」も基本的には他動詞と見ることができる。[9]

いっぽう、「へなる」には次のような例がある。

㊳……玉桙の　道をた遠み　山川の　敝奈里氏安礼婆《へなりてあれば》　恋しけく　日長きものを　見まく欲り　思ふ間に……（一七・三九五七）

㊴一重山　重成物乎《へなれるものを》　月夜良み　門に出で立ち　妹か待つらむ（四・七六五）

これらの例では「へなる」は自動詞と見られる。

㊵……玉桙の　道行く我は　白雲の　たなびく山を　岩根踏み　古要敝奈利奈婆《こえへなりなば》　恋しけく　日の長けむぞ
そこ思へば　心し痛し……（一七・四〇〇六）

㊶初尾花　花に見むとし　天の川　弊奈里尓家良之《へなりにけらし》　年の緒長く（二〇・四三〇八）

これらの例でも「へなる」には「ぬ」が後接しており、自動詞と見ることができる。そうするとむしろ㉝㊱の「へなる」が異例となる可能性がある。

㉞は中古の例ではあるが、自動詞形態である「絶ゆ」が「根を」を受けている点で変則に見える。また、その逆に、㉟において「深む」に他動詞性を読むことは困難であろう。助詞「を」の付与は、格関係とは異なるレベルである可能性がある。金水敏（一九九三）は、格関係だけでは説明しにくい「を」について、「を」はそれを含む従属節の事態が、主節事態に対して広い意味での因果関係をもつことを特徴づけるものとしてはたらいているとする。そこで㉝～㉟のような類型が扱われているわけではないが、これらの「を」も同様に捉えられるものではなかろうか。少なくとも、㉝～㉟の「を」は対格を表すものではない。

㉝「山川を中にへなりて」は「山川が中にへだたった状態で」、㉞は「根がなくなった状態で」、㉟は「藻の根が奥深くまで達する状態で」というように、これらは「を」を受けていても必ずしも他動性を持たず、主述的なまとまりをもつ。したがって、これらもまた①～⑳と共通の性格のものである。主句との意味的な関係性においても、これらは①～⑳と共通のものと考えるべきものであろう。ここにおいて、川端善明（一九七九）が、山田孝雄（一九〇八）の有属文の中に立てられた「修飾句」にあっては、「動詞的分析性」すなわち自他の分析が抑止されてあるとしていることが想起される。今見たように「を」を受ける動詞がただちに他動詞とは言えないこと

は、その現れの一つであると解釈される。そこでは主述としての関係性が把握される。①〜⑳は、その関係性が自動詞形態の動詞の存在によって顕在化しているものであると捉えられる。この場合も、自動詞形態ではあるが、自他対立の中の自動詞ではないということになる。

このことに応じて、他動詞形態の場合も、「〜を+動詞テ形」を、主述的に見るべき場合があるということになる。

㊷おほかたは　誰が見むとかも　ぬばたまの　我が黒髪を　靡而将居《なびけてをらむ》（一一・二五三二）

といった例は、「黒髪を靡かせた（状態で）」か「黒髪が靡いた（状態で）」の択一によらない主述的な統一をもつと解される。山田孝雄（一九〇八）は、こうした他動詞形態のものを有属文の中の「修飾句」として挙げていない。しかし、動詞の形態的自他を問わず、同時併存的な付帯状況を表す動詞句において、こうした関係性を見ることも必要であると考えられる。

三　「修飾句」の程度性

自動詞形態の動詞テ形・連用形による「修飾句」のみが主述関係をもつのではなく、他動詞形態においても主述関係を捉えることは非常に重要であることを確認したが、なおしばらく自動詞形態による「修飾句」を観察してみたい。

①池水に　可氣左倍見要氏《かげさへみえて》　咲きにほふ　あしびの花を　袖に扱入れな（二〇・四五一二）

②植ゑ竹の　毛登左倍登与美《もとさへとよみ》　出でて去なば　いづし向きてか　妹が嘆かむ（一四・三四七四）

「池の水に影が映るほどまでに」「根元まで響くほどに」といった程度性が見てとれる。副助詞「さへ」の共起も、こうした程度性に関連するものと見られる。この例に限らず、多くの例に程度性が見て取れる。これは現代語の付帯状況とは異なっている。

③風高く　辺には吹けども　妹がため　袖左倍所沾而《そでさへぬれて》　刈れる玉藻そ（四・七八二）

④我妹子が　赤裳塗塗而《あかもひづちて》　植ゑし田を　刈りて蔵めむ　倉無の浜（九・一七一〇）

⑤六月の　地副割而《つちさへさけて》　照る日にも　我が袖干めや　君に逢はずして（一〇・一九九五）

⑥大き海の　水底豊三《みなそことよみ》　立つ波の　寄せむと思へる　磯のさやけさ（七・一二〇一）

⑦宇治川の　水阿和逆纏《みなあわさかまき》　行く水の　事反らずそ　思ひそめてし（一一・二四三〇）

など、そのことは認められる。これらの句に特徴的なことは、「袖・濡る」「地・割く」といった状態変化を含意しているという点であろう。ここに挙げた例の場合、この状態変化は主句の事態によって生じる変化である。変化はある結果を残す。変化結果の表示は、その結果が残るような行為の様態であるという、主句の行為に対する分析性を一方でもちながら、また一方でそのような変化を起こすほどに行為をしたという程度性を容易にもち得るのだと考えられる。

⑧秋萩の　枝毛十尾二《えだもとををに》　置く露の　消なば消ぬとも　色に出でめやも（八・一五九五）

「モ＋情態言ニ」の形との類似も、こうしたことから考えられる（後述）。自動詞形態でなくとも、

⑨夜を長み　眠の寝らえぬに　あしひきの　山妣故等余米《やまびことよめ》　さ雄鹿鳴くも（一五・三六八〇）

といった他動詞形態の場合も同様に「山彦・響く」という主述的関係を考えることができる。その場合も、主句の事態によってそれが生じたという把握が可能で、程度性を容易にもち得る。またこの主述的な把握にあっては、

他動詞のもつ意志性は発現することなく、状態化する。こうした関係性は、動詞テ形句にも動詞連用形による修飾句にも共通に見られる。

　動詞連用形については、次のような例が多く見られる。

⑩春霞　山棚引《やまにたなびき》　おほほしく　妹を相見て　後恋ひむかも（一〇・一九〇九）

⑪明日香川　水往増《みづゆきまさり》　いや日異に　恋の増さらば　ありかつましじ（一一・二七〇二）

⑫風吹かぬ　浦尓浪立《うらになみたち》　なかる名を　我は負へるか　逢ふとはなしに（一一・二七二六）

⑬大舟に　葦荷苅積《あしにかりつみ》　しみみにも　妹は心に　乗りにけるかも（一一・二七四八）

これらは序詞と扱われるものである。テ形についてはこうした序詞の例は比較的少数である。

⑭鴨鳥の　遊ぶこの池に　木葉落而《このはおちて》　浮たる心　我が思はなくに（四・七一一）

といった例である。例えば、⑩の「春霞が山にたなびく」という事態は、それが関係する歌の主意とは事実的な関係をもたない。つまり付帯状況的な面はまったくない。しかし、具体的に把握しやすい事態を差し出して、歌の主意と照応する対比関係をもっている。連用形の場合、こういった方向に卓越していると考えられる。これは和歌という場において、その関係性が許容されているレトリカルなものと言えるであろうが、付帯状況的な修飾句において、動詞テ形句が動詞連用形による修飾句よりも優勢であったのは偶然でないことを示しているだろう。

　いっぽう、変化であっても、テ形・連用形による「修飾句」の事態が句の事態によって生じたと捉えにくい場合もあり、その場合は程度性も持ちにくい。

⑮波羅門の　作れる小田を　食む烏　瞼腫而《まなぶたはれて》　幡幢に居り（一六・三八五六）

⑯おほかたは　誰が見むとかも　ぬばたまの　我が黒髪を　靡而将居《なびけてをらむ》（一一・二五三二）

瞼が腫れることは、主句の事態からもたらされるものではない。こういった場合、主句の事態と同時に存する付帯状況と見ることはできるが、程度性を把握することは難しい。

自他の対立が抑止されているという点を考慮に入れても、現象的に自動詞形態で現れている動詞テ形・連用形による「修飾句」は、主句の事態によって生じる変化を示すものが非常に多いということは言えるであろう。山田孝雄（一九〇八）で有属文の中に「修飾句」として立てられたものには、「べく」「如く」「ばかり」「まで」が後接したものがあった。これらは同列のものではないが、

⑰相思はぬ　人をやもとな　白たへの　袖漬左右二《そでひつまでに》　音のみし泣かも（四・六一四）
⑱隠り沼の　下ゆは恋ひむ　いちしろく　人之可知《ひとのしるべく》　嘆きせめやも（一二・三〇二一）

といったものの持つ程度性を捉えたものと解釈できよう。

関係してゆく事態の状態を表しつつ程度を測るものとして、情態言を含む「AモB（情態言）＋ニ」という形式がある。ここであらためてこの形式を見ておきたい。

⑲秋萩の　枝毛十尾二《えだもとををに》　置く露の　消なば消ぬとも　色に出でめやも（八・一五九五　再掲）
⑳……御船子を　率ひたてて　呼びたてて　御船出でなば　濱毛勢尓《はまもせに》　後れ並み居て　こいまろび　恋ひかも居らむ　足すりし　音のみや泣かむ……（九・一七八〇）
㉑見まく欲り　我が待ち恋ひし　秋萩は　枝毛思美三荷《えだもしみみに》　花咲きにけり（一〇・二一二四）
㉒……偲はせる　君が心を　うるはしみ　この夜すがらに　寐も寝ずに　今日毛之賣良尓《けふもしめらに》　恋ひつつぞ居る（一七・三九六九）
㉓左夫流児が　斎きし殿に　鈴掛けぬ　駅馬下れり　佐刀毛等騰呂尓《さともとどろに》（一八・四一一〇）

㉔戯奴《わけ》がため　吾手母須麻尓《わがてもすまに》(10)　春の野に　抜ける茅花そ　召して肥えませ（八・一四六〇）

㉕故、天皇の使へる妾は、宮の中を臨むこと得ず。言立つれば、足母阿賀迦邇《あしもあがかに》嫉妬しき

（古事記　下　仁徳天皇）

これらは「枝がたわむくらいに」のように、「AがBの状態であるほどまでに」といった意味で、句的事態としての価値をもって主文の事態の実現を測るものである。ここで「Aモ」と「B（情態言）＋ニ」は主述関係にあると言ってよい。これらの主句に対する従属性は、テ形句に比べてさらに明示的である。主句に随伴する状態であることがはっきり示されている。しかも、これらは、例えば「萩の枝がたわむ」ことと「萩の枝に露が置く」ことのように、基本的には主句の内容に即した内容を持っており、付帯状況にも通う質をもっている。そうしてまた、「露が置くことの結果、枝がたわむ状態になる」あるいは「後れ並み居る結果、浜が狭い状態になる」といった把握ができる。動詞テ形句・連用形による「修飾句」は、動詞形態によってこうした程度性を表し得る形式であると考えられる。

なお、この「AモB（情態言）＋ニ」という形式は、「思ほゆ」「思ふ」に関わることもある。

㉖近江の海　夕波千鳥　汝が鳴けば　情毛思努尓《こころもしのに》　いにしへ思ほゆ（三・二六六）

㉗梅の花　香をかぐはしみ　遠けども　己許呂母之努尓《こころもしのに》　君をしそ思ふ（二〇・四五〇〇）

㉘韓人の　衣染むといふ　紫の　情尓染而《こころにしみて》　所念鴨《おもほゆるかも》（四・五六九）

これは次のような例と関係性において等しいといえる。

以上のように、動詞のテ形・連用形による句がもつ程度性は、「AモB（情態言）＋ニ」による程度性と同質のものと見られる。動詞のテ形・連用形による句も、その主述として把握される事態によって、主句の事態の実現

を測るものである。他動詞形態の場合も、

㉙我がやどの　麻花押靡《をばなおしなべ》　置く露に　手触れ我妹子　落ちまくも見む（一〇・二一七二）

といった例は、

㉚秋萩の　枝毛十尾丹《えだもとををに》　露霜置き　寒くも時は　なりにけるかも（一〇・二一七〇）

と同質のものであると考えることができる。露が置くという主句の事態が、尾花ないし秋萩の枝が下に曲がるような状態を結果として伴ってあるということを示している。自動詞形態か他動詞形態かということは、それが主句の事態の実現を測るという性格の有無に原理的には関係しないと見ることができる。自動詞形態であるにせよ他動詞形態であるにせよ、主句の事態と同時的に存在して、付帯状況的に把握できるものがある。そのうちテ形句の事態が主句の事態に随伴的であり、主句の事態の結果と把握される場合に、程度性を持ちやすいように見受けられる。

㉛天の川　安の渡りに　船浮而《ふねうけて》　秋立つ待つと　妹に告げこそ（一〇・二〇〇〇）

のような例では、「船・浮く」という主述的な把握のもとで、変化を含意していると認めることもできる。さらに主句の付帯状況としてあることも認められる。そこで主句「秋立つ待つ」ことの結果として「船・浮く」事態があると把握されるならば、例えば「（秋が立つ前から）舟を浮かべるほどに」といった程度性を見ることができるだろう。

㉙のような他動詞形態の場合に程度性を把握することは、そこに「尾花を押し靡ぶ」という意志性を認めないことと表裏している。㉛についても同様である。他動詞形態の場合、用例の外延を定めるのは難しいが、自動詞形態と基本的には同じである。ただ、自動詞形態の場合、主句と異なる主語をもち、付帯状況として把握できる

場合、動詞のテ形・連用形による句は意志を持たないいわゆる非対格自動詞が多くなっている。「袖さへ濡れて」などの場合がそうである。こうした、動詞のテ形・連用形による句の主語と主句の主語との組み合わせは、「無意志・有意志」「無意志・無意志」といった組み合わせは見られるが、「有意志・無意志」という組み合わせはありにくい。そうして、非対格自動詞は基本的に変化を表すものとなる。こうした条件ゆえに、自動詞形態の動詞のテ形・連用形による句は、副詞句としてその程度性が見えやすい形で存在しているのである。

なお、富士谷成章が挙げる「火をちらして戦ふ」「腹をよりて笑ふ」のような例は、「山彦とよめさを鹿鳴くも」「尾花押しなべ置く露」に連なるものであろう。これらの例も程度性が顕著である。これらの例でも、程度性は意志性を読み取らないことを前提としていると考えられる。ただ、「火をちらして戦ふ」「腹をよりて笑ふ」の場合、非現実性ないしは想定性が強く、付帯状況といった理解の範疇からも外れる面がある。あるいはそのことがこうした例について程度性を読み取る支えになっているのではないかと思われる。これは、山田孝雄（一九〇八）が、「修飾句」の中に入れた「べく」「如く」「ばかり」「まで」などによる副詞句との関連も考えられる。この点については今後の課題としたい。

まとめ

以上見てきたことをまとめておく。「思ふ」「思ほゆ」には、動詞の場合テ形句が専ら関係する。これは、動詞テ形句が形容詞と同じようなふるまいをしていることを示す。山田孝雄（一九〇八）が有属文の中の一類として立てた、自動詞の連用形・テ形による「修飾句」、例えば、

風高く　辺には吹けども　妹がため　袖左倍所沾而《そでさへぬれて》　刈れる玉藻そ（四・七八二）

は、主句の事態と同時的に存在し、現代語の付帯状況を表すテ形句と似ている。しかし、主句と別の主語をもつことに違いがあり、「修飾句」はしばしば程度性を帯びる。こうした性格は、

夜を長み　眠の寝らえぬに　あしひきの　山妣故等余米《やまびことよめ》　さ雄鹿鳴くも（一五・三六八〇）

我がやどの　麻花押靡《をばなおしなべ》　置く露に　手触れ我妹子　落ちまくも見む（一〇・二一七二）

など、他動詞形態のものにも拡げて見うる。ここに見られる程度性は、主句の事態の結果、連用形またはテ形による句の事態が生じているという把握によって発現すると考えられる。これは、

秋萩の　枝毛十尾二《えだもとをに》　置く露の　消なば消ぬとも　色に出でめやも（八・一五九五）

のような、「AモB（情態言）＋ニ」による程度性と同質のものと見られる。自動詞形態の「修飾句」、すなわち主句と異なる主語を持つ場合、述語動詞としての自動詞は、意志性を持たず、変化を表す非対格自動詞に偏る。この自動詞形態による「修飾句」にみられる程度性は、他動詞形態による場合にも等しく生じうる。ただし、他動詞形態においては、意志性をなきものとして、主述的に把握されることが必要である。そのため、自動詞形態で主句と異なる主語をもち、付帯状況と把握できる場合に、結果性とともに程度性がより顕在的に現れているのだと考えられる。

やがて現代語に至るまでに、「袖さえ濡れて玉裳刈る」といった句は「袖を濡らして玉裳を刈る」というふうに、事実的な関係を維持する限り、主句と主語を揃えて表現されるようになる。格助詞による格の明示化と関連してその時期が問題となるだろう。

注

（1）井手　至（一九七五）

（2）「欲る」の場合もミ語法の場合も「思ほゆ」の例は見られない。

（3）青木博史（二〇〇四）

（4）中川ゆかり（一九八八）によると、「心開」は漢語を摂取したものであるという。

（5）二四四三は旧訓をイハネヲモトホシテオモフ。トホシテと訓むもの「旧大系・旧全集・注釈・集成・新編全集・新大系・釈注」など。トホリテと訓むもの「窪田評釈・全註釈・全注」。二七九四は旧訓イハネヲモトホシテオモフ。トホシテと訓むもの「旧大系・注釈・集成・全注・釈注」など。トホリテと訓むもの「窪田評釈・全註釈・旧全集・新編全集・新大系」など、となっている。

（6）天ざかる　鄙にある我を　うたがたも　比母登吉佐氣氏《ひもときさけて》　思ほすらめや（一七・三九四九　池主）という例がある。この「紐解き放けて」が「思ほす」の内容であるという解釈がある（古典全集など）。「紐解き放く」には、「ほととぎす　かけつつ君が　松陰に　比毛等伎佐久流《ひもときさくる》　月近付きぬ（二〇・四四六四　家持）」のように、寛ぐさまを表すものがある。池主による、「高円の　尾花吹き越す　秋風に　比毛等伎安氣奈《ひもときあけな》　直ならずとも（二〇・四二九五）」も、妹との逢会を匂わせつつ、寛ぐ意で用いたものであろう。類例の少なさと相俟って、三五四九の「紐解き放けて」が内容を表すと見ることには躊躇せざるをえない。なお、「言ふ」について、「多萬之賀受《たましかず》　君が悔いて言ふ　堀江には　玉敷き満てて継ぎて通はむ（一八・四〇五七）・厩なる　縄絶つ駒の　於久流我弁《おくるがへ》　妹が言ひしを　置きてかなしも（二〇・四四二九）」などで、傍線部が内容を示すと見ることは可能だが、発言されたものであること、間に発言者が挿入されていて独立的になっていることなど、「思ふ」の類とは同列には考えられないものと思う。

（7）句として特立したことは非常に重要である。しかしながら、連用修飾と区別されなかった点は後に川端善明（一九七九）の批判を受ける。情態副詞の位置づけなど副詞の捉え方にも関わる。本稿もこの批判に学ぶところが多い。

（8）工藤力男（二〇〇七）

（9）㉝㊱は後に「遠くとも」「安けくもなし」のように状態性の句が来ている点で㊲とは異なっている。しかるに、むしろ㉝㊱において助詞「を」を明示している点が問題となろう。

(10) 井手　至（一九九三）により、ここの例とする。

参考文献

青木博史（二〇〇四）「ミ語法の構文的性格―古典語における例外的形式―」（『日本語文法』4巻2号）
井手　至（一九七五）「萬葉集文学語の性格」（『萬葉集研究』第四集／『遊文録』萬葉篇二（二〇〇九）和泉書院　所収）
井手　至（一九九三）「我が手もすまに」（『女子大国文』一一四／『遊文録』萬葉篇二（二〇〇九）和泉書院　所収）
大鹿薫久（一九八六）「『て』接続考」（『叙説』一二）
川端善明（一九七九）『活用の研究』Ⅱ（清文堂出版）
川端善明（一九八三）「副詞の条件―叙法の副詞組織から」（渡辺実編『副用語の研究』明治書院）
金水　敏（一九九三）「古典語の『ヲ』について」（仁田義雄編『日本語の格をめぐって』くろしお出版）
工藤力男（二〇〇七）「格支配から読む人麻呂歌集旋頭歌―手力つとめ織れるころもぞ―」（『成城国文学』二三／『萬葉集校注拾遺』（二〇〇八）笠間書院　所収）
小松英雄（一九九七）『仮名文の構文原理』
佐伯梅友（一九五八）「古今集と私」（『日本古典文学大系　月報』十一）
中川ゆかり（一九八八）「心開けて―紀女郎の漢語受容―」（『羽衣国文』二）
中田祝夫・竹岡正夫（一九六〇）『あゆひ抄新注』（風間書房）
仁田義雄（一九九五）「シテ形接続」をめぐって―付帯状態のシテ節」（仁田義雄編『複文の研究』上　くろしお出版）
山口尭二（一九九八）「中古語「て」連用句とその周辺」（『国語論究7　中古語の研究』明治書院／『構文史論考』（二〇〇〇）和泉書院　所収）
山田孝雄（一九〇八）『日本文法論』（宝文館）

附記

本稿は、第五九回「萬葉学会全国大会」（二〇〇六年一〇月二九日　日本女子大学）での発表を骨子としている。その際にコメントを賜った方々に感謝申し上げます。

万葉集巻十四の表記をめぐって

北川和秀

はじめに

周知の通り、万葉集巻十四の表記は一字一音の字音仮名を基本とし、これに一字一音節の訓字も用いられている。近年出土するようになった歌木簡における表記は、やはり一字一音の字音仮名を基本とし、これに若干の訓字を混用するもので、巻十四の表記と共通する。歌木簡や万葉集の歌の表記を考える上で、巻十四の表記法を分析したいと考える。さらに巻十四には難解な歌も多く、それらを考察する上でも巻十四の表記法の分析は有効であろう。

また、巻十四には変字法が多用されていること、「河泊（かは）」「物能（もの）」などにおける「河」「物」のような意味を踏まえた字音仮名をあえて用いることがあるという特徴もある。これらは巻十四の編纂時における整理で大伴家持の手によるものとする説がある[1]。

その一方で、「斯（し）」「西（せ）」「抱（ほ）」など、特定の歌にのみ用いられている仮名字母もあり、これは巻

十四の原資料の用字が反映したものと推測されている。(2)

本稿では、こうした巻十四にみえる統一性と非統一性とを整理し、巻十四における表記を考察する基礎としたい。

テキストはおうふうの『萬葉集（補訂版）』（鶴久・森山隆）を使用する。漢字本文・ふりがなともにこのテキストに従うが、「信濃」の訓のみ「しなぬ」を「しなの」と改めた。

一　表記全体の集計

巻十四に用いられている文字を分類すれば次ページの表のようになる。％はすべて巻十四の歌の表記に用いられた七五四〇字に対するパーセンテージである。

左の表から明らかなように、一字一音の字音仮名が大部分を占め、全体の九六・四％に達する。これに地名に用いられている一字二音節の字音仮名を加えれば、九六・七％が字音仮名となる。また、一字一音節の字音仮名に一字一音節の訓字、音義兼用文字、漢文助字、踊り字を加えれば、全体の九九・六％が一字一音の文字となる。そのような中にあって、一字二音節とおぼしき「芝」「付」の二字を含む三五〇八番歌は極めて異例な表記の歌といえる。

	一字一音節	一字二音節	不明	合計
字音仮名	七二六九（九六・四%）	二一（〇・三%）		七二九〇（九六・七%）
訓字	一八九（二・五%）	二		一九一（二・五%）
音義兼用	三三（〇・四%）			三三（〇・四%）
漢文助字	七（〇・一%）			七（〇・一%）
踊り字	一四（〇・二%）			一四（〇・二%）
不明			五（〇・一%）	五（〇・一%）
合計	七五一二（九九・六%）	二三（〇・三%）	五（〇・一%）	七五四〇（一〇〇%）

＊一字二音節の字音仮名二一例は全て地名。
・筑《つく》波7、筑《つく》紫1、武蔵《ざし》5、信《しな》濃3、相《さが》模2、駿《する》河1、対《つし》馬1、中《ちぐ》麻1

＊一字一音節の訓字のうち用例の多いものは次の通り。
・児（こ・ご）36、野（の）25、見（み）22、宿（ね）13、手（て）9、日（ひ）6、木（き・こ）6、目（め）5、田（た・だ）5、名（な）4、葉（は・ば）4、汝（な）3、莫（な）3、根（ね）3

＊一字二音節の訓字二例は「芝」「付」。用例は以下の通り。
・芝付乃御宇良佐伎奈流根都古具佐安比見受安良婆安礼古非米夜母（三五〇八）
・芝付《しばつき》の御宇良崎《みうらさき》なるねつこ草逢ひ見ずあらば吾《あれ》恋ひめやも

＊音義兼用三三例は以下の通り。
・河（か・が）10、馬（ま）7、水（み）5、物（も）5、楊（や）4、草（さ）1、鹿（か）1

＊漢文の助字七例は「而（て）」4、「者（は）」3。

＊不明は三四一九番歌の「奈可中次下」の五文字。

二　字音仮名の集計

巻十四に用いられている一字一音の字音仮名の内訳は次表の通りである。

	あ行	か行	か行（濁音）	さ行
	安 一八二　阿 三〇	可 二九一　加 四〇　香 九　賀 五	我 一四三　賀 二三　河 二	佐 九二　左 六一　沙 一
	伊 一四九　已 一　移 一	伎 一一七　吉 三七　奇 三	伎 九　藝 九　宜 六　疑 六	思 一四四　之 九八　志 二二　斯 一〇
	宇 五一	久 一七二　君 七　九 一　口 一	具 二三　求 二	須 九六　酒 五
	衣 一	家 五〇　鶏 二　気 二四	牙 一　気 一七	世 三二　西 一六　勢 一一　斉 一
	於 七〇	古 六〇　故 一一　祜 一　孤 一　許 一〇四　己 三五　巨 一	胡 一三　吾 一　其 一二	蘇 一五　素 九　曽 四八

これらの中には、宇（う）51、於（お）70、曽（そ乙）48、多（た）162、太（だ）42、知（ち）44、奴（ぬ）52、呂（ろ乙）92、和（わ）74、のように多数の例がありながら一音節一字母のみが用いられているものがある一方で、「さ」（佐92・左61）、「し」（思144・之98）、「む」（牟58・武41）、「も」（毛163・母161）、「よ（乙）」（与34・余22）、「り」（里70・利41）のように、複数の仮名字母がそれぞれに一定の用例数を有している例もある。

稀用字の中で、「美太礼志米梅楊（みだれしめめや）」（三三六〇）の「楊」は、直前にある「梅」を受けて用いたもので

		た行		な行	は行
	（濁音）射 一〇	多 一六二	（濁音）太 四二	奈 二七四　那 一九　南 二	波 二四五　泊 一〇　伴 三
師 三　四 二　指 二　紫 一	（濁音）自 一六　時 一　盡 一	知 四四	（濁音）治 一一　遅 二　恥 一	尓 二七八　仁 四	比 一一五　必 三　非 一四
	（濁音）受 三五	都 一一七　追 一四	（濁音）豆 四七　都 一五　頭 一	奴 五二	布 九九　不 二　敷 二
	（濁音）是 一四	弖 七八　天 八　提 四	（濁音）弖 一六　伲 一〇　提 六　代 一	祢 一一八　年 二　尼 一	敝 四五　倍 三〇
	（濁音）曽 二二	刀 二三　等 一〇五　登 八四　得 二	（濁音）度 一〇　杼 三七　騰 六　等 一	努 二八　濃 三　能 二三七　乃 一八三	保 五三　抱 一三

あろう。また、三三五五番歌からの四首に富士がそれぞれよまれているが、その表記が「不自」（三三五五）、「不盡」（三三五六）、「布時」（三三五七）、「布自」（三三五八）であり、四首通しての変字法というべき表記になっている。その結果が、上の表で、「じ」の仮名に「時」一例、「盡」一例、「不」二例という数字となって現れている。一例ずつしかない「移」「尼」が同じ三三五三番歌で用いられているのは原資料に由来するものかもしれない。

また、少数使用字母の中には、「酒（す）」五例、「追（つ）」一四例のように変字法の専用字として用いられている文字や、「斯（し）」「西（せ）」「抱（ほ）」のように巻十四の原資料の用字が反映していると推定されているものもある。これ

	播 一二 婆 一 （濁音）婆 五六 波 二二	悲 二｜ （濁音）妣 九 ｜婢 六｜ 備 一	（濁音）夫 一〇	（濁音）敝 二｜ 倍 五	
ま行	麻 二〇九 末 一六 萬 七 万 二 馬 一	美 一二二 ｜弥 三｜ 未 一一	牟 五八 武 四一 無 二 模 二	売 六 ｜馬 三｜ ｜米 二四｜ 梅 一	毛 一六三 母 一六一 聞 三 文 二 物 一
や行	夜 九八 也 一八 楊 一		由 六九 遊 三	要 一六 延 一〇 叡 一	欲 二七｜ ｜与 三四｜ ｜余 二二｜ ｜與 一｜ 餘 一
ら行	良 一七二 羅 一	里 七〇 利 四一 理 九	流 八一 留 一三	礼 七一 例 一	路 一三 呂 九二
わ行	和 七四	為 一二		恵 一四	乎 一八三 遠 三

＊乙類の仮名字母には傍線を付した。ただし、東歌においてはいわゆる上代特殊仮名遣の異例が比較的多く、語と文字との甲乙が通常と異なる例もある。

らは後の節で考察する。

三　訓字について

訓字を用例数の多い順に示せば以下の通りである。

児（こ・ご）36、野（の）25、見（み）22、宿（ぬ・ね）14、手（た・て）10、木（き・ぎ・こ）7、日（ひ）6、目（め）5、名（な）4、田（た・だ）5、葉（は・ば）4、汝（な）3、莫（な）3、根（ね）3、吾（あ・わ）2、渚（す）2、瀬（せ）2、道（ぢ）2、戸（と）2、真（ま）2、女（め）2、屋（や）2、江（え）2、井（ゐ）2、緒（を）2、来（こ）1、栖（す）1、湍（せ）1、千（ち）1、津（つ）1、門

（と）1、菜（な）1、沼（ぬ）1、眠（ぬ）1、哭（ね）1、寐（ね）1、鳴（ね）1、邊（へ）1、穂（ほ）1、実（み）1、御（み）1、身（み）1、湯（ゆ）1、代（よ）1、夜（よ）1、芝（しば）1、付（つき）1

以上のうち、最後の二例は、第一節でも触れたように、ともに三五〇八番歌の中で用いられており、巻十四の中で極めて異例である。これ以外はすべて一音節の用例で一八九例ある。語義・語源がはっきりしないために微妙なものはあるが、おおむね訓仮名ではなく、正訓字とみることができる。

これらの訓字が用いられている語は、巻十四では訓字を用いることが常であるのか、それとも字音仮名を用いることもあるのか。その結果を表にすれば以下の通りである。

よみ	正訓字	字音仮名
こ・ご	三六（児36）	一八（古11、故2、許2、胡3）
の	二五（野25）	一三（努11、能1、乃1）
み	二二（見22）	七（美7）
な・ぬ・ね	一六（宿14、寐1、眠1）	三一（奈1、奴6、祢23、年1）
た・だ・て	一〇（手10）	七（多2、弖3、提2）
き・ぎ・こ	七（木7）	二（許1、己1）
ひ	六（日6）	二（比2）
た・だ	五（田5）	四（多4）
め	五（目5）	

上の表を見ると、「児」「野」「宿」「手」などのように、正訓字・字音仮名それぞれにある程度の用例のある語がある一方で、「目」「名」などのように正訓字の例しかないものもある。人称代名詞は、正訓字表記が「吾」二例、「汝」三例しかないのに対し、字音仮名は「あ」二四例、「わ」四〇例、「な」二八例と、

な	四（名4）	
は・ば	四（葉4）	一（波1）
せ	三（瀬2、湍1）	二（世2）
な	三（莫3）	二八（奈27、南1）
な	三（汝3）	一四（奈12、那2）
ね	三（根3）	三（祢3）
あ・わ	二（吾2）	六四（安21、阿3、和40）
え	二（江2）	
す	二（渚2）	
ぢ	二（道2）	六（治5、恥1）
と・ど	二（戸2）	一（度1）
ま	二（真2）	五（麻5）
め	二（女2）	
や	二（屋2）	一（夜1）
ゐ	二（井2）	
を	二（緒2）	四（乎4）
こ・き・く	一（来1）	二五（許5、己2、伎14、吉1、久3）
す	一（栖1）	
ち	一（千1）	一（知1）

字音仮名表記が圧倒している。

人称代名詞に関しては、数少ない正訓字表記のうち「吾者」（三三七七番歌）・「汝者」（三三八二番歌）がそれぞれ一例ずつある。「者」も巻十四全体で三例しか用いられていない稀少な存在であるので、それが「吾」「汝」と共起しているのは興味深い。ちなみに、残るもう一例の「者」は「信濃道者」（三三九九番歌）の例である。

なお、上の表は、巻十四に一例でも用いられている正訓字表記の語について、字音仮名表記の状況を集計したものである。そのため、巻十四において一例も正訓字表記されていない語に

つ・づ	一（津1）	一（豆1）
と	一（門1）	四（刀4）
な	一（菜1）	
ぬ	一（沼1）	
ね	一（鳴1）	六（祢6）
ね	一（哭1）	
へ	一（邊1）	三（敝3）
ほ	一（穂1）	一二（保11、抱1）
み	一（御1）	六（美5、弥1）
み	一（実1）	
み	一（身1）	
ゆ	一（湯1）	
よ	一（夜1）	五（欲5）
よ	一（代1）	一（余1）

ついてはこの表に現れていない。一音節語でありながら、巻十四に正訓字表記された例のない語の中で、巻十四に字音仮名表記された例が多いものを示せば以下のようになる。

ね（嶺）　三八例（祢37、年1）
せ（夫）　一九例（世10、勢5、西4）
を（小）　一三例（乎13）
で（出）　一〇例（豆2、弖5、[亻弖]3）
こ（小）　七例（古6、故1）
を（峰）　七例（乎7）

これらの一音節語は、巻十四では常に字音仮名表記され正訓字表記されることは全くない。いかなる語が正訓字表記されることが多く、いかなる語が字音仮名表記されることが多いのかは興味深い問題であるが、本稿ではそこには立ち入らずに、先に進むことにする。

四　音義兼用表記について

本稿では、「河泊《かは》」の「河《か》」、「左乎思鹿《さをしか》」の「鹿《か》」、「久草無良《くさむら》」の「草《さ》」、「古馬《こま》」「波由馬《はゆま》」等の「馬《ま》」、「水乎《みを》都久思《つくし》」「水都等利《みづとり》」等の「水《み》」、「物能《もの》」の「物《も》」、「楊奈疑《やなぎ》」「安乎楊木《あをやぎ》」等の「楊《や》」を音義兼用表記と扱う[3]。具体的には以下の三三例がこれに当たる。

【河】一〇例

美奈能瀬河泊（三三六六）、多麻河泊（三三七三）、知具麻能河泊（三四〇〇）、刀祢河泊（三四一三）、安素乃河泊良（三四二五）、河泊（三四四〇）、河泊豆（三四四六）、美夜能瀬河泊（三五〇五）、阿須可河泊（三五四四）、安須可河泊（三五四五）

【鹿】一例

左乎思鹿（三五三〇）

【草】一例

久草無良（三五三〇）

【馬】七例

古馬（三三八七）、波由馬（三四三九）、宇馬夜（三四三九）、古宇馬（三五三七）、宇馬（三五三八）、古馬（三五三九）、古馬（三五四二）

【水】五例
水乎都久思（三四二九）、水久君野（三五二五）、水都等利（三五二八）、可家能水奈刀（三五五三）、水都（三五五四）
【物】五例
物能（三四二九）、物能（三四三四）、物能（三四四三）、物能（三五一一）、物能（三五六八）
【楊】四例
可伎都楊疑（三四五五）、楊奈疑（三四九一）、楊奈疑（三四九二）、安乎楊木（三五四六）

音義兼用表記という項目を立てなければ、「河」「草」「馬」「物」「楊」は音仮名、「鹿」「水」は訓仮名となろう。しかしこれらの諸例における文字の選択は字義を踏まえてなされているという共通点があるので、音仮名・訓仮名という観点で二分するには抵抗がある。また、「左平思鹿」と「久草無良」は同じ三五三〇番歌の例であり、この歌の表記者は両者を同一の発想で表記したものと考えられる。そこで、これらの諸例は音仮名・訓仮名の区別はせずに、音義兼用表記という同じ範疇に収めることにした。

これらのうち特に「河」「物」は単独でも「かは」「もの」を表記する正訓字たり得る文字である。しかし、巻十四の表記には一字一音節という基本的な大方針があるために、あえて下に「泊」「能」を送り仮名のように付けたものである。

地名表記の二字化に際して同様の手法の採られたものがある。筑前国志摩郡の「韓」郷（元岡遺跡群木簡・持統六）を「韓良」郷（和名抄）と変更した例、筑前国の「岡」郡（大宰府不丁地区木簡）を「岡賀」郡（大宰府不丁地区木簡）と変更した例、播磨国「明」評（飛鳥京木簡）・「明」郡（平城宮木簡）を「明石」郡（平城宮木簡・天平十九）と変更した例、近江国犬上郡の「瓦」里（長屋王家木簡）を「瓦原」郷（長屋王家木簡）と変更した例などである。「韓」「岡」の後に字音仮名をそれぞれ一文字ずつを加えた「韓良」「岡賀」も、訓みは従前と同じく「から」「をか」のままであったろう。それぞれの末尾に付した「良」「賀」の一字は送り仮名的なもので、正確な訓みのためにはむしろない方がよいと思える。字音仮名二字を用いて、例えば「可良」「遠加」などという風に二字化しなかったのは、それぞれ「韓」「岡」という訓字を残したかったためと考えられる。これらの訓字は生かした上で、蛇足とも言えそうな要素を加えて二字化を実現したのであろう。「明石」「瓦原」も同様である。音義兼用表記にはこれらと通うものがあろう。

「河泊」は、万葉集においては、巻十四の一〇例の他には、巻十五の遣新羅使人の歌に二例（「思可麻河泊」三六〇五、「夜麻河泊」三六一八）、巻十七の大伴家持の歌に三例（「伊美都河泊」三九八五、「乎加未河泊」四〇一一、「宇佐可河泊」四〇二二）、大伴池主の歌に一例（「伊美豆河泊」三九九三）が見えるのみである。

「鹿」を音義兼用表記に用いた例は、巻十四の一例の他は、巻十の柿本人麻呂歌集非略体歌に「竿志鹿」（二〇九四）の一例があるのみである。

「草」「馬」を音義兼用表記に用いた例は巻十四の例しか見えない。

「水」については、巻十四以外に「水門（みなと）」「水尾（みを）」「水茎（みづくき）」など正訓字とみられるものは存在するが、明らかに音義兼用表記とすべきものはない。巻十四の用例自体、「水都（みづ）」（三五五四）の例があるので、一括して音義兼用表記としたが、他の例は語源的には正訓字としてもおかしくはない。

「物能」は、巻十四の五例の他は、巻五の山上憶良の歌に三例（八〇二、八〇四、八九二）、巻十七の大伴書持（または家持）の歌に一例（三九〇三）、大伴家持の歌に四例（三九五七、三九五八、三九六三、三九九一）、巻十八の家持の歌に四例（四〇六三、四〇九四、四一〇〇、四一〇六）、池主の歌に一例（四一二八）である。なお、「物乃」の例は万葉集に四例見えるが、全例「もののふの」の例であり、「物」は訓字の「もの」として用いられており、「物能」の場合とは異なる。前掲の巻十七・十八の家持の例の中にも「もののふの」の例二例を含むが、これらの表記は「物能乃敷能」（三九九一）、「物能乃布能」（四一〇〇）であって、「物」は「も」の一音のみに当てられている。

「楊」は、巻十四の四例の他は、巻五の村氏彼方の歌に一例（「波流楊那宜」八四〇）、巻十五の遣新羅使人の歌に一例（「安乎楊疑」三六〇三）、巻十七の書持または家持の歌に一例（「楊奈疑」三九〇三）、巻十八の家持の歌に一例（「楊奈疑」四〇七一）が存在する。

音義兼用表記を一括して考えて良いかどうかは十分に検討する必要があるが、「河泊」「物能」「楊」については大伴家持との関連がうかがえる。

字音仮名の選択に当たって字義を意識した可能性のあるものに、「和須礼遊久《わすれゆく》」（三三六二）・「遊吉《ゆき》」（三四二三）、「左指《さし》」（三四〇七）、「物得米《もとめ》」（三四一五）、「夜杼里《やどり》」（三四四二）、「千等世《ちとせ》」（三四七〇）などもある。これらも意図的に文字を選んだ可能性はあるが、慎重を期して音義兼用表記とはしなかった。また、「萬代《まで》」（三四一四）、「孤《こ》悲《ひ》」（三五〇五）については、個々の文字の字義が「まで」「恋」と重なるわけではなく、いずれもそれぞれ二文字の組合せが「まで」「恋」という意味と重なってくるわけであるので、やはり別扱いとした。

五　変字法について

巻十四においては変字法が多用されており、同一音節が連続するときは文字を変えることが常であり、同一の仮名字母が連続することはなく、踊り字もごくわずかしか用いられていない。その状況を四つに分類して示す。

分類のAは「己許呂（心）」のように、同一語中に同一音節が連続する場合である。全部で七八例あるうち踊り字は、「多々武（発たむ）」（三五二八）、「都々（つつ）」（三四二八、三五三四、三五七二）、「於保々思久（おほほしく）」（三五七二）の五例のみである。

Bは「美佐可・加思古美」（みさか・かしこみ）のように、隣接する語と語との間で同一音節が連続する場合である。全部で一九例あり、踊り字の例はない。なお、この中に「伎礼波・伴要須礼（きれば・はえすれ）」（三四九一）という例がある。連続する「ば・は」は清濁が異なるので、本来は変字法の例にはならないが、「ば」に清音字の「波」が用いられているために、それに連続する「はえすれ」の「は」に「波」以外の「伴」を用いたものと考えて、ここに含めた。

Cは「布流久左尓／仁比久佐麻自利（ふるくさに／にひくさまじり）」のように、句をまたいで同一音節が連続する場合である。全部で一三例あるうち、踊り字の例は一例のみである。

Dは「可奴加奴（かぬかぬ）」や「安也尓阿夜尓（あやにあやに）」のように、二音または三音単位の反復の例である。全部で一二例あるうち、踊り字は四例（踊り字の数は八字）ある。以上を表にして示す。

表記	よみ	歌番号
【A】同一語中		
伊可賀流	いかかる	三五一八
可加奈久	かかなく	三三九〇

可加流	かかる	三四五九
和可加敝流弖	わかかへるで	三四九四
多伎木	たきき	三四三三
九久多知	くくたち	三四〇六
久君美良	くくみら	三四四四
水久君野	みくくの	三五二五
己許	ここ	三五三八
己許太	ここだ	三三七三
許己波	ここば	三四三一
許己婆	ここば	三五一七
己許呂	こころ	三三六五、三三六七、三四二五、三四六三、三四六六、三四八二、三四九六、三五〇七、三五二六、三五三六、三五三八、三五四二、三五六六
許己呂	こころ	三五一七
佐左葉	ささば	三三八二
佐左良乎疑	ささらをぎ	三四四六
波左佐気	はささげ	三五三八
思之	しし（鹿猪）	三四二八、三五三一
安騰須酒香	あどすすか	三五六四
可久須酒曽	かくすすぞ	三四八七
波太須酒伎	はだすすき	三五〇六、三五六五
多々武	たたむ（発たむ）	三五二八
都追	つつ	三三六〇、三三六〇、三四〇七、三四一六、三四三三、三四七一、三四七一、三四七五、三五一五、
都々	つつ	三五一六、三五二〇

都追美	つつみ	三四二八、三五三四、三五七一
都追美井	つつみゐ	三四九二、三五四三
許等登波受	こととはず	三四三九
保登等藝須	ほととぎす	三五四〇
奈那	なな（打消）	三三五二
莫奈	なな（打消）	三四〇八、三四三六、三五一四、三五五七
勢奈那	せなな（背なな）	三四八七
波播	はは（母）	三五四四
波伴	はは（母）	三三五九、三三九三
布敷麻留	ふふまる	三五一九、三五二九
於保々思久	おほほしく	三五七二
多麻末吉	たままき	三五七一
麻萬	まま（地名）	三四八七
麻末	まま（地名）	三三四九、三三八五
麻萬	まま（崖）	三三八四、三三八四、三三八五、三三八七、三三六九
母毛豆思麻	ももづしま	三三六七
於毛波流留	おもはるる	三三七二
奈流留	なるる（馴るる）	三五七六
【B】別語		
安是可・加奈思家	あぜか・かなしけ	三五七六
美佐可・加思古美	みさか・かしこみ	三三七一
等毛思吉・伎美	ともしき・きみ	三五二三
多奈婢久・君母	たなびく・くも	三五一一、三五二〇
多奈婢久・君毛	たなびく・くも	三五一六
美家思・志	みけし・し	三三五〇

多弖・天	たて・て	三三五三、三四八九
許登・等思伊波婆	こと・としいはば	三四八六
比等・登	ひと・と（人と）	三四〇九
可未奈・那里曽祢	かみな・なりそね	三四二一
莫奈・那里尓思	なな・なりにし	三四八七
等能・乃	との・の	三四三八、三四五九
伎礼波・伴要須礼	きれば・はえすれ	三四九一
志米・梅楊	しめ・めや	三三六〇
祢乎・遠敝奈久尓	ねを・をへなくに	三五〇〇
乎・遠	を・を（緒を）	三五三五
【C】句をまたいで		
安騰須酒香／可奈之家	あどすすか／かなしけ	三五六四
毛能可／加奈思家乎	ものか／かなしけを	三五五一
美蘇良由久／君母	みそらゆく／くも	三五一〇
可保我波奈／莫佐吉伊伲曽祢	かほがはな／なさきいでそね	三五七五
波都々々尓／仁必波太布礼思	はつはつに／にひはだふれし	三五三七
布流久左尓／仁比久佐麻自利	ふるくさに／にひくさまじり	三四五二
等里見我祢／哭乎曽奈伎都流	とりみがね／ねをぞなきつる	三四八五
可奈思家之太波／々麻渚杼里	かなしけしだは／はますどり	三五三三
多尓世婆美／弥年尓波比多流	たにせばみ／みねにはひたる	三五〇七
安杼可母伊波武／牟射志野乃	あどかもいはむ／むざしのの	三三七九
伎美乎思麻多武／牟可都乎能	きみをしまたむ／むかつをの	三四九三
可母与／余志許佐流良米	かもよ／よしこさるらめ	三四三〇
安左乎良乎／遠家尓布須左尓	あさをらを／をけにふすさに	三四八四
【D】二音以上の反復		

安也尓阿夜尓	あやにあやに	三四九七
可奴加奴	かぬかぬ	三四八七
左宿佐寐弖	さねさねて	三四九七
佐良左良尓	さらさらに	三三七三
佐恵々々之豆美	さゑさゑしづみ	三四八一
奈保那保尓	なほなほに	三三六四
奴流々々	ぬるぬる	三三七八
奴流奴留	ぬるぬる	三五〇一
波都々々尓	はつはつに	三五三七、三五三七
麻尓末仁	まにまに	三五七六
乎佐乎左	をさをさ	三五二九

これら以外に、第二句目と第五句目とが同形の歌のうち、「麻末能手児奈乎（二句目）・麻末乃弖胡奈乎（五句目）」（ままのてごなを。三三八四）と、「世久登之里世波（二句目）・世久得四里世婆（五句目）」（せくとしりせば。三五四五）も変字法に含めて考える。

他に、「伎美波和須良酒（きみはわすらす）」（三四九八）、「佐良左良尓／奈仁曽（さらさらに／なにぞ）」（三三七三）、「遊布麻夜万（ゆふまやま）」（三四七五）などのように、連続はしていないものの近接した位置に同一音節が存在し、双方の文字が異なっている場合がある。それらも変字法に準ずるものとみてよいであろうが、今回集計はしていない。

巻十四における変字法に使用された文字を、第一字目、第二字目に分けて集計すれば以下のようになる。「な」については、第一字目が合計九文字、第二字目が合計一〇文字で、両者の数字が一致しないが、これは三四八七番歌の「宿莫奈那里尓思（ねななりにし）」の扱いによる。「な」という音節が三回連続して出現している。厳密には「莫」が第一字目、「奈」が第二字目、「那」が第三字目ということになるが、同一音節の三回連続はここのみであるので、便宜的に「奈」「那」をともに「第二字目」として扱った。

音	第一字目使用文字	第二字目使用文字
あ	安1	阿1
か	可8、香1	加7、可1、賀1
き	伎1、吉1	伎1、木1
く	久6、九1	君6、久1
こ	己15、許3（濁音）児1	許15、己3（濁音）胡1
さ	佐5、左2	左4、佐2、々1
し	思3、之1	之2、志1、四1
す	須4	酒4
た	多1	々1
つ	都19	追14、々5
て	弖2、手1	天2、弖1
と	登3、等2	登2、等2、得1
な	奈8、莫1	那8、奈1、莫1
に	尓3	仁3

この表を第二節の字音仮名の集計表と対照させると、第一字目に用いられている文字の大部分は各音節の主要仮名であり、第二字目に用いられている文字は各音節の少数派の文字であることがわかる。主要仮名字母と少数派の仮名字母との用例数の差があまり大きくない場合や、変字法の例自体が少ない場合は問題としないとしても、「こ」（許・己）は不審である。

「こ」の字音仮名は、巻十四全体では「許」一〇四例、「己」三五例で、両者の差はかなり大きい。ところが、変字法の例においては、「己許」が一五例（「己許」1、「己許太」1、「己許呂」13）に対し、

ぬ	奴1	々1
ね	祢1、宿1	哭1、寐1
の	能3	乃3
は	波8（濁音）波1	伴3、播2、々3（濁音）婆1
ふ	布1	敷1
ほ	保1	々1
ま	麻9	末6、萬3
み	美1	弥1
む	武2	牟2
め	米1	梅1
も	母1	毛1
や	也1	夜1
よ	与1	余1
る	流4	留3、々1
ゑ	恵1	々1
を	乎3	遠3

「許己」は三例（「許己波」1、「許己婆」1、「許己呂」1）と、主要仮名字母である「許」の方が第二字目に来ることが多いのである。その理由は分からない。万葉集全体における「こころ」の仮名書き例をみると、「許己呂」は三七例（大伴家持25、中臣宅守4、遣新羅使人2、大伴池主2、平群女郎1、上総防人1、大原桜井1、藤原執弓1）あるのに対し、「己許呂」は九例（大伴家持3、大伴池主2、山上憶良1、遣新羅使人1、中臣宅守1、市原王1）で、「許己呂」の方がかなり多い（これら以外には、「許々呂」5例、「己々呂」1例、「去々里」1例）。従って、巻十四の「己許呂」が一般的な表記に引かれたというわけではない。これについては今後さらに検討してゆきたい。

また、第二節の字音仮名の集計表における仮名字母のいくつかは、変字法の第二字目専用字ないしこれに準ずるものであることがわかる。以下の通りである。

①巻十四において全部で一四例用いられている「追（つ）」は第二字目専用字である。
②巻十四において全部で三例用いられている「伴（は）」は第二字目専用字である。
③巻十四において全部で二例用いられている「播（は）」は第二字目専用字である。
④巻十四において全部で三例用いられている「遠（を）」は第二字目専用字である。
⑤巻十四において全部で七例用いられている「君（く）」のうち六例は第二字目に用いられている。残る一例は「伊久豆君麻弖尓（いくづくまでに）」（三四五八）で、「君」の二字上に「久」があり、準変字法と考えられる。
⑥巻十四において全部で五例用いられている「酒（す）」のうち四例は第二字目に用いられている。残る一例は「伎美波和須良酒（きみはわすらす）」（三四九八）で、「酒」の二字上に「須」があり、準変字法と考えられる。
⑦巻十四において全部で四例用いられている「仁（に）」のうち三例は第二字目に用いられている。残る一例は「佐良左良尓／奈仁曽許能児乃（さらさらに／なにぞこのこの）」（三三七三）で、「仁」の二字上に「尓」があり、準変字法と考えられる。

以上によって、巻十四におけるこれら七字母は、変字法専用の仮名字母であったと認められる。

六　「斯」「西」「抱」を含む歌について

字音仮名「斯」「西」「抱」は、巻十四の原資料の表記の名残りであるとする説がある。(4) 説得力のある説であり、従うべきものと思われる。

これら三字母のうちいずれか一つ以上を含む歌を以下に列挙する。全部で二九首ある。

①多《た》胡《ご》能《の》祢《ね》尓《に》与《よ》西《せ》都《つ》奈《な》波《は》倍《へ》弖《て》与《よ》須《す》礼《れ》騰《ど》毛《も》阿《あ》尓《に》久《く》夜《や》斯《し》豆《づ》之《し》曽《そ》能《の》可《か》抱《ほ》与《よ》吉《き》尓《に》　（三四一一・上野相聞）

②伊《い》可《か》保《ほ》世《せ》欲《よ》奈《*》可《*》中《*》次《*》下《*》於《お》毛《も》比《ひ》度《ど》路《ろ》久《く》麻《ま》許《こ》曽《そ》之《し》都《つ》等《と》和《わ》須《す》礼《れ》西《せ》奈《な》布《ふ》母《も》　（三四一九・上野相聞）

③可《か》美《み》都《つ》気《け》努《の》伊《い》可《か》抱《ほ》乃《の》祢《ね》呂《ろ》尓《に》布《ふ》路《ろ》与《よ》伎《き》能《の》遊《ゆ》吉《き》須《す》宜《ぎ》可《か》提《て》奴《ぬ》伊《い》毛《も》賀《が》伊《い》敝《へ》乃《の》安《あ》多《た》里《り》　（三四二三・上野相聞）

④安《あ》比《ひ》豆《づ》祢《ね》能《の》久《く》尓《に》乎《を》佐《さ》杼《ど》抱《ほ》美《み》安《あ》波《は》奈《な》波《は》婆《ば》斯《し》努《の》比《ひ》尓《に》勢《せ》毛《も》等《と》比《ひ》毛《も》牟《む》須《す》婆《ば》佐《さ》祢《ね》　（三四二六・陸奥相聞）

⑤筑《つく》紫《し》奈《な》留《る》尓《に》抱《ほ》布《ふ》児《こ》由《ゆ》恵《ゑ》尓《に》美《み》知《ち》能《の》久《く》乃《の》可《か》刀《と》利《り》乎《を》登《と》女《め》乃《の》由《ゆ》比《ひ》思《し》比《ひ》毛《も》等《と》久《く》　（三四二七・陸奥相聞）

⑥斯《し》太《だ》能《の》宇《う》良《ら》乎《を》阿《あ》佐《さ》許《こ》求《ぐ》布《ふ》祢《ね》波《は》与《よ》志《し》奈《な》之《し》尓《に》許《こ》求《ぐ》良《ら》米《め》可《か》母《も》与《よ》余《よ》志《し》許《こ》佐《さ》流《る》良《ら》米《め》　（三四三〇・駿河比喩）

⑦阿《あ》之《し》我《が》里《り》乃《の》安《あ》伎《き》奈《な》乃《の》夜《や》麻《ま》尓《に》比《ひ》古《こ》布《ふ》祢《ね》乃《の》斯《し》利《り》比《ひ》可《か》志《し》母《も》與《よ》許《こ》己《こ》波《ば》故《こ》賀《が》多《た》尓《に》　（三四三一・相模比喩）

⑧美《み》知《ち》乃《の》久《く》能《の》安《あ》太《だ》多《た》良《ら》末《ま》由《ゆ》美《み》波《は》自《じ》伎《き》於《お》伎《き》弖《て》西《せ》良《ら》思《し》馬《め》伎《き》那《な》婆《ば》都《つ》良《ら》波《は》可《か》馬《め》可《か》毛《も》　（三四三七・陸奥比喩）

⑨伎《き》波《は》都《つ》久《く》乃《の》乎《を》加《か》能《の》久《く》君《く》美《み》良《ら》和《わ》礼《れ》都《つ》売《め》杼《ど》故《こ》尓《に》毛《も》美《み》多《た》奈《な》布《ふ》西《せ》奈《な》等《と》都《つ》麻《ま》佐《さ》祢《ね》　（三四四四・未勘国雑）

⑩美《み》奈《な》刀《と》能《の》安《あ》之《し》我《が》奈《な》可《か》那《な》流《る》多《た》麻《ま》古《こ》須《す》気《げ》可《か》利《り》己《こ》和《わ》我《が》西《せ》古《こ》等《と》許《こ》乃《の》敝《へ》太《だ》思《し》尓《に》　（三四四五・未勘国雑）

⑪伊《い》毛《も》奈《な》呂《ろ》我《が》都《つ》可《か》布《ふ》河《か》泊《は》豆《づ》乃《の》佐《さ》左《さ》良《ら》乎《を》疑《ぎ》安《あ》志《し》等《と》比《ひ》登《と》其《ご》等《と》加《か》多《た》理《り》与《よ》良《ら》斯《し》毛《も》　（三四四六・未勘国雑）

⑫乎《を》久《く》佐《さ》乎《を》等《と》乎《を》具《ぐ》佐《さ》受《ず》家《け》乎《を》等《と》斯《し》抱《ほ》布《ふ》祢《ね》乃《の》那《な》良《ら》敝《べ》弖《て》美《み》礼《れ》婆《ば》乎《を》具《ぐ》佐《さ》可《か》知《ち》馬《め》利《り》　（三四五〇・未勘国雑）

⑬可《か》是《ぜ》能《の》等《と》能《の》登《と》抱《ほ》吉《き》和《わ》伎《ぎ》母《も》賀《が》吉《き》西《せ》斯《し》伎《き》奴《ぬ》多《た》母《も》登《と》乃《の》久《く》太《だ》利《り》麻《ま》欲《よ》比《ひ》伎《き》尓《に》家《け》利《り》　（三四五三・未勘国雑）

⑭尓《に》波《は》尓《に》多《た》都《つ》安《あ》佐《さ》提《で》古《こ》夫《ぶ》須《す》麻《ま》許《こ》余《よ》比《ひ》太《だ》尓《に》都《つ》麻《ま》余《よ》之《し》許《こ》西《せ》祢《ね》安《あ》佐《さ》提《で》古《こ》夫《ぶ》須《す》麻《ま》　（三四五四・未勘国雑）

⑮由《ゆ》布《ふ》気《け》尓《に》毛《も》許《こ》余《よ》比《ひ》登《と》乃《の》良《ら》路《ろ》和《わ》賀《が》西《せ》奈《な》波《は》阿《あ》是《ぜ》曽《ぞ》母《も》許《こ》与《よ》比《ひ》与《よ》斯《し》呂《ろ》伎《き》麻《ま》左《さ》奴《ぬ》　（三四六九・未勘国相聞）

⑯左《さ》努《の》夜《や》麻《ま》尓《に》宇《う》都《つ》也《や》乎《を》能《の》登《と》乃《の》等《と》抱《ほ》可《か》騰《ど》母《も》祢《ね》毛《も》等《と》可《か》児《こ》呂《ろ》賀《が》於《お》母《も》尓《に》美《み》要《え》都《つ》留《る》　（三四七三・未勘国相聞）

⑰等《と》保《ほ》斯《し》等《と》布《ふ》故《こ》奈《な》乃《の》思《し》良《ら》祢《ね》尓《に》阿《あ》抱《ほ》思《し》太《だ》毛《も》安《あ》波《は》乃《の》敝《へ》思《し》太《だ》毛《も》奈《な》尓《に》己《こ》曽《そ》与《よ》佐《さ》礼《れ》　（三四七八・未勘国相聞）

⑱比《ひ》流《る》等《と》家《け》波《ば》等《と》家《け》奈《な》敝《へ》比《ひ》毛《も》乃《の》和《わ》賀《が》西《せ》奈《な》尓《に》阿《あ》比《ひ》与《よ》流《る》等《と》可《か》毛《も》欲《よ》流《る》等《と》家《け》也《や》須《す》家《け》　（三四八三・未勘国相聞）

⑲安《あ》左《さ》乎《を》良《ら》乎《を》遠《を》家《け》尔《に》布《ふ》須《す》左《さ》尔《に》宇《う》麻《ま》受《ず》登《と》毛《も》安《あ》須《す》伎《き》西《せ》佐《さ》米《め》也《や》伊《い》射《ざ》西《せ》乎《を》騰《ど》許《こ》尔《に》（三四八四・未勘国相聞）

⑳可《か》奈《な》思《し》伊《い》毛《も》乎《を》由《ゆ》豆《づ》加《か》奈《な》倍《べ》麻《ま》伎《き》母《も》許《こ》呂《ろ》乎《を》乃《の》許《こ》登《と》等《と》思《し》伊《い》波《は》婆《ば》伊《い》夜《や》可《か》多《た》麻《ま》斯《し》尔《に》（三四八六・未勘国相聞）

㉑乎《を》可《か》尔《に》与《よ》西《せ》和《わ》我《が》可《か》流《る》加《か》夜《や》能《の》佐《さ》祢《ね》加《か》夜《や》能《の》麻《ま》許《こ》等《と》奈《な》其《ご》夜《や》波《は》祢《ね》呂《ろ》等《と》敝《へ》奈《な》香《か》母《も》（三四九九・未勘国相聞）

㉒阿《あ》我《が》於《お》毛《も》乃《の》和《わ》須《す》礼《れ》牟《む》之《し》太《だ》波《は》久《く》尔《に》波《は》布《ふ》利《り》祢《ね》尔《に》多《た》都《つ》久《く》毛《も》乎《を》見《み》都《つ》追《つ》之《し》努《の》波《は》西《せ》（三五一五・未勘国相聞）

㉓思《し》良《ら》久《く》毛《も》能《の》多《た》要《え》尔《に》之《し》伊《い》毛《も》乎《を》阿《あ》是《ぜ》西《せ》呂《ろ》等《と》許《こ》己《こ》呂《ろ》尔《に》能《の》里《り》弖《て》許《こ》己《こ》婆《ば》可《か》那《な》之《し》家《け》（三五一七・未勘国相聞）

㉔於《お》毛《も》可《か》多《た》能《の》和《わ》須《す》礼《れ》牟《む》之《し》太《だ》波《は》於《お》抱《ほ》野《の》呂《ろ》尔《に》多《た》奈《な》婢《び》久《く》君《く》母《も》乎《を》見《み》都《つ》追《つ》思《し》努《の》波《は》牟《む》（三五二〇・未勘国相聞）

㉕水《み》久《く》君《く》野《の》尔《に》可《か》母《も》能《の》波《は》抱《ほ》能《の》須《す》児《こ》呂《ろ》我《が》宇《う》倍《へ》尔《に》許《こ》等《と》乎《を》呂《ろ》波《は》敝《へ》而《て》伊《い》麻《ま》太《だ》宿《ね》奈《な》布《ふ》母《も》（三五二五・未勘国相聞）

㉖安《あ》受《ず》乃《の》宇《う》敝《へ》尔《に》古《こ》馬《ま》乎《を》都《つ》奈《な》伎《ぎ》弖《て》安《あ》夜《や》抱《ほ》可《か》等《ど》比《ひ》等《と》豆《づ》麻《ま》古《こ》呂《ろ》乎《を》伊《い》吉《き》尔《に》和《わ》我《が》須《す》流《る》（三五三九・未勘国相聞）

㉗安《あ》受《ず》倍《へ》可《か》良《ら》古《こ》麻《ま》乃《の》由《ゆ》胡《ご》能《の》須《す》安《あ》也《や》波《は》刀《と》文《も》比《ひ》登《と》豆《づ》麻《ま》古《こ》呂《ろ》乎《を》麻《ま》由《ゆ》可《か》西《せ》良《ら》布《ふ》母《も》（三五四一・未勘国相聞）

㉘安《あ》乎《を》楊《や》木《ぎ》能《の》波《は》良《ら》路《ろ》可《か》波《は》刀《と》尔《に》奈《な》乎《を》麻《ま》都《つ》等《と》西《せ》美《み》度《ど》波《は》久《く》末《ま》受《ず》多《た》知《ち》度《ど》奈《な》良《ら》須《す》母《も》（三五四六・未勘国相聞）

㉙麻《ま》都《つ》我《が》宇《う》良《ら》尔《に》佐《さ》和《わ》恵《ゑ》宇《う》良《ら》太《だ》知《ち》麻《ま》比《ひ》登《と》其《ご》等《と》於《お》毛《も》抱《ほ》須《す》奈《な》母《も》呂《ろ》和《わ》賀《が》母《も》抱《ほ》乃《の》須《す》毛《も》（三五五二・未勘国相聞）

以上二九首の中には、斯西抱の三字母を全て含むもの二首（三四一一、三四五三）、斯抱の二字母を含むもの三首（三四二六、三四五〇、三四七八）、斯西の二字母を含むもの一首（三四六九）があり、相互の関連性をうかがわせる。

三字母のうち、「斯」は万葉集においては山上憶良の歌を中心として巻五に偏在しているものの、古く隅田八幡宮人物画像鏡銘に「斯麻」、稲荷山古墳鉄剣銘に「斯鬼宮」、難波宮跡出土の歌木簡に「皮留久佐乃皮斯米之刀斯□」とあり、古事記においては「し」の仮名として最も多用されているなど、古い時代の主要仮名字母であったことが知られている。

「西」の仮名は、万葉集の他巻においては、巻九・巻十・巻十二・巻十三・巻十七（大伴池主の歌）に各一例ずつの他、巻二十の防人歌に三例（下野防人・上野防人・武蔵防人各一例）しかなく、巻十四の一六例というのは際立っている。他の上代文献においては、日本書紀に五例（神代紀九段第1の一書の歌謡に一例、巻十四雄略紀の歌謡に三例、巻二十七天智紀の童謡に一例）、続日本紀宣命に三例（十五詔に一例、二十詔に二例）ある程度で、古事記にはない。

「抱」の仮名は、万葉集の他巻にも、それ以外の上代文献にも全く見出せない。現在のところ、巻十四限定の仮名字母である。

以上のように、「斯」「西」「抱」の使用状況は様々ながら、万葉集の中で限定的な存在であるといえる。

「斯」「西」「抱」のいずれかを含む歌二九首（以後、仮に「斯西抱歌群」と呼ぶ）の中には、相互に関連のありそうな歌が二〜三組（四首ないし六首）見出される。以下の通りである。

㉒阿《あ》我《が》於《お》毛《も》乃《の》和《わ》須《す》礼《れ》牟《む》之《し》太《だ》波《は》久《く》尓《に》波《は》布《ふ》利《り》祢《ね》尓《に》多《た》都《つ》久《く》毛《も》乎《を》見《み》都《つ》追《つ》之《し》努《の》波《は》西《せ》（三五一五・未勘国相聞）

㉔於《お》毛《も》可《か》多《た》能《の》和《わ》須《す》礼《れ》牟《む》之《し》太《だ》波《は》於《お》抱《ほ》野《の》呂《ろ》尓《に》多《た》奈《な》婢《び》久《く》君《く》母《も》乎《を》見《み》都《つ》追《つ》思《し》努《の》波《は》牟《む》（三五二〇・未勘国相聞）

㉖安《あ》受《ず》乃《の》宇《う》敝《へ》尓《に》古《こ》馬《ま》乎《を》都《つ》奈《な》伎《ぎ》弖《て》安《あ》夜《や》抱《ほ》可《か》等《ど》比《ひ》等《と》豆《づ》麻《ま》古《こ》呂《ろ》乎《を》伊《い》吉《き》尓《に》和《わ》我《が》須《す》流《る》（三五三九・未勘国相聞）

㉗安《あ》受《ず》倍《へ》可《か》良《ら》古《こ》麻《ま》乃《の》由《ゆ》胡《ご》能《の》須《す》安《あ》也《や》波《は》刀《と》文《も》比《ひ》登《と》豆《づ》麻《ま》古《こ》呂《ろ》乎《を》麻《ま》由《ゆ》可《か》西《せ》良《ら》布《ふ》母《も》（三五四一・未勘国相聞）

④安《あ》比《ひ》豆《づ》祢《ね》能《の》久《く》尓《に》乎《を》佐《さ》杼《ど》抱《ほ》美《み》安《あ》波《は》奈《な》波《は》婆《ば》斯《し》努《の》比《ひ》尓《に》勢《せ》毛《も》等《と》比《ひ》毛《も》牟《む》須《す》婆《ば》佐《さ》祢《ね》（三四二六・陸奥相聞）

⑤筑《つく》紫《し》奈《な》留《る》尓《に》抱《ほ》布《ふ》児《こ》由《ゆ》恵《ゑ》尓《に》美《み》知《ち》能《の》久《く》乃《の》可《か》刀《と》利《り》乎《を》登《と》女《め》乃《の》由《ゆ》比《ひ》思《し》比《ひ》毛《も》等《と》久《く》（三四二七・陸奥相聞）

まず一組目。

㉒吾《あ》が面《おも》の忘れむ時《しだ》は国はふり嶺《ね》に立つ雲を見つつ偲はせ（三五一五）

㉔面形《おもかた》の忘れむ時《しだ》は大野ろにたなびく雲を見つつ偲はむ（三五二〇）

男が旅に出て（防人か）、離れ離れになる男女の問答歌のように思われる。歌の末が「見つつ偲はせ」「見つつ偲はむ」となっている他、歌中に共通する語も多い。巻十四においては、この二首の間に四首介在しているが、巻十四の原資料にはこの歌は一対のものとして収められていたと推測できる。

次に二組目。

㉖崩岸《あず》の上に駒をつなぎて危《あや》ほかど人妻児《こ》ろを息《いき》にわがする（三五三九）

㉗崩岸《あず》辺《へ》から駒の行《ゆ》ごのす危《あや》はとも人妻児ろを目《ま》ゆかせらふも（三五四一）

この二首にも共通する語が多い。特に、「あず」は万葉集でこの二首にしか用いられていない語である。㉗の「まゆかせらふも」が意味未詳ながら、二首の趣旨は同様と推測される。異伝歌とは言えないまでも、それに近い関係と考えられる。

次に三組目。

④会津嶺《あひづね》の国をさ遠《どほ》み逢はなはば偲ひにせもと紐結ばさね（三四二六）

⑤筑紫なるにほふ児ゆゑに陸奥《みちのく》の可刀利少女《かとりをとめ》の結《ゆ》ひし紐解く（三四二七）

この二首の関係は何とも言えない。④は陸奥国から旅立つ男が恋人に紐を結んでくれるようにと頼む歌、⑤の解釈には異論もあるが、陸奥の可刀利少女が結んでくれた紐を九州の「にほふ児」のせいで解くという風に理解すれば、④の結末が⑤とも考えられる。二首一組の物語のようにも見える。

この三組目は保留とするにしても、一組目、二組目はそれぞれに関連した歌と考えられよう。そう考えれば、これらの歌は、斯西抱歌群がひとまとまりの資料であったことの傍証となろう。

また、斯西抱歌群二九首の中に異伝注記を含む歌は一首もない。これも、歌数の少なさは問題となるにしても、この二九首の共通点として指摘できる。

他に「五　変字法について」で述べたように、巻十四では、「己許」が一五例（「己許」1、「己許太」1、「己許呂」13）に対し、「許己」は三例（「許己波」1、「許己婆」1、「許己呂」1）ある。この「許己」三例が全て斯西抱歌群の例であるのに対し、「己許」一五例の中に斯西抱歌群に属するものは一例もない。用例数はやや少ないながら、例外がゼロというのは注目してよい事実であると考える。

「斯」「西」「抱」のいずれかを含む歌二九首を斯西抱歌群としたが、これらの仮名字母を含まない歌の中に、これらと同じ歌群に属するものはあるだろうか[5]。

この歌群二九首に用いられている文字の総数は九〇三字である。それを表にしたものの一部を示す。

文字	よみ	字種	例数	巻十四全	%
西	せ	字音	一六	一六	一〇〇
抱	ほ	字音	一三	一三	一〇〇
斯	し	字音	一〇	一〇	一〇〇
馬	め	字音	三	三	一〇〇
求	ぐ	字音	二	二	一〇〇
木	ぎ	訓字	一	一	一〇〇
紫	し	字音	一	一	一〇〇
等	ど	字音	一	一	一〇〇

上の表は、斯西抱歌群で用いられているのべ九〇三字を文字別に集計し、それぞれの文字が巻十四における当該字の総数の何%を占めるかを示したものである。比率の高いものから順に並べ、三〇%未満の文字は省略した。

「斯」「西」「抱」のうちの一文字でも含む歌を斯西抱歌群と定めたのであるから、これら三文字は当然一〇〇%この歌群に出現している。これら以外に「馬（め）」「求（ぐ）」「木（ぎ）」「紫（し）」「等（ど）」「與（よ）」の六文字が一〇〇%であり、巻十四全体の中でこの歌群にしか出現していないこと

與	よ	字音	一	一	一〇〇
騰	ど	字音	三	六	五〇
女	め	訓字	一	二	五〇
文	も	字音	一	二	五〇
君	く	字音	三	七	四二・九
与	よ	字音	一二	三四	三五・三
提	で	字音	二	六	三三・三
敝	べ	字音	一	三	三三・三
遊	ゆ	字音	一	三	三三・三
遠	を	字音	一	三	三三・三
賀	が	字音	七	二二	三一・八
路	ろ	字音	四	一三	三〇・八
度	ど	字音	三	一〇	三〇

になる。

「馬」の文字は、巻十四の中で、音義兼用表記の「ま」として七例、地名「対馬」に一例が用いられているが、「め」の字音仮名としては三例全て斯西抱歌群にのみ用いられている。このことも斯西抱歌群が一群を形成していることの傍証になろう。

「求」について。巻十四における「ぐ」の仮名は「具」が二二例で大多数を占めている中で、「求」が二例だけ用いられている。この稀少仮名の「求」二例は斯西抱歌群の同じ歌（三四三〇番歌）に用いられている。

「木」は清音の正訓字としては巻十四に四例見えるが、濁音字は斯西抱歌群の一例のみ、「安乎楊木《あをやぎ》」（三五四六番歌）に用いられている。「楊」は音義兼用表記である。「斯」「西」「抱」は原資料の文字の残存として、音義兼用表記は巻十四編纂時の表記と考えられている。「四　音義兼用表記について」で示したように、「楊」の音義兼用表記としては、他に「可伎都楊疑」（三四五五）、「楊奈疑」（三四九一）、「楊奈疑」（三四九二）がある。末尾の「ぎ」にはいずれも字音仮名の「疑」が用いられているのに対し、「安乎楊木」の例のみは「木」が用いられている。音義兼用表記が編纂時に成されたものだとしたら、この「木」には原資料の表記が残存した可能性があろうか。

「紫」は「筑紫」の例である。この地名を含む歌がたまたま斯西抱歌群にあったことによる結果である。

「等」は清音「と」の字音仮名としては巻十四に一〇五例用いられているが、濁音「ど」の字音仮名としては一例のみが斯西抱歌群に用いられている。先ほど異伝歌に近い例として挙げた「安夜抱可等（あやほかど）」（三五三九）の例である。

「與」は、底本に用いた『萬葉集』（おうふう）の表記にそのまま従ったが、「与」と同一と考えて良いのかもしれない。「与」も右の表にあるように、斯西抱歌群において比較的多用されている文字である。

斯西抱歌群にしか用いられていない文字は以上である。これに次ぐものとして、「騰」「女」「文」の三文字が五〇％という数値を示す。巻十四に出現する全用例のうち半数が斯西抱歌群で用いられていることになり、比率は高い。「騰」は巻十四で六例用いられているうちの三例が斯西抱歌群の例である。以下に示す。

①多胡能祢尓与西都奈波倍弖与須礼騰毛阿尓久夜斯豆之曽能可抱与吉尓《たごのねによせつなはへてよすれどもあにくやしづしそのかほよきに》（三四一一・上野相聞）

⑯左努夜麻尓宇都也乎能登乃等抱可騰母祢毛等可児呂賀於母尓美要都留《さのやまにうつやをのとのとほかどもねもとかころがおもにみえつる》（三四七三・未勘国相聞）

⑲安左乎良乎遠家尓布須左尓宇麻受登毛安須伎西佐米也伊射西乎騰許尓《あさをらをけにふすさにうまずともあすきせさめやいざせをどこに》（三四八四・未勘国相聞）

a可美都気努佐野乃布奈波之登里波奈之於也波左久礼騰和波左可流賀倍《かみつけのさののふなはしとりはなしおやはさくれどわはさかるがへ》（三四二〇・上野相聞）

b尓比牟路能許騰伎尓伊多礼婆波太須酒伎穂尓弖之伎美我見延奴己能許呂《にひむろのこどきにいたればはだすすきほにでしきみがみえぬこのころ》（三五〇六・未勘国相聞）

c古須気呂乃宇良布久可是能安騰須酒香可奈之家児呂乎於毛比須吾左牟《こすげろのうらふくかぜのあどすすかかなしけころをおもひすごさむ》（三五六四・未勘国相聞）

abcも斯西抱歌群に属するものかどうか、その当否を判断する材料がない。ただ、cの歌に用いられている

「吾」を「ご」の字音仮名として用いた例は巻十四の中でこの一例のみである。それは注目して良かろうと考える。

「女」「文」は比率五〇％とはいいながら、例数が少なすぎて何とも言えない。

四二・九％の数値を示す「君」は「五　変字法について」で述べたように、巻十四では変字法専用字として用いられているので、たまたま斯西抱歌群に「くく」の連続が多かった結果と考えられる。

「与」はそこそこの用例数はあるものの、巻十四全体で、「よ（乙）」の字音仮名としては最も多用されている仮名字母であるので、その点が弱い。「敝（べ甲）」「路（ろ甲）」「度（ど甲）」は、巻十四における「べ甲」「ろ甲」「ど甲」の字音仮名としてそれぞれ唯一の仮名字母であるから、パーセンテージの高さが意味を成さない。他の文字も例数に不足を感じる。

そういう次第で、斯西抱歌群に属する可能性のある歌が他にもあるかどうかについては今後さらに検討してゆきたい。

七　二音節の訓字について

「一　表記全体の集計」で見たとおり、巻十四の文字は、一字一音の字音仮名が大部分を占め、これに一字一音節の訓字、音義兼用表記、漢文助字、踊り字を加えれば、全体の九九・六％が一字一音の文字となる。地名表記に限っては一字二音節の字音仮名も用いられているが、訓字もその大部分が一字一音節である中で、一字二音節とおぼしき訓字は極めて異例である。一字二音節の訓字が用いられている可能性のある歌を以下に示す。

A中麻《ま》奈《な》尓《に》宇《う》伎《き》乎《を》流《る》布《ふ》祢《ね》能《の》許《こ》藝《ぎ》弖《で》奈《な》婆《ば》安《あ》布《ふ》許《こ》等《と》可《か》多《た》思《し》家《け》布《ふ》尓《に》思《し》安《あ》良《ら》受《ず》波《は》（三四〇一・信濃相聞）

B伊《い》可《か》保《ほ》世《せ》欲《よ》奈可中次下於《お》毛《も》比《ひ》度《ど》路《ろ》久《く》麻《ま》許《こ》曽《そ》之《し》都《つ》等《と》和《わ》須《す》礼《れ》西《せ》奈《な》布《ふ》母《も》（三四一九・上野相聞）

C芝付乃《の》御《み》宇《う》良《ら》佐《さ》伎《き》奈《な》流《る》根《ね》都《つ》古《こ》具《ぐ》佐《さ》安《あ》比《ひ》見《み》受《ず》安《あ》良《ら》婆《ば》安《あ》礼《れ》古《こ》非《ひ》米《め》夜《や》母《も》（三五〇八・未勘国相聞）

Aの第一句目は、底本にした『萬葉集』（おうふう）では「ちぐまなに」と訓んでいるので、「中」は地名を表記した一字二音節の字音仮名「ちぐ」となるが、ここは「なかまなに」と訓む注釈書も多い。(6)「ちぐまな」と訓み、千曲川のことであるとするのは都竹通年雄氏の説である。(7)この歌は勘国歌であるから、必ずや著名な地名が読み込まれているはずであり、賛同できる。ただし、「な」をアイヌ語で川をあらわす「ナイ」に由来するという点については、千曲川に対する親愛の気持ちを表す接尾辞とする馬瀬良雄氏の説に従いたい。(8)そのように考えれば、この例は一字二音節の訓字の例からは外れる。

Bは全体的に意味が取りにくいが、特に「奈可中次下」の部分が古来難訓で定訓を得ない。この五文字が第二句目に相当すると考えられるので、何か文字を補うか、いずれかの文字を二音節に訓むかしないと七音にならない。

この五文字の本文異同は以下の通りである。

・「奈可中」（もとの字を磨り消して）吹下尓」（類聚古集）
・「奈可中吹下」（元暦校本、古葉略類聚抄）
・「奈可中吹乍」（広瀬本）

・「奈可中次下」（紀州本、西本願寺本、以下新点本諸本）

訓については「長々しげに」「汝が泣かししも」「汝が泣かすげに」「なかなか繁に」など、様々な説があるが、いずれにも従いがたい。(9) 巻十四では地名以外は基本的には一字一音の字音仮名、あるいは訓字が大原則である。「奈可中次下」もこの大原則に従って訓めればよいが、それには二字足りない。安易な誤字説は採るべきではないが、ここには何らかの誤字・脱字を想定することもやむを得ないのではあるまいか。小学館の日本古典文学全集（旧全集）の「あるいは、「奈可」は「中」の傍注の混入、「次下」も後人の傍注か」という注に賛同したい。「次下」はいかにも何かを指示しているように見える。旧全集はこういう本文を想定しているのであろう。

伊可保世欲奈可《中次下》　於毛比度路（以下略）

こういう本文があり、書写の過程で傍書が本文に混入すれば現行のような本文になる。あり得べきことと思われる。ただ、「次下」がよく分からない。そこで、さらに大胆に、「次」を「欠」の誤字としたらどうであろうか。そうすれば、「欠下（下ヲ欠ク）」となり、第二句が「奈可（＝中）」の二字を残して、それ以下の五字が脱落してしまっていることを示す注記と取ることができる。

伊可保世欲奈可《中欠下》　於毛比度路（以下略）

という本文を想定することになる。

Cの「芝付乃」は諸注釈「しばつきの」と訓んでいる。それ以外に訓みようがないが、意味はよく分からない。地名かもしれないし、地名「みうらさき」を修飾しているのかもしれない。

「芝」は字音仮名として「し」に用いられることから、「芝婆付乃」などという本文を想定し、「芝」は音義兼用表記かとも考えたが、その場合、文字の脱落を想定しなくてはならないし、「芝」は良くても「付」も「つき」と訓まないためにはまた何らかの文字の脱落を想定しなくてはならず、それは到底無理であろう。極めて異例の歌になるが、当面はこのままで考えるしかあるまい。なお、第二句目の「御宇良佐伎《みうらさき》」の「御」は巻十四で唯一の例である。

おわりに

巻十四の表記を、その原資料と編纂時の手入れという観点から分析したいと考えたが、わずかばかり見えてきたことは瑣細なことばかりで、本質的なことは少しも明らかにし得なかった。

「三　訓字について」の節では、同じ語が訓字表記されているか字音仮名表記されているかで歌を分類できないかと考え、「四　音義兼用表記について」の節では、同じ語が音義兼用表記されるか否かで歌を分類できないかと考え、様々に検討を重ねたが、見るべき成果を得られなかったので、具体的な考察は書かなかった。今後の課題としたい。

また、万葉集の他巻との比較も今回は視野に入れなかったし、成すべきことは多数ある。それでも、巻十四に使用されている七五四〇字の総体について基本的なことは見えてきたように思う。今後は、巻十四の原資料のこと、巻十四の使用文字のことをさらに探究し、その結果を通して巻十四の歌の理解を深めて行きたいと念じている。

注

（1）武田祐吉氏「東歌を疑ふ」（『上代国文学の研究』大正一〇年。博文館）、武智雅一氏「大伴家持と万葉集巻十四との関係」（『国語国文』九―一。昭和十四年一月）、亀井孝氏「方言文学としての東歌・その言語的背景」（『文学』昭和二十五年九月）、福田良輔氏『奈良時代東国方言の研究』（昭和四〇年。風間書房）など。

（2）植松茂氏「万葉集巻十四に於ける斯・西の仮名について」（『国語と国文学』十四―六。昭和十二年六月）、福田良輔氏「仮名字母より見たる萬葉集巻十四の成立過程について」（『萬葉』五。昭和二十七年十月）

（3）前掲注一の福田氏の著書ではこれらを「意義連想の音仮名・訓仮名」と呼び、かなり広く含んでいる。本稿では水島義治氏『校註万葉集東歌・防人歌』（昭和四七年。笠間書院）の「音義兼用文字」という用語に従った。

（4）前掲注（2）。

（5）古屋彰氏「万葉集巻十四の表記をめぐって」（『金沢大学法文学部論集　文学篇』二三。昭和五十一年三月）では、この三字母に加え、「賀」「提」「騰」「那」「馬」も同じ資料の文字である可能性を指摘している。

（6）宇佐美浩徳氏「万葉集信濃「中麻奈」考」（『帝京国文学』三。平成八年九月）、太田真理氏「三四〇一番歌の地名表記をめぐって―万葉集東歌にみえる地域性―」（『古代文学』五五。平成二十八年三月）

（7）都竹通年雄氏「巻十四の「中麻奈」」（『萬葉』九。昭和二十八年十月）

（8）馬瀬良雄氏「『千曲川』の方言チョーマ考」（『玉藻』三六。平成十二年五月）

（9）水島義治氏「万葉集巻十四「伊可保世欲」の歌私按」（『国語国文研究』五五。昭和五十年十一月）に研究史がある。

移りゆく時
――家持歌における「自然」と「時間」――

村瀬憲夫

はじめに

万葉集に収められた家持の歌を読む時、「自然」と「時間」はきわめて重要な要素であると感じる。本稿ではこの二つ、とりわけ「時間」（「自然」に裏打ちされた「時間」）に重きを置いて、家持の歌を読んでみようとするものである。

なお本稿では「時間」と「時」の用語上の差異にあまり拘泥することなく、文脈上のニュアンスにしたがって、両語をかなり自在に用いている。また、以降の叙述において、いちいち「家持の歌」と言わずに、たんに「家持」ということも多いが、その場合も主に「万葉集に収められた家持の歌」という意味で述べている。現在の万葉集研究は、テキストの「内」と「外」を厳格に峻別して、テキストの内なる歌を読むことを基本姿勢とする。本稿も基本的にその姿勢で進めたい。その意味で、テキスト外の情報で彩られた「家持」はひとまず考慮の外に置き、万葉集に収められた家持の歌を読むことに専念したい。ただし家持の歌の場合、テキストの外の情報を考慮に入れても問題がない、さらには入れたほうが、歌の理解が深まると思われる場合もあるゆえ、テキストの外への目配りもおささ怠ることのないようにして進めたい。

一 「移りゆく時」と「自然」

さて、本稿の見通す結論を最も端的に導くと思われる歌から検討をはじめよう。それは天平勝宝九歳（七五七）六月二十三日に歌われた歌一首と、それとごく近い時期に詠まれ、互いに脈絡を有すると判断される歌二首である。(1)（以下「当該三首」と呼ぶ）

勝宝九歳六月二十三日に、大監物三形王の宅にして宴する歌一首

移りゆく時見《ときみ》るごとに心痛く昔の人し思ほゆるかも　（⑳四四八三）

右は、兵部大輔大伴宿禰家持作る。

咲く花はうつろふ時ありあしひきの山菅の根し長くはありけり　（⑳四四八四）

右の一首は、大伴宿禰家持の、物色の変化を悲怜《かなし》みて作りしものなり。

時花《ときのはな》いやめづらしもかくしこそ見《め》し明らめめ秋立つごとに　（⑳四四八五）

右は、大伴宿禰家持作る。

第一首で、家持が見ている「移りゆく時」は、テキスト外の情報としては、この歳のこの時に生々しく進行しつつあった「橘奈良麻呂のクーデター計画」にかかわった「移りゆく時」でもあったことはほぼ間違いないであろう。一方、本稿の基本姿勢とするテキスト内での読みからいけば、家持が見ている「移りゆく時」は、第二首

の「咲く花はうつろふ時」、すなわち「今は咲きにおっているが、やがては移ろう（色褪せそして散る）花」を通して、また第三首の「時花《ときのはな》」、すなわち季節季節のその時々に咲く花を通して見ているのである。

とくに第二首では左注に「物色の変化」に触発されて詠んだことをことさらに記していることは注目してよい。「物色」とは、「季節おりおりの景物」（『萬葉集』〈新日本古典文学大系〉）であり、「物色の変化」は自然の移り変わりであり、季節季節の進行をいう。家持は自然物の変化に「移りゆく時《とき》」すなわち「時間」を見ているのである。

ではこれら当該三首と同様の発想をもつ、家持歌の他の用例を参照しながらもう少し多角的に検討してみよう。まず天平勝宝二年（七五〇）の三月二十日に、時ごとに花を咲かす八千種の草木を賞《め》でて次の歌を詠んでいる。

霍公鳥と時の花とを詠む歌一首　幷せて短歌

毎時《ときごと》に　いやめづらしく　八千種《やちくさ》に　草木花咲《くさきはな》き　喧鳥《なくとり》の　音《こゑ》も更《かは》らふ　耳《みみ》に聞《き》き　眼《め》に視《み》るごとに　うち嘆《なげ》き　しなえうらぶれ　偲ひつつ　有争《あらそふ》はしに　木の暗の　四月《うづき》し立《た》てば　夜隠りに　鳴《な》く霍公鳥《ほととぎす》……

（⑲四一六六）

反歌二首

毎時《ときごと》にいやめづらしく咲《さ》く花《はな》を折《を》りも折《を》らずも見《み》らくしよしも　（⑲四一六七）

毎年《としのは》に来喧《きな》くものゆゑ霍公鳥《ほととぎす》聞《き》けば偲はく相《あは》ぬ日《ひ》を多み　毎年、これを「としのは」と謂ふ　（⑲四一六八）

右は、二十日に、いまだ時に及《いた》らねども、興に依りて預め作る。

循環する時毎に（それぞれの季節毎に）、種々様々に（八千種に）草木が好もしく花をつけ、そして鳥の鳴く声も（時毎に）変わっていく、そして時が進んで、木々がこんもりと茂る四月になると、霍公鳥が鳴くと詠み継ぐ。この歌の趣旨は、題詞にあるように、霍公鳥と時の花を賞で讃えることにあるが、これを「時」の側から言えば、家持は時毎に八千種に咲く花に、毎年時を違えずにやって来てなく霍公鳥に、「時」を見ているといえる。

次に当該三首が詠まれた三年ほど前の天平勝宝六年（七五四）七月二十八日に次のような歌が詠まれている。

　八千種《やちくさ》に草木を植ゑて時ごとに咲かむ花をし見《み》つつ偲はな　（⑳四三一四）

　　右の一首は、同じき月の二十八日に、大伴宿禰家持作る。

もろもろの草木が、循環する季節の中で、それぞれの季節、それぞれの時に花を咲かせる、その時その時毎に咲く花を見て賞でようと歌う。この歌で家持は自然の植物の姿に、常に動きそして循環する「時」を見ている。

この歌（当該歌）は題詞をもたないため作歌事情等は不明である。ただ「七夕歌八首」という題詞をもち「右は大伴宿禰家持の独り天漢を仰ぎて作る」という左注をもつ歌群（⑳四三〇六～四三一三）の後に、そして題詞をもたず、左注に「右の歌六首は、兵部少輔大伴宿禰家持の独り秋の野を憶ひて聊かに拙懐を述べて作る」という左注をもつ歌群（⑳四三一五～四三二〇）の前に置かれている。両歌群とも「独り」と特記されていて、この語は家持の歌を考える際のキーワードのひとつであり、この語をもつ歌には家持の強い思いが託されているだけに、当該歌が、「独り」を有する両歌群の間に置かれていることは注意してよい[2]。

加えて、伊藤博著『萬葉集の構造と成立』〔下〕（塙書房、一九七四年）は、巻十七～二十の末四巻においては、日付のある歌を○、日付のない歌を×とするとき、「○＋×」は歌稿として同居の構造をなしていたという法則があることを指摘した。「題詞有＋題詞無」の場合も同断であるという。これに従えば、当面の「七夕歌八首」（⑳四三〇六～四三一三）歌群は題詞をもち、作歌日付をもたない、当該歌は題詞をもたず、作歌日付をもつ、そして当該歌に続く四三一五～四三二〇歌群は、題詞も作歌日付ももたないという様相を呈しているゆえ、四三〇六番歌から四三二〇番歌までは、もともとの歌稿では同居していた可能性が強い[3]。

以上の、歌群の並びの状況から判断して、当該四三一四番歌には家持の強い思いが込められていることを思わせる。当該歌は、秋の季節に咲きにおう草木を見、賞でて（あるいは想念のなかで想って）、そしてそれぞれの季節季節に咲く草木に思いを馳せて歌っている。ものみなが移ろいを始める秋に基点をおいて、時ごとに咲くであろう花に（思い入れ強く）「時」を見ているといえよう。

次の歌は、兵部少輔として難波にあって、防人の管理の任に当たっている折の歌で、天平勝宝七歳（七五五）二月十三日の詠である。

　私《ひそ》かなる拙懐を陳ぶる歌一首　幷せて短歌

……うち靡く　春初《はるのはじめ》は　八千種に　花咲きにほひ　山見れば　見《み》のともしく　川見れば　見《み》のさやけく
ものごとに　栄ゆる時と　見したまひ　明らめたまひ　敷きませる　難波宮《なにはのみや》は……　（⑳四三六〇）

　右は、二月十三日、兵部少輔大伴宿禰家持。

「毎時《ときごと》にいやめづらしく八千種《やちくさ》に」に咲く草木花（前掲四一六六番歌、および四三一四番歌）のうち、ここでは春の初めに咲く八千種の花を詠んで、経巡る季節の中の、この「時」を見ている。なお「見したまひ」とあるので、ご覧になるのは天皇であろう。

次は天平宝字二年（七五八）二月の作で、当該三首の詠まれた翌年の作である。

　二月に、式部大輔中臣清麻呂朝臣の宅にして宴する歌十首（うちの一首）

八千種の花はうつろふ常磐なる松のさ枝を我は結ばな　（⑳四五〇一）

　右の一首は右中弁大伴宿禰家持。

この歌は、八千種の花の移ろいと、松の常磐とを対比させて詠んで、当該三首のうちの第二首目四四八四番歌と同じ発想の歌である。その時《とき》、時《どき》に咲く八千種の花に、そしてさらに踏み込んで八千種の花の移ろいに「移りゆく時」を見ている。

次に当該三首のうちの第三首目「時花《ときのはな》」（四四八五）もすでに詠まれている。天平勝宝三年（七五一）おそらく八月に、越中国守の任を終えて都へ帰る時に、天皇の御代の弥栄を願って、いわば仮想で詠んだ侍宴応詔の歌である。

　京に向かふ路の上にして、興に依りて預め作る侍宴応詔の歌一首　并せて短歌

……やすみしし　吾大皇《わがおほきみ》　秋花《あきのはな》　しが色々《いろいろ》に　見賜《めしたまひ》　明《あき》らめたまひ　酒《さか》みづき　栄《さか》ゆる今日《けふ》の　あやに貴《たふと》さ　（⑲四二五四）

　反歌一首

秋時花《あきのはな》種《くさぐさ》に有《あ》れど色別《いろごと》に見《め》し明《あき》らむる今日《けふ》の貴《たふと》さ　（⑲四二五五）

秋に咲く種々の花、すなわち八千種の花を詠むが、「秋の花」をことさらに「秋時花」と「時」を入れて表記しているところに注目したい。ここにも家持が「時」を見、意識していることが分かるからである。

もうひとつ注目すべきは、「見賜《めしたまひ》　明《あき》らめたまひ」と、天皇がご覧になって心を開放なさると詠んでいて、これはまさに当該三首の第三首の「見《め》し明らめめ」に連なっていく表現である。つまり当該三首の少なくとも第三首は、天平勝宝三年のこの帰京時の歌を意識して詠んでいることが分かる。

このことは天平勝宝九歳（七五七）六月時に、家持は過ぐる年（天平勝宝三年）の帰京時の歌を想っていた、すなわち天平勝宝三年から天平勝宝九歳にいたる「時」の経過を想っていたことを意味する。

なお、この「想い」は、テキスト外の情報、当該三首は橘奈良麻呂のクーデター計画が生々しく進行中の時点

での詠作であったという情報を考慮した時（本稿はこの情報を取り入れて当該三首を読むことを支持する）一層切実な想いとなって、歌の理解を濃いものにする。

さらに「見《め》し明らめめ」に関わって付言するならば、天平十六年（七四四）の安積皇子挽歌にも「御心を見し明らめし」（③四七八）とある。聖武天皇の御子である安積皇子の突然の死は、若き内舎人家持にとって大きな出来事であり悲しみであったことを思えば、天平勝宝九歳時の「見《め》し明らめめ」に遠くこだましていたとみることも出来ようか。

以上、当該三首の「移りゆく時《とき》見るごとに」、「咲く花はうつろふ時あり」、「時花《ときのはな》いやめづらしも」、「見《め》し明らめめ」といった表現に着目し、類似した表現と発想をもつ家持歌を検索してみた。その結果、家持は自然物を通して、「時」を見るという性向があることを確かめることが出来た。

そしてさらにはこうした類似した歌の連なりのなかに、つまり自身の作の連なりの中に自身のこれまでの来し方としての「時」を見ていたであろうことも言えそうである。

さらに踏み込んで、こうした歌の連なりを見る時、家持が天平勝宝七歳時に採録した防人歌の中にある次の歌も注目される。

時々の花は咲けども何すれぞ母とふ花の咲き出来ずけむ　（⑳四三二三）

この歌は日本書紀歌謡の「本毎に花は咲けども何とかもうつくし妹がまた咲き出来ぬ」（紀歌謡一一四）と通底する表現と発想をもっている。家持はこうした歌々に「時」の広がりと厚みを見ていたのではないか。

二 家持歌と「自然」

1 中国文学からの投影

家持の歌が「自然」に強い関心を寄せていることは周知のとおりである。自然、とりわけ動植物を詠んだ歌が多いこと、その描写様態が対象物に深く柔らかく精細に迫っていること、(4)季節あるいは季節の推移に敏感であること、越中在任中、越中の山河海を新鮮な目で見、歌に詠んでいること等々、また自然を詠む時、自然と家持の心が融合しているかのごとくに、自然と心が豊かに連動していることなどに、家持歌と自然との深いつながりをみることが出来る。

第一節で見通しとして述べたとおり、本稿は家持歌のこうした「自然」描写のなかに立ち上がる「(移りゆく)時」をみようとすることを主たる目的としている。

さて、家持と「自然」の関わりについては、先人による多角的な視野からの研究が多く積み重ねられている。その中でも家持の自然詠に中国文学(とりわけ六朝詩、六朝詩学)が深く投影していることを念頭に置かずには、家持歌の自然詠は理解できないことを示唆した論文を見てみよう。

まず中川幸廣「大伴家持ノート—自然と自然と交響するかなしみと—」(『萬葉集研究』〔第一三集〕塙書房、一九八五年六月。『萬葉集の作品と基層』〔桜楓社〕所収)は、人間と自然、そして古代日本人と自然の問題から説き起こしたうえで、家持と自然の問題を説いた、広く深い視野をもつ論文である。この論文は洋の東西に亘る文献(文学のみならず哲学、言語学も視野に入れる）を参看して論を進めていて、万葉集の研究を通して人間と自然との関わりを考えるうえでの示唆に満ちている。その中で中国文学からの投影という視点からは、家持における自然との関わりについて、次の歌を取り上げて説く。

　橙橘初めて咲き、霍公鳥翻り嚶く。この時候に対ひ、あに志を暢べざらめや。よりて三首の短歌を作り、もちて鬱結の緒を散らさまくのみ。

あしひきの山辺《やまへ》に居ればほととぎす木際《このま》立ち潜き鳴かぬ日《ひ》はなし　（⑰三九一一）

ほととぎす何の情《こころ》そたち花《ばな》の玉貫く月《つき》し来鳴《きな》きとよむ　（⑰三九一二）

ほととぎす楝の枝《えだ》に行きて居《ゐ》ば花《はな》は散らむな珠《たま》と見《み》るまで　（⑰三九一三）

　右は、四月三日に内舎人大伴宿禰家持、久邇京より弟書持に報へ送る。

題詞にある「この時候に対ひ、あに志を暢べざらめや」の「志」、「時候」に関わって、中国文学にその発想の出典を指摘する先行研究の成果を踏まえて、独自の考察を展開する。その出典とは『詩経』（「大序」）、

詩は志の之《おもむ》く所なり。心に在るを志と為し、言に発するを詩と為す。情中《うち》に動きて、言に形《あらは》る。

また家持が精通していたと考えられている「六朝詩学」、すなわち劉勰の『文心雕龍』「物色篇」、

春秋は代序し、陰陽は惨舒す。物色の動けば、心もまた揺らぐ。蓋し陽気萌して玄駒《あり》歩み、陰律凝りて丹鳥《かまきり》羞す。微虫すら猶或いは感に入る、四時の物を動かすこと深し。

また同じく「六朝詩学」の、鐘嶸の『詩品』「序」

若し乃ち春風春鳥、秋月秋蝉、夏雲暑雨、冬月祁《き》寒は、斯れ四候の諸を詩に感ぜしむる者なり。（中略）凡斯種々、感蕩心霊。詩を陳ぶるに非ざれば何を以てか其の義を展べん、歌を長くするに非ざれば何を以てその

情を騁せん。

等である。中川論文はこれらの出典および先行研究を参看したうえで

家持の志には昂揚した緊張感と「文の賦」以来の中国の文学に支えられた〈新文学〉を目指す若者らしい誇りと、自然へと自ら意志するという高らかな宣言とがあるように思われる。

と述べて、家持の自然へと向かう心の根底に六朝詩学があることを指摘している。

家持を自然へと向かわせた根底にある六朝詩学については、興膳宏「『文心雕龍』の自然観照—その源流を求めて—」（『中国文学の理論』筑摩書房、一九八八年。初出は一九八一年）で精細に論じられている。興膳論文は、謝霊運の詩を評して「山水はまた彼の志を言うための媒体であった」、「自然のたたずまいをことばに刻画しながら、彼はその奥に自己の内面を凝視する姿勢を常に持続しようとする」、「「景物を翫ぶ」多くの句の間に、かならず「心素を攄《の》べ」た短い句がきらりと光るのを見出すのである」と説いたうえで、『文心雕龍』の「原道篇」や「物色篇」等に示される劉勰の自然観が、謝霊運らの詩文になにほどかの影響を与えているであろうことを指摘し、「劉勰の自然観の特色は、自然と人心との相即的な働きかけの作用を重視する点」にあると、結論づけている。

家持が六朝詩学から学んだ自然観がこうしたものであってみれば、家持の自然を詠んだ詠の中に、自己の内面を凝視するような歌が見られる（例えば、いわゆる「春愁三首歌」）のも故なしとしない。そしてさらに先走って言えば、第一節で見たように、家持が咲く花の移ろいに、また毎時《ときごと》に八千種に咲く草木花に、「移りゆく時」をみたのも、自己の内面への凝視からの帰結であったことを思わせる。

また家持の歌作への投影として、中国文学の「詠物詩」を抜きにしては考えられないことを精細に論じたのが、芳賀紀雄「歌人の出発—家持の初期詠物歌—」（『萬葉集における中國文學の受容』塙書房、二〇〇三年。初出は一九八〇年

九月）である。家持の歌には「物色を見て作る」（⑧一五九七～一五九九の左注）、「物色の変化を悲怜みて作りしものなり」（⑳四四八四の左注、前掲）等、「物色」という語が見られる。この「物色」は家持と「自然」との関わりを考える際、重要な語のひとつである。芳賀論文は、この「物色を見て作る」の左注について、「「物色」をたんに「風物」「景色」などと置き換えるのみなら、ほとんど無用の注となる」として、この注を録したのは「『文心雕龍』・『文選』李善注[5]と相渉る心づもりがあったためにほかなるまい。すなわち、歳時とその風物のはたらきかけに対し、触発された感興を言語による造型にもたらそうとする、歌人としての意識にもとづく注記だ」と説く。そのうえで詠物詩の「客観的な細密描写でありながら雰囲気的暗示的であること、艶情との合体、「物」への感情移入ないし擬人法的表現などは、なんらかの意味で家持を刺激してやまなかった」とし、「人事と景物との映発関係によって、心情を余韻に託す」手法（傾向）を家持の歌（例えば⑧一四七九番歌）に見ている。

本稿の関心事に引きつけていえば、こうした手法（傾向）が、「物色の変化」に「移りゆく時」を見ることへと繋がっているのだと言えよう。

2　家持歌と「自然」

前項（二―1）で、家持歌の自然に向かう姿勢、そして自然描写に、中国文学とりわけ六朝詩学が深く投影していることを先行研究によって確認した。しかし、中国詩から抽出された中国詩学・詩論の投影を、倭歌である家持の歌の個々の表現に直接見出そうとしてもそれはなかなか困難である。ただ、例えば興膳宏論文の「劉勰の自然観の特色は、自然と人心との相即的な働きかけの作用を重視する点」にあるとの指摘に代表される、自然と人心との結びつきという程度の大枠の中で、家持の自然を詠む歌の特色を具体的に見ておくことは許されるだろう。

まずは家持自身が、情（人心）を眺（自然）に寄せて詠んだと断って詠んだ歌があるので見ておこう。

相歓ぶる歌二首　越中守大伴宿禰家持作る

庭《には》に降る雪《ゆき》は千重しくしかのみに思ひて君を我が待たなくに　（⑰三九六〇）

白浪《しらなみ》の寄する磯みを榜《こ》ぐ船《ふね》の楫取る間《ま》なく思ほえし君　（⑰三九六一）

右は、天平十八年八月（中略）この時また、漁夫の船、海に入り瀾《なみ》に浮けり。ここに、守大伴宿禰家持、情を二眺に寄せ、聊かに所心を裁《つく》る。

左注にある通り、「二眺」と「情」の相関を直接的に語っている。詠まれた歌は「二眺」と「情」とのつながりはやや単純単調であるが、家持が両者の相関を直接語っていて注目される。

自然と人心との結びつきを、家持自身が語っていることを確認したうえで、次へ進もう。まず自然と人心の結びつきというと、一番素朴なかたちとしては「自然との交感」といったことが念頭に浮かぶが、家持歌はどうだろうか。

自然との交感ということを具体的に見て取ることの出来るのは、例えば次のような歌であろう。

小田事《をだのつかふ》の勢能山《せのやま》の歌一首

真木《まき》の葉のしなふ勢能山しのはずて我が越え行けば木《こ》の葉知りけむ　（③二九一）

畿内と畿外とを画する位置にある勢能山を越えようとして、急ぎの旅のためであろうか、こんもりと繁る木々を愛で言葉をかけることもなく越えていくことに申しわけなさを思い、木の葉に親しく呼びかけている歌である。また自然と人心がもう少し内面的な融合を見せるが、これも自然との交感の一例といえよう。

小治田《をはりだ》の　年魚道《あゆぢ》の水を　間《ま》なくそ　人は汲《く》むといふ　時じくそ　人は飲むといふ　汲む人の　間なきがごと　飲む人の　時じきがごと　我妹子に　我が恋ふらくは　止む時もなし　（⑬三二六〇）

「小治田の……時じきがごと」までの部分は「我妹子に　我が恋ふらくは　止む時もなし」を導き出すための長い序詞的な働きをしている。しかしこの部分は単なる情景表現ではない。いくら汲めども飲めども絶えることなく、滾々《こんこん》とわき出る清水は、作者の心に汲めども払えども絶え間なくわき出る、我妹子への恋心そのものである。ここにも自然と人心とが渾然一体となっているさまを見ることができる。

対して、こころみに家持の次の歌を配してみよう。いわゆる「越中秀歌群」（⑲四一三九〜四一五〇）のうちの一首である。

堅香子草《かたかご》の花を攀ぢ折る歌一首

物部《もののふ》の八十𡢳嬬等《やそをとめら》が挹《く》み乱《まが》ふ寺井《てらゐ》の上の堅香子《かたかご》の花　（⑲四一四三）

そもそもこの歌は「堅香子草《かたかご》」を詠むことに主眼があるのだから当然のこととはいえ、寺井の水を汲む娘子の姿に「自然との交感」は感じられない。万葉集も最終期に入り、しかも中国文学から、あるいは先輩歌人から豊かな知識と高度な作歌方法と技術を学んだ家持であれば、素朴な段階での「自然との交感」は少ないと見るのが当然のこととも思えそうである。しかし家持のほととぎす詠には気になる表現がある。

十六年四月五日に独り平城の故宅に居りて作る歌六首（うちの二首）

ほととぎす夜音《よごゑ》なつかし網指《さ》さば花《はな》は過ぐとも離れずか鳴かむ　（⑰三九一七）

橘《たちばな》のにほへる苑《その》にほととぎす鳴《な》くと人告ぐ網ささましを　（⑰三九一八）

霍公鳥を感《め》づる情に飽かずして、懐《おもひ》を述べて作る歌一首　幷せて短歌（うちの反歌一首）

霍公鳥聞《ほととぎすき》けども不足《あかず》網取《あみと》りに獲《と》りてなつけな離れず鳴《な》くがね　（⑲四一八二）

ほととぎすを身近な所に留めておくために「網をさす」という発想は、家持のほととぎすへの異常なまでの偏執と評されてしかるべきものなのかもしれない。しかし八世紀に生きた人間の行動と発想を簡単にそのように律してもよいものかどうか。家持はほととぎすをそれほどに身近な存在と感じ、そのような親しさで接していたかもしれないと、考えてみることもあながち荒唐無稽なことではないのではなかろうか。[6] 家持のほととぎす詠には次のような表現もみられる。

京に入ること漸《やくや》くに近づき、悲情撥《はら》ひ難くして懐《おもひ》を述ぶる一首　幷せて一絶

……岩根踏み　越えへなりなば　恋しけく　日の長けむぞ　そこ思へば　心し痛し　ほととぎす　声にあへ貫く　玉にもが　手《て》に巻き持ちて　朝夕に　見《み》つつ行かむを　置きて行かば惜し　（⑰四〇〇六）

この、ほととぎすの声を玉として緒に通し手に巻くという、身体に密着した発想と表現も、万葉後期的な洗練され技巧化された歌表現とみるのがよいのだろうが、その背後にそれほどまでにほととぎすに親近感を有する家持を想ってみることも必要なのではないだろうか。他に「……霍公鳥《ほととぎす》喧《な》く始音《はつこゑ》を　橘《たちばな》の　珠《たま》にあへ貫《ぬ》き　かづらきて　遊《あそ》ばむはしも……」（⑲四一八九）といった発想と表現も同様である。

先述の「網をさす」の歌（⑰三九一七）のなかに「なつかし」という表現が見られる。この言葉も家持の自然との交感を考える時、重要な言葉であろう。家持歌の「なつかし」は他に三例（⑲四一八〇、四一八一、四一九二）見られる。万葉集中の他の用例は、例えば次のような歌である。

麻衣《あさごろも》着ればなつかし紀伊の国の妹背の山に麻蒔《ま》く我妹《わぎも》　（⑦一一九五）

巻七雑歌部「羈旅にして作る」の項に収められている歌で、作者は「藤原卿」である。作歌年次は記されてい

ないが、神亀元年（七二四）十月の聖武天皇紀伊国（玉津島）行幸に従駕した藤原卿が、帰京後のある日、詠んだ歌であると推定される。麻の衣を着ると、妹背山を越えた時見た、道の傍らで麻の種を蒔いていた娘子のことが親しく想われるというのである。麻の衣を身につけるという身体的行為を通して、麻を蒔く娘子を回想的に連想するというところに、奈良朝貴族の身体感覚を知ることが出来る。また

山部宿禰赤人の歌四首（うちの一首）

春の野にすみれ摘みにと来し我そ野をなつかしみ一夜寝にける　（⑧一四二四）

この歌には春の野への肉感的ともいえる親しみが歌われている。この他、巻七譬喩歌部に三例（⑦一三〇五、一三三二、一三三三）見られるのも注目される。

岩が根のこごしき山に入りそめて山なつかしみ出でかてぬかも　（⑦一三三二）

この歌は恋の思いを下敷きにした歌であろうから、「なつかし」は対象への肉感的親近感を持った言葉である。譬喩されているとはいえ、山という自然への交感の心と無縁ではないであろう。

こうして見てきて、あらためて家持の「なつかし」、例えば次の歌を見る時、

霍公鳥と藤の花とを詠む一首　幷せて短歌

……かそけき野辺《のへ》に　遥々《はろはろ》に　喧《な》く霍公鳥《ほととぎす》　立《た》ち潜くと　羽触《はぶ》れに散らす　藤浪《ふぢなみ》の　花《はな》なつかしみ　引《ひ》き攀《よ》ぢて　袖《そで》に扱きれつ　染《し》まば染《し》むとも　（⑲四一九二）

の「なつかし」からも、自然に対して、身体的肉感的ともいえる親しみを持っていた家持を見ることが出来るし、その「なつかし」さのあまり、藤の花を引きよじ袖に扱き入れた、それがために藤の花が袖に染みついても構わない（染みつけたい）とまで歌うところに、家持の自然（藤の花）との距離の近しさを思うことが出来る。

かにかくにして、家持の自然へ向かう姿勢には、広い意味での自然との交感といってもよい、自然への身近な親しみの心があるといえよう。

では家持歌における自然と人心との結びつきについて、少し観点を変えてみてみよう。

大伴宿禰家持の鹿鳴の歌二首（うちの一首）

山彦の相響むまで妻恋ひに鹿鳴く山辺にひとりのみして　（⑧一六〇二）

大伴宿禰家持、娘子の門に到りて作る歌一首

妹が家の門田を見むと打ち出来し心もしるく照る月夜かも　（⑧一五九六）

この二首から読み取れるものは、自然との交感というよりも、自然の律動（呼吸）に、家持の心の琴線が共鳴していると評してもよいような、自然と人心のあり方である。第一首は、今、久邇京（恭仁京）にあって、奈良の都に離れて住む妻への恋心を詠んだ歌である。山彦となって聞こえてくる鹿の妻恋いの鳴き声が、家持の妻恋いの心の琴線に触れて「ひとりのみして」と歌わせている。第二首は、妹の家にたどり着いた家持の心の高鳴りに応えるかのごとく、煌々と照る月を讃えている。もちろん月は家持の心を知って照っているわけではない。たまたま照っている月光に、家持の心の琴線（高鳴り）が共鳴しているのである。

三月三日に、防人を検校する勅使と兵部の使人等と、同《とも》に集ひて飲宴して作る歌三首（うちの一首）

ひばり上がる春へとさやになりぬれば都も見えず霞たなびく　（⑳四四三四）

右の二首は兵部少輔大伴宿禰家持。（うちの一首）

この家持の歌と、同じ宴で詠まれた次の勅使紫微大弼安倍沙美麻呂の歌（⑳四四三三）と比較してみると、家持の歌は、春の難波の景色が家持の心の琴線に触れて、家持の望京（望郷）の情が醸し出されている。

朝な朝な上がるひばりになりてしか都に行きて早帰り来む　（⑳四四三三）

また自然と人心とが映発し合っていると評してもよいような歌もある。例えば巻十九の冒頭を飾る、いわゆる「越中秀歌群」（⑲四一三九～四一五〇）は、越中の春の風景や人事が醸し出す情景と、家持の「悲しみ」、「望京（望郷）」の心情とが絶妙に映発し合っているといえる。

そして自然と人心との絶妙な結びつきと映発を形象化した歌の頂点をなすのは、やはりいわゆる「春愁三首歌」を措いてほかにないであろう。

二十三日に、興に依りて作る歌二首

春《はる》の野《の》に霞《かすみ》たなびきうら悲《がな》しこの暮影《ゆふかげ》に鶯《うぐひす》鳴くも　（⑲四二九〇）

我がやどのいささ群竹《たけ》吹く風《かぜ》の音のかそけきこの夕かも　（⑲四二九一）

二十五日に作る歌一首

うらうらに照《て》れる春日《はるひ》にひばり上がり情悲《こころかな》しもひとりし思へば　（⑲四二九二）

春日遅々に、鶬鶊正に啼く。悽惆の意、歌に非ずしては撥ひ難きのみ。よりてこの歌を作り、式て締緒を展ぶ。

この三首のなかに見られる「かなし」をとらえて、中川幸廣前掲論文は、「彼の内なる名状できない自然と、彼を包む大いなる自然との、直接的な、媒介なしの澄明な交感・交響を表わすことばであろう」と、自然に向かう家持の内面のありようを説いて感銘深い。

以上、家持の自然を詠む歌が、六朝詩学の「物色」あるいは「物色の変化」等に触発されて、自然と人心とを結びつけ、両者を映発融合させて詠まれていること、すなわち家持が自然を詠む時、自然の中に自身の内面を凝視し、自然の摂理のなかに人心をみていることを見た次第である。

三　家持歌と「時間」

1　空間あるいは川と「時間」

前節「家持歌と「自然」」では、家持の自然を詠む歌には、自然と人心とが、時として（ごく広い意味での）交感をし、また（これは恒常的に）映発し合い、両者が深く切り結ばれていることをみた。ではこうした特色をもつ家持の自然詠の中に、「時間」がどのように捉えられ、表出されているのか、本節では家持歌の自然の中に立ち上がる「時間」を見ようと思う。

さて古代の人々は目に見えない「時」とか「時間」をどのようにして見たのであろうか。ここに『出雲国風土記』を対象として「時間」を考察したまことに示唆深い論文がある。荻原千鶴「『出雲国風土記』の時間表象―「大穴持命」と「斐伊川」―」（『風土記研究』第三七号、二〇一五年一月）は、『出雲国風土記』において「出雲一国を一つの世界として把握する俯瞰的観じ方が生じているのは、なぜか」を「時間意識を切り口として」考え、「『出雲国風土記』が開いた、連続しつつ常在する時空間は、斐伊川の時間表象を通して成り立っている」と結論づけた論である。

本稿の関心事に沿って、荻原論文の叙述を引用しよう。「人間の三次元の生活実感の中には、連続的なひろがりをもつ時間概念は存在しない。だからこそその概念をあえて表出する際には、空間概念に准えるしかない」、

「斐伊川は流れ去るものとして、一方向的に捉えられてはいない。『出雲国風土記』においての斐伊川は、流動的に連続しつつ、かつ常住するものとして俯瞰されているのである。『出雲国風土記』は、斐伊川を俯瞰し、時間を俯瞰している」と。俯瞰された空間に、時間が俯瞰されているということであろう。

山部赤人に不尽山（富士山）を詠んだ歌がある。

山部宿禰赤人の不尽《ふじ》の山を望《み》る歌一首　并せて短歌

天地《あめつち》の　分れし時ゆ　神さびて　高く貴《たふと》き　駿河《するが》なる　不尽の高嶺《たかね》を　天《あま》の原　振り放《さ》け見れば　渡る日の　影も隠《かく》らひ　照る月の　光も見えず　白雲も　い行きはばかり　時じくそ　雪は降りける　語り継ぎ言ひ継ぎ行かむ　不尽の高嶺は　（③三一七）

この歌では「天地の分れし時ゆ」と、悠久の時間が俯瞰されていて、それが「駿河なる　不尽の高嶺を　天の原　振り放け見れば……時じくそ　雪は降りける」と空間的俯瞰表現を豊かなものにしている。実際、富士山の頂上から裾野へと伸びる長くしなやかな広がりは、悠久の時間の広がりを思わせる。古代の人々は、空間的広がりに、「時間」を見たのだといえよう。

また川の流れに「時間」を見ることは、広く認められている事柄であるが、稲岡耕二「初期万葉歌の性格―時間とその表象―」（『上代文学』第八〇号、一九九八年四月）は、人麻呂歌集の次の歌の序詞を対象として論述する。

巻向の病足《あなし》の川ゆ往く水の絶ゆることなくまた反《かへ》り見む　（⑦一一〇〇）

この歌の序詞は「絶え間なく流れる川の空間的イメージを利用し、時間の永続の表現に転じた序詞である」として、また同じく次の人麻呂歌集歌および人麻呂作歌について

往く川の過ぎにし人の手折らねばうらぶれ立てり三和《みわ》の檜原は　（⑦一一一九）

もののふの八十氏河の網代木にいさよふ波の行く方知らずも　（③二六四）

これらの歌は「川の流れを時間の表象と」して、「水の流れに寄せて、去り行く時」を嘆いているとする。そのうえで「川の流れの空間的連続性を利用して時間の永遠性を表現した例」は、人麻呂をもって嚆矢とすると説いた。

また鉄野昌弘「万葉集巻七・人麻呂歌集「巻向・三輪歌群」試論」（『上代文学』第一〇五号、二〇一〇年一一月）は、論文標題の歌群について、「（巻七に）散在する歌同士の交響」が「人間に対する普遍的な思惟に、確かな実感を与えている」という新たな読みを提出する。その「人間に対する普遍的な思惟」とは、「自然と人間、あるいは時間と人間についての深い洞察」とも述べている。個々の歌の理解と歌群の交響については、直接鉄野論文を参看されたいが、自然（例えば「往く川の流れ」、「穴師川の河浪」）と時間と人間の関連を説いている。ここにあげた歌のほかにも、人麻呂、人麻呂歌集の歌には川の流れに「時間」を見ている歌は多い。

……この川の　絶ゆることなく　この山の　いや高しらす……　（①三六）

巻向の山辺響みて往く水の水沫のごとし世の人吾等《われ》は　（⑦一二六九）

潮気立つ荒磯にはあれど往く水の過ぎにし妹が形見とそ来し　（⑨一七九七）

このように人麻呂が川の流れという「自然」に「時間」を観たのに対して、家持はどうか。

2　家持歌における「自然」と「時間」

すでに第一節「「移りゆく時」と「自然」」で見たように、家持が自然の中に見た「時間」は、四季折々に芽吹き花をつけ、そして散っていく草花あるいは動物を通してであることが多い。[7]

咲く花はうつろふ時ありあしひきの山菅の根し長くはありけり　（⑳四四八四）

右の一首は、大伴宿禰家持の、物色の変化を悲怜みて作りしものなり。

これは第一節で取り上げた歌である。家持の歌には草花、あるいは草花に具象化される四季を通して「時」を見る歌が多い。この歌は天平勝宝九歳（七五七）の作であるが、家持はすでに天平十六年（七四四）に、散る花に移ろう時間を見ている。安積皇子の死を悼む挽歌である。草花（季節）の描写がある部分のみを摘記する。

十六年甲申春二月に、安積皇子の薨ぜし時に、内舎人大伴宿禰家持の作る歌六首

……大日本　久邇の都は　うち靡く　春さりぬれば　山辺には　花咲きををり　川瀬には　鮎子さ走り　いや日異に　栄ゆる時に……　（③四七五）

反　歌

あしひきの山さへ光り咲く花の散りぬるごとき我が大君かも　（③四七七）

右の三首は、二月三日に作る歌。

……御心を　見《め》し明らめし　活道山　木立の茂に　咲く花も　うつろひにけり　世間《よのなか》は　かくのみならし……　（③四七八）

反　歌

はしきかも皇子の命《みこと》のあり通ひ見《め》しし活道の道は荒れにけり　（③四七九）

右の三首は、三月二十四日に作る歌。

二月三日の作では、これから栄えることを予祝された新都・久邇京の賑わいを、咲き盛る春の花に言《こと》寄せて歌い、その皇子の突然の死を、咲き盛っていた花が（にわかに）散るさまに言寄せて歌う。それが三月二十四日の

作になると、皇子が生前眺めて心を晴らしていた活道山の今を凝視して、咲き誇った花が散ったことを歌う。言寄せとしての花ではなく、現実の花を歌って、そこに二月三日から三月二十四日への「時」の経過を見ているのである。

同じく越中赴任以前の若き家持の作に次のような歌がある。

大伴家持、橘の花を惜しむ歌一首

我がやどの花橘は散り過ぎて玉に貫くべく実になりにけり　（⑧一四八九）

我が家の庭に植えた橘を日々眺めるという生活を通して、花が咲き、そして散り、やがて実をつける橘の移りを実体験し、そこに「時間」を観ている。

また、これは越中時代の歌であるが、山上憶良の「世間の住《とど》まりかたきことを哀しぶる歌一首　并せて序」（⑤八〇四～八〇五）を意識して詠んだと思われる次の歌を、憶良の歌と比較してみる（青木生子著『萬葉集全注』〔巻第十九〕）と、家持が何に依って「時間」を表現しようとしているかがよく分かる。

世間の無常を悲しぶる歌一首　并せて短歌

天地《あめつち》の　遠《とほ》き始《はじ》めよ　俗中《よのなか》は　常《つね》なきものと　語《かた》り続《つ》ぎ　流らへ来れ　天原《あまのはら》　振《ふ》り放け見《み》れば　照《て》る月《つき》も
盈《み》ち昃《か》けしけり　あしひきの　山《やま》の木末《こぬれ》も　春《はる》されば　花開《はなさ》きにほひ　秋《あき》づけば　露霜《つゆしも》負《お》ひて　風交《かざま》じり
もみち落《ち》りけり　うつせみも　かくのみならし　紅《くれなゐ》の　色もうつろひ……　（⑲四一六〇）

言《こと》とはぬ木《き》すら春開《はるさ》き秋《あき》づけばもみち散らくは常《つね》をなみこそ　（⑲四一六一）

「世間の無常」を表すために、月の満ち欠けから説き起こし、あとは自然界の植物である「花」から「もみち」への移りを通して表出している。

これに対して、憶良の歌は、専ら「娘子」と「ますらを」の若き日の活力に満ちた輝きと、年老いてからの老残の姿との落差の大きさを描くことを通して、「世間の住まりかたきこと」を表出している。自然界の植物の変化を詠むことはない。

こうした比較を通しても、家持が自然界の、それもとりわけ植物の変化に「時間」を観ていたことを確認できる。家持歌が「自然」の中に「時間」を観るさまを、もう一例見ておこう。家持歌には「春花《はるはな》、春の花」を詠んだ歌が多くある。家持は越中国守として迎えた初めての春に、「ほとほとに泉路に臨む」ほどの大病を患う。その折に次のような歌を詠んでいる。

　春の花今は盛りににほふらむ折りてかざさむ手力もがも　（⑰三九六五）

春の花が盛んに咲きにおうさまは、活力の萎えた身体にとってはまことに新鮮でまぶしい存在であり、その春の花の活力をわが身に欲しいとどんなにか願ったことであろう。この体験と思いが、越中時代の家持に春、それも今を盛りと咲く春の花に関心を持たせたきっかけの一班がある。(8) 以後、「春花《はるはな》の咲ける盛りに」（⑰三九六九）〔三九六五番歌と同じく病床に伏せっている時に詠んだ歌〕、「春花の咲ける盛りに」（⑰三九八五）〔二上山の賦一首〕、「春花《はるはな》の盛りもあらむと」（⑱四一〇六）〔史生尾張少咋を教え喩す歌一首〕、「春去《はるさ》れば花《はな》のみにほふ」（⑲四一五六）〔鵜を潜くる歌一首〕、「春去《はるさ》れば花開《はなさ》きにほひ」（⑲四一六〇）〔世間の無常を悲しぶる歌一首〕、「春花《はるはな》の繁《しげ》き盛《さか》りに」（⑲四一八七）〔六日に、布勢の水海を遊覧して作る歌一首〕、「春花《はるはな》のにほえ盛《さか》えて」（⑲四二一一）〔処女墓の歌に追同する一首〕、「春初《はるのはじめ》は八千種に花咲きにほひ」（⑳四三六〇）〔私かなる拙懐を陳ぶる一首〕と詠み継いでいく。

しかしこうした春花の盛りは短く、花は間もなく色褪せそして散っていく。家持はそこに移ろいという「時」

を見た。春花の咲きの盛りが大きければ大きいほど、移ろいの「時」は鮮明に自覚される。例えば、妻に逢えずに長い月日が経つことを「恋緒を述ぶる歌」と題して

……春花《はるはな》の　うつろふまでに　相見《あひみ》ねば……（⑰三九七八）

と詠んで「時」の経過を表現している。

いま列挙した春花の盛りを詠んだ用例のうち、三九八五番歌は掲出の語句に対比させて「秋の葉《は》のにほへる時に」と、また四一六〇番歌は「秋《あき》づけば露霜《つゆしも》負《お》ひて」と、また四一八七番歌は「秋葉《あきのは》の黄色時《もみたむとき》に」と、また四二一一番歌は「秋葉《あきのは》のにほひに照《て》れる」と歌っている。もちろんこの春と秋の対比は一般的な修辞上の対比でもあるが、本稿のテーマとする「時」という観点から言えば、「春花」から「秋葉」への「時」の移りをもとらえているわけで、さしもの咲き誇った春の花も、やがて色褪せ散り、そしてやがて秋の葉を迎えるという構図をもっているといえよう。

3　家持歌における自然の「時間」と暦の「時間」

家持が観る「時」は、自然（とりわけ自然の中に生きる動植物）を通しての「時」と、人為の産物である暦を通しての「時」と、大枠では二つがある。本項ではこのことについて見てみよう。

この問題に関わって第一に参照すべきは、新井栄蔵「万葉集季節観攷―漢語〈立春〉と和語〈ハルタツ〉―」（『萬葉集研究』〔第五集〕、塙書房、一九七六年七月）である。新井論文は、漢語〈立春〉に代表される季節観を「四時観」と命名し、一方、和語〈ハルタツ〉に代表される季節観を「四季観」と命名した。この二つの季節観（本稿の対象とする「時間」あるいは「時」）の特徴を、新井論文中の言葉で示せば次のようになる。

【四時観】
ⓐ暦
ⓑ人為的
ⓒ断続的
ⓓ他動詞的

【四季観】
ⓐ即時的自然（即時的に生り定まる）
ⓑ自然的
ⓒ連続的（経過的、漸移的）
ⓓ自動詞的

「四時観」は暦に代表される人為的に規定された断続的時間であり、「四季観」は連綿と続く自然の中に看取される連続的時間ということになろうか。本稿なりの言葉に言い換えれば、「四時観」は「ハードな時間」であり、「四季観」は「ソフトな時間」となる。

新井論文は、この二つの季節観について右記のように明解に腑分けして説いたうえで、万葉集中の用例をきめ細かく検討する。大枠で言えば、漢語「立」に象徴される「四時観」が、万葉集に取り入れられて、和語「タツ」に象徴される「四季観」に柔軟に溶け込んでいくさまを見事に説いている（詳しくは新井論文に直接依られたい）。そして家持歌について「家持の四季措定は、断続的季節観の内実を、表現と情感の両面に渉って摂取融合しつつ成熟を遂げようとしていたのである」とまことに示唆深く結論づけている。

家持が「ソフトな時間」と「ハードな時間」の両方に深い関心を寄せていたことはいうまでもない。家持が「ハードな時間」を意識していたことを示す例としてあげられるのが、次の題詞・左注と歌である。

立夏四月、既に累日を経て、由未《なほ》だ霍公鳥の喧くを聞かず。因りて作りし恨みの歌二首（うちの一首）

あしひきの山も近きをほととぎす月立つまでになにか来鳴かぬ　（⑰三九八三）

霍公鳥は立夏の日に来鳴くこと必定なり。また越中の風土は橙橘有ること希なり。これによりて、大

伴宿禰家持、懐に感発していささかにこの歌を裁る。三月二十九日

霍公鳥が未だに鳴かないことを、「立夏四月」という暦を楯にとって非難した歌である。家持が暦に依る時間、すなわち「ハードな時間」を強く意識していることが確認出来る。

また「四月一日に、掾久米朝臣広縄の館に宴する歌四首」（⑰四〇六六～四〇六九）は、広縄の館で開かれた宴席の場で、いまだに鳴かないほととぎすをめぐって、「暦」の知識を駆使して、歌のやりとりが展開されていることが、大濱眞幸氏、松田聡氏によって指摘されている(9)。

ただ、このように家持が「ハードな時間」を声高に記すのは、越中時代においてであることは注意しておいたほうがよい。越中赴任以前も、家持はほととぎすを好み詠むが、暦を持ち出すことはない。

大伴家持の霍公鳥の晩く喧くを恨みたる歌二首

わがやどの花橘をほととぎす来鳴かず地《つち》に散らしてむとか　（⑧一四八六）

ほととぎす思はずありき木《こ》の暗《くれ》のかくなるまでになにか来鳴かぬ　（⑧一四八七）

霍公鳥とほぼ時を同じくして咲く花橘を持ち出し、あるいは陽ざしの強まりや、枝葉の茂りによって、次第に木の下の暗がりが濃くなっていく自然の変化を持ち出して、霍公鳥の鳴く時期の遅いことを嘆いており、ここでは暦に関心を示さない。また、越中から帰京後の霍公鳥詠でも暦を持ち出すことはない。

霍公鳥を詠む歌一首

木の暗の茂き峰の上をほととぎす鳴きて越ゆなり今し来らしも　（⑳四三〇五）

前述の越中赴任以前の歌（⑧一四八七）と同様、木の枝葉が茂って暗がりが濃くなっていくという自然の変化（ソフトな時間）の中にほととぎすを置いていて、暦は持ち出さない。

思うに家持がほととぎす詠に暦を持ち出したのは、都とは異なる風土のもとにある越中にあって、そのことを「越中の風土は橙橘有ること希なり」と自覚しつつも、都と同じようにほととぎすに鳴いて欲しいと切望して、「霍公鳥は立夏の日に来鳴くこと必定なり」と暦を引き合いに出して、いささか強引に言挙げをするためであったのであろう。都と共通する客観的な尺度としての「暦」を持ち出し、ほととぎすの到来を恋い、そして都への恋しさを募らせていたのである。

もちろん越中時代も、暦一辺倒の「ハードな時間」のみにとらわれていたわけではない。例えば、これは霍公鳥ではなく、鶯が遅く鳴くことを恨んだ歌であるが、次のような歌がある。

鶯の晩く哢くことを恨むる歌一首

うぐひすは今は鳴かむと片待てば霞たなびき月は経につつ　（⑰四〇三〇）

鶯の鳴く時期が遅いことを、他の自然物（「霞」）との関わりで詠んでいる。「月は経につつ」と歌って「ハードな時間」も持ち出しているが、この歌においてこの語句は、例えば「一月になったら必ず鳴くものだ」といった趣旨で用いられているのではなく、いたずらに月日が経っていくことを詠んでいるのである。

一見、暦に絶対的な基準を措定しているように見えながらも、家持歌の根底には、暦とは異なる「ソフトな時間」が越中赴任以前も、越中時代も、帰京後も一貫して流れ続けていたことを確認しておきたい。

いまは「暦」の問題をほととぎす詠を主に対象として述べてきた。家持の「時」を考える場合、ほととぎす詠に限らず、「暦」の問題を抜きにすることは出来ないことは、多くの先行研究が指摘するところであり、本稿もそのように思う。しかしそれと同時に、例えば次のような歌に注目したい。

二十三日に、治部少輔大原今城真人の宅にして宴する歌一首

月数めばいまだ冬《ふゆ》なりしかすがに霞《かすみ》たなびく春立ちぬとか　（⑳四四九二）

この歌では暦（ハードな時間）を押し立てつつ、自然の連続的な柔らかな春の到来を歌っていて、家持の歌には自然に根ざした「ソフトな時間」が流れ続けていることを確認することが出来る。

4　家持歌における「木の暗」

家持の歌には「木の暗」という言葉が詠まれており、この表現からは家持の「時」へのまなざしの深さと細やかさを看取することが出来る。第一節および前項（「三—3」）ですでに取り上げた歌も含めて次にあげておこう。

大伴家持の霍公鳥の晩く喧くを恨みたる歌二首（うちの一首）

㋐ほととぎす思はずありき木《こ》の暗《くれ》のかくなるまでになにか来鳴かぬ　（⑧一四八七）

水海に至りて遊覧する時に、おのもおのも懐を述べて作る歌

㋑多胡《たご》の崎木の暗茂にほととぎす来鳴き響めばはだ恋ひめやも　（⑱四〇五一）

霍公鳥と時の花とを詠む歌一首　幷せて短歌

㋒毎時《ときごと》に　いやめづらしく　八千種《やちくさ》に　草木花《くさきはな》咲き　喧鳥《なくとり》の　音《こゑ》も更《かは》らふ　耳《みみ》に聞《き》き　眼《め》に視《み》るごとに　うち嘆《なげ》き　しなえうらぶれ　偲ひつつ　有争《あらそふ》はしに　木の暗の　四月《うづき》し立《た》てば　夜隠りに　鳴《な》く霍公鳥《ほととぎす》……　（⑲四一六六）

六日に、布勢の水海を遊覧して作る歌一首　幷せて短歌

㋓念《おも》ふどち　大　夫《ますらをのこ》の　木の暗　繁《しげ》き思《おも》ひを　見明《みあき》らめ　情《こころ》遣らむと　布勢《ふせ》の海《うみ》に　小船《をぶね》つらなめ……　（⑲四一八七）

霍公鳥と藤の花とを詠む一首　并せて短歌

㋔……真鏡《まそかがみ》　蓋上山《ふたがみやま》に　木の暗の　繁《しげ》き谿辺《たにへ》を　呼《よ》び響め　旦《あさ》飛《と》び渡《わた》り　暮月夜《ゆふづくよ》　かそけき野辺《のへ》に　遥々《はろはろ》に　喧《な》く霍公鳥《ほととぎす》……　（⑲四一九二）

霍公鳥を詠む歌一首

㋕木の暗の茂き峰の上をほととぎす鳴きて越ゆなり今し来らしも　（⑳四三〇五）

以上万葉集全用例一二例（③二五七番歌の「或本歌」〔③二六〇〕も含めるなら一三例）のうちの六例を家持歌が占める。「木の暗」が「茂き」という語に続いていくことからすれば、木の枝葉が茂ってきて、木の下が暗くなっているさま、木陰が濃く暗くなっているさまを言う。本稿がとくに注目するのは、㋐の歌である。霍公鳥の到来を待ち続けて、家持は（やって来たらとまるであろう）木々を日々眺めている。しかし一向にやって来ない。その木々の枝葉は日に日に繁り、木陰は濃さを増していく。それは初夏の季節の進行をも意味している。こういった思いで木々を眺めている家持のまなざしが「木の暗《こくれ》のかくなるまでに」という表現となっている。家持は日々増していく木々の茂りと、木陰の濃さに、「時間」を見ているのである。

㋒も趣旨は同様に理解出来る。「木の暗の四月し立てば」とあって、単に四月を飾る言葉のようにも見えるが、この長歌におけるこの言葉にいたるまでの表現を見れば、そうではないことが分かる。季節季節の移りとともに咲き誇る、折々のさまざまな草木を愛で、季節の移りとともにその鳴き声を変えていく鳥の声に耳を傾けている作者のこまやかなまなざしがある。その「木の暗」であることからすれば、木の暗は㋐と同様に、「時」の経過をも表現していることが理解できる。

ところで家持歌の用例六例のすべてが夏（初夏）の「木の暗」であるが、万葉集の他の六例（七例）のうち少なくとも三例（「或本歌」を含めるなら四例）が春の「木の暗」である。

鴨君足人の香具山の歌一首　并せて短歌

天降りつく　天の香具山　霞立つ　春に至れば　松風に　池波立ちて　桜花　木の暗茂に……（③二五七）

寧楽の故郷を悲しびて作る歌一首　并せて短歌

……奈良の都は　かぎろひの　春にしなれば　春日山　御笠の野辺に　桜花　木の暗隠り　貌鳥は　間なくしば鳴く……（⑥一〇四七、田辺福麻呂之歌集）

春の木（桜）が繁茂して出来る暗がり（春の「木の暗」）と、初夏の木が繁茂して出来る暗がり（夏の「木の暗」）と較べると、夏の暗がりは、木々の繁茂の勢いといい、それに加えて陽ざしの日々の強まりといい、木陰の濃さと暗さの日々の変化は、春のそれに較べて顕著であり鮮やかである。家持が自然の中に「時」を見るまなざしの確かさを知ることが出来よう。

さて「木の暗」に「時」の経過をはっきりと見ている歌が東歌にある。

天の原富士の柴山木の暗の時ゆつりなば逢はずかもあらむ（⑭三三五五）

右の五首は駿河国の歌。（うちの一首）

この歌からは、富士の柴山を（おそらく）日々見ながら暮らしている作者が、日々木の下の暗がりが濃く暗くなっていくさまを見て、「時ゆつりなば」と、時の経過を見、本旨は恋人に逢えないままに時が過ぎてしまいはしないかと案じている歌である。家持の自然の変化を見、そこに「時」を見るまなざしは、東《あずま》のこの歌と相通している。

そしてこのまなざしと相通するのが、時代は下って、『和泉式部日記』の冒頭の文章である。

夢よりもはかなき世の中を、歎きわびつつ明かし暮らすほどに、四月十余日《よひ》にもなりぬれば、木の下くらがりもてゆく。築土《ついひぢ》の上の草あをやかなるも、人はことに目もとどめぬを、あはれとながむるほどに……

初夏の木々の繁茂と、陽ざしの強まりとともに、木陰が日々その濃さを増していくさまを「木の下くらがりもてゆく」と述べて、日々刻々と過ぎゆく「時」を見ている。そして前年六月の為尊親王の死からはや一年が過ぎようとしているという「時」の経過を実感しつつ、循環する季節と人間の生のはかなさを対比させて「時」を想っている。

家持の移りゆく「時」へのまなざしは、「木の暗」という言葉にもよく看取することが出来るのである。

5　家持が詠んだ挽歌における「時間」

人は他《ひと》の死に直面した時、故人のこれまでの連続した生の時間の遮断を思い、自分と故人とのこれまでの関わりにおいて、「移りゆく時」を思う。「移りゆく時」にとりわけ柔らかく繊細な感性を有していた家持はどうだろうか。本項では家持の挽歌を取り上げる。

家持は挽歌を四種作っている。㋐天平十一年作の「亡妾を悲傷《かな》しびて作る歌」（③四六二〜四七四、③四六三は書持が和した歌）、㋑天平十六年作の「安積皇子の薨ぜし時に、作る歌」（③四七五〜四八〇）、㋒天平十八年作の「長逝せる弟を哀傷しぶる歌」（⑰三九五七〜三九五九）、㋓天平勝宝二年作の「挽歌（左注：聟の南の右大臣家の藤原二郎の慈母を喪ふ患へを弔ふ）」（⑲四二一四〜四二一六）の四種である。

㋑についてはすでに「三―2」で取り上げ、咲く花の移ろいに、死とその後の移りゆく時をみていることを確認した。㋒では、弟が亡くなった秋の庭園のさまを鮮烈に描くが、うつりゆく時には言及しない。㋓は歌中にていない。「咲く花も時に移ろふ」とあるが、抽象的な物言いで、現実の花の移ろいに触発されての表現ではない。
時の移り、季節の移りと深く連動して、死の悲しみを歌うのは㋐である。㋑にも見られるが、一番深く連動しているのは㋐である。この㋐の歌群については多くの研究があり、さまざまな角度から指摘尽くされている感もあるが、本稿のテーマである「移りゆく時」という観点から、少しくみてみよう。

十一年己卯夏六月に、大伴宿禰家持、亡妾を悲傷《かな》しびて作る歌一首

今よりは秋風寒く吹きなむをいかにかひとり長き夜を寝む　（③四六二）

弟大伴宿禰書持《ふみもち》、即ち和《こた》ふる歌一首

長き夜をひとりや寝むと君が言へば過ぎにし人の思ほゆらくに　（③四六三）

又、家持、砌《みぎり》の上の瞿麦《なでしこ》の花を見て作る歌一首

秋さらば見つつしのへと妹が植ゑし屋前《やど》のなでしこ咲きにけるかも　（③四六四）

朔に移りて後に、秋風を悲嘆《かな》しびて家持の作る歌一首

うつせみの世は常なしと知るものを秋風寒み偲《しの》ひつるかも　（③四六五）

又、家持の作る歌一首　幷せて短歌

我がやどに　花そ咲きたる　そを見れど　心もゆかず　はしきやし　妹がありせば　水鴨なす　二人並び居
手折りても　見せましものを　うつせみの　借れる身なれば　露霜の　消ぬるがごとく　あしひきの　山道
をさして　入り日なす　隠りにしかば　そこ思ふに　胸こそ痛き　言ひも得ず　名付けも知らず　跡もなき
世間《よのなか》なれば　せむすべもなし　（③四六六）

反　歌

時はしも何時もあらむを心痛くい行く我妹かみどり子を置きて　（③四六七）

出でて行く道知らませばあらかじめ妹を留めむ関も置かましを　（③四六八）

妹が見し屋前《やど》に花咲き時は経ぬ我が泣く涙いまだ干なくに　（③四六九）

悲緒いまだ息《や》まず、更に作る歌五首

かくのみにありけるものを妹も我も千歳のごとく頼みたりけり　（③四七〇）

家離《ざか》りいます我妹を留めかね山隠しつれ心どもなし　（③四七一）

世間し常かくのみとかつ知れど痛き心は忍びかねつも　（③四七二）

佐保山にたなびく霞見るごとに妹を思ひ出で泣かぬ日はなし　（③四七三）

昔こそ外にも見しか我妹子が奥つきと思へば愛《は》しき佐保山　（③四七四）

まず四六二番歌に付せられた題詞から「夏六月」の作歌であることが知られるが、歌では「今よりは秋風寒く吹きなむを」と、これからの時間の進み、夏から秋への季節の移りがはっきりと自覚され詠まれている。また夏の短夜から、秋の長夜への移りをとらえて、長夜なればこそ一層深まる独り寝の寂しさと、妾亡き後の喪失感をよく表現しえている。

そしてその「長夜」に応えた書持の歌を次に配したうえで、続く四六四番歌では「又」の語を題詞に記して、四六二番歌とは別の側面から喪失の悲しみを歌う。妾が生前に植えた、庭のなでしこが今咲いたことを詠んで、春から秋への季節の移りを自覚する。しかも「秋さらば見つつしのへ」と言った、その言葉からは妾自身も「時」の移りを自覚していたことが分かるし、自らの死をも予感してかと思わせるほどの表現である。そして「屋前《やど》の」（題詞には「砌の上の」）とあるので、家持は、妾が植えた時から開花の今まで、そのなでしこの成長を、日々眺め慈しんでいたことを想わせる。こうした「時」の移りを詠んで、自然（なでしこ）と人間（妾）を対比させて、人間の生のはかなさを実感している。

つづいて四六五番歌では題詞に「朔に移りて後に」と記して、季節は秋七月に移ったことを告げる。歌では秋風の寒さを詠んで、夏六月に予期したこと（四六二番歌）が現実のものになったことを歌う。ここにも時の移りが表明されている。

つづいて四六六～四六九番歌では、題詞に「又」と記して、四六五番歌の「（うつせみの）世は常なし」を引き継いで、「跡もなき世間《よのなか》」の実感を、今度は長歌と反歌仕立ての作として歌う。「移りゆく時」の実感を表現した箇所は、「我がやどに　花そ咲きたる　そを見れど　心もゆかず　はしきやし　妹がありせば　水鴨なす　二人並び居　手折りても　見せましものを」（四六六）、「妹が見し屋前《やど》に花咲き時は経ぬ」（四六九）で、この「花」は四六四番歌で歌われた「なでしこ」と考えてよい。四六四番歌同様、妾が生前に植え愛でていた「花」を通して「移りゆく時」を想っている。

つづいて四七〇～四七四番歌の五首は題詞に「悲緒いまだ息《や》まず、更に作る」と記して、時が経っても悲しみが止まないと述べる。歌では、四七三番歌で「佐保山にたなびく霞見るごとに……泣かぬ日はなし」とあるので、佐保山をいつもいつも眺め、妹亡き後の過ぎゆく「時」を見ていたことが分かる。そして閉じめの四七四番歌では、妹の奥つ城のある佐保山の「今」と、他人ごととして見ていた佐保山の「昔」を対比させて、「移りゆく時」を実感して、この歌群を閉じている。

以上見てきたように、この作品では「移りゆく時」が主題のひとつと言ってもよいほどに歌群を貫き、妾の死に直面した喪失の悲しみが、自然の景物あるいは季節の進みを媒介として確認されている。家持の挽歌四種

(ア〜エ)のうち一番若い時の作に、すでに、しかも一番深く時の移りを詠んでいるわけで、家持の「移りゆく時」への関心の高さと深さを知ることが出来る[10]。

6　家持の万葉集編纂と「時間」

万葉集巻十七から二十の末四巻は、歌が年月日順（時系列）に配されている。末四巻の編纂の基本は家持の意図によると考えてよい。とすれば、この年月日順の配列は家持の意向によることになる。しかもこの意向はかなり強固である。それは末四巻の所収歌が基本的には年月日順の配列を守っているということが何よりもそれを雄弁に物語っているが、さらに次のような事象からも推すことができる。

ⓐ　山部宿禰明人、春鶯を詠む歌一首

あしひきの山谷《やまたに》越えて野《の》づかさに今《いま》は鳴《な》くらむうぐひすの声　（⑰三九一五）

右は、年月と所処といまだ詳審《つばひ》らかにすること得ず。ただし聞きし時のまにまに、ここに記載す。

ⓑ　八月七日の夜に、守大伴宿禰家持の館に集ひて宴する歌

古歌一首大原高安真人作る年月審らかにあらず。ただし聞きし時のまにまに、ここに記載す。

妹が家に伊久里《いくり》の杜の藤《ふぢ》の花《はな》今来む春《はる》も常かくし見《み》む　（⑰三九五二）

右の一首、伝誦するは僧玄勝ぞ。

ⓐの左注「年月と所処といまだ詳審らかにすること得ず」、あるいはⓑの題詞「年月審らかにあらず」からは、編者が対象歌の作歌年月に強い関心を寄せていること、しかしそれが難しいので、次善の策として、「ただし聞きし時のまにまに、ここに記載す」、即ち伝誦歌を聞いた時点を、いわば作歌時点に準じてこの位置に置くとい

う編者の基本姿勢を知ることが出来る。これほどに、編者は作歌年月日を重視する姿勢を持していたのである。
今あげたのは巻十七の例であるが、巻十八から巻二十にも、伝誦歌が取られており、その配置の基本姿勢は、巻十七と等しい。また次のような例にも注目したい。

平群氏女郎、越中守大伴宿禰家持に贈る歌十二首

（歌の掲載は省く。⑰三九三一～三九四二）

右の件《くだり》の十二首の歌は、時々《よりより》に便使に寄せて来贈《おこ》せたり。一度《ひとたび》に送るところにあらず。

この左注の意味するところは単純であるが、このことを殊更に左注で断る編者の姿勢に注目したい。それは、左注の筆者（家持と考えてよい）がそれぞれの歌の作歌年月日あるいは送られてきた年月日を気にしていることを意味するからである。おそらく具体的な年月日は分からなくなっていたのであろう。それにもかかわらず、この左注を付けたところに、編者・家持の年月日記載への強い志向を見ることが出来る。これは前述の伝誦歌の作歌年月日へのこだわりと軌を一にするものである。

もちろん、だからといって、末四巻は歌を機械的に時系列に従って並べたものに過ぎないというわけではない。山﨑健司著『大伴家持の歌群と編纂』（塙書房、二〇一〇年）は、末四巻の個々の歌および題詞・左注のあり方を精細に検討した結果、ある部分には歌群形成の意図（歌群意識）、すなわち編輯のあとが認められることを説いた。例えば巻二十の編纂のしかたについて「作られた順に従って歌を〈日記的〉に積みかさねていくのではなく、他の巻の体裁と大きく異ならないように配慮しつつも、なんらかの方針をもって歌を取捨選択し、そこになんらかのメッセージを込めようとした」と、そして巻二十の四二九八番歌から四三二〇番歌には、「季節詠を選んで配列していった形跡を認めることができる」と指摘している。

確かに細部にわたってはそのようなきめ細かな配慮が施されていることは十分にあり得ることであるが、それらをも大きく含みこんで、末四巻は基本的に年月日順に歌を配列していることに、本稿の関心はある。巻一から巻十六がおおむね部立によって所収歌が部類分けされ、その部立内はおおむね作歌年次順に配列されているものの、部立を優先させている。ところがいま見てきたように、末四巻は部立を施さず、作歌年月日順に並べることを徹底させている。

では家持は末四巻において、なぜ部立、部類分けによる編纂方法を捨てて、年月日順を基本とする配列を選択したのだろうか。

村田正博「家持の選択―部立ての放棄をめぐって―」（『萬葉の歌人とその表現』清文堂出版、二〇〇三年。初出は一九九二年五月）は、この設問にひとつの明解な答えを出している。すなわち、巻一～巻十六に収められた家持の歌は、収載以前は、家持関連の歌稿として集積されていた。その歌々は万葉集に収載するに当たって、各部立に分断して収められることになる。そしてその分断によって、収載以前の歌稿には内包されていた思い、情熱、作歌活動の実態は伝えられることなく、部立の彼方に消えていくこととなる。「『萬葉集』第一部（巻一～十六、：村瀬注）の編纂に従事した家持の胸中にやどされたいささかの悔恨」が「第二部（巻十七～二十：村瀬注）の編纂に当たって部立てによる歌稿の分断を放棄せしめるに至る動機の一つ」であった、そして第二部では「部立てを捨てて、自己のまわりを流れた時間に従って歌稿を編み成」したと説く。精確には村田論文に依られたい。

「移りゆく時」という言葉に象徴される、家持の「時間」へのまなざしを追い求めてきた本稿に即して言えば、歌を厳格に年月日順に並べ、それを読むことこそ、まぎれもなく「時間」を、そして「移りゆく時」を観ることであったのであると思う。

実は年月日順に歌を配列することへの家持の志向は、末四巻の編輯以前にあった節がある。それは巻六の編纂である。編者は家持と考えてよい。巻六は雑歌部のみからなり、所収歌は厳格に年月日順に並べられていて、末四巻と類似している。異なるのは、巻六所収歌の作者は多岐にわたるのに対して、末四巻のそれは家持を主としているという点である。巻六のこの編纂様態から推して、家持の年月日順配列への編纂志向は、巻六の編纂時点においてすでにあったとみてよいであろう。

さて、この巻六は奇妙ともいってよいような編纂様態を持つ。それは巻頭九〇七番歌から一〇四三番歌までは、作歌年月日（月日を欠くものもある）を丹念に記し、作歌年月日順に並べているのに対して、一〇四四番歌以降巻末の一〇六七番歌までは作歌年月日を一切記さないという、顕著な様態上の違いがあるということである。

拙稿「万葉集巻六巻末部の編纂と大伴家持」（『論集上代文学』〔第三〇冊〕笠間書院、二〇〇八年五月。『万葉集編纂構想論』〔笠間書院〕所収）は、この一〇四四番歌以降巻末の一〇六七番歌までの歌群（巻六巻末部と呼ぶ）を貫くテーマを「「うつろひと無常の自覚」とその自覚ゆえに一層高まる「をちかへりと永遠への願い」」と読んだ。そして巻六巻末部以外の巻六所収歌にも、「うつろひと無常の自覚」と「をちかへりと永遠への願い」とが詠まれていることも確認した。

この指摘を本稿なりに引き取るならば、家持は巻六の編纂において、個々の歌を厳格に年月日順に並べていく編輯作業の過程で、人の営みの「うつろひ」と「をちかへり」を強く自覚したのではないか。その結果、巻六巻末部の作歌年次の判明しない歌を編輯するにあたって、「うつろひ（無常）」と「をちかへり（永遠）」を詠んだ歌を、あざなえる縄のごとく、交互に並べるという配列をなしたのではないだろうか。

そして歌を年月日順に並べ、それを読むことこそ、「移りゆく時」を観ることなのだと悟った。ここに家持が末四巻の編輯に、これまでの「部立」配列を捨てて、年月日順配列を取った理由の一班があると考える。

おわりに

家持は「自然」に、とくに自然に息づく動植物に、そしてその動植物が織り成す季節の移ろいに強い関心を持ち、深く共感していた。自然に息づく動植物は、刻々、日々、月々、年々変化し、また循環する。家持はそこに「時間」を観、とりわけ「移りゆく時」を観たのである。この「移りゆく時」を基点にして家持を観る時、さまざまな知見が提出できるように思う。本稿の「三―6」で述べたこともそのひとつである。

注

（1）本稿で引用する歌（ただし仮名書きを主とする歌巻〔巻五、巻十四、巻十七～二十〕に収められた歌に限る）にルビが付してあるものは、その用字は原文のものであることを示す。多くが仮名書き表記である中に、表意文字を用いるのは、それなりに意味があるかもしれないと考えるからである。

（2）山﨑健司「高円独詠歌群―大伴家持試論―」（『萬葉集研究』〔第一五集〕塙書房、一九八七年一一月。『大伴家持の歌群と編纂』〔塙書房〕所収）は、「七夕八首から高円六首に至る十五首の歌群」は「一連の作品として展開されているらしい」と説いている。

（3）「〇＋×」法則をすべての場合に等し並みに適用することには慎重でありたいと思うが、末四巻が、作歌年月日順に歌を並べるという基本方針を取っていること、また伝誦歌等を採択して配置する場合に「右年月所處未レ得二詳審一、但随二聞之時一記二載於茲一」（⑰三九一五左注）、「但年月次者随二聞之時一載二於此一焉」（⑲四二四七左注）という措置を取っていること等に鑑みて、作歌年月日をもたない歌も、（作歌年月日についての）編者（家持）のそれなりの判断があってその位置に配されたと考えてよい。

（4）例えば、稲岡耕二「家持の「立ちくく」「飛びくく」の周辺―万葉集における自然の精細描写試論―」（『万葉集の作品と方法』岩波書店、一九八五年。初出は一九六三年二月、同三月）に具体的にして詳細に説かれている。

（5）当該箇所は次の通りである。

春秋は代《こも》ごも序《うつ》り、陰陽は惨《いた》み舒《の》ぶ。物色の動けば、心も亦た揺らぐ。蓋し陽気萌《きざ》して玄駒は歩《あり》み、陰律凝《こ》りて丹鳥《かまきり》は〔餌を〕羞《たくわ》う。微虫すら猶お或いは感に入る、四時の物を動かすこと深し。若《も》し夫《そ》れ珪璋は其の恵心を挺《ぬきん》で、栄華は其の清気を秀《ひい》づ。物色の相い召《まね》くに、人誰か安きを獲ん。是《ここ》を以て歳を献《すす》め春を発すれば、悦豫の情暢《の》び、滔滔《とうとう》たる孟夏は、鬱陶の心凝る。天高く気清くして、陰沈の志遠く、霰《あられ》と雪の垠《かぎ》り無くして、矜粛の慮《おも》い深し。歳に其の物有り、物に其の容《かたち》有り。情は物を以て遷り、辞は情を以て発す。（『文心雕龍　巻十』「物色篇」）

※訓みは興膳宏「『文心雕龍』の自然観照―その源流を求めて―」（前掲）に依る。

四時《しいじ》観《み》るところの物色にして、之が賦を為《つく》る。また云ふ、物有り文《あや》有るを色と曰ふ。（『文選　巻十三』「賦」、「物色」の項の李善注）

（6）中川幸廣「大伴家持ノート―自然と自然と交響するかなしみと―」（前掲）は、「人麻呂が、なびけこの山という時、我々はそれを絶望の表現ととるけれども、人麻呂にとっては、山はひょっとすると動いてくれるほど親しかったかも知れないのである」と述べている。

（7）家持にも川の流れに「時間」を観ている歌はある。例えば「片貝の川の瀬清く行く水の絶ゆることなくあり通ひ見む」（「立山の賦」⑰四〇〇二）、「……行く水の　止まらぬごとく　常もなく　うつろふ見れば　……」（「世間の無常を悲しぶる歌」⑲四一六〇）などである。前者は川の流れに永遠の時間を観、立山へいつまでも通うことを詠んでいて、人麻呂の吉野讃歌の「……この川の　絶ゆることなく　この山の　いや高しらす……」（①三六）、「……常滑の絶ゆることなくまたかへり見む」（①三七）を思わせる宮廷讃歌風の表現である。後者は、行きて返らぬ川の流れに「無常」という「時」を観た表現である。ただこの歌は、人麻呂歌集の「巻向の山辺響みて往く水の水沫のごとし世の人吾等は」（⑦一二六九）のような臨場感はなく、観念的である。

（8）拙稿「大伴家持と四季―春愁三首との関連において―」（『青須我波良』第二四号、一九八二年七月）において、家持は越中赴任以前の平城京時代は「秋」に強い関心を寄せ、越中時代は一転して「春」に大きな関心を寄せ、帰京後はやや「春」に傾くもののほぼ同程度に「秋」にも関心を寄せていることを指摘した。越中時代に「春」に強い関心を寄せた原因は、越中の風土、自らの大病体験、年齢等が考えられることを述べたうえで、越中でのこの春への強い関心が、やがて帰京後の春愁三首の詠出へとつながっていく道筋を推した。これを本稿の視点から言えば、春花の盛りから移ろいへの「時」の自覚が、春愁三首の繊細で絶妙な移ろいの描写を生み出す道筋を用意したと言えよう。

（9）大濱眞幸「天平二十年四月一日の大伴家持―歌に日付をつけるということ―」（南都明日香ふれあいセンター　犬養万葉記念館「若菜祭」での講演、二〇一四年四月六日）。松田聡「大伴家持のホトトギス詠―万葉集末四巻と立夏―」（『國語と國文學』平成二十六年七月号、二〇一四年七月一日）

（10）この歌群の歌の中には、先人の歌を踏まえていることが指摘されている歌もある。そのうち「移りゆく時」の発想の歌は、山上憶良の「日本挽歌」（⑤七九四～七九九）の七九八番歌を踏まえた四六九番歌に、また大伴旅人の「亡妻挽歌」（③四三八～四四〇、四四六～四五三）の四五二番歌、四五三番歌と類似する発想をもつ四六四番歌、四六九番歌に、それを見ることが出来る。家持の若き日の「移りゆく時」の発想の依ってきたるところの一班がここにある。

声律から見た『萬葉集』および奈良時代の漢文

金　文京

はじめに

最古の和歌集としての『萬葉集』が、日本文学史上にもつ意義は言うまでもないが、同時に、その題詞、序、左注などがすべて漢文で書かれているだけでなく、集中に山上憶良「沈痾自哀文」という漢文作品、また憶良、大伴家持、大伴池主の漢詩を収め、さらには萬葉仮名で書かれた歌の部分にも、「不～」、「雖～」、「如～」、「所～」、「為～」など、漢文的語法が見えることを考えるならば、『萬葉集』を漢文的視点、言い換えるならば中国文学の視座から考察することが重要であることは、贅言を要しないであろう。

『萬葉集』における中国文学の影響については、周知の如く、いわゆる出典研究の分野で、契沖以来、現在に至るまで多くの成果があげられている。出典研究は、内容や語彙についての影響、典拠を探る作業であるが、これとともに重要なのは漢文、漢詩の形式、スタイルに関する影響の研究であろう。その理由は、『萬葉集』の時代は、中国では六朝時代後期から隋の統一を経て、初唐、盛唐に及ぶが、この時期は詩体、文体の大きな変革期として知られるからである。詩体については、斉梁間に中国語の声調についての自覚から、詩における声調の排列に関するさまざまな試みが行われ、それが初唐の時期に絶句、律詩の近体詩の格律として結晶する。また文体においても、この時期には貴族文化を反映し、対句と典故を駆使した華麗な騈文が主流となるが、これまた詩と同じく声調への自覚から、声律にのっとったスタイルが生まれる。

うち詩の声律については、長屋王の頃から近体詩の声律への配慮が見られ、『萬葉集』では山上憶良の二首の詩（巻五）はどちらも声律を守っていないが、大伴池主と家持の七言律詩（巻十七）、特に前者は律詩としてほぼ完璧であることがすでに指摘されている(1)。一方、文章については、騈文が多いことは知られているが、その声律について言及した研究はないようである。騈文は近体詩と異なり、必ずしも声律に拘る必要はなく、まったく声律に考慮しない騈文もありうる。またその声律も、後に述べるように近体詩にくらべて複雑である。奈良時代後期、中国の諸文体を一通り学習した日本の作者にとって、文体の決定は、語彙の選択に先立つ重要な問題であったと考えられる。

以下、右のような観点に立って、『萬葉集』の漢文およびそれ以前の主な騈文体の作品について、声律の面から考察を加えてみることにする。

一　騈文の声律

まず騈文の声律について、基本的な事実を押えておきたい。鈴木虎雄『騈文史序説』(2)によると、騈文の声律は、いわゆる四声八病説に関連して複雑な規則をもつが、最終的には連続する八句の句末字の平声と仄声（上・去・

入）の排列が、左記のようになる。

甲式：（1）平（2）仄（3）仄（4）平／（5）仄（6）平（7）平（8）仄
乙式：（1）仄（2）平（3）平（4）仄／（5）平（6）仄（7）仄（8）平

つまり四句を単位として、それぞれの句末字の平仄を互い違いに交替させ、かつ前四句と後四句の平仄排列を逆にするのである。ただしこれはあくまでも理論上の理想形で、実作でこのようになっているものはほとんどなく、実際には、内容のまとまりに即して、四句が六句以上になる場合もあるが、要は句末字の平仄を「平仄仄平平仄…」のように排列すればよい。これは押韻しない点を除けば、近体詩のいわゆる粘法と同じである。

さらに補足を述べれば、句末の平仄ほど重要ではないが、一句の中での平仄もできれば交替させることが望ましい。この点は句中の平仄も必ず整える近体詩とは異なる。以上を典型的な句形である四字句、六字句の組み合わせ（駢文はまた四六文とも言われる）について、いま句末の平声字と仄声字をそれぞれ○と●、句内の平声字と仄声字を○と●、平仄どちらでもよい字を＊で表記すると、次のようになる。

甲式（平起）：＊●＊○／＊●＊○＊●／＊○＊●／＊○＊●＊○
乙式（仄起）：＊○＊●／＊○＊●＊○／＊●＊○／＊●＊○＊●

このような声律は、斉梁間にはいまだ必ずしも実行されず、唐初に至るまでに漸次進展し完成したものである。(3)

この点も近体詩の声律の場合と同じである。この声律によって書かれた早期の有名な作品としては、陳の徐陵「玉臺新詠序」、梁の王褒「與周弘讓書」（『藝文類聚』巻三十）などがある。ただし近体詩と異なり、駢文は必ず声律に拠らなければならないわけではなく、声律を用いない駢文、あるいは一つの作品の中で、声律に拠った部分とそうでない部分、さらに駢体でない散体の文が錯綜する場合も少なくない。声律が確立した初唐においても、たとえば王勃の「滕王閣序」や正倉院本の「王勃詩序」には、声律に拠ったものとそうでないもの、両者混合の例が見られる。文章は近体詩より長篇であるのを常とするので、これは当然とも言えよう。

以下、右の声律のモデルによって、奈良時代の駢文の声律が実際にどうなっているのかを考察してみよう。

二 『古事記』序文

まず太安万侶の『古事記』序（七一二、岩波「日本古典文学大系」本に拠る、以下「大系」に収めるものについては、すべて同じ）を取り上げる。(4) 長篇なので、その冒頭部分のみ、段落ごとに番号をつけ平仄を次に示す。なお駢文の声律は、一般には対句についてのみ適応され、いわゆる散句は適応外と考えられているが、実際には、厳密な対句でなくとも、二句で意味がまとまる場合にも用いられることが多いので、以下、散文体を除くすべてに平仄を附した。

臣安萬侶言：

1夫，混元○既凝○，氣象●未效●。無名○無為○，誰知○其形○。」

2然，乾坤○初分◯，參神○作造化●之首●。陰陽○斯開◯，二靈○為群品●之祖●。」

3所以，出入●幽顯●，日月●彰○於洗目●。浮沈○海水●，神祇○呈○於滌身◯。」

4故，太素●杳冥◯，因本教●而識孕土産嶋之時◯，元始●綿邈●，頼先聖●而察生神立人之世●。」

5寔知，懸鏡●吐珠◯，而百王○相續●。喫劒●切蛇◯，以萬神○蕃息●與。」

議安河○而平天下●，論小濱○而清國土●。」

6是以，番仁○岐命●，初降●于高千嶺●。神倭●天皇◯，經歷●于秋津嶋●。」

7化熊○出川◯，天劒●獲●於高倉◯。生尾●遮徑●，大烏○導●於吉野●。」

列儛●攘賊●，聞歌○伏仇◯。」

8即覺夢●而敬神祇◯，所以●稱賢后●。望烟○而撫黎元◯，於今○傳聖帝●。」

9定境●開邦◯，制●于近淡海●。正姓●撰氏●，勒●于遠飛鳥●。」

10雖，歩驟●各異●，文質●不同◯，莫不，稽古●以繩○風猷○於既頽◯，照今○以補●典教●於欲絶●。」


一見して明らかなように、基本的に四句を単位とし、対句（隔句対）を多用しているにもかかわらず、句末字の平仄は、最後の10が「●◯◯●」となっている以外は規則に合わない。

「古事記序」は唐の長孫無忌「進五経正義表」、「進律表」に発想と表現の多くを負っていることが指摘されている[5]。次に「進五経正義表」と「進律表」（『四庫全書』本）冒頭部分の平仄を見てみよう。

「進五経正義表」

臣無忌等言：
臣聞，混元○初闢●，三極●×之道●分○焉。醇徳●既醨○，六籍●之文○著●矣。
於是，龜書○×浮○於溫洛●，爰演●九疇○。龍圖○出●於榮河○，以彰○八卦●

「進律表」
臣無忌等言：
臣聞，三才○×既分○，法星○著於元象●。六位●×斯列●，習坎●彰於易經○。
故知，出震●乘時○，開物●×成務●。莫不，作訓●以臨○函夏●，垂時○以牧●黎元○。

「×」を附したのは平仄が合わない字である。どちらも句中に不規則な字があるが、句末字は八句続けて平仄が合っている。瀬間正之氏は、「古事記序文が長孫無忌の上表文を座右に置いて書かれたことは確実」[6]とされるが、そうだとすると、太安万侶は表現については「進五経正義表」と「進律表」を参照したが、その声律には学ばなかったことになろう。これが太安万侶の声律に対する無知に由るものか、それとも知ってはいたが、その能力がなかったたか、または必要性を認めていなかったのかは、にわかには判断しがたい。句中で同じ平仄字を用いるケースも間々見えることからすれば、平仄は知っていたが、何か別の基準に従った可能性も排除できないであろう。なお序文の後半では、「於是天皇詔之、朕聞諸家之所賷帝紀及本辭」のように叙述に散体を用いた箇所もあるが、これはこの種の文で、叙述は散体、形容、描写は駢体を用いるという通例に従ったものである。

三　『懐風藻』序文

次は最古の漢詩集である『懐風藻』の序（七五一）である。これは全文を掲げる。

逖聽(7)●前修○，遐觀○載籍●，襲山○×降蹕●×之世●，橿原○建邦○×之時○，
天造●草創○，人文○未作●。至於，神后●×征坎●，品帝●乘乾○，
百濟●入朝○，啟龍編○於馬廄●，高麗○上表●，圖烏冊●於鳥文○。」
王仁○×始導蒙●×於輕島●，辰爾●×終敷教●於譯田○。
遂使，俗漸●×洙泗●之風○，人趨○×齊魯●×之學●。」
逮乎聖德太子，
設爵●分官○，肇制●×禮義●。然而，專崇○釋教●，未遑○×篇章○。」
及至淡海先帝之受命也，
恢開○帝業●，弘闡●皇猷○。道格●乾坤○，功光○宇宙●。
既而以為，
調風○化俗●，莫尚●於文○。潤德●光身○，孰先○於學●。
爰則，建庠序●，徵茂才○。定五禮●×，興百度●。
憲章○法則●，規模○×弘遠●×。夐古●以來○，未之○有也●。

於是，三階○平煥●，四海●殷昌○。旒纊●無為○，巖廊○多暇●。

旋招○×文學●×之士●，時開○置醴●之遊○。

當此之際，
宸翰●垂文○，賢臣○獻頌●。雕章○麗筆●，非唯●百篇○。

但，時經○×亂離○，悉從○煨燼●。言念●×湮滅●，軫悼●傷懷○。

自茲○×以降○，詞人○間出●。

龍潛○王子●，翔雲鶴●於風筆●×，鳳翥●天皇○，泛月舟○於霧渚●。

神納言○之悲白鬢●，藤太政●之詠玄造●×。騰茂實●於前朝○，飛英聲○於後代●。」

余以，薄官○×餘閒○，遊心○文囿●。閲古人○之遺跡●，想風月●之舊遊○。

雖音塵○×眇焉○，而餘翰●×斯在●。撫芳題○而遙憶●，不覺淚●之泫然○。

攀縟藻●而遐尋○，惜風聲○之空墜●。遂乃，收魯壁●×之餘蠹●，綜秦灰○×之逸文○。」

遠自淡海，云暨平都。凡一百二十篇，勒成一卷。作者六十四人，且題姓名。并顯爵里，
冠于篇首。余撰此文，意者為將不忘先哲遺風，故以懷風名之云爾。于時天平勝寶三年歳在辛卯冬十一月。


最後の部分は散体であるが、それ以前は、すべて規則どおり、例外は傍線を附した「定五禮●×」、「規模弘遠●×」、「翔雲鶴於風筆●×」「藤太政之詠玄造●×」の四箇所のみで、かつ「翔雲鶴於風筆」は大津皇子の詩の引用である。句中の不規則もこの程度なら十分に許容範囲と言える。しかも「恢開○帝業●」から「飛英聲○於後代●」までは、上記四個所の例外を除いて内容の段落を越えて平仄を続けている。作者が平仄の声律に則って

この序文を書いたことは確実であろう。

『懐風藻』の序は、「文選序」また唐の玄宗の「春晩宴兩相及禮官，麗正殿學士，探得風字并序」（『全唐詩』巻三、張說『張說之文集』巻二）を利用していることが、先行研究で指摘されている。(8) 玄宗の序文の平仄を句末字のみ次に示す（傍線部は『懐風藻』序と共通の表現）。


朕以薄徳●，祗膺歷數●。正天柱之將傾○，紉地維之已絶●。

「故得承奉宗廟●，垂拱巖廊○。居海内之尊○，處域中之大●。」

然後祖述堯典●，憲章禹績●。敦睦九族●，會同四海●。

「猶恐烝黎未乂●，徭戍未安○。禮樂之政虧○，師儒之道喪●。」

乃命使者衣繡●，服行郡縣●。因人所利●，擇其可勞○。所以便億兆也。

乃命將士，擐介冑●，礪矢石●。審山川之向背●，應歲月之孤虛○。所以靜邊陲也。

乃命禮官，考制度●，稽典則●，序文昭武穆●，享天地神祇○。所以申嚴潔也。

乃命學者，「繕落簡●，緝遺編○。纂魯壁之文章○，綴秦坑之煨燼●。」所以修文教也。

故能使，流寓返枌楡之業●，戎狄稱藩屏之臣○。神祇歆其禋祀●，庠序闡其經術●。

既家六合●，時巡兩京○。函秦則委輸斯遠●，鼎邑則朝宗所利●。

「封畿四塞●，從來測景之都○。城闕千門○，自昔交風之地●。

陰陽代謝●，日月相推○。豈可使，春色虛捐○，韶華竝歇●。

乃置旨酒●，命英賢○，有文苑之高才○，有掖垣之良佐●。

擧杯稱慶●，何樂如之○。同吟湛露之篇○，宜振凌雲之藻●。」

於時歳在乙丑，開元十三年三月二十七日。


一見して明らかなように、この序は声律を守った部分（「　」内）とそうでない部分が混在している。この点は「文選序」も同じである。したがって『懐風藻』序の作者は、語彙面では「文選序」や玄宗の序文を参照したかもしれないが、それとは異なる声律の原則によって、この文章を書いていることになる。『古事記』序が声律に叶う「進五経正義表」、「進律表」を参照しながら、その声律に従わなかったのと、ちょうど逆の関係になる。『懐風藻』序は、開闢以来の日本漢詩の歴史を漢文で述べたところに特色があるとされる[9]が、作者はそれを、声律を用いた難度の高い駢文で書いているのであり、その技量は並大抵のものではない。『懐風藻』の編者は不明であるが、淡海三船が有力視されている[10]。その意味で興味深いのは、淡海三船の作とされる「大安寺碑文」[11]が、やはり部分的にではあるが、声律を守っていることである（ただし句中の平仄は多く不規則）。次にその冒頭部分の平仄を示す。


原夫，六合●×之外●，老莊○×存而不談○。三才○×之中○，周孔●×論而未盡●。

探微○索隱●，寧通○八卦●九疇○，設教●流規○，唯止●五禮●×六樂●。

爻繫●×窮乎視聽●，心行●滯於名言○。莫識●×三性●之間○，誰辨●四諦●×之理●。

四　『懐風藻』の詩序

『懐風藻』には、冒頭の大友皇子から五番目の葛野王まで、また釈道慈の項などに散体による伝を附する外、山田史三方「秋日於長王宅宴新羅客」序、下毛野朝臣蟲麻呂「秋日於長王宅宴新羅客」序、藤原宇合「暮春曲宴南池」序と「在常陸贈倭判官留在京」序、藤原万里「暮春於弟園池置酒」序、釈道慈「初春在竹渓山寺於長王宅宴追致辞」序などの詩序がある。うち書簡体の釈道慈序を除いて、程度の差はあるが、声律を意識した駢文になっている。例としてまず万里の作を次に挙げる。

（1）藤原万里「暮春於弟園池置酒」序

僕聖代之狂生耳。
直以，風月●為情○，魚鳥●×為玩●。貪名○狥利●，未適●沖襟○。
對酒●當歌○，是諧○私願●。乘良節●×之已暮●，尋昆弟●之芳筵○。
一曲●一杯○，盡歡情○於此地●。或吟○或詠●，縱逸氣●於高天○。
千歳●之間○，嵇康○我友●。一醉●×之飲●，伯倫○×我師○。
不慮●×軒冕●之榮身○，徒知○×泉石●×之樂性●。
於是絃歌○迭奏●，蘭蕙●同欣○。
宇宙●荒芒○，煙霞○蕩而滿目●。園池○照灼●，桃李●咲而成蹊○。
既而日落●庭清○，罇傾○人酔●。陶然不知老之將至也。
夫登高○能賦●，即是●×丈夫○×之才○。體物●縁情○，豈非○×今日●×之事●。
宜裁○四韻●，各述●所懷○。

この文は最初と中間の単句を除いて、句末字はすべて声律に叶い、かつ途中で仕切り直しせず、一気に最後に至る。句中の例外もわずかで、ほぼ完璧な駢文と言えよう。その五言律詩の声律も完璧である。

（2）藤原宇合「暮春曲宴南池」序

1夫王畿○千里●之間○，誰得●×勝地●。帝京○×三春○之内●，幾知○行樂●。」

則有，沈鏡●小池○，勢無劣●×於金谷●。染翰●×良友●，數不過●於竹林○。」

為弟●為兄○，醉花○醉月●。包心中○之四海●。盡善●×盡美●，對曲裏●之長流○。」

是日也，人乘○芳夜●，時屬●暮春○。

映浦●紅桃○，半落●×輕錦●。低岸●×翠柳●，初拂●長糸○。」

2於是，林亭○問我之客●，去來○×花邊○。池臺○×慰我之賓○，左右●琴罇○。」

月下●芬芳○，歴歌處●×而催扇●。風前○意氣●，歩舞場●而開衿○。」

3雖歡娯○未盡●，而能事●×紀筆●。盍各●×言志●，探字●成篇○。云爾。


おおむね声律に叶うが、1は句末字が「○●●●」、2は逆に「●○○○」、3は「●●●○」で声律に合わない。

特に問題なのは傍線部分である。この部分は五句であり、明らかにおかしい。衍句あるいは脱落があると考えられよう。(12)もしこの部分が声律にしたがっていると仮定するならば、まず「四海」は『論語』「顔淵篇」の「四海之内皆兄弟也」を踏まえると考えられるので、平仄の関係からも「為弟為兄」の後に来るのが相応しい。したがって「醉花醉月」、「盡善盡美」のどちらかを衍句とするか、または隔句対が二つあったとすれば三句脱落がある可能性がある。つまり次のようであるべきである。

為弟●為兄○，包心中○之四海●。醉花○醉月●。對曲裏●之長流○。（「盡善盡美」は衍句）

為弟●為兄○，包心中○之四海●。盡善●盡美●。對曲裏●之長流○。（「醉花醉月」は衍句）

または、

為弟●為兄○，包心中○之四海●。醉花○醉月●，對曲裏●之長流○。

□□□□○，□□□□□□●。盡善●盡美●，□□□□□□○。

（または「醉花醉月」と「盡善盡美」を入れ替える）

宇合のもう一つの詩序である「在常陸贈倭判官留在京」序は省略するが、散体を交えつつも、声律に叶った部分がある。なお「暮春曲宴南池」の五言絶句は平仄に叶い、「在常陸贈倭判官留在京」七言十八句の古詩も平仄はほぼ規則的である。

（3）山田史三方「秋日於長王宅宴新羅客」序

君王以，敬愛●之沖衿○，廣闢●琴罇○之賞●。使人承○×敦厚●×之榮命●，欽戴●×鳳鸞○×之儀○。」

於是，琳瑯○滿目●，蘿葵○×充薜筵○。

玉俎●雕華○，列星光○於煙幕●。珍羞○錯味●，分綺色●於霞帷○。

羽爵●騰飛○，混賓主●×於浮蟻●。清談○振發●，忘貴賤●於窗雞○。

歌臺○×落塵○，郢曲●與巴音○雜響●。咲林○開靨●，珠暉○共霞影●相依○。」

于時，露凝○旻序●，風轉●商郊○。寒蟬○唱而柳葉●飄○，霜雁●度而蘆花○落●。

小山○丹桂●，流彩●×別愁○×之篇○。長坂●紫蘭○，散馥●同心○之翼●。

日云○暮矣●，月將○×繼焉○。

醉我以五千○×之文○，既舞蹈●於飽德●×之地●。博我以三百●×之什●，且狂簡●×於敘志●之場○。

清寫●×西園○×之遊○，兼陳○×南浦●×之送●。含毫○振藻●，式贊●高風○。」云云

これも句末字の声律は完璧である。ところが序につぐ五言律詩は、

白露●懸珠○日，黄葉●散風○朝（韻）。對揖●三朝○使，言盡●九秋○韶（韻）。

牙水●含調○激，虞葵○落扇●飄（韻）。已謝●靈臺○下，徒欲●報瓊○瑤（韻）。


と、一句の中での平仄は交替しているが、句と句の間の平仄の交替はなされておらず、いわゆる失粘となっている。つまり山田史三方は、序の騈文においては声律を守っているのに、詩の方では守っていないことになる。蟲麻呂「秋日於長王宅宴新羅客」は省略するが、こちらも序と詩の間に、山田史三方の序とやや似た現象が見られる。以上の四人は同時代人ながら、宇合、万里兄弟は、他の二人より若い世代であることが、この相違を生ん

だと考えられよう。

五　佛教経典の願文

奈良時代、この他に駢文で書かれた文章として、佛教経典の願文がある。ただし願文には声律を守ったものと、そうでないものがある。次に一例ずつ挙げる。まず光明皇后の写経として有名な「五月一日経」（七四〇）の願文である。[13]

皇后藤原氏光明子，奉為尊考贈正一位太政大臣府君，尊妣贈従一位橘氏太夫人，敬寫一切經論及律，莊嚴既了。
伏願　憑斯○×勝因◯，奉資○冥助●。永庇●菩提○之樹●，長遊○般若●之津◯。
又願　上奉●聖朝◯，恒延○福壽●。下及●×寮采●，供盡●忠節●×。
又光明子自發誓言，弘濟●沉淪◯，勤除○煩障●。妙窮○諸法●，早契●菩提◯。
乃至　傳燈○×無窮◯，流布●×天下●。聞名○持卷●，獲福●消災◯。
一切●迷方◯，會歸○覺路●。天平十二年五月一日記。

正倉院蔵、光明皇后御筆として知られる『杜家立成雜書要略』は、初唐時代の書簡文例集であるが、声律を守った駢文体で書かれている。[14]例として冒頭の「雪寒喚知故飲書」を挙げる。

雲霏○雪白●，入領●沾裳○。蕭瑟●嚴風○，飄簾○動幕●。
今欲●向爐○擧酒●，冀以●拂寒○。入店●持杯○，望其○遣悶●。
故令○走屈●，希即●因行○。願勿●遅々○，遂勞○再白●。

光明皇后が『杜家立成雑書要略』の声律に気づいていれば、右のような願文を書くのは容易いことであったろう。[15]次に神護景雲元年経（七六二）の場合を見る。

若夫，法海●×淵曠●，譬彼●滄波○。慧日●高明○，等斯○靈曜●。
受持○頂戴●，福利●無邊○。讀誦●書寫●×，勝業●×難測●。」
是以大法師諱行信，平生○之日●，至心○發願●。
敬寫法花○一乘●之宗○，金皷●滅罪●之文○。
股若●真空○之教●，瑜伽○五分○之法●。

以下省略するが、冒頭六句以外は声律が叶わない。中国の同時代の願文は敦煌石窟から大量に発見されているが、それらはほとんど声律を守った駢文体で書かれている。[16]一方、日本の願文は平安時代以降にも書かれているが、それらには声律に叶うものと、そうでないものが混在する。[17]

六　『萬葉集』の駢文体漢文

以下、『萬葉集』の漢文のうち、駢文体の文章について考察する。ただし『萬葉集』には『懐風藻』のように完全に声律に叶う駢文はないので、問題となる文章のみ適宜選択して挙げる。まず巻五の諸作を見る。なお以下、平仄の不規則が多いので、句中の平仄は多く省略し、また「×」も附さない。

（1）大伴旅人「太宰師大伴卿報凶問歌」

禍故●重疊●，凶問●累集●。永懐○崩心○之悲○，獨流○斷腸○之泣●。但依○兩君○大助●，傾命●纔繼●耳。筆不盡言○，古今○所歎●。

一般の声律には叶わないが、句末字の平仄が「●●○●／●●○●」と規則的ではあることが注目され、平仄への配慮がないとは必ずしも言えないであろう。これについては後述する。

次は漢詩を伴う山上憶良の作である。

（2）山上憶良詩序

1蓋聞，四生○起滅●，方夢●皆空○。三界●漂流○，喩環○不息●。」
2所以維摩大士●在乎方丈●，有懐○染疾●之患●。釋迦能仁○坐於雙林○，無免●泥洹○之苦●。」

3故知，二聖●至極●，不能拂●力負●之尋至●，三千○世界●，誰能逃○黑闇●之搜來○。」

4二鼠●競走●，而度目之鳥●且飛○。四蛇○爭侵○，而過隙之駒○夕走●。」

嗟乎痛哉，紅顏○共三從○長逝●，素質●與四德●永滅●。」

5何圖，偕老●違於要期○，獨飛○生於半路●。

蘭室●屏風○徒張○，斷腸之哀○彌痛●。枕頭○明鏡●空懸○，染筠之淚●逾落●。」

泉門○一掩●，無由○再見●。嗚呼哀哉。」

愛河○波浪●已先○滅（韻）。苦海●煩惱●亦無○結（韻）。

從來○厭離○此穢●土，本願●託生○彼淨●刹（韻）。


声律に叶うのは、1と4のみである。ただし5の六句は句末字が「○●／○●／○●」と規則的であり、偶然ではないように思える。この文については、王巾（簡栖）「頭陀寺碑文」（『文選』巻五九）を参照したことが、小島憲之氏によってつとに指摘されている。[18]「頭陀寺碑文」は長文で、さまざまな句式が使用されている。通常の声律に叶う部分が多いが、そうでない句式もある（文末の参考「頭陀寺碑文」平仄排列を参照）。

注目すべきは、憶良の文と同じく「○●」を繰り返す個所が見えることであろう。（「参考」の③）。この句式は、『文選』の「頭陀寺碑文」の前後の王倹「褚淵碑文」（巻五八）、沈約「斉故安陸昭王碑文」（巻五九）などにも見えている。

この「○●○●」の句式は、いわゆる四声八病のひとつで、第一句末と第三句末が同じ声調になるのを禁じる鶴膝に相当するが、これについて空海『文鏡秘府論』は、「手筆は故に犯すことを得、四声中、平声を安んずる者は、益々辞体に力あり」、つまり手筆（無韻の文章）では許され、特に平声を重ねるのはむしろ推奨されるとして、魏収「赤雀頌序」を挙げる。

能短能長○，既成章於雲表●（上声）。明吉明凶○，亦引氣於蓮上●[19]（去声）。

すなわちこの句式は、少なくとも六朝時代には認められていたのである。憶良が「頭陀寺碑文」を参照したとすれば、おそらくその文体、声律についても調べたであろう。とすれば右の部分は、「頭陀寺碑文」などの句式を学んだ可能性がある。なおこの句式は『古事記』序文にも見えていた（先の2・5・8）。

また憶良詩序の2「●●○●」、3「●●●○」は、一見不規則であるが、実はどちらも「頭陀寺碑文」に見えている（参考の⑤と⑦）。うち2は、（1）大伴旅人「太宰帥大伴卿報凶問歌」、「古事記」序の6に見えていた句式である。「頭陀寺碑文」などのこのような句式は、声律に配慮しない偶然の結果かもしれないが、憶良など奈良時代の文人が、これらの作品の平仄を綿密に調査したとすれば、このような句式にも学んだ可能性があろう。したがって「古事記」序も、声律に配慮しなかったのではなく、中国のより古い句式を模倣した可能性も排除できないかもしれない。念のため「古事記」序の句式を示すと、次のとおり、大半は「頭陀寺碑文」に見える句式である。

○●○○—1
○●○●—2・5・8（参考の③）

○●●●—9（参考の⑥）
●●●○—3（参考の⑦）
○○●●—4・7
●●○●—6（参考の⑤）

また先に指摘した『懐風藻』序の声律不規則部分も、そのとおりなら「●○●●」（前の一例、参考の④）と「●●○●」（後の三例、参考の⑤）と、やはり「頭陀寺碑文」の句式と共通する。

なお「頭陀寺碑文」などの碑文には、例として最後に「辞曰」で始まる韻文が置かれるが、「頭陀寺碑文」では、「辞曰」の直前にも韻文がある（「参考」の39）。「褚淵碑文」も同じである。憶良の最後の七言四句の詩は、散文的で、理を述べるに終始し詩的抒情性に乏しいとされるが[20]、あるいは「頭陀寺碑文」の「辞」もしくは本文末尾の有韻の部分と同じ性格のものとして構想されたのかもしれない。「頭陀寺碑文」の「辞」には、「滅」字に始まる押韻部分があり、憶良の詩と同韻であるのも注意されよう。

（3） 山上憶良「令反或情歌序」

1或有人，知敬父母●，忘於侍養●。不顧妻子●，輕於脱屣●。」
自稱倍俗先生，
2意氣雖揚青雲之上●，身體猶在塵俗之中○。未驗修行得道之聖●，蓋是亡命山澤之民○。」
3所以指示三綱○，更開五教●。遣之以歌○，令反其或●。」

1「●●●●」は、一見異様だが、これも実は「頭陀寺碑文」に例がある（「参考」の⑧）。3「○●○●」の句式については、すでに述べた。2はそれを逆にした「●○●○」の句式である。これは四声八病説では、第二句末と第四句末が同声となる隔句上尾に相当し、『文鏡秘府論』では次の魏文帝「与呉質書」を例に挙げる。[21]「頭陀寺碑文」にこの句式はないが、「褚淵碑文」に見えている。

盡規○獻替●（去声），均山甫●之庸○。緝熙○王旅●（上声），兼方叔●之望○。

1の句式は「頭陀寺碑文」には見えない。2は声律に叶うように見えるが、句の字数がそろわず駢文とは言えないであろう。

（4）山上憶良「思子等謌」序

1釋迦如來○，金口正說●。等思衆生○，如羅睺羅○。」

又說，愛無過子：

2至極大聖●，尚有愛子之心○。況乎世間蒼生○，誰不愛子●乎。

（5）山上憶良「哀世間難住謌」序

1易集難排○，八大辛苦●。難遂易盡●，百年賞樂●。」

2古人所歎●，今亦及之○。所以，因作一章之謌○，以撥二毛之歎●。」

1の「○●●●」は「頭陀寺碑文」に四例みえる（「参考」の⑥）。2は声律に叶う。

（6）大伴淡等（旅人）返書

伏辱●來書○，具承○芳旨●。

忽成○隔漢●之戀●，復傷○抱梁○之意●。唯羨去留○無恙●，遂待●披雲○耳。

「忽成」以下、「●●●○」は「頭陀寺碑文」に一例あるが（「参考」の⑦）、これだけでは声律については、何とも言えない。書簡文については、既述の如く『杜家立成雜書要略』所収のものは声律に忠実であるが、日本で書かれたものは正倉院文書の「桑原村主安万呂試筆」など[22]、おおむね声律に配慮していない。

（7）大伴旅人「梧桐日本琴一面」

此琴夢化娘子曰：

余託根遙嶋之崇巒○，晞幹九陽之休光○。

長帶煙霞○，逍遙山川之阿○。遠望風波○，出入雁木之間○。

唯恐，百年之後●，空朽溝壑●。偶遭良匠●，削為小琴○。

不顧質麁音少●，恒希君子左琴○。

これも「唯恐」以下、先の旅人返書と同じく「●●●○」であるが、全体として声律への配慮は認められない。

（8）藤原房前返書

跪承○芳音○，嘉懽○交深○。乃知○龍門○之恩○，復厚●蓬身○之上●。
戀望○殊念●，常心○百倍●。謹和●白雲○之什●，以奏●野鄙●之謌○。

声律には叶わないが、句末字は、前四句が「○○○●」、後四句が「●●●○」で、規則的である。「●●●○」は旅人の作と同じ、「○○○●」は「頭陀寺碑文」に見えない。

次の「筑前国」以下の文は散体である。

（9）「梅花謌」序

天平二年正月十三日，萃于帥老之宅，申宴會也。
1于時，初春○令月●，氣淑●風和○。梅披○鏡前○之粉●，蘭薫○佩後●之香○。
2加以，曙嶺●移雲○，松掛羅○而傾蓋●。夕岫●結霧●，鳥封縠●而迷林○。
3庭舞●新蝶●，空歸○故雁●。
4於是蓋天○坐地●，促膝●飛觴○。忘言○一室●之裏●，開衿○煙霞○之外●。
5淡然○自放●，快然○自足●。若非○翰苑●，何以●攄情○。
6請紀●落梅○之篇○，古今○夫何異●矣。宜賦●園梅○，聊成○短詠●。

この序は王羲之「蘭亭序」などを模倣したとされるが、「蘭亭序」は声律への配慮はない。2は声律に叶い、

1は「●○●○」、4は「●○●●」、5は先の房前返書と同じ「●●●○」、6は憶良の文に見えた「○●○●」となっている。

（10）「遊於松浦河序」

余以，暫往●松浦●之縣●逍遙○，聊臨○玉嶋●之潭○遊覽●。忽値釣魚女子等也。」

1花容○無雙○，光儀○無匹●。開柳葉●於眉中○，發桃花○於頬上●。

意氣●陵雲○，風流○絶世●。」

僕問曰：誰郷誰家兒等，若疑神仙者乎。

2娘等皆笑答曰：兒等者，漁夫○之舍兒○，草菴○之微者●。無郷○無家○，何足●稱云○。」

唯性●便水●，復心○樂山○。」

3或臨○洛浦○，而徒羨●玉魚○。乍臥●巫峡●，以空望●煙霞○。」

4今以●邂逅●，相遇●貴客●。不勝○感應●，輒陳○款曲●。」

而今而後，豈可非偕老者哉。

下官對曰：唯唯，敬奉芳命。

5于時，日落●山西○，驪馬●將去●。遂申○懷抱●，因贈●詠謌○。」

句末字は、1が「○●」の繰り返し、2は「○●○○」、3は「○○●○」、4はすべて仄、5は声律に叶い、それ以外は散体である。この文は『遊仙窟』を参考にしたことが指摘されているが、『遊仙窟』の文体は、叙述部分の散体と、描写を主とするほぼ声律に叶った駢文から成る[23]。例として冒頭部分を挙げる。

若夫積石山者，在乎金城西南，河所經也。書云，導河積石，至于龍門，即此山是也。
僕従○汧隴●，奉使●河源○。嗟運命●之迍邅○，歎郷關○之眇邈●。
張騫○古跡●，十萬里●之波濤○。伯禹●遺蹤○，二千年○之坂隥●。
深谷●×帯地●，鑿穿○崖岸●之形○。高嶺●横天○，刀削●岡巒○之勢●。
烟霞○子細●，泉石●分明○。實天上●之靈奇○，乃人間○之妙絶●。
目所●×不見●，耳所●不聞○。

ついで会話の部分も、散体と声律に叶った句式が混在する。次に声律に従った例を挙げる。

女子答曰：兒家，堂舎●×賤陋●，供給●單疎○。只恐●不堪○，終無○吝惜●。
余答曰：下官○是客●，觸事●卑微○。但避●風塵○，則為○幸甚●。

したがって「遊於松浦河序」は、『遊仙窟』の文体を学んだものの、声律にまでは及んでいないと言えるであろう。

（11）吉田宜大伴旅人宛返書

宜啓：伏奉四月六日賜書。

跪開○封函○，拜讀●芳藻●。」

1心神○開朗●，似懷○泰初○之月●。鄙懷○除祛○，若披○樂廣●之天○。」

2至若，羈旅●邊城○，懷古舊●而傷志●。年矢●不停○，憶平生○而落淚●。

但達人○安排○，君子●無悶●。」

3伏冀，朝宣○懷翟●之化●，暮存○放龜○之術●。架張趙●於百代●，追松喬○於千齡○耳。

兼奉垂示，

4梅苑●芳席●，群英○摛藻●。松浦●玉潭○，仙媛○贈答●。

5類杏壇○各言○之作●。疑衡皐○稅駕●之篇○。耽讀●吟諷●，感謝●歡怡○。

6宜戀主●之誠○，誠逾○犬馬●。仰德●之心○，心同○葵藿●。

7而碧海●分地●，白雲○隔天○。徒積●傾延○，何慰●勞緒●。

孟秋膺節●，伏願萬祐日新○。今因相撲部領使，謹付片紙。

句末字が声律に叶うのは7のみ、1は「●●○○」、2と6は「○●」の繰り返し、3は「●●●○」、4は「●●○●」、5は「●○」の繰り返しとなっている。

(12) 山上憶良書簡

憶良聞：方岳諸侯，都督刺史。並依典法，巡行部下，察其風俗。

意内●多端○，口外●難出●。謹以三首●之鄙謌○，寫五臓●之欝結●。

後半の句末字が「○●」を繰り返し、且つ「出」、「結」ともに入声である。

(13) 山上憶良「松浦佐用比賣謌」序

1大伴佐提比古郎子：特被●朝命●，奉使●藩國●，艤棹●言歸○，稍赴●蒼波○。

2妾也松浦，嗟此●別易●，歎彼●會難○。即登○高山○之嶺●，遙望●離去●之船○。

3悵然○斷肝○，黯然○銷魂○。遂脱●領巾○麾之○，傍者●莫不●流涕●。

因號此山曰領巾麾之嶺也。

句末字は、1が「●●○○」、2が「●○●○」、3が「○○○●」である。

(14) 山上憶良「敬和為熊凝述其志謌」序

前半は散体、後半が駢体であるので、後半のみ挙げる。

1傳聞，假合●之身○易滅●，泡沫●之命●難駐●。所以，千聖●已去●，百賢○不留○。

2況乎，凡愚○微者●，何能○逃避●。但我●老親○，並在●菴室●。

3待我●過日●，自有●傷心○之恨●。望我●違時○，必致●喪明○之泣●。

哀哉我父●，痛哉我母●。

4不患●一身○向死●之途○，唯悲○二親○在生○之日●。今日●長別●，何世●得覲●。

乃作謌六首而死。

句末字は、1が「●●●○」、4は逆に「○●●●」、2と3は「●●○●」である。

(15) 山上憶良「沈痾自哀文」

1竊以，朝夕佃食山野者●，猶無災害而得度世●。晝夜釣漁河海者●，尚有慶福而全經俗●。」

2況乎，我從胎生○，迄于今日●。自有修善之志●，曾無作惡之心○。」

3所以，禮拜三寶●，無日不勤○。敬重百神○，鮮夜有闕●。」

4嗟乎媿哉，我犯何罪●，遭此重疾●。初沈痾已來○，年月稍多○。」

5是時七十有四，鬢髮斑白●，筋力尫羸○。不但年老●，復加斯病●。」

諺曰、痛瘡灌鹽，短材截端、此之謂也。

6四支不動●，百節皆疼○。身體太重●，猶負鈞石●。」

7懸布欲立●，如折翼之鳥●。倚杖且歩●，比跛足之驢○。」

吾以，身已穿俗●，心亦累塵○。

8欲知，禍之所伏●，祟之所隱●。龜卜之門○，巫祝之室●，無不徃問。」

9若實若妄●，隨其所教●。奉幣帛●，無不祈禱●。」

然而彌有增苦●，曾無滅差○。

吾聞，前代多有良醫○，救療蒼生病患●。至若（省略）

10皆是在世良醫○，無不除愈●也。追望件醫○，非敢所及●。」

若逢聖醫神藥者，

11仰願，割刳五藏●，抄採百病●。尋達膏肓之隩處●，欲顯二豎之逃匿●。」

命根既盡●，終其天年○，尚為哀。

12何況，生録未半●，為鬼枉殺●。顏色壯年○，為病横困●者乎。」

在世大患●，孰甚于此●。

13帛公略説曰：伏思自勵●，以斯長生○。生可貪○也。死可畏●也。」

天地之大德曰生○。故死人不及生鼠●。

雖為王侯○，一日絶氣●。

14積金如山○，誰為富●哉。威勢如海●，誰為貴●哉。」

遊仙窟曰：九泉下人○，一錢不直●。

15孔子曰：受之於天○，不可變易者形○也。受之於命●，不可請益者壽●也。」

故知，生之極貴●，命之至重●。

16欲言々窮○，何以言○之。欲慮々絶●，何由慮●之。」

惟以，人無賢愚●，世無古今○，咸悉嗟歎。

17歳月競流○，晝夜不息●。老疾相催○，朝夕侵動●。」

18一代懽樂●，未盡席前○。千年愁苦●，更繼坐後●。」

若夫，群生品類，莫不，皆以有盡之身○，並求無窮之命●。

19所以，道人方士●，自負丹經○，入於名山○，而合藥之者●。養性怡神○，以求長生○。

抱朴子曰：神農云：百病不愈●，安得長生○。

帛公又曰：生好物也，死悪物也。

若不幸而不得長生者，猶以生涯無病患者，為福大哉。

20今吾，為病見悩●，不得臥坐●。向東向西○，莫知所為○。」

21無福至甚●，惣集于我●。人願天從○，如有實者●。

22仰願，頓除此病●，頼得如平○。以鼠為喩●，豈不愧乎○。


句末字の声律が叶うのは、2と3、13、他は不規則だが、やはり「頭陀寺碑文」に見えている句式が大半である。

「●○●●」—5、6、18（「参考」の④）
「●●○●」—8、12、21（「参考」の⑤）
「○●●●」—14（「参考」の⑥）
「●●●○」—7（「参考」の⑦）
「●●●●」—1、11（「参考」の⑧）

「○●○●」―10、17（「参考」の③）
「●○●○」―22
「●●○○」―4、20
「○○●●」―15、16
「●○○／●○○」―19

なお9の「奉幣帛」は、一字脱字の疑いがあろう。対句から言えば「若實若妄」に合わせて「奉幣奉帛」のような形が期待されるところである。11の「尚為哀」も同じ。

(16) 山上憶良「悲歎俗道假合即離易去難留詩」序

1竊以，釋慈之示教●，先開三歸五戒而化法界●。周孔之垂訓●，前張三綱五教以濟邦國●。故知，引導雖二●，得悟惟一●也。

2但以，世無恒質●，所以陵谷更變●。人無定期○，所以壽夭不同○。

3擊目之間○，百齡已盡●。申臂之頃●，千代亦空○。

4旦作席上之主●，夕為泉下之客●。白馬走來○，黃泉何及●。

5隴上青松○，空懸信劍●。野中白楊○，但吹悲風○。

6是知，世俗本無隱遁之室●，原野唯有長夜之臺○。先聖已去●，後賢不留○。

7如有贖而可免者●，古人誰無價金乎○。未聞獨存○，遂見世終者●。

8所以，維摩大士●，疾玉體乎方丈●。釋迦能仁○，掩金容于雙樹●。
内教曰，不欲黒闇之後來○，莫入徳天之先至●。
故知，生必有死●，死若不欲●，不如不生○。
況乎，縦覺始終之恒數●，何慮存亡之大期○者也。
俗道●變化●猶擊●目●　人事●經紀●如申○臂●（韻）。
空與●浮雲○行大●虚○　心力●共盡●無所●寄●（韻）

声律に叶うのは3と7。1はすべて仄、2は「●●○○」、4と8は「●●○●」、5は「○●○○」、6は「●○●○」で、5以外は「沈痾自哀文」にも見えている。最後の詩は、句内の平仄への配慮がないだけでなく、（2）の憶良の詩と比べても、第一句に押韻せず、古詩とするしかない。

次に巻十六の諸文は、『遊仙窟』にならった、会話を交えた説話風の文章が多いが、数が多いので、主なもののみ取り上げる。

（17）「櫻兒」
昔者有娘子，字曰櫻兒也。
1于時，有二壯士●，共誂此娘○。而捐生挌競●，貪死相敵●。」
2於是，娘子晞嘘曰：從古來今○，未聞未見●。一女之身○，往適二門○矣。」
3方今，壯士之意●，有難和平○。不如妾死●，相害永息●。」

爾乃，尋入林中○，懸樹經死●。」

4其兩壯士●，不敢哀慟●。泣血漣襟○，各陳心緒●。作歌二首。


声律に叶わないが、1と3は「●○●●」、2は「○●○○」、4は「●●○●」である。

(18)「三男同聘一女」
或曰：昔有三男○，同聘一女●也。」
1娘子嘆息曰：一女之身○，易滅如露●。三雄之志●，難平如石●。」
遂乃，彷徨池上●，沈沒水底●。」
2於是其壯士等●，不勝哀頽之至●。各陳所心○，作歌三首●。

これも声律には叶わないが、少なくとも二句と四句を単位として、対句を作ろうとする意図は認められるであろう。

(19)「竹取翁」
昔有老翁，號曰竹取翁也。此翁季春之月，登丘遠望。忽値煮羹之九箇女子也。

「百嬌無儔○，花容無匹●。」

于時娘子等，呼老翁嗤曰：叔父來乎，吹此燭火也。

於是翁曰：唯唯。漸趨徐行，著接座上。良久娘子等，皆共含笑。
相推讓之曰：阿誰呼此翁哉。
尒乃竹取翁謝之曰：
「非慮之外●，偶逢神仙◯。迷惑之心◯，無敢所禁●。近狎之罪●，希贖以歌◯。」

「　」を附した対句部分は、声律に従っている。「阿誰」という口語を用いている点からしても、部分的ではあるが『遊仙窟』に学んでいると言えるであろう。

(20)「鄙人夫婦」
傳云：昔者鄙人，姓名未詳也。
1于時，鄉里男女●，衆集野遊◯。是會集之中◯，有鄙人夫婦●。」
其婦，容姿端正●，秀於衆諸◯。」
2乃彼，鄙人之意●，彌增愛妻之情◯，而作斯歌◯，贊嘆美貌●也。」

1と2ともに声律に叶う。「衆諸」は『遊仙窟』に見える語であり[24]、やはり『遊仙窟』に学んだ可能性があろう。

次は巻十七に移る。

（21）「守大伴宿祢家持贈掾大伴宿祢池主悲歌二首」

1忽沈○枉疾●，累旬○痛苦●。禱侍●百神○，且得●消損●。」

2而由，身體●疼羸○，筋力●怯軟●。未堪○展謝●，係戀●彌深○。」

3方今，春朝○春花○，流馥●於春苑●。春暮●春鶯○，囀聲○於春林○。」

對此●節候●，琴罇○可翫●矣。」

4雖有●乘興●之感●，不耐●策杖●之勞○。獨臥●帷幄●之裏●，聊作●寸分●之歌○。」

輕奉●机下●，犯解●玉頤○。」

2が声律に叶い、1は「●●○●」、3は「○●○○」、4は「●○●○」、句中の平仄は大半がそろわない。

（22）大伴池主返書

1忽辱●芳音○，翰苑●凌雲○。兼垂○倭詩○，詞林○舒錦●。」

以吟○以詠●，能蠲○戀緒●。」

春可樂，暮春風景最可憐。

2紅桃○灼灼●，戲蝶●迴花舞●。翠柳●依依○，嬌鶯○隱葉歌○。可樂哉。」

3淡交○促席●，得意●忘言○。樂矣●美矣●，幽襟○足賞●哉。」

4豈慮乎，蘭蕙●隔藂●，琴罇○無用●。空過○令節●，物色●輕人○乎。」

所怨有此●，不能默已●。俗語云：以藤續錦●，聊擬談咲●耳。

1は「○○○●」、4が逆に「●●●○」、2は「●●○○」、3は「●○●●」、声律に叶う句式はないが、句中の平仄は、家持の書簡より整っている。

(23) 大伴家持「更贈歌一首」

1含弘○之徳●，垂恩○蓬體●。不貲○之思●，報慰●陋心○。戴荷●來眷●，無堪○所喩●也。」

2但以，稚時○不渉●遊藝●之庭○，横翰●之藻●，自乏●乎雕虫○焉。

幼年○未經○山柿●之門○，裁歌○之趣●，詞失●乎聚林○矣。

爰辱●以藤○續錦●之言○，更題○將石●間瓊○之詠●。

3固是，俗愚○懐癖●，不能○默已●。仍捧●數行○，式酬○嗤咲●。


1は「●●●○」、2は三句対で「○●○」の反復、3は「●●○●」、句中の平仄はおおむね規則的である。

(24) 大伴池主「晩春三日遊覧一首」詩序

1上巳●名辰○，暮春○麗景●。桃花○照臉●以分紅○，柳色●含苔○而競緑●。」

2于時也，攜手●曠望○，江河○之畔●。設酒●迥過●，野客●之家○。」

既而也，琴罇○得性●，蘭契●和光○。」

嗟乎，今日所恨●，徳星已少●歟。

若不扣寂含章○，何以攄逍遙之趣●。忽課短筆●，聊勒四韻●云尓。

餘春○媚日●宜憐○賞●，上巳●風光○足覧●遊○（韻）。
柳陌●臨江○縟袨●服●，桃源○通海●泛仙○舟○（韻）。
雲罍○酌桂●三清○湛●，羽爵●催人○九曲●流○（韻）。
縱醉●陶心○忘彼●我●，酩酊○無處●不淹○留○（韻）。

1は「○●○●」、2は「望」を平声に読めば声律に叶う。句中の平仄もほぼ完全に守られている。ただし「嗟乎」以下は散体のようである。この後に続く七言律詩は、声律を完全に守っている。第三句は下三仄だが、この時期にはまだ違式とはされていなかったと考えられる[25]。

すなわち池主は、律詩の粘法と駢文の句中の平仄を守っているのに、駢文の句間の声律にはあまり配慮していないのである。これは、『懐風藻』の山田史三方の場合と逆である。山田史三方の「秋日於長王宅宴新羅客」詩と序は、新羅使節の来日の時期から、養老四年（七二〇）または神亀三年（七二六）の作と考えられ[26]、池主の方は天平十九年（七四七）である。わずか二十年余りの差で、このような相違があるのは興味深い。

(25) 三月五日大伴池主返書

1昨日●述短懐○，今朝○汙耳目●。更承○賜書○，且奉●不次●。死罪死罪。」
2不遺○下賤●，頻惠●德音○。英靈○星氣●，逸調●過人○。

3智水●仁山○，既醞●琳琅○之光彩●。潘江○陸海●，自坐●詩書○之廊廟●。」

4騁思●非常○，託情○有理●。七步●成章○，數篇○滿紙●。」

巧遣●楚人○之重患●，能除○戀者●之積思○。

5山柿●歌泉○，比此●如蔑●。彫龍○筆海●，粲然○得看○矣。」

方知僕之有幸也，敬和歌。其詞云。


1と4は「○●○●」、2は「●○●○」、3は「○●●●」、5は「看」を平声に読めば声律に叶う。また句中の平仄もおおむね守られている。なお4は「常」と「章」、「理」と「紙」がそれぞれ押韻しているが、これは偶然であろう。

(26) 三月五日大伴家持返書と七言詩

1昨承○來使●，幸也以垂○晩春○遊覽●之詩○。今朝○累信●，辱也以貺●相招○望野●之歌○。」

2一看○玉藻●，稍寫●鬱結●。二吟○秀句●，已蠲○愁緒●。」

非此●眺翫●，孰能○暢心○乎。」

但惟下僕，
3禀性●難彫○。闇神○靡瑩○，握翰●腐毫○，對研○忘渴●。」

4終日●目流○。綴之○不能○。所謂，文章○天骨●，習之○不得●也。」

豈堪，探字●勒韻●，叶和●雅篇○哉。」

抑聞，鄙里●小兒○，古人○言無○不酬○。聊裁○拙詠●，敬擬●解咲●。」

七言一首

杪春○餘日●媚麗●景●，初巳●和風○拂自●輕○（韻）。

來燕●銜泥○賀宇●入●，歸鴻○引蘆○迥赴●瀛（韻）○。

聞君○嘯侶●新流○曲●，禊飲●催爵●泛河○清（韻）○。

雖欲●追尋○良此●宴●，還知○染懊●脚佇○仃（韻）○。

1は「●○●○」、2は全仄、3は「○○○●」、4は「○○●●」で、句中の平仄は池主にくらべて守られていない。また七言詩も第一、四、六句の平仄が合わず、また頷聯（五六句）が対句になっていないので、律詩としては不十分である。ただし毎句二字目の平仄を見ると、粘法を意識していたことが窺われる。

（27）大伴家持「射水郡蒼鷹文」

右，射水郡古江村取獲蒼鷹，形容○美麗●，鷙雉●秀群○也。

於時，養吏山田史君麻呂，調試●失節●，野獦●乖候●。」

1搏風○之翹○，高翔○匿雲○。腐鼠●之餌●，呼留○靡驗●。」

2於是，張設●羅網●，窺○乎非常○。奉幣●神祇○，恃●乎不虞○也。」

粤以，夢裏有娘子，喻曰：」

3使君勿作●苦念●，空費●精神○。放逸●彼鷹○，獲得●未幾●矣哉。

4須臾○覺寤●，有悅●於懷○。因作却恨●之歌○，式旌○感信●。」

散体と駢体の混合で台詞を交える点、『遊仙窟』に学んだものであろう。1は「○○●●」、2は「●○○○」、3と4は声律に叶う。

最後に巻十八を見る。

（28）大伴家持歌（四〇七二）左注

右，此夕月光○遲流○，和風○稍扇●。即因○屬目●，聊作●此歌○也。

（29）「越前國掾大伴宿禰池主來贈歌」

以今月十四日，到來深見村。望拜彼北方。

1常念●芳德●，何日●能休○。兼以●鄰近●，忽增○戀緒●。

2加以先書云：暮春○可惜●，促膝●未期○。生別●悲兮○，夫復●何言○。

臨紙●悽斷●，奉狀●不備●。

1は「●○●●」、2は「●○○○」である。

（30）「越前國掾大伴宿祢池主來贈戯歌」

1忽辱●恩賜●，驚欣○已深○。心中○含咲●，獨座●稍開○。」
2表裏●不同○，相違○何異●。推量●所由○，率爾●作策●歟。」
3明知○加言○，豈有●他意●乎。
凡貿易●本物●，其罪●不輕○。正贓○倍贓○，宜急●并滿●。」
4今勒●風雲○，發遣●徵使●。早速●返報●，不須○延迴○。」

1は「●○●○」、2は「○●○●」、3の六句と4は声律に叶う。

(31) 大伴池主「更來贈歌」

依迎驛使，今月十五日，到來部下加賀郡境。
面蔭見射水之郷○，戀緒結深海之村○。身異●胡馬●，心悲○北風○。
1乘月●徘徊○，曾無○所為○。稍開○來封○。其辭○云々○者：
2先所●奉書○，返畏●度疑○歟。僕作●囑羅○，且惱●使君○。」
3夫乞水●得酒●，從來○能口●。論時○合理●，何題○強吏●乎。
尋誦●針袋詠●，詞泉○酌不渇●。」
4抱膝●獨咲●，能蠲○旅愁○。陶然○遣日●，何慮●何思○。」短筆不宣。

1と2は全平、3は全仄、4は「●○●○」である。

以上、大伴旅人と池主の騈体文を検討したが、声律に叶う句式はごく一部で、『懐風藻』の藤原万里、山田史三方などの作とは対照的である。しかし両人の律詩の声律、特に池主のそれが完全であることからすれば、彼らが声律についての知識や能力を欠いていたとは思えない。おそらく憶良の場合と同じように、六朝以前の古い声律を模範としていたと考えられよう。

七　百済の騈体文

ところで、これら奈良時代の文人は、どのようにして騈文、漢詩の声律を習得したのであろうか。むろん当時、これについては空海『文鏡秘府論』が引用するようなマニュアルが存在したであろうが、しかし中国語が十全にできない者にとって、書物のみによって声律を学ぶことは、かなり困難であったと想像される。やはり声律を体得している者について、直接教えてもらう方が効果的であろう。憶良のように唐に留学した者は、現地で中国人に学ぶ機会があったであろうし、留学経験者に習うことも可能であったろう。しかしこの点で、もうひとつ見落とせないのは、朝鮮半島なかんずく日本と関係の深かった百済からの渡来人の存在である。

近年、百済の金石文の発見、紹介が相次ぐが、中でも「百済沙宅智積造寺碑」と「弥勒寺金製舎利奉安記」（六三九）は、百済の騈文を考えるうえで重要である。これについては、すでに瀬間正之氏に指摘があるので[27]、以下、氏の行論を踏まえて、両作品の声律および関連事実を紹介する。

（1）「百済沙宅智積造寺碑」（六五四）[28]

甲寅年正月九日，奈祇城沙宅智積：

1慷○身日●之易往●，慨●體月●之難還○。穿金○以建●弥堂○，鑿玉●以立●寶塔●。

2巍巍○慈容○，吐●神光○以送雲○。峩峩○悲貌●。含○聖明○以（迎雨●）。

最後の二字は見えず、「迎雨」は瀬間氏による推定である。1は声律に叶い、2は、もし最後が「迎雨」と仮定すれば「○○●●」の句式で、「古事記」序、憶良の「沈痾自哀文」、旅人の「三月五日返書」などに見えている。句中の平仄も半分は正しい。これだけの短文では正確な判断は難しいが、奈良時代の駢文と共通する可能性があろう。

「甲寅」は百済最後の王、義慈王十三年、日本では白雉五年（六五四）と考えられる。沙宅氏は百済の貴族で、沙宅智積は皇極元年（六四二）七月に大佐平の官位を以て百済使節として日本に来たことが『日本書紀』に見えている。

（2）「弥勒寺金製舎利奉安記」[29]（六三九）

これは、二〇〇九年に韓国全羅北道益山市の百済弥勒寺址から発見されたものである。

1竊以，法王○出世●，隨機○赴感●。應物●現身○，如水●中月●。」

2是以，託生○王宮○，示滅●雙樹●。遺形○八斛●，利益●三千○。」

3遂使，光曜●五色●，行過●七遍○。神通○變化●，不可●思議●。」

我百濟王后，佐平沙乇積徳女，
4積善因○於曠劫●，受勝報●於今生○。撫育●萬民○，棟樑○三寶●。」
謹捨●淨財○，造立●迦藍○。」
以己亥年正月廿九日，奉迎舍利。」
願使 世世●供養●，劫劫●無盡●。」
用此善根，仰資大王陛下，
5年壽●與山岳●齊固●，寶曆●共天地●同久●。上弘○正法●，下化●蒼生○。」
又願王后即身，
6心同○水鏡●，照法界●而恒明○。身若●金剛○，等虛空○而不滅●。」
7七世●久遠●，並蒙○福利●。凡是●有心○，具成○佛道●。」

句式は以下のとおり。

2「○●●○」と4・6「●○○●」は声律に叶う。

1・7「●●○●」―（参考）「頭陀寺碑文」⑤、「古事記」序、『萬葉集』（2）山上憶良詩序、（11）吉田宜大伴旅人宛返書、（14）山上憶良「敬和為熊凝述其志謌」序、（15）同「沈痾自哀文」、（16）同「悲歎俗道假合即離易去難留詩」序、（17）「櫻兒」、（21）「守大伴宿祢家持贈掾大伴宿祢池主悲歌二首」、（23）大伴家持「更贈歌一首」と共通。

3「●○●●」―（参考）「頭陀寺碑文」④、『萬葉集』（15）山上憶良「沈痾自哀文」、（17）「櫻兒」、（22）大伴池主返書、（29）「越前國掾大伴宿禰池主來贈歌」と共通。
5「●●●○」―（参考）「頭陀寺碑文」⑦、「古事記」序、『懐風藻』（2）藤原宇合「暮春曲宴南池」序、『萬葉集』（6）大伴淡等（旅人）返書、（7）大伴旅人「梧桐日本琴一面」、（8）藤原房前返書、（15）山上憶良「沈痾自哀文」などと共通。

以上によって、「弥勒寺金製舎利奉安記」の句式は、中国斉梁期および日本の奈良時代の駢文の句式と一致することが認められるであろう。

「己亥年」は、百済武王四十年、日本の舒明天皇十一年（六三九）、発願者は武王の后で、佐平沙乇（宅）積徳の娘である。この文章は王后自身の作でないとしても、一族の誰かが代筆した可能性が高いであろう。百済は中国の南朝と直接の交渉があり、斉梁に始まる声律についても正確な知識を得ていたと考えられる。この種の文章が書ける人がいたのは当然であろう。

沙乇積徳の名は史書に見えないが、日本に渡来、あるいは白村江の敗戦以降、亡命した百済人として、『日本書紀』には、上佐平佐宅己婁（欽命四年〈五四八〉十二月）、大佐平佐宅千福（斉明六年〈六六〇〉七月）、佐平佐宅紹明（天智十年〈六七一〉正月）、送使佐宅孫登（天智十年〈六七一〉十一月）、佐宅昭明（天武二年〈六七三〉閏六月）、咒禁博士佐宅万首（持統五年〈六九一〉）などの名が見える。佐宅紹（昭）明は《懐風藻》によれば大津皇子のサロンのメンバーであった。彼らの中に右のような文章が書ける者がいて、日本の文人にそれを伝授したとしても不思議はない。百済系といわれる山上憶良、吉田宜なども、このような環境の中で声律を習得したのであろう。わずか二つの文例ではあるが、奈良時代の文人が、百済系渡来人から声律を習った可能性を立証するに足る資料であろう。

おわりに

以上、奈良時代の主な駢体文の声律を検討したが、程度の差はあるものの、当時の文人たちが、駢文の諸規則、すなわち基本的に四句を一組とし、対句もしくは二句で意味のまとまりをもつ句作りをして、そこに声律を適応するという知識を広く共有していたことが窺われよう。

一般に日本人が漢文、漢詩を学ぶ場合、まずは漢字の字形、字義、字音を習うことになるが、当時の字音には今とちがって、声調が当然含まれていた。そのため音博士も置かれていたのである。さらに同時代の中国が近体詩、駢文の声律確立時期であったことを考えれば、当時の文人たちは、今日の我々が考える以上に声調に敏感であったはずである。一方、中国語の習得が十分でない状況においては、声律の学習は、対句や典故の技法習得より困難であったと想像され、またたとえ習得しても、実際にその音の諧調を聞いて賞玩できる者はごく少数であったと思える。したがって声律は、中国とは異なり、いきおい実感を伴わない単なる規則にならざるを得なかったであろう。声律に考慮した文章は、中国語の学習が行われなくなった平安以降にも、願文などで作り続けられ[30]、また江戸時代の漢詩人は原則として中国語を解さなかったのであるから、彼らにとっての平仄律はゲームのルールに過ぎなかった。同じ状況は奈良時代にもさほど変わらなかったと思える。

駢文の声律について、その唐代以降の規範は『文鏡秘府論』などにより知ることができるが、六朝時代の作品で実際にどうであったかについては、詳しい研究がまだない。ここではわずかに「頭陀寺碑文」一例の声律を分析し、参考としたに過ぎないが、さらに網羅的に当時の作品を検討すれば、より正確な知見を得ることが期待されよう。

なお声律分析の効用として、藤原宇合「暮春曲宴南池」序で見たように、現行テキストの欠文を推測することができる点があげられる。さらに現在『萬葉集』に収める漢文の句読は、多く平安以降の古写本の句読を踏襲すると思えるが、それらには声律に対する配慮がほとんどない。声律に注意することによって、原作者が想定した句読の復元が可能となる点も貴重であろう。

（参考）「頭陀寺碑文」の平仄排列(31)

1蓋聞，挹朝夕之池者●，無以測其淺深○。仰蒼蒼之色者●，不足知其遠近●。」
2況，視聽之外●，若存若亡○。心行之表●，不生不滅●者哉。」
3是以，掩室摩竭●，用啓息言之津○。杜口毗邪○，以通得意之路●。」
4然，語彝倫者●，必求宗於九疇○。談陰陽者●，亦研幾於六位●。」
5是故，三才既辨●，識妙物之功○。萬象已陳○，悟太極之致●。
言之不可以已●，其在茲乎○。」
6然，爻繫所筌○，窮於此域●。則稱謂所絶●，形乎彼岸○矣。」
7彼岸者引之於有●，則高謝四流○。推之於無○，則俯弘六度●。」
8名言不得其性相●，隨迎不見其終始●。不可以學地知○，不可以意生及●。

其涅盤之蘊也。」
9夫，幽谷無私○，有至斯響●。洪鍾虛受●，無來不應●。」
10況，法身圓對●，規矩冥立●。一音稱物●，宮商潛運●。」
是以如來，
11利見迦維○，託生王室●。
憑五衍之軾●，拯溺逝川○。開八正之門○，大庇交喪●。
於是，玄關幽揵●，感而遂通○。遙源濬波○，酌而不竭●。」
12行不捨之檀○，而施洽羣有●。唱無緣之慈○，而澤周萬物●。」
13演勿照之明○，而鑒窮沙界●。導亡機之權○，而功齊塵劫●。」
14時義遠矣●，能事畢矣●。然後，拂衣雙樹●，脫屣金沙○。」
15惟怳惟惚●，不皦不昧●。莫繫於去來○，復歸於無物●。」
因斯而談，
16則棲遑大千○，無為之寂不撓●。焚燎堅林○，不盡之靈無歇●。大矣哉。」
17正法既沒●，象教陵夷○。
穿鑿異端○者，以違方為得一●。順非辯偽●者，比微言於目論○。」
18於是，馬鳴幽讚●，龍樹虛求○。並振頽綱○，俱維絕紐●。
蔭法雲於真際●，則火宅晨涼○。曜慧日於康衢○，則重昏夜曉●。」
19故能使，三十七品有樽俎之師○，九十六種無藩籬之固●。

既而，方廣東被●，教肆南移○。」

20周魯二莊○，親昭夜景之鑒●。漢晉兩明○，並勒丹青之飾●。」

21然後，遺文間出●，列刹相望○。澄什結轍於山西○，林遠肩隨乎江左●矣。」

頭陀寺者，沙門釋慧宗之所立也。

22南則大川浩汗●，雲霞之所沃蕩●。北則層峯削成○，日月之所迴薄●。」

23西眺城邑●，百雉紆餘○。東望平皐○，千里超忽●。信楚都之勝地也。」

24宗法師，行絜珪璧●，擁錫來遊○。

以為，宅生者緣○，業空則緣廢●。存軀者惑●，理勝則惑亡○。

遂欲捨百齡於中身○，殉肌膚於猛鷙●。班荊蔭松者久之。」

25宋大明五年，始立方丈茅茨。以庇經象。後軍長史江夏内史會稽孔府君諱覬，

為之，薙草開林○，置經行之室●。

安西將軍郢州刺史江安伯濟陽蔡使君諱興宗，

復為，崇基表刹●，立禪誦之堂○焉。」

以法師景行大迦葉，故以頭陀為稱首。後有僧勤法師，」

26貞節苦心○，求仁養志●。纂修堂宇●，未就而沒●。」

27高軌難追○，藏舟易遠●。僧徒閴其無人○，榱椽毀而莫構●。可為長太息矣。」

惟齊，繼五帝洪名○，紐三王絶業●。」

28祖武宗文之德●，昭升嚴配●。格天光表之功○，弘啓興復●。」

是以，惟新舊物●，康濟多難●。」

29歩中雅頌●，騤合韶護●。炎區九譯●，沙場一候●。」

粤在於建武焉。乃詔西中郎将郢州刺史江夏王，

30觀政藩維○，樹風江漢●。擇方城之令典●，酌龜蒙之故實●。」

政肅刑清○，於是乎在●。」

寧遠将軍長史江夏内史行事彭城劉府君諱諠，

31智刃所遊○，日新月故●。道勝之韻●，虚往實歸○。」

32以此寺，業廢於已安○，功墜於幾立●。慨深覆簣●，悲同棄井●。」

33因百姓之有餘○，間天下之無事●。庀徒揆日●，各有司存○。」

34於是，民以悦來○，工以心競●。亘丘被陵○，因高就遠●。」

35層軒延袤●，上出雲霓○。飛閣透迤○，下臨無地●。」

36夕露為珠網●，朝霞為丹雘●。九衢之草千計●，四照之花萬品●。」

37崖谷共清○，風泉相渙●。金姿寶相●，永藉閒安○。」

息心了義●，終焉遊集●。」

法師釋曇珍，

38業行淳修○。理懐淵遠●。今屈知寺任●，永奉神居○。夫民勞事功○，既鏤文於鍾鼎●。」

39言時稱伐●，亦樹碑於宗廟●（韻）。世彌積而功宣○，身逾遠而名劭●（韻）。

敢寓言於彫篆●，庶髣髴乎衆妙●（韻）。其辭曰（以下省略）

平仄排列の模式

声律に叶う句式

①平起式—6・11（十句）・19・25（散句を跨いで）・31・33・37・38（六句）

②仄起式—3・5（六句）・7・17（六句）・18（八句）・21・23・24（八句）・35

不規則な句式

③○●○●—12・13・16・20・27・34

④●○●●—1・2・4

⑤●●○●—8・15・22・28

⑥○●●●—9・26・30・32

⑦●●●○—14

⑧●●●●—10・29・36

39は韻文

注

（1）津田潔「『懐風藻』の平仄について」（『國學院雜誌』八十二巻一号　昭和五六）、村上哲見「懐風藻の韻文論的考察」（『中国古典研究』四五　二〇〇一）、同『中国文学と日本十二講』（創文社　二〇一三）第二、三講「万葉歌人の漢詩」ⅠⅡ、芳賀紀雄『萬葉集における中国文学の受容』（塙書房　二〇〇三）一九二頁。

（2）鈴木虎雄著、興膳宏校補『駢文史序説』（研文出版　二〇〇七）六四頁および解題（一九二頁）。また福井佳夫『六朝美文学序説』（汲古書院　一九九八）第四章「声律」、姜書閣『駢文史稿』（人民文学出版社　一九八六）も参照。

（3）『駢文史序説』六五頁。
（4）以下、『古事記』序および『懐風藻』序については、村上哲見『中国文学と日本十二講』に対する筆者の書評（『和漢比較文学』五七号　二〇一六）に要旨を述べておいた。
（5）瀬間正之『記紀の表記と文字表現』（おうふう　二〇一五）第三章「古事記の文字表現と成立」。
（6）『記紀の表記と文字表現』一一二頁。
（7）「聴」は平声（聴く）、去声（したがう）の二声があるが、このような場合には意味にかかわりなく、その個所に相応しい平仄を選択できる。以下の「創」なども同じ。
（8）加藤有子「『懐風藻』序と中国文学の序」（『懐風藻研究』第5号　日中比較文学会　一九九九）、李満紅「『懐風藻』序文の性格」（河野貴美子・王勇編『東アジアの漢籍遺産―奈良を中心として』勉誠出版　二〇一二）。
（9）波戸岡旭「懐風藻と中国文学―『懐風藻』序文の意味するところ」（辰巳正明編『懐風藻』笠間書院　二〇〇〇）。
（10）辰巳正明『懐風藻全注釈』（笠間書院　二〇一二）十二頁。
（11）『寧楽遺文』下巻、九七七頁。
（12）この部分の諸テキストに異同、脱落があることについては、『懐風藻全注釈』の【校異】（三七八頁）参照。
（13）宮内庁書陵部蔵『楞伽阿跋多羅寶經註』に見える。
（14）日中文化交流史研究会『杜家立成雑書要略―注釈と研究』（翰林書房　一九九四）、金文京「『杜家立成雑書要略』と唐代文学」（『中国文史論叢』第五号　岡山大学中国文史研究会　二〇〇九）参照。
（15）宮内庁書陵部蔵『瑜伽師地論』に見える。
（16）黄征、呉偉編『敦煌願文集』（岳麓書社　一九九五）参照。
（17）金文京　Towards Comparative Research on “Written Prayers”（Yuanwen/Ganmon）in China and Japan, *ACTA ASIATICA, BULLETIN OF THE INSTITUTE OF EASTERN CULTURE*, 105, THE TOHO GAKKAI, Tokyo, 2013. 参照。
（18）小島憲之『上代日本文学と中国文学』中（塙書房　一九九四）第六章「山上憶良の述作」（三）「憶良の詩文」。
（19）『駢文史序説』四七頁。
（20）『中国文学と日本十二講』三十頁。

(21)『駢文史序説』三五頁参照。
(22)『正倉院文書拾遺』（国立歴史民俗博物館　平成四年）の一二五頁（三三二）。
(23)なおこの文体は、唐代の民間文学である敦煌の変文とも共通する。金文京「敦煌變文の文體」（京都『東方学報』七二冊二〇〇〇）参照。
(24)「終須傾使盡，莫慢造衆諸」。八木沢元『遊仙窟全講』（明治書院　昭和四十二）七四頁。
(25)『中国文学と日本十二講』三七頁。
(26)『懐風藻全注釈』二五二頁参照。
(27)瀬間正之『記紀の表記と文字表現』五十頁以下。
(28)この碑の写真は、韓国のネット上で見ることができる。
https://namu.wiki/w/%EC%82%AC%ED%83%9D%EC%A7%80%EC%A0%81
(29)『弥勒寺址石塔舎利荘厳』（韓国国立文化財研究所・全羅北道　二〇〇九）一二一一三頁。
(30)注(17)拙文参照。
(31)テキストは標点本、李善注『文選』（上海古籍出版社　一九八六）を用いる。

（追記）本稿校正の段階で、福井佳夫氏『六朝文評価の研究』（汲古書院　二〇一七）に、『古事記』序、『懐風藻』序の声律についての指摘があることに気付いた。氏の指摘は、本稿注(4)書評及び本稿の見解とほぼ同じだが、福井氏が対句の平仄のみ扱われたのに対し、本稿では散句も対象とした点が異なる。

萬葉集の本文批判と漢語考証

山崎福之

はじめに

「萬葉集の本文批判と漢語考証」という論題は、筆者が近年萬葉集研究の一方法として構想している課題である。それは、これまで長年にわたって展開され精密さを増してきた諸本研究の成果と、漢籍の圧倒的な検索技術の発達による成果とを結びつけることを通して、本文校訂の新たな指標となる側面を見出そうという試みである。

近年の諸本研究の精緻な展開は必然的に萬葉集受容史のいっそう詳細な分析を生み出すことにつながり、飛躍的な展開を見せていると言ってもよい。また同時に萬葉集における漢籍受容の研究も、近年目覚ましく発展してきた。しかし、両者は萬葉集研究の中でのそれぞれに独立した分野として認識されている面が強く、双方の成果が有機的に関連づけられているとは言い難いと思われる。筆者もこれまでに重ねたいくつかの小論において、明確な問題意識を確立させないままに両者の関わりに触れてきた面があることを自省している。諸本研究はあくまでもその対象となる各写本の問題、系統の問題、萬葉集が種々の形で受容された文献の問題であったし、漢籍受容の研究はすでに一定の校訂を経た本文において展開されてきたとも言える。そしてその本文校訂は基本的には諸本研究（萬葉集古写本と萬葉歌所収古文献の検証）の成果によりながら、従来の方法論に沿って行われてきたと言えよう。筆者は正倉院文書や木簡資料を検証することで、七〜八世紀と古写本筆写時点とでの文字の書様の相違から窺える誤写・誤読の可能性を指摘して、本文校訂の一方法たり得ることを示唆したこともあったが、そのような新たな方法論の試みは、問題意識として常に認識されておくべきことと考えられる(1)。

本論では冒頭に一言したように、本文校訂と漢籍の考証とがいかに結びつくかという論点を提示する。換言すれば漢籍の考証結果が本文校訂にどのような影響を与えるかを勘案しつつ、結果として本文を定めることを一方法論として設定するということになろう。先に自省したように、これまで問題意識が確立していないままに、実際にはそうした試みをした小論を踏まえて本論の問題意識を提起した拙稿(2)に続き、新たに自覚的にこの方法をいくつかの例において示してみたい(3)。

一　心哀

筆者はこれまで萬葉集歌の「ねもころ」の表記について二度触れたことがある。一度目は「ねもころ」の多様な表記のうちで、柿本人麻呂歌集の略体歌には「惻隠」全五例と「心哀」全二例のみがあることを示し、恋心の切なること、思いの親密さを表す「ねもころ」の表記として相応しい意味を持つ「懇懃」や「懃懇」の類とは異なることを述べた上で、それら略体歌の全七例の「ねもころ」が悲痛を籠めた表現へと転用されており、その用法に即して「惻隠」と「心哀」のような「いたみ」の意味を表意する表記を選択した柿本人麻呂歌集略体歌表記者の漢語意識の高さを指摘してみた。しかし、従来からよく知られた「惻隠」はともかくとして、「心哀」については特に漢語表記としての注解を加えるには至らなかった。(4)

二度目は「ねもころ」表記のうち一度目で採り上げなかった「叩々」について論じた。これは集中一例しかない。

叩々（ねもころに）　物を念へば　言はむすべ　せむすべもなし（下略）　（巻八・一六二九　家持）

この「叩々」は紀州本では「叮々」とあったが、新たに確認された廣瀬本においても「叮々」とあることによって、改めて「叮々」との異同が注目されることとなった（塙書房『補訂版萬葉集本文篇』では「叮々」を採る）。実際の書写の様態を見れば、「叮々」を採ることも十分可能性を持つことが認められる。ただ漢語表記と考えた場合には、「叮々」には適切な例が示せない。「叮嚀」ならば『遊仙窟』(5)の例が知られるので、可能性までは否定できないが、採ることは躊躇われる。一方「叩々」の方も例証に乏しいことは変わらないものの、従来から次の例が有力なものとして示されてきた。

・玉台新詠　巻一　定情詩　後漢　繁欽

（上略）何以致㆓拳拳㆒　綰㆑臂双金環　何以致㆓慇懃㆒　約㆑指一双銀　何以致㆓区区㆒　耳中双明珠　何以致㆓叩々㆒　香嚢繋㆓肘後㆒（下略）

この詩においては「拳拳」「慇懃」「区区」「叩々」と畳韻語、重点語、また双声語を用いた対句によって、身の回りの装飾に言寄せた情愛表現が細かになされている。その一つである「慇懃」との照応が定着していたと見られる「ねもころ」を、「叩々」とも表記することもできるという判断がなされたことを十分想定できるのである。『玉台新詠』の元の本文が「叩々」であった可能性も排除できないが、各句末の韻が「拳・環」「懃・銀」

「区・珠」と配されていることからは、「叩・後」の方が望ましいことは確かであろう。こうした論によって、やはり「叩」を採って「叩々」と判断するべきであろうことを示したわけであるが、それは即ち、本稿で論じようとする本文校訂と漢籍考証の議論を行っていたことでもあったのである。(6)

これを踏まえて、ここでは最初の拙論では不十分であった「心哀」について、改めて本論の課題として採り上げてみたい。

「心哀」は二箇所に見られる。

礒の上に立てるむろの木心哀（ねもころに）なにしか深め思ひそめけむ（巻十一・二四八八　柿本人麻呂歌集）

豊国の企救の浜松心哀（ねもころに）なにしか妹に相言ひそめけむ（巻十二・三一三〇　柿本人麻呂歌集）

二四八八は諸本異同なく、三一三〇については以下の異同がある。

心哀—元暦校本・類聚古集・廣瀬本

心裳—西本願寺本など

心喪—紀州本・寛永版本

二首ともに樹木を提示して第三句に「心哀」があり、第四句以下に疑問表現で恋の始まりを慨嘆する点が共通する。「ねもころ」の用例に多い表現類型に当てはまると見て、「心哀」を五音節「ねもころに」と訓むことが適切と考えてよい。ただ先述のような他の表記がある中で、この表記が選択されたことに一定の意味づけが求められよう。それが三一三〇では「裳」や「喪」との本文校訂の根拠ともなることが望ましいであろう。これまでの考証は注4に示したような概括的な指摘に留まっていたことから、本論での問題意識に基づいて、漢籍との関連に焦点を当てるという観点をさらに進める必要があるのである。

・楚辞　惜賢

覧二屈氏之離騒一兮　心哀哀而怫鬱　聲嗷嗷以寂寥兮

・文選　巻六十　斉竟陵文宣王行状一首　任昉

逮二衣裳外除心哀内疚一　禮屈二於厭降一　事迫二於権奪一

・芸文類聚　巻七十六　内典上　内典　梁元帝　光宅寺大僧正法師碑

繁霜凝而且委　松風凄而暮来　悲二馬鳴一之不レ反　望二龍樹一而心哀

ここでは右の三例を重要な例として挙げてみたい。楚辞の例は屈原の「離騒」を読んでそこから受けた自らの感慨、感情のあり方を述べた表現であり、悲しみの切なる様を意味するものである。また文選の「斉竟陵文宣王行状一首」では、皇后逝去の折りの宣王の行状を述べて、喪服を取り除いてもなお心の内に悲しみが満ちている有様をいう。さらに芸文類聚に引く「光宅寺大僧正法師碑」でも秋への季節の移ろいの中に心内の悲しみを詠んでいる。

ただし「心哀」はそれほど多くの用例を見出せない語である。特に漢魏六朝から初唐の時代に限ると、明らかな例として確認できるのは数例と見られる。(7) そのように数は少ないものの、当時の漢籍受容において最も基本的と言えるこれらの漢籍に見出されることの意義は決して小さくないのである。

ここで「ねもころ」を心の切なる有様を表す語と捉えて、「心哀」を一つの漢語として、その表記に相応しいものとすることが可能であったと指摘することができると考えられる。二首ともに第四句以下に恋の始まりを慨嘆する表現が続くこととも、自然に連接すると言ってよかろう。「心哀」は「ねもころ」の一表記として「慇懃」「惻隠」「叩々」などとの微妙な相違を念頭に置きつつ表記を推敲する中で見出された漢語であったのである。最も哀しみの深い心、哀切の思いを表現するものとして表意するという意図を以て表記したと考えておきたい。従ってそれを本文として認め、「裳」や「喪」は採らないこととなる。この結果は従来の本文校訂と変わらないものではあるが、類歌や表現の類型に拠るばかりではなく、漢籍の検証によってさらなる裏付けを得た上で、改めて訓義を確定させることができたものと言えよう。

二　看見

ひさかたの雨も降らぬか蓮葉に溜れる水の玉似将看見（玉に似る見む）（巻十六・三八三七）

この歌の結句の本文は、諸本「玉似将有見（たまににむみむ）」であった(8)。それを代匠記が「玉似有将見」の誤りと推測し、「たまににたるみむ」と訓む案を提起して以来、その説が広く踏襲されてきたのである。ここで注釋によって概観しておく。

原文「玉似将有見」とある。玉の下に細と版本とに「尓」とある。紀にタマニニタルミムとあるが、舊訓タマニニムミムとあるを新訓にタマニアラムミムとした。代匠記初稿本書入に「似有将見ニテニタルミムカ」とした。陽明本には「将似有見」とある。ニタルミムと訓む為には代匠記書入の方が穏やかである。「将似有見」でも訓めないことはないが、さうした無理な字の並べ方は集中にも無く、代匠記の説に従ふべきである。

その後の現在の主な諸注釈、テキストは以下のように分かれている。

・玉似将有見（たまににたるみむ）

古典文学大系　原文そのままに訓読すれば、タマニアラムミムであるが、将と有との倒置とみれば、この方が自然に聞える。（頭注）

・玉似有将見（たまににたるみむ）

古典文学全集・新編古典文学全集・釈注・全解・全歌講義

・玉似将看見（たまににるみむ）

新古典文学大系（岩波文庫）・和歌文学大系

即ち、古典文学大系が唯一諸本のままで訓みを「たまににたるみむ」とする他は、多くが代匠記の案に依る中、新古典文学大系（岩波文庫）のみがそれまでにない誤字説を提示し、和歌文学大系がそれを支持しているのが現状である。ここで新大系の注を見てみよう。

結句、諸本の原文「玉似将有見」。原本文を「玉似将看見」と推測し、タマニニルミムと訓むことにする。「看見」二字でミルと訓む例、「二（ふたり）の仙人已に死（し）タルを看見（み）て」（「聖語蔵願経四分律巻四十六破僧揵度古点」・鈴木一男『初期点本論攷』。漢語「看見」は、日葡辞書にも載り、ミルと注している。（筆者注：以下、蓮の葉の上の水を玉に見立てる趣向の漢籍の例を引く））

和歌文学大系はこれをほぼそのまま引用しつつ、「これにより「看見」を本文とする」としている。これらを見れば、結局のところ諸注釈は本文の「将」のあり方と、「有」と「見」の連続する表記との関係に整合性を見出しがたく、「にる」「にたる」「にむ」「みる」「みむ」の組み合わせに腐心していると言うことができる。その混迷を打開すべき注釈を試みたのが新古典文学大系であった。その着眼点は契沖の転倒案に拠らずに諸本の表記を生かし、しかし「有」を「看」の誤写と見て、そこに漢語「看見」を想定したことであり、その「看見」を「みる」と訓読できることを訓点資料によって示しているのである。従ってその説を保証するのは何よりも漢語「看見」の存在であり、当時の漢籍受容の文献における習熟の推定であると言えよう。

実は漢語「看見」はそれほど多用される語ではない。「看」の字義である「手をかざして見る」意に「見」を加えにくいことも要因の一つかと推測されるが、漢魏六朝から初唐までの漢籍に容易には見出し難いのが事実である。しかし、漢籍に相当高い程度で習熟し、ほとんど自在に題詞や左注に漢語を的確に用いている歌が並ぶ巻十六に、当該歌が収められていることに鑑みて、歌の表記においても何らかの漢籍に影響されたものと推測することは十分可能性があろう。以下に漢語「看見」について検討する。

・楽府詩集　清商曲辞　西曲歌下　江陵楽

暫出二後園一看　見レ花多レ憶レ子　烏鳥双双飛　儂歓今何在

暫し後園に出て眺めやり、そして花を見て子を憶う、と歌う。「看」と「見」は二字の一語とするよりは連続するものとして表現されている。視野に収める全体を広く見渡した上で、何か一点を改めて視認する、ということであろう。漢語「看見」の例と断ずることは躊躇われるが、次に挙げるような散文に散見する類例を見れば、「見る」行為の一表現形式ということが可能ではないかと考えられる。

・世説新語　惑溺第三十五

韓寿美二姿容一　賈充辟以為レ掾　充毎二聚会一　賈女於二青瑣中一看　見レ寿　悦レ之　恒懐二存想一　発二於吟詠一
後婢往二寿家一　具述レ如レ此　并言二女光麗一

賈充の娘が美しい韓寿の姿を窓越しに見て、うっとりとして思慕していたというのである。この区切りは「看」の字義を生かして、まず「青瑣（青塗りの飾り窓）の中より看る（のぞきみる、うかがいみる）」、そして改めて

「（韓）寿の姿を見る（しっかりと認める、心に留める）」と訓む形となっており、前例と同様に、やはり一つの漢語「看見」かどうか不確実ではある。しかし「看」の字義を含みながら「見」と結びつけた一語と認めて、新古典文学大系注所引の訓点のように「青璅の中より寿を看見（み）て」と訓む可能性はあろう。少なくとも「看」と「見」とが連接している場合には、その可能性を考えることができ、それは、そのように受容される余地があると換言することにもなろう。

・異苑巻六

安定梁清字道修　居二揚州右尚方間桓徐州故宅一　元嘉十四年二月　数有二異光一　仍聞二擘レ鞬声一　令二婢子松羅往看一　見二一人一問云「姓華名芙蓉　為二六甲至尊一所レ使従二太微紫宮一下　来過二旧居一　乃留不レ去」

これも怪異現象があってそれを婢子に見に行かせた、そして一人の異人に出会ったという場面である。様子を窺い見て、そして対面するという形は前例と同様と言ってよい。

このように区切りがあって、一漢語としては見がたいものの、「看」と「見」とが連接している例が六朝期の散文に散見する。それを連続した動作として捉えて一語と同様に扱う、あるいは一表現形式とすることができるならば（「見看」という逆順の例が見られないことからも推測できる）、「看見」をミルと訓読することができよう。(9)

さらに新古典文学大系本の注で挙げられているものから推して、法苑珠林など仏典関連のものも検索の対象として見ると、これらと同様に「看」と「見」との連接の例、また一漢語「看見」として扱うことも可能なものが多いことは注目に値しよう。

・法苑珠林　巻四十一

仏言　莫レ遮　此無二悪意一　便持レ鉢取レ蜜奉献　世尊不レ受　須待二水浄一　獼猴不レ解二仏意一　謂呼有レ虫　転

看㆓見鉢辺㆒有㆓流蜜㆒　乃到㆓水辺㆒洗㆑鉢　水湔㆓鉢中㆒持還奉㆑仏　仏即受取　仏受已獼猴大歓喜

これは「看」と「見」とが区切れていない。獼猴が蜂蜜を入れて仏に奉った鉢を転がして蜜を流し、その後に水で洗って清浄な水を改めて奉ったところ、今度は世尊が受けてくれたという逸話である。「看見」でミルと訓読することができるであろう。

・法苑珠林　巻四十六

正月三十日平旦　復死至㆓地獄中㆒　復受㆓鐵犁㆑耕㆑舌　自見㆓其舌長数里㆒　傍人看㆔見吐㆓出一尺余㆒　王復語㆓獄卒㆒　此人以㆑説㆓三宝長短㆒　以㆓大鐵斧㆒截㆓却舌根㆒　獄卒斫㆑之不㆑断　王復語云　以㆑斧細剉㆓其舌㆒

これは「舌を吐き出すのを見た（看見）」の意。これらはまず「看て」、そして「〜を見る」と区切って訓読することも可能ではあるが、「看見」の一語としてミルと訓むことを妨げるものではない。繰り返しになるが、これらの場合では、「そう訓むことができる」という点を重視するべきであると考えられる。「看見」を一語の漢語として認識しミルの表記としたことを想定しうることとし、「蓮葉に溜れる水を玉と見る」ことを、漢詩の趣向としてだけではなく、仏典にゆかりの表現と理解したかとも考えておきたい。(10)

三　妄念

うち日さす宮路を行くに吾が裳は破れぬ玉の緒の念妄（思ひ乱れて）家にあらましを（巻七・一二八〇　柿本人麻呂歌集）

この第四句、諸本は「念委」とある。これによって仙覚系諸本は「おもひすてても」と訓み、諸注釈書は「おもひしなえて」（全註釈）、「おもひたわみて」（私注）などと訓んできた。しかしこれでは「玉の緒の」からの続き方に疑問が残る。枕詞「玉の緒の」からは「絶えじ」（巻三・四八一）、「絶えて乱れ」（巻十一・二七八八）、「長き」（巻十・一九三六）などと続くのが一般であって、古歌集歌にも、「玉緒之念乱而」（巻十一・二三六五）という類似の用法が見えるのである。そして実際に、元暦校本・紀州本・廣瀬本などの古本系諸本では本文「念委」に対して訓みは「おもひみだれて」とあり、細井本左書入や京大本赭書入もその形となっている。

このような状況から、略解は「委」は「乱」の誤写と推定する説を提示しており、その誤字説も一定の支持を得てきたのである（古義、新考など）。しかし「委」と「乱」では字形に相当の隔たりがあることは否めない。その点に留意して、同じ「みだれて」と訓みうる文字でも「乱」ではなく「委」に字形の近似した「妄」を推定することで、無理なく「おもひみだれて」の訓を生かすことができる、と論じたのが、佐竹昭広の論文であった[11]。確かに「妄」が「委」と近似することは明らかであり、実際両者や両者を含む文字（「倭」と「佞」）の誤写の例があることも認められる以上、この誤字説は適切なものであると言えよう。以後の諸注釈がすべてこの説を踏襲しているのも頷けるのである。

ただ「みだる」を「妄」と表記するのがこの一例のみであることには、何らかの説明を要すると思われるが、佐竹論文には特に触れられていない。また柿本人麻呂歌集書記者が同じ「おもひみだれて」の表現でありながら、先に挙げた古歌集の類歌では「玉緒之念乱而」（巻十一・二三六五）のように「みだれて」を「乱」と表記していたこととは相違する意識を持って表記したこと、その両者の関係についても言及がない。即ちなぜここでは「妄」を用いたのか、さらには、萬葉集における「みだる」の表記において、なぜここだけ「妄」の表記があるのかという問いかけに対する答えは、まだ用意されていないと言わなければならないだろう。本論でもなおそれらの問いに十分に答えるだけの証拠を示すには至らないが、本論でここまで述べてきた漢籍への着目という論点に立てば、「みだる」に当たる訓字に「妄」が選択された理由として、そこには文字が逆順ではあるが漢語「妄念」からの類推が働いた可能性があると考えることができよう。

「妄念」はそれほど珍しい漢語ではない。漢魏六朝期の例を見出してはいないが、唐代の例としては

・張喬〈雨中宿僧院〉

千燈有二宿因一　長老許二相親一　夜永楼台雨　更深江海人　労レ生無レ了日　妄念起二微塵一　不レ是真如理一　何門静二此身一

・王維〈給事中宝紹為亡弟故駙馬都尉于孝義寺浮図画西方阿弥陀変讃〉

生因二妄念一　没レ有二遺識一　憑化而遷　転身不レ息　将免二六趣一　惟茲十力　哀二此仁兄一　友二于後生一　不レ知二世界一　畢意経営　傍熏獲悟　自性当レ成

などを挙げることができる。これらはどちらも悟りに入ることを妨げるように起こってくるものを「妄念」としているが、こうした表現が一般であったならば、これら詩文の例よりも重要かと思われるのが仏典の例であろう。以下に示す例をはじめ、千以上の用例を見ることができる。

・大智度論　巻八十三

不二懈怠一者是正精進、不二妄念一者是正念　不二乱心一者是正定　如等四門是正見

・大宝積経　巻百十一

爾時世尊重説偈言　敬レ仏深二楽法一　尊三重戒二多聞一　不レ生二貪愛心一　女身速当レ転　持レ戒具二慚愧一　不三妄念二他人一　安二住菩提心一　不レ楽二余乗法一（下略）

・瑜伽師地論　巻七十

応以二四相一了二知妄念過失一　及以二四相一了二知不如理作意一　云何四相了二知妄念過失一　一闕念　二劣念　三失念　四乱念　闕念者　謂丙於下密二護諸根門一法上　不レ聴不レ受不乙善了知甲　劣念者（下略）

・大方等大集経　巻五（三十二菩提宝心を列挙する文脈での使用）

十一者発心修定為レ破二乱心狂心妄念一　為レ令三衆生獲二得四禅及八解脱一

この四例に見られるように、「妄念」とは「懈怠」や「乱心」と並ぶ「正」ならざる心持ちであり、また「貪愛心」でもあって「菩提心」とは対峙する。そして分析すれば「闕念」以下の四相において現れるものであり、「四禅」、「八解脱」を得る上では破るべきものとして「乱心狂心妄念」と並称されるものと言うのである。即ち、情念の乱れを煩悩のなせる業として表現するのが「妄念」であると認識されていたならば、悶々とした思いを抱えながらも家にいればよかった、あなたの姿を求めて宮路に出て行って裳が破れるばかりだった、そんなことなどしなければよかった、という後悔を歌う当該歌には、単に「念乱」と通例の表記を用いるよりは「妄念」を想起させる「念妄」の方が望ましかったと考えておきたい。

ただそれは仏典の用語に特段の関心を持っていたことの反映かと言えば、そうとは断じられない。「迷妄」や「妄想」といった「妄」に関する語からの類推も多分に働いていることを想定する必要もあろう。いずれにしても、「妄念」を一漢語として当該歌の本文から抽出しておくことは可能であり、それが一定の蓋然性を持つならば、これもまた本文批判を漢語考証によって裏付けるという方法の一つの例証として挙げうるものとなろう。

四　無畏　無所畏

春日野の山辺の道を於曾理無（恐りなく）通ひし君が見えぬころかも（巻四・五一八　石川郎女）

諸本における第三句の本文と訓は以下の通りである（略号で示す）。

○於曾理無――――――元西（別筆古本貼紙）
○與（与）曾理無――金古廣紀宮細西陽矢京無附（類は「曾理無」のみ）
○お（を）そりなく――元金類廣西左陽左
○よそりなく――――――古紀宮細西陽矢京無附

即ち、本文は元暦校本と、西本願寺本の別筆古本貼紙のみ「於」であって、他はみな「與（与）」でありながら、訓は古本系にはおおむね「おそりなく」であるという問題があった。金沢本の本文と訓の不一致に不審があったのである（後には廣瀬本も同様）。諸注釈を見れば本文「與（与）」を採って訓を「よそりなく（寄そりなく）」として解釈する立場もある（注釋など）が、全注のように元暦校本に拠りつつ、平安期の誤写（あるいは意改）を想定して「於―おそりなく」とするものが近年は主流であった。

この問題に対して従来の考証の方法とは別に漢語「無畏」、あるいは「無所畏」を想定することで「おそりなく」の訓を生かし、以て本文を「於」としたのが新古典文学大系本であった。そこでは仏教語として扱い、仏典には多用されると述べている。[12]それに加えて、特に仏典に限らず、先に前稿において玉台新詠や文選の例を指摘したように、当時のより広汎な漢籍にも見られることが重要と考えられる。[13]ここでは先に示した例に加えて、なおも肝要と思われる例を挙げ、検証を補足しておきたい。

・法苑珠林　巻二十

西南方有㆑仏　名曰㆓宝上相名称如来阿羅訶三藐三仏陀㆒　亦応当㆘称㆓彼仏名㆒亦修㆗恭敬㆖　亦須㆑称㆓其名号㆒
亦須㆔心念㆓彼仏名号㆒　西北方有㆑仏　名曰㆓無畏観如来阿羅訶三藐三仏陀㆒

・法苑珠林　巻三十四

仏告㆓童子㆒東北方去此過㆓于百万億仏土㆒　有㆔世界名㆓持所㆒㆑念　其仏号壊魔慢独歩如来　今現在説法　若詣㆓
東北方㆒当㆔遥稽㆓首帰命彼仏㆒　所在獲㆑安則無㆑所㆑畏

これらの章段では「西南方有仏」や「仏告童子（方位）方去」以下、あらゆる方位について同様の形が繰り返され、以下には様々な名号の如来の存在と説法の有様が表現されており、最後にはこれも様々な表現で災禍、艱難を免れ所願成就することが約されることを述べている。「無畏」は如来の名号でもあり、またここでは省略したが、巻三十四の例では引用部以下に類型表現の「無恐懼」、「無恐懼不遇患難」、「無恐懼不逢患難」、「無恐懼所願必果」などと繰り返されるのである。「無畏」「無所畏」もまたそれらと同じく仏の慈悲によってもたらされる安寧を表す語と認められよう。

・法苑珠林　巻八十九

休㆓息悪口㆒獲㆓十種功徳㆒　何等為㆑十　一得㆓柔軟㆒語　二揵㆑利語　三合㆑理語　四美潤語　五言必得㆑中　六
直語　七無㆑畏語　八不㆓敢軽欺㆒語　九法語清弁　十身壊命終得㆓生善道㆒　諸仁者　是名㆘休㆓息悪口㆒得㆗十
種功徳㆖

十種の功徳がこの直前では「休㆓息両舌㆒」によって得られると説き、ここでは「休㆓息悪口㆒」によって得られると説く。その十種の功徳を次第に高次へと列挙する中に、「無畏の語」が七番目に挙げられる。迷い惑うことなき悟り澄ます心へとつながるありようが「無畏」として説かれているのであろう。[14]

一方、これらとは異なり、より日常的、具体的な「恐怖のない状態」を意味する場合も決して少なくない。

・史記巻五十六　陳丞相世家二十六

呂太后聞レ之　私独喜　面質二呂嬃於陳平一曰、「鄙語曰、『児婦人口不レ可レ用』。顧二君与レ我何如一耳。無レ畏二呂嬃之讒一也」

陳平が密かに計略をめぐらして呂氏一族を除こうと図る場面の一節である。呂太后は陳平の策に気づかず、陳平を懐柔しようとして、呂嬃の讒言を畏れることはないと言うのである。史書に見られるのは、こうした政治的、社会的な文脈で用いられた場合である。

・漢書　巻六十　杜周伝三十

方進終不二挙白一、専作二威福一、阿二党所厚一、排二擠英俊一、託レ公報レ私、横厲無レ所二畏忌一、欲三以熏二轑天下一

・漢書　刑法志第三

罪至レ重而刑至レ軽、民無レ所レ畏、乱莫レ大焉。凡制レ刑之本、将以禁二暴悪一、且懲二其未一也

杜周伝では、帝への奏上の中で方進と師丹を断罪して、両人の憚りない暴虐専横ぶりを表現している。また刑法志では、孫卿の刑罰論を評価し、刑法制定の根本理念を説く文脈であり、罪科に比して刑罰を軽くすれば民衆は畏れ憚るところなく世の乱れの元となるというのである。

・後漢書　列伝三　桓栄丁鴻列伝二十七

間者、大将軍再出　威振二州郡一　莫レ不下賦二斂吏人一　遣二使貢献上　大将軍雖レ不レ受、而物不レ還レ主、部署之

吏、無レ所二畏憚一、縦二行非法一、不レ伏二罪辜一

大将軍丁鴻は貢ぎ物を受けなかったものの、部下の吏人がほしいままに無法を働きながら罪に服しなかったという。これは「無所畏」の例でもあるが、「無所畏憚」と見ることもできる。その例も散見することは前稿の注でも史記の例を挙げて触れたが、「憚る」意が「おそりなく」の語に籠められていると見ることはやはり可能であろう。

このように、表記の上で明確な漢語として認められるものがなく、仮名表記されている場合でも、そこに漢語の意味を読みとり、そこから漢語を想定していく方法も十分可能性があるのである。これは筆者が従来から述べてきたことの再確認でもある。(15) 本文批判と漢語考証が幅広く試みられるべきことを示していると言えるのである。

五　本論の課題と展望

本論で提示した課題は、これまでに本文校訂上の問題が議論されてきた箇所には限らないであろう。古本系諸本と仙覚系諸本が対立し、いずれを採るべきかについて、様々な論点からの検討がなされて、校訂者によって本文が定められてきた箇所は、萬葉集のほとんどすべての歌と散文部分において多少の差こそあれ、枚挙に暇ないと言えるであろうが、そのすべてにおいて、程度の差はあっても本論で提示した課題、漢籍との関連を想定した検証を一度は試みる必要性があると考えられる。これまでの検証で十分に判断がついていると言える箇所についても、改めて何らかの漢籍が関係している可能性を探ってみることを考えたい。題詞や左注をはじめとする散文部分ならば、それは当然でもあろう。(16)

また歌の訓字部分では、大いにその可能性があることは誰しも認めやすいことであろう。さらには一般に漢籍との直接の関係を想定しにくい仮名表記であっても、本稿の「無畏」「無所畏」の節で見たような想定が可能であること、すでに前稿でも述べたことをここでさらに確認できたのである。一度は漢籍との関係性についてあらゆる可能性を想定しておくこと、その上で、より蓋然性の高い課題について巻、作者内容、その漢籍の時代と分野など十全に幅広い観点を持ちながら掘り下げていくことで、概括的な把握に留まらない漢籍受容の具体相がさらに明らかになってくると考えられる。本論ではこれまでの拙稿の欠を補いつつ、新たな例証の検証に努めるに留まったが、この課題の探究があってはじめて、その本文の「萬葉集の原文」としての真の意味が現れてくるに違いないのである。

注

（1）拙稿「類聚古集の本文と書入」（『国語国文』第五十一巻三号）、及び「萬葉集巻十六の訓義―三八七八番歌について」（『親和国文』第二十一号）において考証した。

（2）拙稿「萬葉集本文批判における漢語考証の意義」（『和漢語文研究』第13号　二〇一五年11月）。以下前稿という。この中でそれまでに記したいくつかの拙稿のうちで、本論の問題意識に関わりうるものを紹介し、例証の補足も行っている。

（3）本論における萬葉集の引用は、『万葉集（一）～（五）』及び『原文万葉集（上）（下）』（岩波文庫）による。本論で採り上げる課題とした箇所のみ原文も示した。

（4）拙稿「略体と非略体―人麻呂歌集の表記と作者の問題―」（『國文學』第33巻13号　學燈社　昭和63年11月）。そこでは大久保正「心哀考―人麿歌集訓の一側面―」（『美夫君志』創刊号　昭和34年12月）において、本文批判とともに「哀」の意味に重点を置いて詳しく論じられていることを紹介しているが、その大久保論文でも漢籍との関わりについては『佩文韻府』を引かれているのみである。近年の和歌文学大系本でも、補注でこの大久保論文を引くのみで漢籍の考証を進めてはいない。

（5）「令人頻作許叮嚀」（江戸初期無刊記本十二オ・諸本同）。「叮嚀」の左に「ネンコロナラ」の訓がある。これは諸本同じと見られる。この前句には「不覚慇懃着心口」とあり、「慇懃」との類義性を認めることは頷かれる。

（6）拙稿「本文批評と訓み」（『国文学　解釈と鑑賞』795号　至文堂　平成9年8月）。この問題については、早く『上代日本文学と中国文学』中（小島憲之）において考証されており、拙稿は「叮々」との比較の観点で論じたものである。現在、「叮々」を採る書は、本文中に挙げた塙書房の補訂版のみと思われる。

（7）この他には嵆中散（嵆康）集巻五「声無哀楽論」の「鍒人撃レ磬而子産識二其心哀一」など。

（8）細井本と寛永版本には「玉」の下に「尓」とある。また古葉略類聚抄の訓はタマニシモミム。廣瀬本の訓はタマニニムミユで、右書入にシモミムとある。

（9）この他にも散文の例として次のようなものがある。

・続斉諧記

東海蒋潜　嘗至二不其県路次一　林中露一屍　已自臭爛　鳥来食レ之　輒見二一小児　長三尺駆一　鳥鳥即起　如レ此非レ一　潜異レ之看　見二屍頭上一　著二通天犀一　𧂐二揣其価一　可レ数二萬銭一

異様な光景に出会い様子を窺い見て、そしてその一点に屍を見ると、という文脈である。ここで述べた内容に合致すると考えてよい。

（10）この「看」と「見」については、次のような注目すべき用法が認められる。

・増壱阿含経　巻三十二

王取二舎利一而耶二維之一　於彼処立二大神祠一　是王復以二余日一　往二至園中一　観看　見二彼神寺彫落壊敗一　見已便作二是念一

・根本説一切有部毘奈耶雑事　巻十八

遂即往看　見其形体砕如撻　葦而布于地　問言　具寿何意如此答言

これら「観看、見」、「往看、見」、また「伺看、見」といった例が、仏典の「看見」例では大半を占めることも注意されてよいことである。

（11）佐竹昭広「萬葉集本文批判の一方法」（『萬葉集抜書』所収）参照。そこで提起された「委」と「妄」の誤写としては、それらを含む「倭」と「侫（佞）」との誤写の例がある。

奈良山の児手柏の両面にかにもかくにも侫人之友（巻十六・三八三六）

この歌の「侫」が諸本において、

「倭」─元暦校本、「侫」─尼崎本・廣瀬本・神宮文庫本、「俀」─西本願寺本

となっていることなどが挙げられる。

(12) 新古典文学大系では次のものを一例として挙げている。

怯弱ならざる義、安穏の義、清浄の義、鮮白の義、驚怖せざるの義、これ無畏の義なり（「阿毘達磨大毘婆沙論」三十一）

(13) 前稿において、以下の例を本文と注に挙げている。

・文選　巻三十四　枚乗　七発八首

則滂怫鬱　闇漠感突　上撃下律　有レ似二勇壮之卒一　突怒而無レ畏　踏レ壁衝レ津窮レ曲随レ隈

川波の激流の有様を表現するもの。勇猛な兵士の突撃の勢いに喩える。

・文選　巻五十六　張華　女史箴一首　（芸文類聚巻十五后妃部后妃にも所引）

玄熊撃レ檻　馮媛趍進　夫豈無レ畏　知レ死不レ恡

馮媛の勇敢さを讃える故事。檻を壊して現れた熊の前に死を恐れずに進み出て皇帝を守ろうとした女性の姿を讃える文脈である。

・玉台新詠　巻一　為焦仲卿妻作

阿母得レ聞レ之　搥レ牀便大怒　小子無レ所レ畏　何敢助二婦語一　吾已失二恩義一　會不二相従許一

息子への怒りを露わにする母親の言葉。親への畏れ憚りもなく、嫁の肩を持つ息子に対する罵りである。

・史記　巻百四　田叔列伝

三河太守　皆内二倚中貴人一　与二三公一有二親属一　無レ所二畏憚一　宜下先正二三河一以警中天下姦吏上

これは三公と親族関係を結んでおり畏れ憚るところがない、の意。本論で挙げる「畏憚」の例でもある。「畏れ憚る」意は「おそれ」の内実を分析する上でも重要な要素として、特に当該歌の解釈に関わるものと言うことができる。

・陸亀蒙「短歌行」

　爪牙在二身上一　陥穽猶可レ制　爪牙在二胸中一　剣戟無レ所レ畏

注15に引く白詩の例から推して唐代に詩語としての認識が進んだとすれば、晩唐に当たるこの例もまた、「無所畏」の定着を示すものとなろう。

（14）法苑珠林の「無畏」「無所畏」はここで挙げた三例以外にも、合わせて四十例を数える。巻二十九には阿闍世王の娘の名にも「無畏徳」と見えるなど、「畏」（恐、懼も含めて）に対する観念の現れが散見すると言え、「無畏」と「おそりなし」との連想は強いものがあったと見られるのである。

（15）注2の前稿参照。また、本論で示したもの以外の重要な例を示しておく。

・酉陽雑俎　巻三　貝編

　鬱単越雞多迦等天河七十　自在無畏四天王不レ如レ是

雞多迦などの大河が七十もある鬱単越（想像上の聖域）の人は自在無畏であって、四天王さえも及ばないの意。寿命が尽きた時に畏怖のない点が四天王にまさるという。

・白居易　采詩官

　君耳唯聞堂上言　君眼不レ見門前事　貪吏害レ民無レ所レ忌　奸臣蔽レ君無レ所レ畏

白詩の例は本論で挙げた『漢書』巻六十杜周伝や『後漢書』桓栄丁鴻列伝の例に倣う文脈で用いられている。詩文に取り入れられた表現であったと思われる。

（16）一例として、「梧桐日本琴一面」（巻五・八一〇前文）の「偶遭良匠　削為小琴」において、新古典文学大系で、次のように当然のごとく漢籍を意識した本文校訂を行っている。

「削られて小琴と為る」の「削」は、西本願寺本他の諸本では「散」。細井本・広瀬本に「削」。「散」は言うまでもなく、また、斬殺する、犀角を彫琢する意の「削」もここは不適当。琴を製作する意に用いる文字の中では、「（神農氏）始て桐を削りて琴と為す」（桓譚新論・芸文類聚・琴）、「（蔡邕は焼けた桐を買いうけ）削りて以て琴と為す」（捜神記・同上）などとある「削」が、字体の上でも似通っており、その誤字と判断する。温故堂本に「散」の左傍に「削歟」とある。

文脈、字体、そして芸文類聚や捜神記という基本的な漢籍に所収される文献の例証。これも本稿で述べたことと合致する本文校訂と言えるものである。

和名抄にみる古点以前の万葉集

山田健三

一　本稿の目的

本稿は、天暦五年の訓読作業（古点）以前に行われた万葉集訓読の痕跡を和名類聚抄（以下、和名抄）内に求めようとするものである。と同時に、和名抄が万葉集を辞書ソースとして利用した理由を考えることにより、万葉集そのものが一〇世紀当時どのような文献として見られていたかを探るための基礎作業でもある。

和名抄自体は、漢語―和語の対訳辞書である漢語抄類をベースとして作られた、漢語見出しで類書スタイルの辞書である。そのような和名抄にとって、現在一般に我々が和歌集として認識している万葉集が有用とされた理由は何なのか。和名抄本文を仔細に検討すると、漢語抄類よりも万葉集の方が重用された痕跡さえ窺える。その意味を問うことは、万葉集が一〇世紀当時どのような文献として認識されていたかを問うことと重なるはずである。

二　源順と万葉集

源順（延喜一一［九一一］―永観元［九八三］）は、生涯に少なくとも二度万葉集に関係している。最も有名なのは、天暦五年［九五一］の和歌所で村上天皇の勅を受けて行われた万葉集読解作業である。もう一回はそれ以前の、まだ若いころの仕事で、和名抄編纂における一ソースとして万葉集利用を序文明記した上で実際に用いている。周知のことがらに属すとは思うが、源順と万葉集の関わりについて確認しておこう。

1　天暦五年の万葉集訓読作業（古点）

万葉集「訓読」の古層を仙覚（一二〇三［建仁三］―一二七二［文永九］以降）は「古点」と呼称した。それは天暦五年の村上天皇宣旨により、後宮の昭陽舎（梨壺）を和歌修撰所として行われた作業に携わった「梨壺の五人」によるものを念頭に置いている。この宣旨そのものは文書として伝えられていないが、（1）に示すような記録によって、広く知られている。

（1）1.「天暦五年宣旨ありて初めて大和歌えらぶ所を梨壺におかせ給ふ古萬葉集よみときえらはしめ給ふなり。めしおかれたるは河内掾清原元輔、近江掾紀時文、讃岐掾大中臣能宣、學生源順、御書所預坂上茂樹なり。藏人左近衛少将藤原朝臣伊尹其所之別當にさだめさせ給ふに…」（『源順集』「神無月はては紅葉も…」歌の題詞）

2.「そもそも、順、梨壺には、平城の都の古歌選り奉りし時に、呉竹のよこもりて、ゆくすゑたのむをりも侍りき。」（「天禄三年八月二十八日規子内親王前栽歌合」判詞『源順集』）

3．「右、蔵人少内記大江澄景仰云、件所名渉妖艶、実入神秘。振万葉之嚢篇、知百代之遺美。況乎排昭陽為修撰之処、尋箕裘為寓直之徒。」（天暦五年十月　源順「禁制闌入事」（『本朝文粋』巻十二、三四二頁））

4．「梨壺の五人に仰せて、万葉集をやはらげられける」（『十訓抄』中・七ノ八、二九六頁）

5．この御時、梨壺の五人、かつは定め合せて、源順宗と才智ある者にて、和してなん、常の仮名は付け始めたりける。（藤原俊成『古来風体抄』、二八九頁）

仙覚が名付けた「古点」は、あくまでも訓読記録である訓点が確認できるものを指しているのであって、万葉集訓読自体がその時点から始まったわけではない。訓読記録の嚆矢が古点であったとしても、訓読行為は万葉集成立期から存していた（でなければそもそも読めない）。しかも万葉集の表記形態の多様性からみて、あらゆる和歌表記が唯一無二の訓読結果を志向していたわけではなく、訓読行為自体を興趣とする読書形態が存したと見るべきである（山田（二〇〇八）参照）。

であるならば、訓読記録自体、その程度を不問にすれば、天暦の訓読記録（古点）以前に存した、とみる方が自然に思われる。

さて、古点に関わった「梨壺の五人」。念のために示せば（2）の通り。

（2）清原元輔：延喜八年（九〇八）—永祚二年（九九〇）六月

源順：延喜一一年（九一一）—永観元年（九八三）

坂上望城：生年不詳—天元三年（九八〇）八月

大中臣能宣：延喜二一年（九二一）？―正暦二年（九九一）八月

紀時文：延喜二二年（九二二）？―長徳二年（九九六）？

彼らは万葉集読解とともに後撰和歌集編集にも関わった。歌人としての評価という点からいえば、藤原公任［九六六］撰の三十六人歌集に名を列ねるのは、清原元輔、源順。また、万葉集読解に関して言及記録が豊富なのは、圧倒的に源順である。中でも、（3）の『石山寺縁起絵巻』の記述は、梨壺の五人中、こと漢詩・漢文に関する能力については、源順が随一であった評価を背景として成立するものと思われる。

（3）…源順勅をうけたまはりて、万葉集をやはらげて點じ侍けるに、よみとかれぬ所〱おほくて、…左右といふもじのよみをさとらずして…口付の翁、左右の手にておほせたる物を、ゝしなをすとて、をのがどち、までよりといふことをいひけるに、はじめてこの心をさとり侍（『石山寺縁起絵巻』第九段）

今更めくが、万葉集解読に漢学の素養が重視されていたことは改めて注意しておきたい。

2　和名類聚抄編纂のための万葉集利用

さて、天暦の訓読作業を遡ること二十年ほど前の、延長八年［九三〇］から承平五年［九三五］の間に、源順は和名類聚抄を編纂完成させている。(1)

和名抄は漢語抄類の集成から編纂をスタートする。漢語抄は漢語形―和語形の対訳辞書形式の書物であるが、和名抄も同一のスタイルを有する。和名抄編纂に当って、多くの漢語形―和語形の対応データ（以下「漢和対応データ」と略称）をソースとして収集する中で、万葉集もその一つに選択されている。

以下、和名抄における万葉集の扱いについて節を改め、詳しく見ていく。

三　和名抄序文に見る万葉集

先にも述べたように、万葉集は序文にも利用が明記される文献である。まずは、和名抄序文で「万葉集」がどのような文脈で扱われているか、（4）に見てみよう。（説明の便宜上傍線とアルファベット番号を記す。）

（4）…至于和名弃而不屑。是故雖一百帙文舘詞林三十巻白氏事類而徒備風月之興、難決世俗之疑。[a]適可決其疑者辨色立成楊氏漢語抄大醫博士深根輔仁奉勅撰集和名本草山州員外刺史田公望日本紀私記等也。[b]然猶養老所傳楊説纔十部延喜所撰藥種只一端田氏私記一部三巻古語多載和名希存。[c]辨色立成十有八章與楊家説名異實同編録之間頗有長短。[d]其餘漢語抄不知何人撰世謂之甲書或呼爲業書。甲則開口裒揚之名。業是服膺誦習之義。俗説兩端未詳其一矣。又其所撰録名音義不見浮僞相交海蛸爲蝋河魚爲鰌祭樹爲榊澡器爲椣、等是也。汝集彼數家之善説、令我臨文無所疑焉。僕之先人幸忝公主之外戚故僕得見其草隷之神妙。僕之老母亦陪公主之下風。故僕得蒙其松容之教命固辭不許。遂用修撰或漢語抄之文或流俗人之説。[e]先擧本文正説各附出於其注。[f]若本文未詳則直擧辨色立成楊氏漢語抄日本紀私記或擧類聚國史万葉集三代式等所用之假字。[g]水獸有葦鹿之名山鳥有稻負之號野草之中女郎花海苔之屬於期菜等是也。

大意として、次のように理解される。

極めて大部な「文舘詞林」や「白氏事類」は「風月之興」には対応できても「世俗之疑」に応えることはできない（a）。それに応えるには「辨色立成」「楊氏漢語抄」「和名本草（本草和名）」「日本紀私記」等の漢語抄類が適している（b）。が、楊氏漢語抄・本草和名・日本紀私記はそれぞれ大部ではないので「和名」はさほど多く集まらない（c）。「十八章」を有す辨色立成が最も大部ではあるが、楊氏漢語抄と「名」は「異」なるものの、「實」は「同」じというように重なるところもあるし、その他の漢語抄は信頼性に乏しい（d）、…。

ここで注目しておきたいのは、辨色立成、楊氏漢語抄、本草和名、日本紀私記の四種の漢語抄類を文献名を明記して挙げていることである。「…等」とあり、またそれぞれの文献ごとの有用性に差があることに触れてはいても、これらが和名抄編纂に当っての一次的資料群であることを先ずは確認しておきたい。

また、e以下は、各項目提示に関する凡例もしくは編集方針を提示した部分で、「先擧本文正説各附出於其注」―先ず本文正説を挙げ、各々にその注を附け出だす―という原則が示され、f「若本文未詳」―もし「本文」が見つからない場合は―とした上で、用いられる国内文献には、辨色立成、楊氏漢語抄、日本紀私記、類聚國史、万葉集、三代式の書名が掲げられている。ここに到って「万葉集」が明示される。gこれらの文献を用いたものとして「葦鹿」「稲負鳥」「女郎花」「於期菜」などが例示される。なお、多くの中国文献が現れる和名抄にあって、ここに示されたものは全て国内文献であり、これらが「本文」に準じるもの、つまり「準本文」として扱われている以上、「本文（正説）」とは、例示がなくとも中国文献であることは明白である。

さて、その「準本文」の内、辨色立成・楊氏漢語抄・日本紀私記は和名抄編纂のための一次資料と目された漢語抄類文献であるが、次に類聚國史・万葉集・三代式が続けて例示されていることからすると、これらは漢語抄類に準ずるものとして扱われているように思われる。

これらの国内文献の引用数を次に掲げる。（2）（［ ］内スラッシュより上が十巻本での、下が二十巻本での総数）

1．辨色立成［145／136］

2．楊氏漢語抄［180／151（166）］（3）

3．日本紀私記［109（111）[4]／55（101）[5]］
4．類聚國史［3（「国史」1を含む）／2（「本朝国史」1を含む）］
5．万葉集［7／6］
6．三代式（本朝式）［43／53］

引用数から見るならば、1～3と4～6の間には明確な差が見て取れる。このことは「準本文」を含めての「本文」内の序列が引用数値的にも確認できるものと見てよい。

それにしても、類聚国史と万葉集の引用数は一桁で圧倒的に少ない。しかし、それでも序文で書名を明記するということは、頻度の問題とは別に、これらの文献が重要視されている点があることと見做される。この点については後に改めて考える。

1　「若本文未詳…所用之假字」の解釈

さて、以上のことと関連して、f「若本文未詳則直擧辨色立成楊氏漢語抄日本紀私記或擧類聚國史万葉集三代式等所用之假字」の文章解釈について検討しておきたい。それは、「若本文未詳則」（若シ本文未詳ナラバ則チ）という条件節を受けての主文については、二通りの意味解釈が可能であるからである。

「直擧A或擧B」（直ニAヲ挙ゲ、或イハBヲ挙グ）という文は、シンタクス上は二つの主文（「擧A」と「擧B」）の並列構造（直［擧［A］］、或［擧［B］］）を成していることは明らかであるが、「直…或…」の、特に「或」の意味解釈次第で次の二通りの意味解釈が可能となる。万葉集の扱われ方を議論する本稿においては、どちらの解釈を採るべきかは結論に大きく影響するので、詳しく検討する。

一つ目は「或」に序列の意味を強く読み取り「(直ニAヲ挙ゲル)が、それで不充分な場合は(或イハBヲ挙ゲル)」という含みを持つものと解釈する場合である。

二つ目は「或」を単なる文修辞上の言い換えと見る場合で、長くなる文献名羅列(「辨色立成、楊氏漢語抄、日本紀私記、類聚國史、万葉集、三代式等」)を避けて用いた修辞上の問題に過ぎないと見る場合である。「(直ニAヲ挙ゲ)たり、(或イハBヲ挙ゲ)たりする」という意味解釈である。つまり意味的には「直［擧［A或B］］」という文構造の場合と変わらないとする解釈である、

このように「或」の意味解釈からは、二つの解釈パタンの可能性が提示できるが、実際にA・Bに示される文献名を考慮に入れると、この場合一つ目の解釈を採るのが妥当であろう。その理由は、次の通りである。

A・Bに提示される文献はいずれも国内文献ではあるが、Aには「辨色立成、楊氏漢語抄、日本紀私記」という漢語抄類が、Bには「類聚國史、万葉集、三代式」という歴史書・文学書類が示されている。AとBとでは明らかに文献ジャンルが異なっており、また、先に見たようにAの漢語抄類が一次資料として扱われていること、そして引用頻度が大きく異なることを考えれば、順は両者に序列を見ていたと考えるべきであろう。

四　和名抄が引用する万葉集

さて、いよいよ和名抄に現れる具体的な万葉集の引用を見よう。

和名抄所引万葉集は、次の七項目に現れる。但し二十巻本では「白水郎」に万葉集が現れないため六項目。

1．丈夫～大夫 (⑩巻1人倫部2男女類7、⑳巻2人倫部4男女類18「男」)

2．泉郎~白水郎（⑩巻1人倫部2男女類7、⑳「白水郎」巻2人倫部4漁猟類21、万葉集の引用なし）
3．日本琴（⑩巻6調度部14音樂具、⑳巻4音楽部10琴瑟類47）
4．喚子鳥（⑩巻7羽族部15鳥名100、⑳巻18羽族部28羽族名231）
5．稲負鳥（⑩巻7羽族部15鳥名100、⑳巻18羽族部28羽族名231）
6．欵冬（⑩巻10草木部24草類121、⑳巻20草木部32草類242）
7．葉（⑩巻10草木部24木具128、⑳巻20草木部32木具249）

なお「丈夫~大夫」「泉郎~白水郎」については、和名抄テクスト内でも、万葉集テクスト内でも両形が現れる。本稿ではそれぞれの両形の違いを問題にしないので、「丈夫」「白水郎」に統一表記する。

以下、これら七項目について詳しく検討するが、先ずは万葉集のみが典拠文献となっている例から始めよう。

なお、本稿で用いる和名抄本文は、十巻本は箋注本（底本：京本）を、二十巻本は元和古活字本を中心とし、特に両者を対比する必要がない場合は、十巻本本文を示し、二十巻本は所在部類のみ示す。

1　万葉集が唯一の利用典拠である項目

上記の七項目のうち、注文に万葉集のみしか用いていない項目が（5）（6）のように二例ある。これは序文解釈と併せて考えると、中国文献にも漢語抄類にも索められなかった項目ということになろう。

（5）⑩喚子鳥　万葉集云喚子鳥［其讀與布古止利］（巻7羽族部15鳥名100）
⑳喚子鳥　萬葉集云喚子鳥［其讀與不古止里］（巻18羽族部28羽族名231）

（6）⑩稲負鳥　万葉集云稲負鳥［其讀伊奈於保勢度利］（羽族部15鳥名100）

⑳稲負鳥　萬葉集云稲負鳥［其讀伊奈於保世度里］（巻十八羽族部28羽族名231）

但し、（6）「稲負鳥」については、諸本同じく「万葉集云」とするものの、既に狩谷棭斎の箋注に指摘のある通り、「稲負鳥」は、この表記形はもちろん、仮名書も含め他の表記で万葉集中に一切現れず、これは「新撰万葉集」の典拠表示違いと思しい。新撰万葉集には「山田守　秋之假廬丹　置露者　稲負鳥之　涙那留倍芝」（75和歌、壬生忠岑）のように現れる。

さて、この「稲負鳥」「喚子鳥」いずれもよく似た注文なので、念のために「喚子鳥」も万葉集が典拠ではない可能性、つまり新撰万葉集を典拠とする可能性の有無を先ずは検討しておく。

結果「喚子鳥」の方は、新撰万葉集には全く現れず、万葉集内には（7）のように六例現れる。（他表記も加えると九例）

（7）　神奈備乃《かむなびの》　伊波瀬乃社之《いはせのもりの》　喚子鳥　痛莫鳴《いたくななきそ》　吾戀益《あがこひまさる》（08―1419）

尋常《よのつねに》　聞者苦寸《きけばくるしき》　喚子鳥　音奈都炊《こゑなつかしき》　時庭成奴《ときにはなりぬ》（08―1447）

吾瀬子乎《わがせこを》　莫越山能《なこしのやまの》　喚子鳥　君喚變瀬《きみよびかへせ》　夜之不深刀尓《よのふけぬとに》（10―1822）

春日有《かすがなる》　羽買之山従《はがひのやまゆ》　狭帆之内敝《さほのうちへ》　鳴往成者《なきゆくなるは》　孰《たれ》喚子鳥（10―1827）

不答尓《こたへぬに》　勿喚動曽《なよびとよめそ》　喚子鳥　佐保乃山邊乎《さほのやまへを》　上下二《のぼりくだりに》（10―1828）

朝霧尓《あさぎりに》　之努々尓所沾而《しののにぬれて》　喚子鳥　三船山従《みふねのやまゆ》　喧渡所見《なきわたるみゆ》（10―1831）

―

倭尓者《やまとには》　鳴而歟來良武《なきてかくらむ》　呼兒鳥　象乃中山《きさのなかやま》　呼曽越奈流《よびぞこゆなる》（01―0070）

瀧上乃《たきのうへの》　三船山従《みふねのやまゆ》　秋津邊《あきづへに》　來鳴度者《きなきわたるは》　誰《たれ》喚兒鳥（09―1713）

旦霧《あさぎりの》　八重山越而《やへやまこえて》　喚孤鳥　吟八汝來《なきやながくる》　屋戸母不有九二《やどもあらなくに》（10-1941）

以上、厳密を期すため紙幅を要したが「喚子鳥」が確かに万葉集典拠であることを確認した。次に「其讀與布古止利」とある「讀」をどのように考えるべきかについて検討する。

五　和名抄における「讀」と「訓」

さて、この「喚子鳥」の項目は、序文に立てられた編集方針からするならば、次のように理解されることになろう。

万葉集に記載された「喚子鳥：ヨブコドリ」を漢語抄さながらに扱い、ヨブコドリという和語形に対応する漢語形を中国文献に求めた。しかし順が探索できた範囲では、「喚子鳥」に代わるべき、すなわちヨブコドリに対応する「本文正説」は得られず、次善の策として、万葉集での形「喚子鳥」を項目の表記として掲げた、と。序文に示された編集方針からは、このように理解される。

しかし、たった一例ではあるものの、以上のことから論点とすべき二つの点を先ず確認しておきたい。

第一に、源順が万葉集を（また新撰万葉集をも）漢和対訳辞書である漢語抄に準じるように扱っているように見えることは、どのように理解したらよいのだろうか。このことは、万葉集を単に和歌集と理解するだけの視点では現代の我々には理解しにくい点である。但しこの論点に対する解釈は、事が重要なだけに問題意識の提示にとどめ、本稿のまとめ段階で簡単に触れるだけとし、別に詳説する機会を得たい。

第二に、（7）に示した万葉集中の全てのヨブコドリの表記を見てわかるように、全て訓字表記で仮名書き例は一つもない。つまり「與布古止利（與不古止里）」という和訓表記は、万葉和歌の仮名書歌から採られたものではないことは確かである。となるとヨブコドリが「其讀與布古止利」のように、「讀」として示されていることはどのように理解したらよいか。論理的には次の二つのパタンが考えられるであろう。

1．「讀」は順が用いた万葉集テクストにおいて「喚子鳥」に対して「與布古止利（與不古止里）」と書かれていたことを示している。つまり明確な訓読活動の痕跡としての訓。

2．万葉テクストに訓は書き込まれていなくても「喚子鳥」という表記を源順自身がヨブコドリと「讀」んだ、ということとの記録。

1のケースであるならば、天暦の訓点事業以前に、訓点が記録されていた万葉集が存していた明確な証拠ということになる。

以下、「讀」と記されていることについて、どのような説明が適当であるのか考える。

六　和名抄における和語形マーカとしての「訓」と「讀」

和名抄では、よく知られているように和語形表示に「和名」「俗」「此間」といったマーカが用いられている。一方、今見てきたような「讀」や同類と思われる「訓」も存在する。

どちらも、漢語形に対応する和語形表示と関わるマーカであるが、「和名」「俗」「此間」は和語形自体の評価に何らか関わるマーカであるのに対し、「訓」「讀」は、漢語形から見て、そのようにヨムということを伝えているに過ぎない。

しかし、和名抄が示す、万葉集の「讀」をどう考えるかに当って検討すべきは、「訓」にしろ「讀」にしろ、そのヨミの根拠（典拠）は具体的なテクストに求められ、そしてその根拠は「典拠主義」として明示することを、和名抄は基本スタイルとしているのかどうか、という点である。

ひとまずは万葉集から離れる迂遠な方法を採らざるを得ないが、いずれ万葉集に戻るためにも必要な検討プロセスである。

七　和名抄における「讀」と「訓」の検討

さて、和名抄内の説明で「讀」は三三例、「訓」は一〇二例用いられている。数値差はあるものの、どちらもまとまった数の用例数があり、この数値だけからは、両者の差異を云云することはできない。以下、「讀」と「訓」との間にどのような違いが認められるのか（もしくは認められないのか）について検討を始める。

「訓」も「讀（読）」も現代においてヨムと訓ずることができることから容易に想像できるが、両者の意味領域には当然重なりがある。しかし、同一言語（方言）社会で用いられる異なる語である以上、両者の意味領域がぴったりと重なり合うことは考えにくい。源順が和名抄で用いる「訓」と「讀」に違いがあるのかないのか、以下両者の対比的用例を比較検討することで、その答えに迫りたい。

1　「訓」「讀」と「未詳」の共起例

「訓…未詳」「讀…未詳」といった表現を手掛かりに、「訓」と「讀」との違いを検討してみよう。

それは「訓／讀」と典拠文献の存在の要不要との関係を論じるのであれば、和名抄にまま見える「未詳」という表現が「訓／讀」と関係することが推定される。つまり「訓／讀」の典拠が「未詳」という言説を拾えれば、当該問題解決のヒントが得られる可能性がある。

そこで「訓／讀」と「未詳」とが共起する例を検索してみると、（8）の三例が得られた。検討しよう。

（8）1．杣　功程式云甲賀杣田上杣［杣讀曾万所出未詳但功程式者修理笇師山田福吉等弘仁十四年所撰上也］（⑩巻1天地部1山石類5、⑳巻1地部2山谷類4）

2．襷襌　續齊諧記云織成襷［本朝式用此字云多須岐今案所出音義未詳］日本紀私記云手繦［訓上同繦音響］本朝式云襷襌各一條［襌讀知波夜今案未詳］（⑩巻4装束部10衣服具46、⑳巻12装束部21衣服具164）

3．山嶽　蒋魴曰嶽［五角反字亦作岳訓與丘同未詳漢語抄云美多介］高山名也（⑩巻1天地部1山石類5、⑳巻1地部2山谷類4「嶽」）

まず用例数は少ないが、「訓」「讀」どちらの用例もあることから、どちらか一方と「未詳」との親和性の高さは観察できない。次に、内容を検討しよう。

（8‐1）の例では「杣讀曾万所出未詳」とある。その意味は、「杣」を「曾万」と「讀」むが、その「所出」は「未詳」、つまりソマというヨミの出所が不明である、という意味と解せられなくもない。そのように理解するならば、この例は、ソマという和語形の出所は不明である、と言っていることになるので、源順の見た国内文献『功程式』に「杣」という漢字はあるけれども、そのヨミは記されていない、という記述と解釈することになるが、おそらくそうではないであろう。

現在よく知られている通り「杣」は和製漢字（国字）と見られている。漢字の「漢」は狭くは中国王朝「漢」

を指していようが、中国を中心としながらも東アジアに広く流通している／いた文字を広く「漢字」と称するならば、本家本元の中国に存在が確認されず、周辺地域にしか存しない「漢字」も事実として存する。それを地域漢字と特に称するならば、中国周辺地域にしか存在が確認できない地域漢字は、当該地域で生まれた可能性がある。原理的には当該地域にのみ残った、という可能性もなくはないから、和製漢字であることを、中国にない、というネガティヴな証拠だけに求めず、より積極的な証拠を求めるとするならば、漢字音が存在しない、というのが一つの有力な証拠である。そのように考えると「杣」を和製漢字と見做す条件は揃っており、平安期に於いて漢学の素養の高かった源順にして「杣」の漢字音を探し示すことができなかった以上、和製漢字という推定は正しいであろう。

このように考えると「所出未詳」とは、次に示す（9）の「本文未詳」とほぼ同じことを、もしくはそれ以上の疑念（素性に対する疑問）を示しているとみてよい。（9）は日本文献（本朝式）を典拠として「葦鹿」を引き、それが中国文献には求められなかったことを「本文未詳」とわざわざ確認して示している、ということであろう。

（9）葦鹿　本朝式云葦鹿皮［阿之賀見于陸奥出羽交易雑物中矣本文未詳］（⑩巻7毛群部16獣名102、⑳巻18毛群部29毛群名234）

同様のことが（8-2）についても言える。「襷褌」の「襷」は「本朝式用此字云多須岐今案所出音義未詳」とある通り本文未詳の文字であり、現在和製漢字（国字）と考えられていることに照応する。「褌」も「本朝式云襷褌各一條［褌讀知波夜今案未詳］」とあるが、これも同様。ちなみに、和名抄が「本朝式用此字」とするように、『貞観儀式』『延喜式』等に「襷」の用例はいくつも確認できる。「褌」も確認できる。

さて、しかし（8-3）の「訓與丘同未詳」については、事情が異なるようである。少なくとも和製漢字ではない。引用部だけを見ると、「嶽」と「丘」が同訓（訓與丘同）であること自体が「未詳」ということのようにみえる。しかし、これは恐らくそうではなく、その前の注も併せて「字亦作岳訓與丘同未詳」をひとまとまりとして解釈すべきところであろう。つまり「嶽」は「岳」とも書く。「岳」は「丘」と同訓である。しかし「嶽」「岳」「丘」三者の関係、もしくは「岳」については「未詳」である、ということであろう。「嶽」は当該部分直後に「漢語抄云美多介」とある通りミタケと訓む。が、「丘」は和名抄内で「山嶽」の次の項目であり「和名乎加」（⑩天地部1山石類5）とある通りヲカである。

以上のように「訓／讀」と「未詳」が共起する例をみても、訓／讀の出所を未詳とする例は見当たらない。検討結果としては、消極的な理由ながらも、典拠表示を不要とする解釈は得られない、ということになる。

2　師説と「訓」「讀」

次に和語形に付された「師説」という典拠マーカとの関係について検討する。

こういった「師説」は、平安期大学寮などでの講義記録と考えられており（築島一九六四、小林一九六七参照）、その具体的な記録形態は、原テクストへの訓点記録である点本であったり、日本紀私記や宇多天皇宸翰周易抄のような、抜き書き整理を行った辞書体（音義書体）のものであったりしたであろう。

しかし形態はともあれ、それらが訓読記録に基づくものであるのであれば、現代の用語感覚からは「訓」が用いられることが期待されるところである。まずは、和名抄全体から「訓」と「師説」が共起して用いられている例を探してみよう。結果は（10）の通りである。

（10）1．眦　廣雅云眦［在詣反又才賜反萬奈之利］目裂也遊仙窟云眼尾［師説訓同上］（⑩巻2形體部3耳目類

14、⑳巻3形體部8耳目類31）

2．鬣　唐韻云鬐［音耆今案鬐鬣俗云宇奈加美又魚之鬐鬣見魚體］馬項上長毛也文選軍馬弭髦而仰秣［髦音毛訓師説髦多知賀美鬣之稱也］（⑩巻7牛馬部17牛馬體106、⑳巻11牛馬部16牛馬體150）

これらは漢籍に現れる漢字を「訓」じた「師説」であって、初めの例は遊仙窟講義の師説記録（「眼尾：萬奈之利（同上）」）から、次の例は文選講義の師説記録（「髦：多知賀美」）からもたらされたものと見られる。しかし「師説」と「訓」が共起して現れる例は、和名抄全体でこの二例のみ。

一方「讀」と「師説」が共起する例は、（11）に示す通り多く存する。その「師説」の訓読記録が記されていると解せられるテクストにも傍線を付して示す。

（11）1．獺師［列卒附］内典云譬如群鹿怖畏獺師［和名加利比止］文選云列卒滿山［列卒讀師説加利古］（⑩巻1人倫部2男女類7、⑳巻2人倫部6漁獵類21）

2．眇　周易云眇能視蹇能行［師説眇讀須加女蹇見下文］（⑩巻2疾病部4病類21、⑳巻3形體部8病類40）

3．軒檻　漢書注云軒［虚言反］檻上板也檻［音監文選檻讀師説於波之万］殿上欄也唐韻云欄［音蘭漢語抄云欄檻］階際木勾欄亦（⑩巻3居處部6屋宅具28、⑳巻10居處部13居宅具137）

4．縑　毛詩注云綃［所交反又音消加止利］縑也釋名云縑［音兼］其絲細緻數兼於絹也漢書云淮嬰販繒［疾陵反師説上讀同今案又布帛揔名也見説文］（⑩巻3布帛部a錦綺類41、⑳巻12布帛部20錦綺類159）

5．漿　四時食制經云春宜食漿甘水［漿音即良反豆久利美豆俗云迩於毛比］食療經云凡食熱膩物勿飲冷酢漿［師説冷酢讀比伊須由禮流］（⑩巻4飲食部11水漿類52、⑳巻16飲食部24水漿類207）

6．寒　文選云寒鶬烝麑［師説寒讀古與之毛乃此間云迩古與春］（⑩巻4飲食部11魚鳥類57、⑳巻16飲食部24

魚鳥類212）

7. 注連　顔氏家訓云注連章斷［師説注連之梨久倍奈波章斷之度太智］日本紀私記云端出之縄［讀與注連同］（⑩巻5調度部14祭祀具70、⑳巻13調度部22祭祀具172）

8. 犬枷　内典云譬如枷犬繋之於柱終日繞柱不能得離［涅槃經文也枷讀師説久比都奈］（⑩巻5調度部14鷹犬具77、⑳巻15調度部22鷹犬具192）

9. 心　周易云其於木也爲堅多心［師説多心讀奈加古可知］（⑩巻10草木部24木具128、⑳巻20草木部32木具249）

源順が用いた「師説」（訓読記録）は、文選・周易・漢書・食療經・顔氏家訓・内典（涅槃經）で、漢籍（外典）が多いが、それに限らず仏典（内典、涅槃經）も含まれている。

さて、「訓」「讀」それぞれが現れる総項目数における「師説」の共起数をカウントすると、「訓」が現れる例は2／102、「讀」は9／33。「師説」は「訓」よりも「讀」と極めて相性がよさそうである。むしろ、二例の「訓」は「讀」の書承上の誤りの可能性と見るべきように思われる。

ここにおいて師説を訓読記録とみる限り「讀」は訓読結果を示す動詞表現として用いられるとみて問題ない。これにより、源順が用いた万葉集には訓読記録があった、と推定できる結論に一歩近づいた。

しかしながら、これだけでは「師説」が明示されていない場合の「讀」が、訓読記録に基づくものなのかどうかはまだ不明である。「師説」が明示されている場合は、訓読記録利用があったと見てよいが、それが明示されていない場合「師説」の有無を対立的に捉えるならば、「師説」マーカのない「讀」は、訓読記録に依らない、という結論も導き出しうる。

対立的であるか否かの検討も含め、次には「師説」を含まない「讀」のケースの分析に移る。

3　「師説」を含まない「讀」

まず、(12)の例は「師説」はないものの日本紀私記であることが明白な例。

(12) 1. 丈夫　公羊傳注云丈夫［上直兩反下音扶萬葉集云末須良乎日本紀私記男子讀上同］大人之稱也（⑩巻1人倫部2男女類7、⑳巻1人倫部4男女類18「男」）

2. 楠　唐韻云楠［音南字亦作枏本草久須乃岐］木名也橡樟［豫章二音日本紀讀同上］木名生而七年始知矣（⑩巻10草木部24木類127、⑳巻20草木部32木類248）

次の(13)は、漢籍（文選、遊仙窟）の訓読記録と見てよさそうなもの。

(13) 1. 玫瑰　唐韻云玫瑰［枚廻二音今案和名與雲母同見于文選讀翡翠火齊處］火齊珠也（⑩巻3珍寶部8玉石類40、⑳巻11寶貨部17玉類153）

2. 屬鏤　廣雅云屬鏤［力朱反文選讀豆流岐］劒也（⑩巻5調度部14征戰具73、⑳巻13調度部22征戰具175）

3. 叉　六韜云叉［初牙反文選叉簇讀比之今案簇即鏃字也］兩岐鐵柄長六尺（⑩巻5調度部14征戰具73、⑳巻13調度部22征戰具175）

4. 冠　野王案［溪／鳥］鷲頭上有毛冠［冠讀佐賀文選射雉賦朱冠是］鳥冠也尓雅注云木兎似鴟而毛角［今案此間名同上但獨立謂之毛冠双立謂之毛角耳］（⑩巻7羽族部15鳥體101、⑳巻18羽族部28羽族體232）

5. 魚條　遊仙窟云東海鱐條［魚條讀須波夜利本朝式云楚割］（⑩巻4飲食部11魚鳥類57、⑳巻16飲食部24魚鳥類212）

6. 鱐　（孫愐切韻云鱐［側持反］魚名也）遊仙窟云東海鱐條［鱐讀奈與之音鱐條讀見飲食部］（⑩巻8龍魚部

18龍魚類108、⑳巻19鱗介部30龍魚類236）

なお、（13–5）の「魚條」についてはいささか説明が必要であろう。

掲出標示の漢語形「魚條」で、遊仙窟から引用されているのは「東海鰡條」であって、肝心の「魚條」を含んでおらず、一見典拠不明に見える。しかしこれはおそらくそうではなく「魚條」の「魚」は意味を限定するために補足的に付したものに過ぎないと思われる。「東海鰡條」に含まれる「鰡」については、（13–6）にあり「奈與之」と読まれており、そこでは「條讀見飲食部」と参照注記がされているように読みとして意識されているのは「條」一字に過ぎない。「本朝式云楚割」とあるように、例えば延喜式には「鯛楚割」「鮫楚割」「楚割鮭」「雑魚楚割」「鮭楚割」「平魚楚割」といった表現が多く見られる。このように「須波夜利」そのものに対応する漢字は「條」単体とみるべきである。遊仙窟の古点本でも「東海鰡《ナヨシ》條《スハヤリ》」（醍醐寺本16ウ2）とある。

このように「魚條」の「魚」は「條」の意味限定のための補足的臨時的表記と見る。

次は、内典。

（14）1．八道行成　内典云拍毱擲石投壷牽道八道行成一切戯笑悉不觀作［八道行成讀夜佐須賀利］（⑩巻2術藝部5雜藝類25、⑳巻4術藝部9雜藝類44）

この「内典」として引く文は『大般涅槃經』の本文である。点本から採られたものであろうか。

次は国内文献。

（15）1．杣　功程式云甲賀杣田上杣［杣讀曾万所出未詳但功程式者修理笇師山田福吉等弘仁十四年所撰上也］（⑩巻1天地部1山石類5、⑳巻1地部2山谷類4）

2．競馬　本朝式云五月五日競馬［久良閇无麻］立標［標讀師米］（⑩巻2術藝部5雜藝類25、⑳巻4術藝部

9雜藝類44）

3. 調布　唐式云楊州庸調布［今案本朝式有庸布調布讀豆岐乃沼乃又有信濃望陁等名望陁者上總國郡名也其體與他國調布頗別異故以所出國郡名爲名也］（⑩巻3布帛部9絹布類42、⑳巻12布帛部30緒布類160）

4. 襷褌　續齊諧記云織成襷［本朝式用此字云多須岐今案所出音義未詳］日本紀私記云手繦［訓上同繦音響］本朝式云襷褌各一條［褌讀知波夜今案未詳］（⑩巻4裝束部10衣服具46、⑳巻12裝束部21衣服具164）

5. 腰鼓　唐令云高麗伎一部横笛腰鼓各一［腰鼓俗云三鼓］本朝令云腰鼓師一人［腰鼓讀久禮豆々美今呉樂所用是也］（⑩巻6調度部14音樂具85、⑳巻4音楽部10鐘鼓類46）

6. 幔　唐韻云幔［幕半反俗名如字本朝式斑幔讀万太良万久］帷幔也（⑩巻6調度部14屏障具96、⑳巻14調度部22屏障具187）

7. 喚子鳥　万葉集云喚子鳥［其讀與布古止利］（⑩巻7羽族部15鳥名100、⑳巻18羽族部28羽族名231）

8. 稲負鳥　万葉集云稲負鳥［其讀伊奈於保勢度利］（⑩巻7羽族部15鳥名100、⑳巻18羽族部28羽族名231）

9. 螽蟴　兼名苑云螽蟴［終斯二音］一名蚣蝑［縱黍二音］一名蠜螽［煩終二音］春黍也［漢語抄云春黍讀伊禰都岐古万侶］（⑩巻8蟲豸部20蟲名112、⑳巻19蟲豸部31蟲豸類240）

10. 葉　陸詞曰葉［與渉反波万葉集黄葉紅葉讀皆並毛美知波］草木之敷於莖枝者也（⑩巻10草木部24木具128、⑳巻20草木部32木具249）

万葉集をひとまず措いて、これらの「讀」は、功程式、本朝式、本朝令、漢語抄の国内文献の訓読記録と見て何ら支障がない。別項目であるが、源順は延喜式の師説を利用している（山田（二〇一七）参照）。

以上は、中国文献（外典・内典）・国内文献いろいろであるが、訓読記録からの引用想定が可能なテクスト群である。

しかし、(16)に示す例は、その記述の仕方から訓読記録の存在が想定しにくいものである。

(16) 1. 綿絮［屯字附］ 唐韻云綿［武連反和多］ 絮也四聲字苑云絮［息慮反］ 似綿而麁悪也唐令云綿六両爲屯［屯聚也俗一屯讀飛止毛遅］ (⑩巻3布帛部9絹布類42、⑳巻12布帛部20縉布類160)

2. 革 説文云革［古核反都久利加波今案有蘇枋革黄櫨革紫革褐革緋纈革等名纈讀由波太即是夾纈之纈字也］ 獸皮去毛也 (⑩巻5調度部14細工具83、⑳巻5調度部22膠漆具194)

3. 樏［餉附］ 蔣魴切韻云樏［力委反楊氏漢語抄云樏子加禮比計今案俗所謂破子是破子讀和利古］ 樏子有隔之器也四聲字苑云餉［式亮反字亦作餉訓加禮比於久留］ 以食送人也 (⑩巻6調度部14行旅具98、⑳巻14調度部22行旅具189「樏子」)

4. 鷙［鴘字附］ 蔣魴切韻云鷙［音四太賀］ 鷹鷂總名也日本紀私記云倶知［兩字急讀屈百濟俗號鷹曰倶知也］ 唐韻云鴘［方免反又符蹇反俗云賀閇流波美］ 鷹鴘二年色也 (⑩巻7羽族部15鳥名100、⑳巻187羽族部28羽族名類230「鷙鳥」)

5. 大凝菜 楊氏漢語抄云大凝菜［古々呂布度］ 本朝式云凝海藻［古流毛波俗用心太讀與大凝菜同］ (⑩巻9菜蔬部22藻類117、⑳巻17菜蔬部27海菜類226)

(16-1、5)は「俗」として示された漢語形それぞれの「一屯」「心太」の和語形の「讀」である。(16-2)の「纈讀由波太」、(16-3)の「破子讀和利古」は「今案」とする文脈にある。(16-4)は、日本紀私記の「倶知」を急いで発音して「屈」のように「讀」む―おそらく舌内入声音([-t])のように―、としているので、明らかに源順自身が典拠の「讀」である。つまりこれらは、源順の判断に基づく「讀」であると考えざるを得ない。

そのように考えると「讀」の典拠実態は、具体的なテクストを有す場合もあれば、無い場合もあることになる。しかし「今案」と明示したり、その文脈から典拠が源順自身であることが明らかにされている（＝marked）ことから考えると、unmarkedには「讀」は典拠を持つものと考えてよさそうである。

八　中間まとめ

さて、ここまで、和名抄に万葉集だけが用いられた項目「喚子鳥」をめぐって問題とした「讀」について、いささか迂遠ながら、和名抄の編集姿勢をさぐるべく、詳しく検討してきた。

結果として「讀」は、師説などそのヨミの典拠を持つものに用いられていることが判明し、これにより、和名抄編纂に当って源順が用いた万葉集テクストには、訓読記録（訓点）があった可能性が高まった。

しかし、まだ「喚子鳥」一項目の検討が終わったのみである。続いて他の万葉集利用項目について、以下に個別に検討する。

九　万葉集利用項目の検討

さて、ここからは、万葉集が用いられた残り五項目について検討する。

1　丈夫：マスラヲ

まず「丈夫」から始めよう。和名抄では、(17)のように本文が現れる。

なお、この「丈夫」は十巻本のみに存する項目で、二十巻本では項目「男」が内容的に対応し、そこに万葉集も用いられている。また、二十巻本「男」から見ると、その注文内容全体は、十巻本の「男子」と「丈夫」の二項目を合わせたものに当る。よってここでは十巻本「男子」「丈夫」を示す。

(17)　⑩男子　説文云男［音南和名乎能古］丈夫也　白虎通云男謂之士［音四］孝経注子者男子之通称也（巻1人倫部2男女類7）

⑩丈夫　公羊傳注云丈夫［上直兩反下音扶　万葉集云末須良乎日本紀私記云男子之讀上同］大人之稱也（巻1人倫部2男女類7）

⑳男　説文云男南反［和名乎乃古］大夫也　公羊傳云丈夫一云萬葉集云［萬須良乎］大人之稱也（巻2人倫部4男女類18）

さて、十巻本「丈夫」「男子」の記述からは、(18)のような漢語形⇕和語形の対応関係が観察できる。典拠とともに記す。

(18)　公羊傳注　：丈夫　⇕　万葉集　：マスラヲ

日本紀私記：男子　⇕　日本紀私記：マスラヲ（「讀上同」）

説文解字　：男　⇕　和名　：ヲノコ

一方、二十巻本「男」からは

（19）　説文解字：男　⇕　和名：　ヲノコ

公羊傳注：丈夫　⇕　万葉集：マスラヲ

となる。（18）（19）から明らかなのは、二十巻本には「日本紀私記：男子」「日本紀私記：マスラヲ」が見られないことである。

ここで、万葉集のマスラヲを考えるに当って、日本紀私記のマスラヲの問題が浮上してくる。論点は次の通りである。

十巻本と二十巻本との間に記述方法の違いはあるが、十巻本では、和訓マスラヲは万葉集を出典として掲げ、日本紀私記については万葉集のそれを参照する形で「讀上同」とし次位に位置付けている。また、二十巻本では日本紀私記が現れない。二十巻本系と十巻本系との先後関係については議論のあるところではあるが、ここに関しては、どちらの先行説を採るにせよ、日本紀私記よりも万葉集の方が重用されているとみることに間違いはなさそうである。というのは、十巻本先行説を採用した場合、二十巻本編集で日本紀私記が削除されたことになり、逆に二十巻本先行説を採用した場合、追加した万葉集の記載が、日本紀私記よりも優位に扱われているからである。

つまり、万葉集は引用頻度では日本紀私記に遠く及ばないにも関わらず、（少なくとも当該項目内においては）より重要なものと捉えられていることになる。この点に注意しておきたい。

2　「マスラヲ」は「丈夫」の訓から採られたか？

さて、ここでもう一つ念のために検討しておく必要があるのは、このマスラヲが仮名書和歌から採られた可能性の有無である。

十巻本にしろ二十巻本にしろ、「丈夫」に対応する語形として万葉集に仮名語形「末須良乎（万須良乎）」が存在していることを示していることに違いはない。問題はその「末須良乎（万須良乎）」が仮名書和歌の仮名表記から採られた可能性はないかどうかである。

先に「呼子鳥」の検討をした際には、その仮名書例が万葉集中に見られないことを確認しておいたが、同様の確認処置がここでも必要である。

万葉集に現れる仮名書語形「マスラヲ」の全例は、(20)の通りである。

(20)　麻須良乎：17-4011、19-4189、19-4220、20-4465
　　　麻周羅遠：05-0804
　　　麻須良雄：17-3921
　　　麻須良袁：17-3973
　　　麻須良男：20-4320

和名抄に示された仮名書形「末須良乎（万須良乎）」と同一仮名を用いた表記は異本を見渡しても（校本万葉集による）存しない。

「麻⇔万」の違いなどは、臨模書写などを除けば、書承上ありうる変更ではあろう。その見方からすれば、万葉集の仮名書歌から採られた可能性は、あくまでも可能性としてはゼロではないが、しかし蓋然性としては低い。それは、もはやいうまでもないこととは思うが、「万須良乎」が仮名書歌から採用されたものであるならば、それが漢語形「丈夫」と対応関係にある、という同定判断根拠が求めがたいことになる。

ここで、序文が教える和名抄の本文生成プロセスから推定すると、「丈夫」という項目における説明文の生成は次のように推定可能であり、「末須良乎」は「丈夫」の附訓と見るのが妥当であろう。

1. 丈夫　万葉集云丈夫［末須良乎］
2. 丈夫　公羊傳注云丈夫［万葉集云末須良乎］大人之稱也
3. 丈夫　公羊傳注云丈夫［万葉集云末須良乎日本紀私記男子讀上同］大人之稱也

3　海人：アマ

次に「海人：アマ」の場合を検討する。

(21)　⑩泉郎　日本紀私記云漁人［阿万］辨色立成云泉郎［和名同上楊氏漢語抄説又同］万葉集云海人（巻1人倫部2男女類7）
⑳白水郎　辨色立成云白水郎［和名阿萬］今案云日本紀云用漁人二字一云海人二字（巻2人倫部4漁猟類21）

二十巻本では「一云」となってしまっているが、十巻本の対応箇所は明確に「万葉集云」である。アマに対応する漢語表記に「泉郎（白水郎）」「漁人」「海人」の三通りが示され、見出しとして選択されたのは辨色立成の「泉郎（白水郎）」である。

さて、「万葉集云海人」とある通り、万葉集に「海人」表記は(22)のように和歌に一五例、題詞に一例現れる。

(22)　1. 03-0238　大宮之　内二手所聞　網引為跡　網子調流　海人之呼聲
2. 03-0256　飼飯海乃　庭好有之　苅薦乃　乱出所見　海人釣船

3. 03-0278 然之海人者　軍布苅塩焼　無暇　髪梳乃小櫛　取毛不見久尓
4. 03-0294 風乎疾　奥津白波　高有之　海人釣船　濱眷奴
5. 03-0413 須麻乃海人之　塩焼衣乃　藤服　間遠之有者　未著穢
6. 06-0938 荒妙　藤井乃浦尓　鮪釣等　海人船散動　塩焼等　人曽左波尓有
7. 06-0947 為間乃海人之　塩焼衣乃　奈礼名者香　一日母君乎　忘而将念
8. 06-1003 筑後守外従五位下葛井連大成遥見海人釣船作歌一首（題詞）
9. 07-1182 海人小船　帆毳張流登　見左右荷　鞆之浦廻二　浪立有所見
10. 07-1194 木國之　狭日鹿乃浦尓　出見者　海人之燎火　浪間従所見
11. 07-1227 礒立　奥邊乎見者　海藻苅舟　海人榜出良之　鴨翔所見
12. 07-1234 塩早三　礒廻荷居者　入潮為　海人鳥屋見濫　多比由久和礼乎
13. 09-1669 三名部乃浦　塩莫満　鹿嶋在　釣為海人乎　見變來六
14. 09-1670 朝開　滂出而我者　湯羅前　釣為海人乎　見反將來
15. 09-1715 樂浪之　平山風之　海吹者　釣為海人之　袂變所見
16. 19-4218 鮪衝等　海人之燭有　伊射里火之　保尓可将出　吾之下念乎

和歌一五例の「海人」は全てアマと訓まれ異訓はない。

ところがその他の「白水郎」「漁人」表記についてみてみると、「漁人」の例は見当たらないが、「白水郎」については一九例（内、題詞三例、左注二例）と「海人」よりむしろ多く現れる。

(23) 1. 01-0023 打麻乎　麻續王　白水郎有哉　射等篭荷四間乃　珠藻苅麻須

2. 03-0252 荒栲　藤江之浦尓　鈴木釣　泉郎跡香将見　旅去吾乎
3. 06-0999 従千沼廻　雨曽零來　四八津之白水郎　綱手乾有　沾将堪香聞
4. 07-1167 朝入為等　礒尓吾見之　莫告藻乎　誰嶋之　白水郎可将苅
5. 07-1204 濱清美　礒尓吾居者　見者　白水郎可将見　釣不為尓
6. 07-1245 四可能白水郎乃　釣船之紼　不堪　情念而　出而來家里
7. 07-1246 之加乃白水郎之　燒塩煙　風乎疾　立者不上　山尓軽引
8. 07-1253 神樂浪之　思我津乃白水郎者　吾無二　潜者莫為　浪雖不立
9. 07-1254 右二首詠白水郎（左注）
10. 07-1318 底清　沈有玉乎　欲見　千遍曽告之　潜為白水郎
11. 07-1322 伊勢海之　白水郎之嶋津我　鰒玉　取而後毛可　戀之将繁
12. 11-2743 中々二　君二不戀者　枚浦乃　白水郎有申尾　玉藻苅管
13. 11-2798 伊勢乃白水郎之　朝魚夕菜尓　潜云　鰒貝之　獨念荷指天
14. 12-3170 思香乃白水郎乃　釣為燭有　射去火之　髣髴妹乎　将見因毛欲得
15. 13-3225 天雲之　影塞所見　隠來矣　長谷之河者　浦無蚊　船之依不來　礒無蚊　海部之釣不為
吉咲八師　浦者無友　吉畫矢寺　礒者無友　奥津浪　諍榜入來　白水郎之釣船
16. 16-3860 筑前國志賀白水郎歌十首（題詞）
17. 16-3869 于時津麻呂詣於滓屋郡志賀村白水郎荒雄之許語曰　僕有小事若疑不許歟（左注）
18. 16-3876 豊前國白水郎歌一首（題詞）

19・16‐3877　豊後國白水郎歌一首（題詞）

ここに見られる和歌の「白水郎」も全てアマと訓まれている。万葉集に「白水郎」表記が充分にありながらも、それを万葉集のものとして引用しなかったのは、より優先順位の高い辨色立成や楊氏漢語抄にそれがあったからである。

以上のことから、次のような注文の生成プロセスが推定できる。

1．白水郎　万葉集云白水郎［阿万］又云海人

2．白水郎　辨色立成云白水郎［阿万楊氏漢語抄説又同］万葉集云海人

3．白水郎　日本紀私記云漁人［阿万］辨色立成云白水郎［和名同上楊氏漢語抄説又同］万葉集云海人

この例においても、漢語抄よりも万葉集の方が、よりベーシックなソースとして使われていた形跡が浮かび上がってきたことに注意しておきたい。

4　日本琴：ヤマトゴト

次に「日本琴：ヤマトゴト」についてみる。

（24）⑩日本琴　万葉集云日本琴［俗用倭琴二字夜万度古度］（巻6調度部14音樂具85—12）

⑳日本琴　萬葉集云梧桐日本琴一面［天平元年十月七日大伴淡等附使監贈中將衞督房前卿之書所記也體以箏而短小有六絃俗用倭琴二字夜萬止古止大歌所有鴟尾琴止比乃乎古止倭琴首造鴟尾之形也］（巻4音楽部10琴瑟類47）

「日本琴」は万葉集中、題詞に二度現れる。二十巻本の引く本文「梧桐日本琴一面」は万葉集05‐0810題詞中の文

言である。

（25）1．05-0810　大伴淡等謹状（題詞）
梧桐日本琴一面［對馬結石山孫枝］
此琴夢化娘子曰　余託根遥嶋之崇巒　晞幹九陽之休光　長帶烟霞逍遥　山川之阿　遠望風波出入鴈木之間　唯恐　百年之後空朽溝壑　偶遭良匠散　為小琴不顧質麄音少　恒希君子左琴　即歌曰
2．07-1328　寄日本琴（題詞）

万葉集以外に典拠文献は考えられない。また、歌に詠まれていないことから「夜万度古度」は、題詞部分に対応する訓読記録であったと理解せざるを得ない。

なお、ついでながら「俗用」とされる「倭琴」表記も（26）のように万葉集中に見られる。

（26）16-3850　右歌二首河原寺之佛堂裏在倭琴面之（左注）

5　山吹（花）：ヤマフキ

続いては「山吹花：ヤマフキ」。

（27）⑩欵冬　本草云欵冬一名虎鬚［一本冬作東夜末布布岐一云夜末布岐］萬葉集云山吹花（巻10草木部24草類121）
⑳欵冬　本草云欵冬一名虎鬚［一本冬作東也和名夜末布々木　一云夜末布木］萬葉集云山吹花（巻20草木部32草類242）

「萬葉集云山吹花」とあり異文はない。が、万葉集に「山吹花」は見えない。新撰万葉集にも見えない。箋注が「山吹見原書第十九巻」と注するように、万葉集に見られるのは「花」のない「山吹」の表記である（28）参照)。

(28) 19-4184 山吹《やまふき》乃　花執持而　都礼毛奈久　可礼尓之妹乎　之努比都流可毛

19-4186 山吹《やまふき》乎　屋戸尓殖弖波　見其等尓　念者不止　戀己曽益礼

19-4197 妹尓似　草等見之欲里　吾標之　野邊之山吹《やまふき》　誰可手乎里之

「花」を衍字とみて「山吹」に匡せば問題はない。なお「山吹」の附訓は「ヤマフキ」が音数律からしても妥当であろう。「ヤマフフキ」については、「本草云」とあるところから推して、(29)に示した本草和名(第九巻草中卅九種)が典拠と見てよい。

(29) 欵冬[楊玄操音義作東字]　一名…一名虎鬢一名…　和名也末布々岐一名於保波(寛政版・上32ウ)

傍線を施した部分に和名抄記事との共通部分が見られ、現存テクストで見る限り「虎鬚/虎鬢」の違いなどがあるものの、本草和名を直接の典拠と考えることに支障はないと思われる。

ここから、次のような生成プロセスが推定できる。

(30) 1. 山吹　萬葉集云山吹[夜末布岐]

2. 欵冬　本草云欵冬一名虎鬚[一本冬作東夜末布布岐]　萬葉集云山吹(花)[夜末布岐]

3. 欵冬　本草云欵冬一名虎鬚[一本冬作東夜末布布岐一云夜末布岐]　萬葉集云山吹(花)

「欵冬」を見出しに立てたことも「欵冬」を「欵東」と書くことがあることも、「虎鬚(鬢)」という「一名」のあることも「ヤマフ、キ」という和語形のあることも、全て本草和名から得られる情報である。ここでも万葉集「山吹」表記とその附訓「ヤマフキ」がベースとなり、その上に漢語抄類とみなせる本草和名が利用されているさまが見て取れる。

6　黄葉・紅葉：モミチバ

最後の例「黄葉・紅葉：モミチバ」である。

(31)　⑩葉　陸詞曰葉［與渉反波万葉集黄葉紅葉讀皆並毛美知波］草木之敷於莖枝者也（巻草木部24木具128）
⑳葉　陸詞切韻云葉［與渉反和名波萬葉集黄葉紅葉讀皆毛美知波］草木之敷於莖枝者也（草木部32木具249）

万葉集中、七三の歌・題詞・左注に「黄葉」「紅葉」併せて七五例現れる（二歌に二回出現）。その内「紅葉」は10-2201の一例のみで、「秋黄葉」が一例、他の七三例は全て「黄葉」。用例数が多いので、全用例は稿末に掲げることとし、ここでは数値のみ掲げる。現行のテクストの附訓別に集計する（表1参照）。

確かにモミチバが三六と多いものの「万葉集黄葉紅葉讀皆並毛美知波」というにはほど遠い。文字通りに理解するならば、全用例が「モミチバ」と読まれていなくてはならない。現行の附訓と異なっていた可能性は排除できないが、モミチの用例数は三二とモミチバと拮抗しており、更にたった一例しかない「紅葉」もモミチと読まれており「…紅葉讀皆並毛美知波」という表現との間に齟齬がある。

しかし、万葉集中たった一例しか確認できない「紅葉」までをも把握していることをみると、古点以前には「黄葉」「紅葉」は機械的に「モミチバ」と読まれていたのであろうか。そこまで厳密に考えず、「皆」は「ほとんど」と同義に理解すべきなのかもしれない。

しかしながら、そのような一致不一致問題よりも、本稿の課題に即して我々がここから読み取るべきは「皆並」とあるように「万葉集中」を源順が認識していること自体である。「黄葉」「紅葉」は調査で明らかなように巻一、二、三、四、六、七、八、九、一〇、一三、一七、一九と広範に渡ってしかも七五例も存している。つま

表1

附訓	用例数	巻・歌番号
モミチ	32	1-0016、1 -0038(1)、02-0159、02-0208、06-1053、07-1094、07-1306、07-1409、08-1513、08-1517、08-1536、08-1571、08-1581、08-1588、08-1589、08-1604、09-1676(1)、09-1676(2)、09-1703、09-1758、10-2183、10-2187、10-2189、10-2190、10-2198、10-2201（紅葉）、10-2202、10-2206、10-2209、10-2211、10-2215、19-4225
モミチバ	36	1-0038(2)、02-0135、02-0137、02-0196、02-0207、02-0209、03-0423、03-0459、04-0543、04-0623、08-1512、08-1554（秋黄葉）、08-1582、08-1583、08-1585、08-1586、08-1587、08-1590、08-1591、09-1796、10-2184、10-2185、10-2188、10-2210、10-2216、10-2217、10-2237、10-2297、10-2307、10-2309、13-3224、13-3303、13-3333、13-3344、17-3907、19-4259
モミタム	1	19-4145
題詞・左注	6	08-1627題、10-2178題、10-2295題、10-2331題、19-4259左、19-4268題
合計	75	

り「万葉集黄葉紅葉讀皆並毛美知波」という文言から、源順が和名抄編纂に当って利用した万葉集には、かなりの程度全体的に訓点記録がなされたものがあった可能性が示唆されていることになる。

一〇　まとめ

さて、以上観察検討してきた点をポイントを絞るかたちで整理する。

1. 和名抄の和語マーカ「讀」は訓読記録の存在を含意している。（「讀」の用法の検討から）
2. 和名抄の万葉集利用に当っては「讀」が用いられている。（「喚子鳥」の例）
3. 源順の用いた万葉集には広範囲に渡って附訓があった形跡がある。（「黄葉」「紅葉」の例での検討）
4. 和歌本文だけでなく題詞や左注にも訓読記録がなされていた。（「日本琴」）
5. 和名抄編纂に当って、一次資料である漢語抄よりもベーシックなレベルで漢和対訳ソースとして万葉集が利用された形跡がある。（「丈夫」「海人」「山吹」）

まず、1～4から、源順が和名抄編纂に当って用いた万葉集には訓読記録があったことが明らかになったと考える。この議論が認められれば、これまで当然想定できていたこととはいえ、天暦の古点以前に万葉集の訓点記録があったことは確実視してよいことになろう。次に5の点については、和名抄編纂論の観点からは、万葉集や類聚国史などの国内文献によりスポットを当てた議論が可能になるが、万葉集が漢語抄に準じるものとして扱われていた点に注目するならば、万葉集そのものが和歌集というより、より漢文テクストに近い存在で認識されていた、もしくは同一の水平で扱われていた点こそが注目すべき点に思われる。

今から七五年ほど前、保坂三郎（一九四二）は「天暦五年勅によつて『萬葉集』の修撰が源順等によつて爲されたことは、日本の文化史上に重要な意義を有するものであると私は考へるものであるが、近年『萬葉集』の研究が極めて盛なるにもかゝはず《（ママ）》、あまり顧みられてゐない。」と述べたが、万葉集解読事業そのものの解明は、万葉学にとどまらない重要な研究テーマで、このイベントを「日本の文化史上に重要な意義を有するもの」というのは全く同感するところである。今後更に和漢文化交流史の重要な一テーマとして各方面から探究されることを期待したい。

使用テクスト
1．和名類聚抄：京都大学文学部国語学国文学研究室編『諸本集成倭名類聚抄・本文篇』臨川書店
2．万葉集：塙書房版、『校本萬葉集』、各複製適宜参照。
3．新撰万葉集：浅見徹監修『『新撰万葉集』諸本と研究』和泉書院
4．醍醐寺本遊仙窟：築島裕ほか編（一九九五）『醍醐寺本遊仙窟総索引』汲古書院

5. 本草和名：日本古典全集本。
6. 源順集：『群書類従・第十四輯』続群書類従完成会
7. 十訓抄：『新編日本古典文学全集51』小学館
8. 石山寺縁起絵巻：滋賀県立近代美術館（二〇一二）『石山寺縁起絵巻の全貌』（展示図録）
9. 本朝文粋：『新日本古典文学大系27 本朝文粋』岩波書店
10. 古来風体抄：『日本古典文学全集50 歌論集』小学館

参考および引用文献

1. 上田英夫（一九五六）『萬葉集訓點の史的研究』塙書房
2. 蔵中進・林忠鵬・川口憲治（一九九九）『倭名類聚抄十巻本・廿巻本所引書名索引』勉誠出版
3. 小林芳規（一九六七）訓點資料における師説について『平安鎌倉時代における漢籍訓讀の國語史的研究』第二章第六節（六三〇―六八六頁）
4. 築島裕（一九六四）中古辞書史小考『築島裕著作集 第三巻・古辞書と音義』（汲古書院、二〇一六）再録
5. 築島裕（一九七二）万葉集の古訓点と漢文訓読史『万葉集Ⅱ―言語と歌論―（大東急記念文庫文化講座講演録）』大東急記念文庫
6. 保坂三郎（一九四二）源順論『史學』二〇―四（三田史学会）
7. 山田健三（一九九二）順〈和名〉粗描『日本語論究 二』和泉書院
8. 山田健三（二〇〇八）言語史資料としての出土文字資料―日本語書記史記述のために―『国文学』第五一巻第四号（学燈社）
9. 山田健三（二〇一七）和名類聚抄高山寺本解題『新天理図書館善本叢書7 和名類聚抄 高山寺本』八木書店

資料：「黄葉・紅葉」の用例

1. 01-0016 冬木成 春去來者 不喧有之 鳥毛來鳴奴 不開有之 花毛佐家礼抒 山乎茂 入而毛不取 草深 執手母不見

秋山乃　木葉乎　見而者　黄葉乎婆《もみちをば》　取而曽思努布青乎者　置而曽歎久　曽許之恨之　秋山吾者

2. 01-0038 安見知之　吾大王　神長柄　神佐備世須登　芳野川　多藝津河内尓　高殿乎高知座而　上立　國見乎為勢婆　疉有
青垣山　々神乃　奉御調等　春部者　花挿頭持秋立者　黄葉頭刺理《もみちかざせり》［一云黄葉加射之《もみちばかざし》］

3. 02-0135 角障經　石見之海乃　言佐敝久　辛乃埼有　伊久里尓曽　深海松生流　荒礒尓曽　玉藻者生流　玉藻成　靡寐之兒
乎　深海松乃　深目手思騰　左宿夜者　幾毛不有延都多乃　別之來者　肝向　心乎痛　念乍　顧為騰　大舟之　渡乃山之
黄葉乃《もみちばの》　散之乱尓　妹袖　清尓毛不見　嬬隠有　屋上乃

4. 02-0137 秋山尓　落黄葉《おつるもみちば》　須臾者　勿散乱曽　妹之當将見

5. 02-0159 八隅知之　我大王之　暮去者　召賜良之　明來者　問賜良志　神岳乃　山之黄葉乎《やまのもみちを》今日毛鴨　問給麻思　明日毛鴨
召賜萬旨　其山乎　振放見乍　暮去者　綾哀明來者　裏佐備晩　荒妙乃　衣之袖者　乾時文無

6. 02-0196 飛鳥　明日香乃河之　上瀬　石橋渡［一云石浪］下瀬　打橋渡　石橋［一云石浪］生靡留　玉藻毛叙　絶者生流
打橋　生乎為礼流　川藻毛叙　干者波由流　何然毛　吾王能　立者　玉藻之母許呂　臥者　川藻之如久　靡相之　宣君之
朝宮乎　忘賜哉夕宮乎　背賜哉　宇都曽臣跡　念之時　春都者　花折挿頭　秋立者　黄葉挿頭《もみちばかざし》　敷妙之袖携　鏡成　雖
見不猒　三五月之　益目頬染　所念之　君与時々　幸而　遊賜之　御食向　木瓲之宮乎　常宮跡　定賜　味澤相　目辞毛
絶奴　然有鴨［一云所己乎之毛］綾尓憐　宿兄鳥之　片戀嬬［一云為乍］朝鳥［一云朝霧］徃來為君之　夏草乃　念之萎
而　夕星之　彼徃此去　大船　猶預不定見者　遣悶流　情毛不在　其故　為便知之也　音耳母　名耳毛不絶　天地之　弥
遠長久　思将徃　御名尓懸世流　明日香河　及万代　早布屋師　吾王乃　形見何此焉

7. 02-0207 天飛也　軽路者　吾妹兒之　里尓思有者　懃　欲見騰　不已行者　入目乎多見　真根久徃者　人應知見　狭根葛
後毛将相等　大船之　思憑而　玉蜻　磐垣淵之　隠耳　戀管在尓　度日乃　晩去之如　照月乃　雲隠如　奥津藻之　名延
之妹者　黄葉乃《もみちばの》　過伊去等　玉梓之　使之言者　梓弓　聲尓聞而［一云聲耳聞而］将言為便　世武為便不知尓　聲耳乎
聞而有不得者　吾戀　千重之一隔毛　遣悶流　情毛有八等　吾妹子之　不止出見之　軽市尓　吾立聞者　玉手次　畝火乃
山尓　喧鳥之　音母不所聞　玉桙　道行人毛　獨谷　似之不去者　為便乎無見　妹之名喚而　袖曽振鶴［或本有謂之名耳
聞而有不得者句］

8. 02-0208 秋山之　黄葉乎茂《もみちをしげみ》　迷流　妹乎将求　山道不知母［一云路不知而］

9. 02-0209 黄葉之《もみちばの》 落去奈倍尓 玉梓之 使乎見者 相日所念

10. 03-0423 角障經 石村之道乎 朝不離 将歸人乃 念乍 通計萬口波 霍公鳥 鳴五月者 菖蒲 花橘乎 玉尓貫［一云貫交］蘰尓将為登 九月能 四具礼能時者 黄葉乎《もみちばを》折挿頭跡 延葛乃 弥遠永［一云田葛根乃 弥遠長尓］萬世尓 不絶等念而［一云大舟之 念憑而］将通 君乎婆明日従［一云君乎従明日者］外尓可聞見牟

11. 03-0459 見礼杼不飽 伊座之君我 黄葉乃《もみちばの》 移伊去者 悲喪有香

12. 04-0543 天皇之 行幸乃随意 物部乃 八十伴雄与 出去之 愛夫者 天翔哉 軽路従 玉田次 畝火乎見管 麻裳吉 木道尓入立 真土山 越良武公者 黄葉乃《もみちばの》 散飛見乍 親 吾者不念 草枕 客乎便宜常 思乍 公将有跡 安蘇々二破 且者雖知 之加須我仁 黙然得不在者 吾背子之 往乃萬々 将追跡者 千遍雖念 手弱女 吾身之有者 道守之 将問答乎 言将遣 為便乎不知跡 立而爪衝

13. 04-0623 松之葉尓 月者由移去 黄葉乃《もみちばの》 過哉君之 不相夜多焉

14. 06-1053 吾皇 神乃命乃 高所知 布當乃宮者 百樹成 山者木高之 落多藝都 湍音毛清之 鶯乃 來鳴春部者 巖者山下耀 錦成 花咲乎呼里 左壯鹿乃 妻呼秋者天霧合 之具礼乎疾 狭丹頬歷 黄葉散乍《もみちちりつつ》 八千年尓 安礼衝之乍 天下 所知食跡百代尓母 不可易 大宮處

15. 07-1094 我衣 色取染 味酒 三室山 黄葉為在《もみちしにけり》

16. 07-1306 是山 黄葉下《もみちのしたの》 花矣我 小端見 反戀

17. 07-1409 秋山 黄葉恂怜《もみちあはれと》 浦觸而 入西妹者 待不來

18. 08-1512 經毛無 緯毛不定 未通女等之 織黄葉尓《おるもみちばに》 霜莫零

19. 08-1513 今朝之旦開 鴈之鳴聞都 春日山 黄葉家良思《もみちにけらし》 吾情痛之

20. 08-1517 味酒 三輪乃祝之 山照 秋乃黄葉乃《あきのもみちの》 散莫惜毛

21. 08-1536 暮相而 朝面羞 隠野乃 芽子者散去寸 黄葉早續也《もみちはやつげ》

22. 08-1554 皇之 御笠乃山能 秋黄葉《もみちばは》 今日之鍾礼尓 散香過奈牟

23. 08-1571 春日野尓 鍾礼零所見 明日従者 黄葉頭刺牟《もみちかざさむ》 高圓乃山

24. 08-1581 不手折而 落者惜常 我念之 秋黄葉乎《あきのもみちを》 挿頭鶴鴨

25. 08-1582 希将見　人尓令見跡　黄葉乎《もみちばを》　手折曽我來師　雨零久仁

26. 08-1583 黄葉乎《もみちばを》　令落鍾礼尓　所沾而來而　君之黄葉乎　挿頭鶴鴨

27. 08-1585 平山乃　峯之黄葉《みねのもみちば》　取者落　鍾礼能雨師　無間零良志

28. 08-1586 黄葉乎《もみちばを》　落巻惜見　手折來而　今夜挿頭津　何物可将念

29. 08-1587 足引乃　山之黄葉《やまのもみちば》　今夜毛加　浮去良武　山河之瀬尓

30. 08-1588 平山乎　令丹黄葉《にほはすもみち》　手折來而　今夜挿頭都　落者雖落

31. 08-1589 露霜尓　逢有黄葉乎《あへるもみちを》　手折來而　妹挿頭都　後者落十方

32. 08-1590 十月　鍾礼尓相有　黄葉乃《もみちばの》　吹者将落　風之随

33. 08-1591 黄葉乃《もみちばの》　過麻久惜美　思共　遊今夜者　不開毛有奴香

34. 08-1604 秋去者　春日山之　黄葉見流《もみちみる》　寧樂乃京師乃　荒良久惜毛

35. 08-1627 大伴宿祢家持攀非時藤花并芽子黄葉二物贈坂上大嬢歌二首（題詞）

36. 09-1676 勢能山尓　黄葉常敷《もみちつねしく》　神岳之　山黄葉者《やまのもみちは》　今日散濫

37. 09-1703 雲隠　鴈鳴時　秋山　黄葉片待《もみちかたまつ》　時者雖過

38. 09-1758 筑波嶺乃　須蘇廻乃田井尓　秋田苅　妹許將遺　黄葉手折奈《もみちたをらな》

39. 09-1796 黄葉之《もみちばの》　過去子等　携　遊礒麻　見者悲裳

40. 10-2178 詠黄葉（題詞）

41. 10-2183 鴈音者　今者來鳴沼　吾待之　黄葉早継《もみちはやつげ》　待者辛苦母

42. 10-2184 秋山乎　謹人懸勿　忘西　其黄葉乃《そのもみちばの》　所思君

43. 10-2185 大坂乎　吾越來者　二上尓　黄葉流《もみちばながる》　志具礼零乍

44. 10-2187 妹之袖　巻來乃山之　朝露尓　仁寶布黄葉之《にほふもみちの》　散巻惜裳

45. 10-2188 黄葉之《もみちばの》　丹穂日者繁　然鞆　妻梨木乎　手折可佐寒

46. 10-2189 露霜乃　寒夕之　秋風丹　黄葉尓來毛《もみちにけらし》　妻梨之木者

47. 10-2190 吾門之　淺茅色就　吉魚張能　浪柴乃野之　黄葉散良新《もみちちるらし》

48. 10―2198　風吹者　黄葉散乍《もみちちりつつ》　小雲　吾松原　清在莫國
49. 10―2201　妹許跡　馬鞍置而　射駒山　撃越來者　紅葉散筒《もみちちりつつ》
50. 10―2202　黄葉為《もみちする》　時尓成良之　月人　楓枝乃　色付見者
51. 10―2206　真十鏡　見名淵山者　今日鴨　白露置而　黄葉将散《もみちちるらむ》
52. 10―2209　秋芽子之　下葉乃黄葉《したばのもみち》　於花継　時過去者　後将戀鴨
53. 10―2210　明日香河　黄葉流《もみちばながる》　葛木　山之木葉者　今之落疑
54. 10―2211　妹之紐　解登結而　立田山　今許曽黄葉《いまこそもみち》　始而有家礼
55. 10―2215　左夜深而　四具礼勿零　秋芽子之　本葉之黄葉《もとはのもみち》　落巻惜裳
56. 10―2216　古郷之　始黄葉乎《はつもみちばを》　手折以　今日曽吾來　不見人之為
57. 10―2217　君之家乃　黄葉早者《もみちばははやく》　落　四具礼乃雨尓　所沾良之母
58. 10―2237　黄葉乎《もみちばを》　令落四具礼能　零苗尓　夜副衣寒　一之宿者
59. 10―2295　寄黄葉（題詞）
60. 10―2297　黄葉之《もみちばの》　過不勝兒乎　人妻跡　見乍哉将有　戀敷物乎
61. 10―2307　於黄葉《もみちばに》　置白露之　色葉二毛　不出跡念者　事之繁家口
62. 10―2309　祝部等之　齋經社之　黄葉毛《もみちばも》　標縄越而　落云物乎
63. 10―2331　詠黄葉（題詞）
64. 13―3224　獨耳　見者戀染　神名火乃　山黄葉《やまのもみちば》　手折來君
65. 13―3303　里人之　吾丹告樂　汝戀　愛妻者　黄葉之《もみちばの》　散乱有　神名火之　此山邊柄
66. 13―3333　王之　御命恐　秋津嶋　倭雄過而　大伴之　御津之濱邊従　大舟尓　真梶繁貫　旦名伎尓　水手之音為乍　夕名寸
尓　梶音為乍　行師君　何時來座登　大卜置而齋度尓　狂言哉　人之言釣　我心　盡之山之　黄葉之《もみちばの》　散過去常　公之正
香乎
67. 13―3344　此月者　君将來跡　大舟之　思憑而　何時可登　吾待居者　黄葉之《もみちばの》　過行跡玉梓之　使之云者　螢成　髣髴聞而
大土乎　火穂跡而　立居而　去方毛不知　朝霧乃　思或而　杖不足　八尺乃嘆　々友　記乎無見跡　何所鹿　君之将座跡

天雲乃　行之随尓　所射完乃　行文将死跡　思友　道之不知者　獨居而　君尓戀尓　耳思所泣

68. 17-3907　山背乃　久邇能美夜古波　春佐礼播　花咲乎々理　秋左礼婆　黄葉尓保比《もみちばにほひ》　於婆勢流　泉河乃　可美都瀬尓　宇知橋和多之　余登瀬尓波　宇枳橋和多之　安里我欲比　都加倍麻都良武　万代麻弖尓

69. 19-4145　春設而　如此歸等母　秋風尓　黄葉山乎《もみたむやまを》　不超來有米也

70. 19-4225　足日木之　山黄葉尓《やまのもみちに》　四頭久相而　将落山道乎　公之超麻久

71. 19-4259　十月　之具礼能常可　吾世古河　屋戸乃黄葉《やどのもみちば》　可落所見

72. 19-4259　右一首少納言大伴宿祢家持當時矚梨黄葉作此歌也（左注）

73. 19-4268　天皇太后共幸於大納言藤原家之日黄葉澤蘭一株抜取令持内侍佐々貴山君

注

（1）十巻本、二十巻本の先後関係などについては議論があるが、二十巻本の成立時期については遅れる可能性も指摘されている。詳しくは、山田健三（二〇一七）を参照されたい。

（2）基本データは、蔵中・林・川口（一九九九）に示された頻度表による。

（3）「楊氏抄」「楊氏漢語」「楊氏漢抄」「楊云」「楊氏」「楊氏説」「楊説」を併せると166。

（4）「日本紀」「公望案」を併せると111。

（5）「日本紀」「日本紀私記公望案」「日本私記」も併せると101。

景行天皇朝の征討伝承をめぐって

荊木美行

一　問題の所在

1　倭王武の上表文

『古事記』『日本書紀』（以下、両書を「記紀」と略称する場合もある）には、崇神天皇朝の四道将軍の派遣[1]につづき、景行天皇朝に天皇[2]やその皇子のヤマトタケルノミコト（『古事記』では倭建命、『日本書紀』では日本武尊）[3]による東征・西征のあったことが記されている。

『宋書』倭国伝によれば、倭王武が南朝宋の順帝に送った上表に、

順帝昇明二年。遣使上表曰「封国偏遠。作藩于外。自昔祖禰躬擐甲冑。跋渉山川。不遑寧処。東征毛人五十五国。西服衆夷六十六国。渡平海北九十五国。王道融泰。廓土遐畿。累葉朝宗。不愆于歳。（後略）」

とあるので、武、すなわち雄略天皇の時代には、「大和平定」ではじまり、「東征」「西征」を経て「朝鮮半島

南部平定」で完結する、一連の王権発達を語る物語群が成立していたことがわかる。ここにいう「東征」「西征」が、前述の四道将軍の派遣や、景行天皇朝の熊襲・蝦夷征討を指すことは疑いない。しかも、三代前の珍も、武と同様の官爵号の除正を需めているので、その要求の根拠となるこうした物語群が、すでに五世紀前半に存在していたことは確実である(4)。

後述のように、景行天皇朝とは、雄略天皇のころからみて、たかだか百年ほど前のことである。これは、けっして忘却されてしまうような、遠い過去のことではない(5)。そのことを思うと、右にあげた伝承は、実際の国土平定事業を踏まえた言い伝えではないかとも考えられる。

この問題を究明するには、あらためて記紀をよく分析する必要がある。景行天皇朝の東征・西征伝承としては、ヤマトタケルノミコトによるそれがよく知られ、ともすれば、研究者の関心もそちらに向きがちである(とくに、その東征については、豊富な研究史の蓄積がある)。しかし、ヤマトタケルノミコトの伝承は、けっして独立した一個の物語ではない。彼の征討譚自体もいくつかの伝承から構成されているし、これと関聯の深い景行天皇の征討伝承との関係も考慮する必要がある。それらを綜合的にとらえなければ、伝承の祖型や、あるいはその背後にある史的事実を探ることはむつかしいのである。

2　東征・西征の実年代

はじめに、記紀の記す景行天皇朝の東征・西征伝承について、両者を比較しつつ、そのあらましをのべておく。本来なら、全文を原文で引用することが望ましいのだが、紙幅の関係で、ここではその概要を紹介するに留めさせていただく。

景行天皇朝の東征・西征関聯の記事は表に整理したとおりだが、『古事記』と『日本書紀』とではかなりの出入りがある。

全体的なことでいうと、『古事記』はヤマトタケルノミコトによる西征（山の神・河神・穴戸神の言向もふくむ）・出雲建《いずもたける》の平定・東征伝承のみであるが、『日本書紀』のほうは、景行天皇の西征→ヤマトタケルノミコトの西征（吉備・穴済神・難波の柏済神の言向をふくむ）→ヤマトタケルノミコトの東征→景行天皇の東国巡狩、の順で記事があり、ヤマトタケルノミコト以前に景行天皇による熊襲征伐のあったことが記されている。要するに、記紀間の大きな相違は、『古事記』には景行天皇の親征の記事がないこと、『日本書紀』にはヤマトタケルノミコトによる出雲建の征伐が記載されていないこと、の二点である。

ところで、個々の物語の内容に立ち入る前に、考えておかねばならないことがある。それは、かりに一連の征討伝承が史実をふくんでいるとしたら、それはいつごろと考えられるのか、という問題である。

ところが、この点があまり明確ではない。記紀の、とりわけ古い部分の実年代（暦年代）をうかがう手が

記紀にみえる東征・西征記事の比較

	『古事記』	『日本書紀』
景行天皇の西征	×	○ ※歌３首はヤマトタケル西征の歌と同じ
ヤマトタケルの西征	○	○
その他の平定	○ （山神・河神・穴戸神） ※「八雲立つ」の歌は崇神天皇紀60年条と一致	○ （吉備穴戸神・難波柏済神）
出雲建の征伐	○	× ただし、類話が崇神天皇紀60年条にみえる。
ヤマトタケルの東征	○ ※歌３首は景行天皇西征の歌と同じ	○
景行天皇の東国巡狩	×	○

かりは、思いのほか少ないのである。

まず『古事記』だが、同書には年紀がない。そのため、ある出来事が、実年代でいうといつごろのことなのかを細かく押さえることはできない。いっぽうの『日本書紀』はというと、年紀はあるものの、那珂通世《なかみちよ》氏が指摘されたように、(6)古い部分には讖緯説にもとづく紀年の延長がある。そのため、同書の年紀を鵜呑みにするわけにはいかないのである。

五世紀以前の実年代について、われわれが知りうる最古の史料は、『宋書』の遣使の記録である。これによれば、倭王武が昇明二年（四七八）に南朝の宋に使いを派遣している。冒頭に掲げた上表は、そのときのものである。武は雄略天皇だと云われているので、天皇がこのころの人物であることは確実である。(7)ただ、それ以前のこととなると、他に信頼すべき史料がなく、はっきりしない。

先に『古事記』には年紀がないと書いたが、まったく無いわけではない。中・下巻に記される三十三人の天皇のうち、その約半数にあたる十五の天皇について、崩御年の干支と月日（崇神・反正天皇については日を欠く）が分註形式で記載されている。いわゆる崩年干支である。

この干支が正確なものならば、これを用いて天皇の在位期間を推測することが可能になる。しかしながら、崩年干支には不自然な点が多く、とりわけ、応神天皇以前のそれは信憑性に乏しい。(8)『古事記』や『住吉大社神代記』にみえる崇神・垂仁天皇の崩年干支に信をおき、それをもとに景行天皇朝を西暦三一〇～三二〇年代とみる説も提唱されているが、(9)この数字には疑問が残る。(10)となると、べつの方法を摸索する必要があるのだが、これまでよく利用されてきたのが、㈠実際に即位した天皇の在位年数の平均値を「物差し」とする方法や、㈡即位の有無を問わず、天皇の系譜から父子直系の部分を取り出して、その一世の平均年数を算出し、それを「物差し」とする方法である。

研究者によって、算出のしかたがことなるので、当然のことながら、数値にも差があるが、飛鳥・奈良時代の天皇の平均在位年数は約十年、皇統譜による一世代の平均年数は三十年前後とみて間違いない。これらの数値を皇統譜に当て嵌め、天皇の代数分、もしくは世代分溯れば、おおよその年代が把握できるのである。ちなみに、溯及の起点は雄略天皇の四七八年とする。

平均在位年数も一世代の平均年数も、それぞれ有効な数値ではあるが、ただ、神武〜応神天皇間の皇統譜の続柄には不自然なところがあり、実際には父子関係ではないものが、父子のように記述された疑いが残る(11)。そうなると、一世の平均年数によって、応神天皇以前の実年代を推定した場合、誤差の生じる可能性がある。しかも、三十という年数は短いものではないので、たとえ一代でも世代数がちがえば、それによって生じる推定年代のズレは大きい。筆者は、この点を考慮し、ひとまず平均在位年数を採用している。

かりに六十代醍醐天皇（西暦八九七年即位）を起点とし、十代分約百年づつ溯及していくと（弘文天皇をふくむ）、五十代桓武天皇（西暦七八一年即位）、四十代天武天皇（西暦六七三年即位）、三十代敏達天皇（西暦五七二年即位）、とおおむね実年代と符合する。このことを思うと、雄略天皇の四七八年を起点に（ただし、これは即位年ではない。即位の年はさらに溯るであろう）九代分約九十年溯って、景行天皇朝を四世紀後半とみることは、それほど不自然な感じがしないのである。

むろん、これはあくまでいちおうの目安である。在位年数がわずか二三年の天皇もいれば、古代においても三十年を超える天皇も存在するので、きわめて大雑把な年代の把握であることは、筆者も自認している。しかし、記紀の実年代の推定についてほかに有効な方法が見当たらない現状では、こうした推算も許されるのではないだろうか。それゆえ、以下の論述においても、こうした推定年代を一つの目安にしている。

二　西征関聯の史料

1　景行天皇の西征

ここで本題に戻ろう。記紀の記載順にしたがって、まず西征関係の記事を取り上げるが、前述のように、『日本書紀』は景行天皇の西征、ついでヤマトタケルノミコトのそれを記すが、『古事記』はヤマトタケルノミコトの征討のみである。

『日本書紀』では、景行天皇十二年条から十九年条にかけて、天皇の親征をかなり詳しく記載している。これによれば、周芳《すわ》の娑麼《さば》（山口県防府市佐波）に至った天皇は、南方を望見して煙が多く立っていることから、賊がいることを察知し、武諸木《たけもろき》を派遣して視察させる。そして、土地の女性で神夏磯媛《かむなつそひめ》という人物から情報を得て、賊を誅殺する。

こうして筑紫入りした天皇は、豊前国の長峡県《ながおのあがた》に行宮をかまえる。『萬葉集』巻十五によれば、天平八年（七三六）の遣新羅使は、難波から瀬戸内海航路を利用し、筑紫館《つくしのむろつみ》に向かう途中、周防の佐婆沿海から豊前国下毛郡の分間の浦（大分県中津市）に到着したというが（三六四四番歌の題詞）、景行天皇の進路はこれとよく合致している。[12]

ついで、一行は碩田国《おおきたのくに》に移動。速見邑《はやみのむら》でも速津媛《はやつひめ》という女性の通報によって、土蜘蛛が反抗していることを知って、一時的に来田見邑《くたみのむら》に留まるが、最後は兵を動かし討伐する。征討にかかわって「海石榴市《つばきいち》」「禰疑山《ねぎやま》」「柏峡大野《かしわおのおおの》」など、具体的な地名が随所に登場し、なおかつ、それがおおむね実際の地理に適っていることは、これらの伝承が机上で創作されたものでないことをうかがわせる。

その後、一行は、日向国に進んで熊襲梟師《くまそたける》を討つが、その際、梟師の娘の市乾鹿文《いちふかや》を利用して父を殺害させるという方法をとる。しかし、この市乾鹿文は不孝者として天皇に誅され、妹の市鹿文《いちかや》が火国造に取り立てられる。『古事記』によれば、ヤマトタケルノミコトが甲斐の酒折宮において御火焼之老人《みひたきのおきな》を「東国造《あずまのくにのみやつこ》」に任じたというが[13]、それを彷彿とさせる説話である。

なお、景行天皇の西征では、在地の女酋が服属を誓い、情報をもたらすというパターンが繰り返されており、西征自体ずいぶん説話化しているように思う。

つぎに、十三年条には、襲国を平定し高屋宮《たかやのみや》に留まったことがみえる。十七年には、さらに進んで子湯県《こゆのあがた》に行幸し、十八年に熊県《くまのあがた》に至り、熊津彦を誅殺。さらに海路で葦北《あしきた》の水島に渡り、ここから船で火の国に入る。ここに記される火の国命名の由来については、『釈日本紀』所引の『肥後国風土記』逸文にも同文が採られていることはよく知られているが、景行天皇の西征では、ほかにも随所に地名の由来が記されている。

ここから、高来県《たかくのあがた》→玉杵名邑《たまきなのむら》→阿蘇国→筑紫国の御木《みけ》→八女県《やめのあがた》→的邑《いくはのむら》と北部九州を巡った天皇は、やがて大和に帰還する。景行天皇十九年条には「天皇至レ自二日向一」とみえている。新編日本古典文学全集『日本書紀』の頭注は「日向国の高屋宮から大和国の纒向の日代宮に還御」と書くが、北部九州まで進んでわざわざ日向に戻るというのも順路としては腑に落ちない。ここの「日向」は律令制の日向国に相当する地域の意味ではないような気がする[14]。

ちなみに、景行天皇の西征は、このとき筑前国夜須郡、筑後国御笠郡・山門郡などには及んでいない。この地域の制圧は、記紀では仲哀天皇・神功皇后の時代のこととして記すのであって、こうした記述は、筑後川流域に抜きがたい勢力が存在したことを示唆している。これが邪馬臺国かどうかはしばらく措くとしても(15)、神功皇后紀によれば、皇后がこの地域を本拠とする羽白熊鷲《はじろのくまわし》・田油津媛《たぶらつひめ》をはじめて制圧したというから、景行天皇紀の記述と辻褄が合う。

2　景行天皇親征の信憑性

ところで、こうした西征譚に関して見逃せないのは、景行天皇の実年代と推定される四世紀後半には、すでにヤマト政権の力が九州南部に及んでいたとみられる点である。その根拠となるのが、いわゆる「畿内型古墳」の分布である。

景行天皇の西征とのかかわりでとくに注目されるのは、宮崎市北西部の跡江《あとえ》臺地にある生目《いきめ》古墳群である。前方後円墳八基、円墳四十三基からなる古墳群で、その首長墓は古墳時代中期まで築造が継続するが（五世紀終わりごろの七号墳が首長墓としては最後になる）、四世紀代に三号墳、一号墳、二二号墳と、墳丘長が一〇〇メートルを超える大型前方後円墳が連続して築かれる(16)。このうち、三号墳は墳丘長一四三メートルの九州最大の前方後円墳で、ついで築造された二二号墳も墳丘長が一〇一メートルと、三号墳にくらべると小型化しているものの、三号墳・一号墳についで三番目の規模を誇る。

個々の古墳の築造年代については不確定な部分もあるが、三号墳→一号墳→二二号墳の順に築かれたことはほぼ確実である。このうち二二号墳は、張り出し部分で出土した土器によって四世紀後半と推定することができるので、[17]一号墳・三号墳はそれ以前とみてよい。

生目古墳群におけるこれら四世紀代の前方後円墳で重要なのは、三号墳が景行天皇陵に治定されている渋谷《しぶたに》向山《むこうやま》古墳と酷似している点である。[18]このことは、三輪山西麓に巨大前方後円墳を築造した勢力と生目三号墳の被葬者の間に密接な関係のあったことをうかがわせる。

さらに、いま一つ注目すべきことは、三号墳と二二号墳の後円部がいずれも三段築成である点である（一号墳は墳丘の形が不明確）。日向は、三段築成の前期前方後円墳が畿外では際立って多く存在する地域だが、こうした墳丘を有する古墳は、大王家一族や皇別氏族の前身一族、もしくは大王家に娘を差し出すなどして姻族となった豪族が被葬者だとされている。[19]

そこで、記紀に目をやると、景行天皇は、襲国（鹿児島県曾於郡から大隅半島にかけての地域を指すのであろう）の高屋宮に滞在し、御刀媛《みはかしひめ》（『古事記』では日向之美波迦斯毘売）と婚姻し、日向国造の始祖とされる豊国別《とよくにわけ》皇子を生んだという（ほかにも、『日本書紀』には、在地の豪族の娘であろう諸県君泉媛が食事を献じたという話もある）。また、景行天皇紀の系譜によれば、后妃のなかに日向襲津彦《ひゅうがのそつひこの》皇子を生んだ日向髪長大田根《ひゅうがのかみながおおたね》や、国乳別《くにちわけ》皇子らの母襲武媛《そのたけひめ》という南九州地方出身と思われる女性の名がみえる（『古事記』にはみえず）。

こうした后妃伝承を、生目古墳群と結びつけることは、けっして荒唐無稽な推測ではないと思う。北郷泰道《ほんごうやすみち》氏は、生目古墳群の四世紀代の大規模古墳を、諸県君泉媛や御刀媛との間に生まれた豊国別皇子と対応させておられるが、[20]筆者も、その被葬者は記紀に登場する豊国別皇子的な在地の首長ではないかと推測している。

もっとも、こうした景行天皇の伝承をフィクションとみている研究者もおられる。そうしたみかたが正しいとすれば、天皇と九州南部の豪族との関係も、記紀（景行天皇の西征は『日本書紀』のみ）の造作ということになる。

たとえば、津田左右吉氏は、ヤマトタケルノミコトの西征譚のほうが単純で古い物語らしいから、景行天皇の物語はヤマトタケルノミコトのそれよりものちに作られたもので、彼の物語をもとに述作したものであろうとされている。(21) 氏が、景行天皇にかかわる伝承を事実の記録ではないとする根拠は、以下の四点である。

①『日本書紀』の西征の経路に地理上の錯誤が認められるが、それは地理的知識が明確でない遠方の地名を机上でつなぎあわせたことによる。

②物語を構成する種々の説話は主として地名説明のためのもので、事実とみなすことは困難であり、この種の説話を除けば、物語の大部分は空虚になる。

③登場する人名も地名をそのまま用いたものや、二人づつの連称が多く、これらは物語を作るために案出されたもので、実在の人物とは思われない。

④中国思想にもとづく修辞がみとめられる。

こうした疑問はもっともだが、①の地理的混乱や、③の人名に対する疑念が、説話全体を架空だとみる根拠にはならないし、(22) ②の地名の起源説話や④の儒教的思想の投影も、この伝承が後世の潤色や改変を蒙っている証拠とはなっても、それによって物語の核心部分まで否定できるとは思えない。

津田氏の論は、合理性を欠く説話はすべて後代の創作とする点できわめて明快だが、そうかんたんに切り捨ててしまってよいものかは疑問が残る。史料の分析は欠かせない手続きだが、批判に急なあまり、湯水とともに赤子まで流す愚をおかしておられる感がある。

3　ヤマトタケルノミコトの西征

つぎに、ヤマトタケルノミコトの熊襲征討について考えたい。

『日本書紀』では景行天皇のそれを受けたものとして記載される。熊襲が背いて朝貢してこないことは天皇の西征直前の十二年七月条にもみえるが、二十七年八月条には「熊襲亦反之。侵㆓辺境㆒不㆑止」とあり、ふたたび叛乱のあったことが記されている。

景行天皇二十七年十月条によれば、弓の名人弟彦公らをしたがえたヤマトタケルノミコトは、熊襲国に至り、魁師の取石鹿文《といしかや》（川上梟師）[23]を討ったという。彼が女装して梟師を刺すくだりは有名だが、死の間際に梟師は「日本武皇子《やまとたけるのみこ》」の称名《たたえな》を奉ったことになっている。つづく二十八年二月条には、熊襲平定の状を天皇に報告している記事があるが、こちらは記事も簡略で、具体的な記述に乏しい。

いっぽう、『古事記』は、熊襲征伐の契機が、ヤマトタケルノミコトによる兄殺しにあったと書く。ある日、景行天皇は、ヤマトタケルノミコトに「何汝兄於㆓朝夕之大御食㆒不㆓参出来㆒。専汝泥疑教覚」と命じたが、五日たっても大碓命《おおうすのみこと》は出仕してこない。天皇がヤマトタケルノミコトに「何汝兄久不㆓参出㆒。若有㆓未誨㆒乎」と尋ねたところ、彼は、「朝署入㆑厠之時。待捕搤握而、引㆓闕其枝㆒。裹㆑薦投棄」とこともなげに答える。天皇は、その荒々しさを恐れ、彼を遠ざけるために熊襲征伐を命じたというのだが、この話は『日本書紀』にはない。

こうして熊襲国に赴いたヤマトタケルノミコトは、熊曾《くまそ》建《たける》兄弟（『日本書紀』では川上梟師）の宴会に、童女の姿に化けてまぎれこみ、兄弟を斬る。梟師は、殺される直前、彼に「倭建御子」の名を奉ったというが、これが「倭建命」の称名の由来であるという説明は、『日本書紀』と渝わるところはない。

なお、『日本書紀』によれば、ヤマトタケルノミコトは、熊襲征伐の帰途、海路で吉備に至り、穴海《あなのうみ》を渡ったところで悪神《あしきかみ》を、ついで難波に至るときに柏済《かしわのわたり》の悪神を殺したというが、『古事記』では、山神・河神、穴《あな》戸神《とのかみ》を言向したとする。さらに、出雲国に入って出雲建を倒したというが、この話も『日本書紀』にみえない。

4 西征譚への疑問

こうした西征伝承は、景行天皇のそれとはちがって、征討の詳しい順路を記すこともない。後述の東征と比較しても、筋立てが単純である。第一、景行天皇の親征のあと、さらにヤマトタケルノミコトが出向いたという点も、不自然である。(24)

『古事記』では、帰途、出雲を征討したとあるが、これも取ってつけたような物語で、熊襲の場合とおなじ騙し討ちで、リアリティに欠ける。とくに、この話は、『日本書紀』の崇神天皇六十年にみえる出雲の神宝献上をめぐる伝承と酷似しており、引用される歌謡までが一致する。となると、この話も、ヤマトタケルノミコトの事蹟とは認めがたい。彼の征討譚には、複数の人物の物語が集約されているというみかたが古くからあるが、(25)出雲征伐をみるかぎり、そう考えざるをえない。

そもそも、熊襲建や出雲建の話は、卑怯な騙し討ちによって相手を倒すということの繰り返しである。後述の東征にみられるような、苦難に遭遇し、その克服に苦しむ悲劇的な英雄の姿とは対蹠的である。このことは、個々の征討譚が、本来別個に伝わったことを示唆している。(26)吉井巖《よしいいわお》氏は、主人公の名の使い分けに注目し、ヤマトタケルノミコト物語は、小碓命《おうすのみこと》・日本童男《やまとのおぐな》・ヤマトタケルノミコトのそれぞれを主人公とする話を「一つにつづけて作られたもの」とみておられる。(27)截然と三つに分けることができるかはなお検討の餘地があるが、西征と東征がもとは独立した伝承であったという点については、同感である。(28)

ところで、ヤマトタケルノミコトが、東征の途次、倭姫命のもとに立ち寄った話は有名だが、『古事記』によれば、西征にもこれとよく似た話がある。東征の往路ならまだわかるが（それでも、『日本書紀』が「道を枉げて」と記すように、迂回路であることは間違いない）、九州地方に赴くのに、わざわざ逆方向の伊勢に足を運ぶというのは、不自然である。しかも、東征では、「故。受レ命罷行之時、参二入伊勢大御神宮一。拝二神朝廷一。即白二其姨倭比売命一者」と、神宮への参拝のことを記すのに、先に出てくる西征のところでは「爾。小碓命。給二其姨倭比売命之御衣・御裳一。以剣納二于御懐一而幸行」としか書いていない。ふつうなら、先に掲げた西征に神宮参入を明記すべきなのに、それがないのは（『日本書紀』には、西征前にヤマトヒメノミコトのもとに赴いたことさえ出てこない）、西征譚が、東征とはべつに伝えられた話だからであろう。思うに、西征は、先に伝えられていた東征との対比から生じた武勇伝で、父景行天皇の熊襲征伐にヒントを得た説話ではあるまいか。現存する九州地方の風土記には、景行天皇に関する記事が多いが、ヤマトタケルノミコトのことは、『肥前国風土記』に三箇所出てくるだけである。これなども、熊襲征伐については、元来、景行天皇のそれのみが伝わっていたことの名残りではあるまいか(29)。

もっとも、こうした筆者の構想は、従来の通説的見解とはまったく逆のとらえかたである(30)。津田氏が、景行天皇の西征はヤマトタケルノミコトの「物語を二重にしたもの」と推測しておられることは前述のとおりだが、坂本太郎氏も、つぎのようにのべておられる。

（前略）おそらく九州では、景行天皇の時のヤマトタケルノミコトの熊襲征伐が大事件だったので、それが語り伝えられていくうちに、皇子よりも天皇の征伐というふうに格上げされ、ついに各地の地名を天皇の事績に結びつけることになったのではあるまいか。「風土記」はそれを克明にしるして政府に提出した。「日本書紀」の編集者はそれを捨てるにしのびず、ヤマトタケルノミコトの前に、天皇親征の記事を作って挿入したのではないかと考えられる。

中央の編集者に、当時、地方のこまかい地名の起源などわかるはずはなかった。だから、天皇親征の物語は、編集者がかってに作り上げたものではなく、あくまでも、九州に伝えられた説話がもとになっているのだろう。ただ、九州では個々の土地で、きれぎれに伝えられていた説話が、編集者の手によって一貫した天皇親征の記事に仕立てられたのである(31)。

坂本説の特色は、景行天皇の西征が九州地方に伝えられたものだったとする点にあるが、本来、それがヤマトタケルノミコトの事蹟だったと考える点で津田氏の「二重」説とよく似ている。

なお、ここに云う「風土記」とは、現存する『豊後国風土記』『肥前国風土記』をふくむ、いわゆる甲類風土記のことではない。坂本氏は、『日本書紀』に収載された風土記関係の記事は、乙類風土記の材料にもなった、諸国からの報告書の類によったものであり、これを「風土記」と称しておられるのである(32)。

たしかに、『日本書紀』が諸国からの報告書を材料の一つとし、景行天皇の西征にもそれが取り入れられたであろうことには、じゅうぶん考えられる。しかし、『日本書紀』編者が、ヤマト政権の根幹にかかわるような国土平定事業のことを、編纂時にはじめて地方の伝承によってまとめたというのは、いささか無理があると思う。天皇親征のような重要事項は、古くから宮廷に伝えられていたとみるべきであろう。

ちなみに、角林文雄《かくばやしふみお》氏なども、「考えるに、本来の伝承資料では熊襲征伐はすべてヤマトタケルがおこなったことになっていたが、それでは景行天皇の事跡があまりにも少ない。それで景行天皇を顕彰するために、ヤマトタケルの活躍物語を景行の物語に改変したのではないか」とのべておられる(33)。

角林氏は、景行天皇の熊襲征伐が「きわめてリアルであり、それをフィクションとして片づけることはできない」としながらも、最終的には「景行天皇の事業として伝えられた物語が実はヤマトタケルのものであった」という結論に落ち着かれた。しかし、そこまで景行天皇の伝承のリアリティを評価されるのであれば、素直にそれを天皇の事蹟とみても不都合はないのではあるまいか。

天皇の征討伝承が存したところへ、皇子による熊襲征伐が加上された理由ははっきりしないが、あるいは、天皇の事蹟として語られる伝承から、ヤマトタケルノミコトの行動として伝える異伝が生じ、『日本書紀』はそれの両方を採用したということも考えられよう。

たとえば、ヤマトタケルノミコトの出雲征伐の話は『古事記』にしかみえないが、『日本書紀』には、崇神天皇六十年条に吉備津彦《きびつひこ》と武渟川別《たけぬなかわわけ》の二人が出雲振根を誅したという類話がみえている。荻原浅男氏が推測されたように、崇神天皇紀の話は「史実をかなり反映しており」、いっぽうの『古事記』のヤマトタケルノミコトの話は「こうした史実を資料として説話的に構成されたもの」と考えられる[34]。おそらく、出雲征伐のことは『日本書紀』のほうがもとの話に近いのであって、それが、いつしか、ヤマトタケルノミコトという英雄的王族の事蹟に収斂され、『古事記』に定着したと考えると、両者の関係がよく理解できる[35]。このように、他の人物の事蹟がヤマトタケルノミコトのそれにすり替わる例のあることを思うと、西征伝承も、もとは天皇の事蹟として伝わっていたが、いつしかそれをヤマトタケルノミコトのものとする異伝が生じたのではあるまいか。

なお、西征譚に関して一言附け加えておくと、この話には、ヤマト政権と尾張氏の結びつきを背景としていると思われる箇所がある。

『日本書紀』景行天皇二十八年十月条によれば、西征に先立ってヤマトタケルノミコトは弓の名手を需めていたという。そして、ある人の進言によって美濃国の弟彦公《おとひこのきみ》を召したが、彼が石占横立《いしうらのよこたち》・尾張の田子稲置《たごのいなぎ》・乳近《ちちかの》稲置《いなぎ》を連れてきたので、この三人も同行させたと記す。

ここにみえる弟彦公は尾張氏[36]の一族で、他の二人も伊勢や尾張ゆかりの人物だと考えられる。[37]記紀によれば、崇神天皇妃に尾張氏出身の大海媛《おおあまひめ》の名があり、その娘八坂入媛命《やさかいりひめのみこと》も景行天皇に嫁している。さらに、ヤマトタケルノミコト自身も尾張氏出身のミヤズヒメと婚姻関係を結んでいる。したがって、ヤマトタケルノミコトが西征にあたって、尾張氏を恃みとしたという伝承も、現実の両勢力の結束を背景に生まれた話だと考えてよいであろう。[38]実際、尾張氏ゆかりの志段味《しだみ》古墳群の白鳥塚古墳や中社《なかやしろ》古墳は、四世紀代におけるヤマト政権と濃尾平野南東部の勢力との結びつきを示唆するものであり（後述参照）、弟彦公の話もかなり古くから語られていたと考えられる。

ただし、弟彦公が、その後の熊襲征討にはほとんど活躍していないところをみると、この部分は、もとは別系統の伝承だった可能性がある。おそらくは、尾張氏あたりが伝えてきた話が、のちにヤマトタケルノミコトの西征譚に加わったのであろう。ヤマトタケルノミコトの物語が複数の伝承を統合したものであろうことは前述のとおりであるが、これもそう考える根拠の一つである。

三　ヤマトタケルノミコトの東征をめぐって

1　ヤマトタケルノミコトの東征

以上、ヤマトタケルノミコトの西征についてのべてきたが、記紀は、これにつづいて彼の東征について記す。

東方への将軍派遣としては、すでに崇神天皇朝にいわゆる「四道将軍」の一人として武渟川別《たけぬなかわわけ》（建沼河別命）を東海（東方十二道）に遣わしたことが記紀にみえているが、ヤマトタケルノミコトの東征はそれにつぐものである。直前の景行天皇四十年六月に「東夷多叛。辺境騒動」とあり、遠征の伏線を張る書きぶりは、西征の場合と同工である。『日本書紀』では、ヤマトタケルノミコト自身は、兄の大碓皇子がその任にあたるであろうと群臣に語っていたが、驚いた大碓皇子は逃亡してしまったので、ヤマトタケルノミコトが将軍に任命される。長文の詔とそれに応えて東征の決意を表明したヤマトタケルノミコトのことばは、文飾の多い、格調高い文章で綴られている。

ちなみに、『日本書紀』では、天皇の命令に勇躍して東征に向かったとあるが、『古事記』では、ヤマトヒメノミコトに向かって「天皇既所三以思二吾死一乎。何。撃二遣西方之悪人等一而。返参上来之間。未経二幾時一。不レ賜二軍衆一。今更平二遣東方十二道之悪人等一。因レ此思惟。猶所レ思二看吾既死一焉」と憂え泣く、弱々しい姿を伝えている。

以下、『日本書紀』によりつつ、東征の流れをかんたんに紹介すると、ヤマトタケルノミコトは道を枉げて伊勢神宮に参拝し、叔母の倭姫命に暇乞《いとまご》いする。このとき、ヤマトタケルノミコトは、倭姫命から草薙剣[39]を授かり駿河に至るが、そこで賊の焼き打ちに遭う。しかし、草薙剣で火を退け、ぎゃくに賊を焼き殺してしまう。そして、相模に進み、そこから上総に渡ろうとするが、こんどは暴風雨に苦しめられる。このとき、妃のオトタチバナヒメ（『古事記』では「弟橘比売命」、『日本書紀』では「弟橘媛」）が海神の犠牲となって入水したため、暴風は止み、一行は無事接岸する。ヤマトタケルノミコトは、そこからさらに陸奥にまで進軍し、船に大きな鏡をかけて蝦夷に戦を挑むと、彼らは戦わずして降服したという。

帰途、ヤマトタケルノミコトは、甲斐国の酒折宮《さかおりのみや》に滞在し、さらにそこから武蔵・上野を経て碓日坂でオトタチバナヒメを偲ぶ。信濃を経て尾張に戻った彼は、ここで尾張氏の娘ミヤズヒメ（『古事記』は「美夜受比売」、

『日本書紀』では「宮簀媛」）を娶る。このくだりは、『釈日本紀』巻七所引の『尾張国風土記』逸文にも記載されている。(40)

　そして、近江の伊吹山の荒ぶる神を退治しようとして傷つき、大和に帰ることを望みながらも、ついに伊勢国の能褒野《のぼの》で歿する。(41)

　『古事記』は、ヤマトタケルノミコトの臨終について、つぎのように記す。

自㆓其地㆒幸。到㆓三重村㆒之時。亦詔之。吾足如㆓三重勾㆒而。甚疲。故。号㆓其地㆒謂㆓三重㆒。自㆑其幸行而。
到㆓能煩野㆒之時。思㆑国以歌曰。
夜麻登波《やまとは》　久尓能麻本呂婆《くにのまほろば》　多々那豆久《たたなづく》　吾袁迦岐《あをかき》　夜麻碁母礼流《やまごもれる》　夜麻登志宇流波斯《やまとしうるはし》
夕歌曰。
伊能知能《いのちの》　麻多祁牟比登波《またけむひとは》　多々美許母《たたみこも》　弊具理能夜麻能《へぐりのやまの》　久麻加志賀波袁宇受尓佐勢《くまかしがはをうずにさせ》　曽能古《そのこ》　此歌者、
思国歌也。
又、歌曰。
波斯祁夜斯《はしけやし》　和岐弊能迦多用《わぎへのかたよ》　久毛韋多知久母《くもゐたちくも》
此者片歌也。此時御病甚急。爾。御歌曰。
袁登売能《をとめの》　登許能弁爾《とこのべに》　和賀淤岐斯《わがおきし》　都流岐能多知《つるぎのたち》　曽能多知波夜《そのたちはや》
歌竟即崩。爾。貢㆓上駅使㆒。

『日本書紀』では、はじめの三首とほぼ同じ歌を、ヤマトタケルノミコトではなく、景行天皇が西征の際に謳ったものとして伝えている。この点について、吉井氏は、これらはヤマトタケルノミコトの終焉直前の歌とみたほうがふさわしいと云われる[42]。しかし、それなら、なにゆえ、『日本書紀』はこれを景行天皇の御製歌として伝えたのであろうか。いずれにしても、先にみた出雲建征討の際の御歌もそうだったが、ヤマトタケルノミコトの征討伝承には、べつな人物の事蹟が混入しているようである。

さて、以上の東征譚に関しては、小異はあるものの、記紀のストーリーはおおむね一致している。強いて云えば、『日本書紀』では「爰日本武尊則従㆓上総㆒転㆓入陸奥国㆒」「蝦夷既平。自㆓日高見国㆒還之。西南歴㆓常陸㆒至㆓甲斐国㆒。居㆓于酒折宮㆒」とあるので、常陸以北に進んだかのような書きぶりである。これに対し、『古事記』では「新治　筑波を過ぎて幾夜か寝つる」とあり、常陸まで進軍したことはわかるが、それより先に遠征したことを記していない。これは、『日本書紀』が蝦夷を征討の対象として強く全面に打ち出していることと相俟って[43]、『古事記』と大きく異なる点である。

ちなみに、『日本書紀』は、このあとさらに景行天皇五十三年条から翌年条にかけて、天皇がヤマトタケルノミコトの平定した国を巡狩したいと云って、伊勢から東海に入り、上総国に至り、伊勢を経て帰還したという話を掲げる。

景行天皇が東国にみずから赴いたという伝承は、『古事記』にはみえないが、膳大伴部《かしわでのおおともべ》の設置の伝承は『古事記』にもみえている。膳大伴部は、御膳の調理にあたるトモの膳夫（膳部）を資養したり、食料品を貢納するために置かれた部であり、『日本書紀』が記す磐鹿六鴈《いわかのむつかり》の食膳奉仕も、服属儀礼の一種であると考えられる[44]。六鴈の伝承自体は、直接征討にかかわる話ではないが、広い意味で景行天皇朝に集中する地方平定の伝承の一環をなすものである。坂本太郎氏は、これを「ヤマトタケルノミコトのはなばなしい活躍に対抗させるために、後からつけたした話だろう」とみておられる[45]。詳細は不明だが、六鴈のエピソードは、別系統の伝承をここに接合した可能性がある。

2　東征の史実性

ところで、この東征伝承は、西征に比べるとリアリティもあり、その点で、『日本書紀』の記す景行天皇の熊襲征伐に通じるものがある。『常陸国風土記』に「倭武天皇」としてヤマトタケルノミコトにまつわる伝承が数多く語られていることも、これら征討譚が古くから土地に伝わっていたことの証しである。

ただ、それだけでは物語の史実性を立証することにならないのだが、こうした東征伝承との関係をうかがわせる考古学的成果が報告されていることは、注目してよい。

四世紀後半、ヤマト政権が東征の舞台となった東海・甲信地方へ勢力を拡大したことは、「畿内型古墳」がこの地方に及んでいることからもあきらかである。名古屋市守山区の志段味古墳群の中社古墳、静岡県磐田市の磐田原台地南東部古墳群の松林山《しょうりんざん》古墳、静岡市葵区の谷津山《やつやま》古墳、清水市庵原町の三池平《みいけたいら》古墳、山梨県甲府市の甲斐銚子塚古墳、長野市の川柳将軍塚《せんりゅうしょうぐんづか》古墳、三重県亀山市の能褒野王塚《のぼのおうづか》古墳などは、いずれも畿内型の前方後円墳で、四世紀中葉から後半にかけての築造と推定されている。

右の古墳には、原秀三郎氏が御火《みひ》焼老人《たきのおきな》をその被葬者にあてる甲斐銚子塚古墳[46]や、また、同氏が東征に同行した吉備武彦との関係を想定する谷津山古墳・三池平古墳などもふくまれる[47]。これらについてはべつの機会に譲り、ここでは、ミヤズヒメとヤマトタケルノミコトとの関聯が指摘されている中社古墳・能褒野王塚古墳を取り上げたい。

まず、中社古墳についてのべる[48]。

中社古墳をふくむ志段味《しだみ》古墳群は、名古屋市守山区上志段味に位置する。この上志段味地区は名古屋市内ではもっとも古墳が集中する場所で（総数約二百基のうち約七十基）、尾張氏発祥の地と考えられている。中社古墳は、この古墳群の東端にある東谷山《とうごくさん》に位置する前方後円墳である。東谷山は名古屋市内でもっとも高い山（標高一九八・三メートル）で、山頂にはヤマトタケルノミコト妃のミヤズヒメが建てたといわれる尾張戸《おわりべ》神社が鎮座している。

志段味古墳群は、古墳時代前期の四世紀から終末期の七世紀にかけて、きわめて狭い範囲に断続的に古墳が営まれているのが特徴だが、前期（四世紀前葉）の大型前方後円墳としては、白鳥塚古墳が注目される。この古墳は奈良県天理市の行燈山古墳と形が似ており(49)、ヤマト政権とかかわり深い人物の墓であったことが推測できる。中《なか》司照世《つかてるよ》氏は、崇神天皇妃の尾張大海媛との関聯を示唆しておられるが(50)、興味深い指摘である。

この白鳥塚古墳につづいて築かれたのが、東谷山の中社古墳や南社古墳で、ともに四世紀中葉の築造といわれる(51)。このうち、中社古墳は、墳丘長の六三・五メートルの前方後円墳で、後円部三段・前方部二段で、Ⅱ期の埴輪を備え（おなじ特徴をもつ埴輪は南社古墳からも出土しており、同時期に同地域で製作されたとみられる）、しかも、その埴輪には近畿などの工人集団との関係がうかがえるなど、共通点があるという(52)。中司氏は、この古墳が、㈠尾張氏の祖神の火明命《ほのあかりのみこと》を祀り、㈡成務天皇朝にミヤズヒメが勧請したという言い伝えをもつ尾張戸神社と指呼の距離にあり、なおかつ、㈢王族特有の三段築成であることを理由に、その被葬者がミヤズヒメのような女性である可能性に言及しておられる(53)。

現状では被葬者の特定はむつかしいが、同氏の指摘ははなはだ示唆的である。こうした王族墓とみられる古墳が濃尾平野の一角に築造されていることは、四世紀にはヤマト政権がこの地の豪族と強く結びついていたことを物語っている。そう考えると、ヤマトタケルノミコト伝承のうち、ミヤズヒメとの婚姻の物語などは、はやくから存在していた可能性が大きいのである。

つぎに、能褒野王塚古墳について考えてみたい(54)。

能褒野王塚古墳をふくむ能褒野古墳群は、安楽川《あんらくがわ》と御幣川《おんべがわ》の合流地点から東方数百メートルの地点に築造された古墳群で、墳丘長九〇メートルの大型前方後円墳である能褒野王塚古墳（名越丁字塚古墳）と、その周囲を取り巻く小規模の円墳から構成される。この能褒野王塚古墳は、宮内庁が現在「日本武　尊《やまとたけるのみこと》能褒野墓《のぼののはか》」に治定する古墳で、附近に点在する十六基の円墳はその「陪冢」として位置づけられている（大正四年版『陵墓要覧』）。あえて「現在」と書くのは、明治十二年（一八七九）にヤマトタケルノミコトの墓がこの古墳に決定する以前には、複数の候補地が存在し、容易に帰趨をみなかったからである。この点については、ウェブ版で公開されている『亀山市史』に周到な研究史の整理があり、ほかに、亀山市歴史博物館がおこなった第十七回企画展「近世「のぼの」考」の図録とその別巻にも関係資料が網羅されている。これらによると、ヤマトタケルノミコトの墓としては、はやく江戸時代から、白鳥塚《しらとりづか》一号墳（鈴鹿市石薬師町）・武備塚古墳《たけびづかこふん》（鈴鹿市長沢町）・双児塚《ふたごづか》一号墳（同上）の名があげられていたという。たとえば、本居宣長やその門人坂倉茂樹《さかくらしげき》などは、白鳥塚一号墳をその候補としていたことが、彼らの著作から知られる。

能褒野については、記紀はそれぞれ「能煩野」「能褒野」と記し、『延喜諸陵式』には「能褒野墓日本武尊。伊勢国鈴鹿郡に在り。兆域東西二町。南北二町。守戸三烟。」とみえている。ほかに、『続日本紀』大宝二年（七〇二）八月八日条にも「癸卯。倭建命の墓に震す。使を遣して祭らしむ」という貴重な記録がみえているが、いずれも具体的な墓の所在地を絞り込む手がかりとはならない。

ただ、前述のように、墳丘が三段築成の古墳は、全国的な傾向から帰納して、大王（天皇）関係者の墓と限定しうる。いま、伊勢地方で該当する古墳を探すと、まずは、ここで取り上げている能褒野王塚古墳があげられるが、これが後円部三段、前方部二段であることは疑いない。さらに、松阪市の宝塚二号墳も、三段築成（帆立貝形）とみられる。これに隣接する宝塚一号墳も三段築成と報告されているが、中司氏のご教示によれば、三段ではなく、最下段は基壇部（基臺部）の可能性が大きいというから、こちらはしばらく除外する。このほかには、先にあげた白鳥塚一号墳が、近年の確認調査によって、三段築成の帆立貝形古墳であることが判明している。

冒頭でものべたとおり、筆者は、景行天皇朝については四世紀後半というおおまかな実年代を推定している。宝塚二号墳は五世紀初頭の築造とみられる同一号墳に続いて築造されたものであり、白鳥塚一号墳も、やはり五世紀前半の築造とみられるので、筆者の推定年代とは時代が合わない。しかも、これらの古墳は、能褒野墓の所在を鈴鹿郡とする『延喜式』の記載とも一致しない。してみると、ヤマトタケルノミコトの墓としてもっとも相応しいのは、やはり能褒野王塚古墳ということになる。

なお、ウェブ版『亀山市史』考古編によると、埴輪の製作年代から能褒野王塚古墳を四世紀末から五世紀初頭とみる見解を「共通認識」として紹介している。しかしながら、四世紀末は、埴輪編年ではⅢ期にはいるのに対し、能褒野王塚古墳の埴輪はあきらかにⅡ期のものである。はたして、そこまで築造時期をくだしてよいかは、疑問である。(55)

記紀が伝えるヤマトタケルノミコトが実在の人物で、なおかつ、能褒野王塚古墳が彼の墓であることを証明することはきわめて困難な作業である。しかも、記紀が語る物語と歴史的事実とは、あくまで一線を劃する必要がある。なぜなら、物語は、その成立過程において、伝承者の願望を取り込んでいく場合が少なくないからである。

しかし、記紀が彼の歿したと伝える能褒野の地に、ここで最期を迎えた王族の墓が実在することは、能褒野王塚古墳をヤマトタケルノミコトの終焉とのかかわりで語る伝承が、相当古くから存在したことを示唆している。そうなると、この古墳の被葬者として、実際に国土平定にかかわったヤマトタケルノミコト的王族を想定することも、あながち無稽な推測とは云えなくなる。

ヤマトタケルノミコトの墓については、その後の白鳥伝説と相俟って、のちに潤色・改変された物語的な要素が多いことは否定できない。しかし、ヤマト政権の版図の拡大に貢献した王族が能褒野で終焉を迎えたとする伝承は古くから存在したのであって、ことによると、その核心部分にはなんらかの史的事実の存在する可能性がある。

小括

1　征討伝承の成立過程

以上、景行天皇朝の国土平定にかかわる伝承についてみてきたが、景行天皇やヤマトタケルノミコトの遠征の話は、記紀の間でずいぶん出入りがあり、両書に定着するまでには、本来別な人物の事蹟として伝えられたものもふくめて、さまざまな物語が複線的に伝えられていたことが推定できる。

伝承の成立過程を細かくトレースすることはむつかしいのだが、これまでのべたことを綜合すると、複数の東征・西征伝承のうち、比較的はやくから語られていたのは、『日本書紀』にのみみえる景行天皇の西征伝承と、記紀がともに記すヤマトタケルノミコトの東征伝承とではないかと思われる。むろん、ここにいう東征・西征伝承とは、記紀にみえるような「完成」された物語ではなく、あくまでその祖型の意味である。

記紀のヤマトタケルノミコト像やその国土平定の物語群をのちの創作とする説の存することは、すでに紹介したとおりだが[56]、かならずしもそうとは云えない。なぜなら、前述のように、四世紀代にヤマト政権の勢力が東西に拡張したことは、動かしがたい事実だからである。景行天皇朝の東征・西征伝承も、のちの作り話とみるよりは、版図拡大の事実があり、それがもとになって生まれた言い伝えだと考えたほうが無理がないように思う。

『古事記』では、景行天皇朝をヤマトタケルノミコトを中心として描くという方針から、彼の西征・東征伝承を採用した。この二つの征討伝承者のうち、西征譚のほうの形成には景行天皇の西征が影響しているとみられるが、『古事記』が景行天皇の親征についてふれていないのは、その原資料として用いられた帝紀ないしは旧辞のなかに、ヤマトタケルノミコトの事蹟しかなかったからであろう[57]。

いっぽう、『日本書紀』は、古くからあった景行天皇の西征とヤマトタケルノミコトの東征を中心に、多くの伝承を統合し、それらを景行天皇西征→ヤマトタケルノミコト西征→ヤマトタケルノミコト東征の順に整理し、なおかつ景行天皇の東国巡狩を最後に排した。倭王武の上表文は、東征→西征の順で書くが、記紀がともに西征→東征の順で排列しているところをみると、西征が先だったという認識がはやくから定着していたのであろう。

個々の伝承の先後関係や系統の詳細は解明しがたいが、上田正昭氏などは、ヤマトタケルノミコトの西征譚に関しては、『古事記』のほうが『日本書紀』よりも説話としては古いと考えておられる[58]。妥当な見解だとは思うが、両者の脈絡や東征伝承とのかかわりまではあきらかにしがたい。

また、直木孝次郎氏は、ヤマトタケルノミコト伝承は、当初、大和朝廷を中心として成立した物語だったが、伝承の過程で伊勢大神の信仰と結びついて潤色が加えられたとみておられる。(59)氏によれば、地方神であった伊勢神宮が皇室の特別な崇敬を受けるようになるのは、六世紀初頭以後（古くみても、五世紀後半の雄略天皇朝）だというから、神宮の霊験譚としての要素が加わったのも、それ以降ということになる。

直木説の検討はべつの機会に譲らざるをえないが、(60)同氏が、草薙剣や御衣御裳によって難を逃れたことを神宮の霊験譚としておられる点については、ここで言及しておく必要がある。

ヤマトタケルノミコト伝承における草薙剣の存在はあまねく知られているが、記紀を叮嚀に読むと、じつはそれほど際立った存在ではない。まず、『古事記』では、「草那藝剣」はあくまで「御嚢」と抱き合わせで記されており、剣が袋に比して格別効力を発揮したわけではない。ヤマトヒメノミコトの言にも、「倭比売命。賜二草那藝釼一。那藝二字以レ音。亦賜二御嚢一而詔。若有二急事一。解二茲嚢口一。（もし火急のことがあれば、この袋の口を解きなさい）」とあるだけで、剣のことにはふれられていない。

また、『日本書紀』でも、剣がみずから抽《ぬ》けて草を薙ぎ攘《はら》ったことは本文にはなく、わずかに「一云」に登場するのみである。しかも、そこには「一云。王所レ佩釼叢雲自抽之。薙二攘王之傍草一。因レ是得レ免。故号二其釼一曰二草薙一也」とあって、「草薙」の由来譚でしかない。霊験というには、いかにも物足りない記述である。

さらに、西征について云えば、『日本書紀』には草薙剣はおろか（川上梟帥を討つのに剣を用いてはいるが、草薙剣とは書いていない）、伊勢訪問の話さえない。『古事記』も、「爾。小碓命。給二其姨倭比売命之御衣・御裳一。以レ剣納二于御懐一而幸行」としか書かないことは、前述のとおりである（この剣も草薙剣ではあるまい）。岡田精司氏は、「この衣裳は、アマテラスオオミカミの御杖代として斎王の衣裳であるから、神宝に準じた意味をもつであろう(61)」といわれるが、これはいささか強辯である。

神宮の霊験を強く打ち出そうとするのであれば、いま少し神宮そのものや天照大神を前面に出してもよさそうなものだが、記紀ともにそうした傾向は認められない[62]。そもそも、草薙剣は、神代紀上、第八段第二の一書には「乃以二八甕酒一毎レ口沃入。其蛇飲レ酒而睡。素戔嗚尊抜レ剣斬之。至二斬レ尾一時剣刃少缺。割而視之。則剣在二尾中一。是号二草薙剣一。此今在二尾張国吾湯市村一。即熱田祝部所レ掌之神是也」とあり、また、景行天皇五十一年八月四日条にも「初日本武尊所レ佩草薙横刀。是今在二尾張国年魚市郡熱田社一也」とあるように、『日本書紀』編纂時には熱田神宮の神宝として認識されていた（こうした認識は、『尾張国風土記』逸文にも共通）[63]。そのため、この剣によってヤマトタケルノミコトが火難を逃れたのを、「伊勢神宮の神剣の力によって成功をかちえた」と云えるかどうかは、疑問である。

直木氏の提唱した神宮霊験説は、その後、多くの研究者が肯定的にこれを引用しており、こんにちでは半ば定説化しているかの印象がある。しかしながら、この点については、いま一度史料に則して再検討する必要があると思う。

2　景行天皇朝の史的意義

景行天皇朝の国土平定伝承については、ほかにも『日本書紀』に彦狭嶋王やその子の御諸別王による東山道統治のことがみえるし、ヤマトタケルノミコトについてはその独自の系譜など、検討すべき課題は多いが、論旨が多岐にわたることを恐れ、ひとまずここで筆を擱く。

景行天皇やヤマトタケルノミコトについては、その実在性を否定する見解が根強く[64]、そうした立場からすれば、小論の結論は容認しがたいであろう。

ただ、周知のように、崇神天皇から景行天皇にかけての時代は、ヤマト政権の威光が大和の内外に拡大した時期であり、記紀にはそのことを示す記事が数多くみえている。

たとえば、崇神天皇の時代には、四道将軍の派遣・出雲の神宝献上・任那の朝貢など、ヤマト政権の勢力が各地に及んだことを示す記事がみえる。また、崇神天皇につづく垂仁天皇の時代にも、伊勢神宮の鎮座など、ヤマト政権の歴史を語るうえで逸することのできない重要な事件が集中しているし、さらに小論でも取り上げたように、景行天皇の時代には、天皇自身による熊襲征伐やヤマトタケルノミコトの国土平定伝承に象徴される、華々しい出来事が記されている。

いっぽう、考古学の方面からみると、大和盆地の東南部、三輪山西麓の柳本古墳群には巨大な前方後円墳が集中しており、なかでも最大規模を誇るのが、渋谷向山古墳である（ほかにも、崇神天皇陵に治定される行燈山古墳がある）。この古墳は、記紀に景行天皇陵と記される「山辺道上陵《やまのべのみちのえのみささぎ》」に比定されている。

はたして、ここに景行天皇が葬られているかどうかは、現状では確認がむつかしい。しかし、この古墳は、四世紀中葉から後半にかけての築造とみられるので、それは、冒頭で推定したこの天皇の年代とも懸隔があるわけではない。

しかも、この時期、全国どこを探しても、これだけ巨大な古墳は存在しないのであって、その意味では、この古墳の被葬者を当時のヤマト政権の最高首長（大王）、すなわち記紀に云うところの景行天皇的人物にあてる説も、根拠のないことではあるまい。当時、ヤマト政権の最高首長がこれほど巨大な前方後円墳を築造したということは、こうした大土木事業を支える富や権力が、彼らの許に集中していたことを示している。したがって、記紀の崇神～景行天皇の治世に、ヤマト政権の勢力の伸張を物語る幾多の事件が集中していることも、それなりに理由のあることだと思う。

景行天皇朝の征討譚は、長期間にわたる伝承の過程で潤色・改変されているので、それがそのまま史実だとは認めがたい。しかし、考古学的見地からみて、四世紀後半におけるヤマト政権の勢力伸長は、もはや動かしがたい事実であり、しかも、それが記紀の伝承とよく符合することを思うと、その祖型というべきものは、相当古くから存在したと考えてよいであろう。こうした考えを一歩進めると、伝承の核心部分には、景行天皇的な大王やヤマトタケルノミコト的な王族が、版図を拡大していったという史実が内包されているのではないかという結論に辿りつくのである。

小論では一つの試案として、その可能性を探ってみた。暴論と蔑むことなく、ご批正たまわれば幸いである。

注

（1）ただし、『古事記』では、『日本書紀』が記す四道将軍の派遣のうち、吉備の平定を孝霊天皇朝のこととしている。

（2）以下、「大王」と称するのがふさわしいヤマト政権の最高首長についても、便宜上、記紀にしたがって、「天皇」の表記をもちいている。

（3）人名の漢字表記については、頻出するヤマトタケルノミコト・ミヤズヒメ・ヤマトヒメノミコトについてのみ、片假名とした。

（4）塚口義信「初期大和政権とオホビコの伝承」（横田健一編『日本書紀研究』第十四冊〈塙書房、昭和六十二年二月〉所収、のち加筆して同氏『邪馬台国と初期ヤマト政権の謎を探る』〈原書房、平成二十七年十一月〉所収）一三六頁。このほか、吉田孝「酒折宮の物語―ヤマトタケルとワカタケル―」（磯貝正義先生古稀記念論文集編纂委員会編『磯貝正義先生古稀記念論文集　甲斐の地域史的展開』〈雄山閣出版、昭和五十七年十月〉所収）三八～三九頁も参照。

（5）たとえば、「某氏」の祖母が自身の祖母の思い出を記憶しており、それを孫である「某氏」に語ったとする。これは、「某氏」からみて四世代前の昔の話であり、かりに一世代を三十年とすると、およそ百二十年前のことである。さらに、祖母の祖母が、自身が生まれる前の昔のことを聞き覚えていて、それを子孫に語るようなことがあれば、もっと古い過去の記憶が伝えられる可能性がある。このことから、百年以上前のことが伝わることはじゅうぶんあると思う。塚口義信「初期大和政権とオホビコの伝承」(前掲)も、「自己の権威と権力を〝古墳〟によって表す体制が発展的に継承され、かつその規模が頂点に達していた五世紀代に、体制の根源ともいうべき巨大古墳出現期の出来事が何一つ伝えられていなかったなどということは、およそ考えがたいことである」とのべておられる(一五四頁)。なお、これに関聯して、末永雅雄・三品彰英・横田健一『神話と考古学の間』(創元社、昭和四十八年十月)一〇～一一頁が、「伝承は四〇〇年くらいは真実が伝えられる」という池田源太氏の説を紹介している点も参照されたい。

(6) 那珂通世「上世年紀考」(『史學雜誌』八―八・九・十・十二、明治三十年八・九・十・十二月)。なお、那珂氏は、すでに明治十一年に『洋々社談』三八(明治十一年一月)に「上古年代考」を発表している。

(7) 研究者の間では、埼玉稲荷山古墳出土の辛亥銘鉄剣の銘文にみえる「辛亥年」を西暦四七一年にあて、これを獲加多支鹵大王(獲加多支鹵大王＝雄略天皇＝武)朝のある年とみるのが定説化している。しかし、いっぽうで、『宋書』にみえる昇明元年(四七七)の遣使は、興のそれと判断すべき根拠がある。そこで、筆者は「在斯鬼宮時」を過去のことを示した記述とみて、辛亥年、すなわち、銘文が刻まれた年は五三一年であり、奉事のことは過去の回想ではないかと考えるに至った(拙稿「昇明元年の「倭国遣使献方物」をめぐって―稲荷山古墳鉄剣銘の辛亥年は四七一年か―」『皇學館大学史料編纂所報 史料』二三〇、平成二十一年六月、のち拙著『風土記と古代史料の研究』〈国書刊行会、平成二十四年三月〉所収)。ただ、この点についてはなお検討の餘地があり、よく考えてみたい。

(8) この点については、安本美典『卑弥呼の謎』(講談社、昭和四十七年十月、のち昭和六十三年七月新版)一八二～一八九頁をはじめ、坂本太郎「古事記」(同氏『史書を読む』〈中央公論社、昭和五十六年十一月〉所収、のち『坂本太郎著作集』第五巻〈吉川弘文館、平成元年二月〉所収)三〇七～三〇九頁や塚口義信「初期大和政権とオホビコの伝承」(前掲)一四二～一四三頁など参照。

(9) この点については、原秀三郎『地域と王権の古代史学』(塙書房、平成十四年三月)の序説「古代地域研究の文明史的方法」のうちの「記・紀伝承読解の方法的基準をめぐって」・同『日本古代国家の起源と邪馬台国―田中史学と新古典主義―』

〈國民會館、平成十六年一月〉参照。なお、『住吉大社神代記』の崩年干支の信憑性については、鎌田元一「『古事記』崩年干支に関する二・三の問題—原秀三郎「記・紀伝承読解の方法的基準をめぐって—」（『日本史研究』四九八、平成十六年二月、のち同氏『律令国家史の研究』〈塙書房、平成二十六年三月〉所収）に的確な批判がある。

(10) なお、この問題については、拙稿「記紀における実年代の推定について」（『皇學館大学史料編纂所報　史料』一二九、平成六年二月、のち拙著『『日本書紀』とその世界』〈燃焼社、平成六年十二月〉所収）・「『古事記』崩年干支と年代論」（上田正昭編『古事記の新研究』〈学生社、平成十八年七月〉所収、のち拙著『記紀と古代史料の研究』〈国書刊行会、平成二十年二月〉所収）などで詳しくのべているので、参照されたい。

(11) この点について、若井敏明『「神話」から読み直す古代天皇史』（洋泉社、平成二十九年二月）が、磯城県主の娘との婚姻を記した一書の記載から、安寧天皇から孝安天皇の四人の天皇がほぼ同世代であり、直系の血縁関係があったとはいえないことを指摘しているのは重要である（七四～七八頁）。ほかにも、宝賀寿男氏は、諸氏族の系譜と皇統譜との対比から、応神天皇以前の皇統譜には「天皇（大王）位継承の順序をふまえて、傍系相続を直系相続のように書き直した部分が相当あるとみられる」として、最終的に神武～崇神天皇間が四世代、崇神～応神天皇間が二世代と推測しておられる（宝賀氏編著『古代氏族系図集成』上巻〈古代氏族研究会、昭和六十一年四月〉一七～二〇頁）。宝賀氏の指摘されるような世代のズレがみられることは事実で興味深いが、系譜の信憑性の検討もふくめ、今後の課題としたい。

(12) ただし、『萬葉集』の題詞には「佐婆海中忽遭二逆風一。漲浪漂流。経宿而後。幸得二順風一到二著豊前国下毛郡分間浦一。於レ是追二怛艱難一。悽惆作歌八首」とあり、逆風による漂着であることが知られる。本来は防長沿岸を西進し、関門海峡に至るコースをとる予定だったのであろう。ただ、『類聚三代格』延暦十五年（七九六）十一月二十一日の太政官符の引く天平十八年（七四六）七月二十一日の官符には「官人百姓商旅之徒。従二豊前国草野津。豊後国国埼・坂門等津一。任レ意往還擅二漕国物一。自今以後。厳加二禁断一。」とあれば、これらの津から直接瀬戸内海に出帆する船が絶えなかったことがわかる。彼らの目的地は難波であったらしいが、豊前国の草野津や豊後国の国埼津からは対岸の長門・周防に渡ったと考えられるので、佐婆海で逆風に遭い、漂流した遣新羅使が、その後順風を得て豊前国下毛郡の分間浦に到着したというのも、やはり、周防灘における一つの航路だったのであろう。栄原永遠男「瀬戸内の海道と港」（門脇禎二編『地方文化の日本史２　古代文化と地方』〈文一総合出版、昭和五十三年二月〉所収）参照。

(13) ただし、『日本書紀』景行天皇四十年是歳条には「即美秉燭人之聡而敦賞」とのみあって、東国造任命のことは書かれていない。

(14) 若井敏明『邪馬台国の滅亡』(吉川弘文館、平成二十二年三月)は、『豊後国風土記』日田郡・『肥前国風土記』彼杵郡の記事によって、「天皇の一行は、筑後川上流、日田川にそって筑後から豊後に抜け」、「さらに豊前に進んだ」とみておられるが(一五三～一五四頁)、妥当な順路であろう。

(15) 若井敏明『邪馬台国の滅亡』(前掲)は、仲哀天皇・神功皇后によって制圧された筑紫の勢力を邪馬臺国とみて、この征討が邪馬臺国の滅亡であるとする。

(16) かつては生目古墳群は五世紀に始まるとみられていたが、その後、調査・研究が進んで、そうした年代観は訂正され、あわせて一号墳→三号墳→二二号墳という変遷が推定されていた。一号墳がもっとも古く築造されたと考えられていたのは、前方部が撥形に広がる特徴が確認され、箸墓古墳との関聯性が指摘されていたことによる。しかし、平成二十八年の『宮崎日日新聞』一月二十三日号によれば、宮崎大学による再測量では前方部が大きく崩れるなどして、原形の特定がむつかしくなったとのことである。その結果、三号墳→一号墳→二二号墳の順に築かれたとする、あらたな編年が浮上しているという(『文化財発掘出土情報』平成二十八年三月号、六二一～六二三頁)。さらに、一号墳が、従来知られていた後円部だけでなく、前方部も三段築成であることが確認されるようになったことも貴重で(『文化財発掘出土情報』平成二十六年三月号、五九頁の前掲紙平成十四年一月十日号参照)、本文にあげた御刀媛らを后妃に差し出した首長の墓である可能性も考えられる。ちなみに、生目古墳群では四世紀末に墳丘が小型化するが、かわって九州南部の盟主的地位についたのが西都原勢力で、彼らの奥津城である西都原古墳群には、古市・百舌鳥古墳群の影響を受けた女狭穂塚古墳・男狭穂塚古墳など、大型前方後円墳が築造されるようになる。こうした九州南部における首長の交替は、いわゆる四世紀末の内乱と河内政権の成立と関係があると考えられている(塚口義信「五世紀のヤマト政権と日向」『古文化談叢』六六、平成二十三年九月)。

(17) 竹中克繁「生目古墳群とはなにか」(柳沢一男他『生目古墳群と日向古代史』〈鉱脈社、平成二十三年八月〉所収)四七頁。

(18) 竹中克繁「生目古墳群とはなにか」(前掲)四五頁。

(19) 中司照世「古墳時代の同一工房製小型銅鈴」(日本書紀研究会編『日本書紀研究』三十冊〈塙書房、平成二十六年十一月〉所収)一六五～一六六頁。

(20) 北郷泰道『古代日向・神話と歴史の間』〈鉱脈社、平成十九年十二月〉二〇八・二二六頁。
(21) 津田左右吉『日本古典の研究』上〈岩波書店、昭和二十三年、のち『津田左右吉全集』〈岩波書店、昭和三十八年十月〉再録〉第二編第二章三「景行天皇に関する物語」参照。
(22) 小田富士雄氏は、こうした征討・巡幸伝承について、「そのコースが五世紀代に成立した畿内型の古墳の分布地域におよんでいることは注意しなければならない」として、景行天皇の征討の経路にふれ、「これは、律令時代の官道に継承されていることと考えあわせると、きわめて現実性は高い」（「Ⅲ古墳文化の地域的特色　2九州」近藤義郎・藤沢長治編『日本の考古学』Ⅳ古墳時代（上）〈河出書房新社、昭和四十一年六月〉所収、一三九～一四〇頁）と指摘されている。
　また、人名が地名によっていることは普通にあることだと思う。二人づつの連称が物語の架空性を示すものではないという批判は、角林文雄『日本国誕生の風景』〈塙書房、平成十七年六月〉一五七頁にもみえる。
(23) ここにみえる取石鹿文の「鹿文」、川上梟師の「川上」については、それぞれ大隅国姶良郡鹿屋郷（現在の鹿児島県鹿屋市）、肝属郡川上郷（鹿児島県肝属郡高山町川上）に因むものだとする説がある（井上辰雄「ヤマトタケル　栄光なき軍旅」『歴史読本』三四―七、平成元年四月）。そうだとすると、これらの名もいちがいに架空の人名とは云えなくなる。
(24) 坂本太郎『国家の誕生』〈講談社、昭和五十年二月〉七九頁。
(25) 肥後和男『日本神話研究』〈河出書房、昭和十三年四月〉によれば、古く三宅米吉・喜田貞吉といった明治・大正時代の研究者がそのような考えを抱いていたという（四二七～四二八頁）。ただ、その根拠を詳しく示した論文は思いのほか少ない。三品彰英氏などは、『古事記』の東征譚と西征譚では、主人公は同じでもその性格がちがっているとして、「もとはそれぞれ別人についての伝説であろう」（『図説日本の歴史2　神話の世界』〈集英社、昭和四十九年四月〉二〇五頁）とのべておられる。ただ、それが、物語の対象としている人物が別人であることに起因するのか、あるいは、伝承そのものの性格のちがいによるものかは、にわかに判断しがたい。なお、この点については、津田左右吉『日本古典の研究』上（前掲）一四一頁も参照。
(26) 津田左右吉『日本古典の研究』上（前掲）一四〇頁にも同様の見解がみえる。
(27) 吉井巖『ヤマトタケル』〈学生社、昭和五十二年九月〉二五～二八頁。
(28) 記紀には、景行天皇の系譜とはべつに、ヤマトタケルノミコト系譜ともいうべき独立の系譜がみえるが、記紀ともにとってつけたような不自然な挿入である。こうした系譜もヤマトタケルノミコトに関して別個に伝承されていたものではないかと考えられる。

(29)『豊後国風土記』『肥前国風土記』に、景行天皇の巡幸にかけて語られる説話が夥しくみえることは周知のとおりで、『豊後国風土記』で十三、『肥前国風土記』は二十二にのぼる。このうち、豊後の六箇所と肥前一箇所の記事は、景行天皇紀によく似た記述があり、風土記は『日本書紀』によって文をなしたと考えられている。このことは、九州地方の甲類風土記が『日本書紀』を材料とした証拠とみられており、そのこと自体には筆者も異論はない。ただ、風土記の説話には景行天皇紀と無関係のものが多数みられるので、風土記が『日本書紀』以外の材料を利用していることは動かしがたい事実である。その意味では、『日本書紀』と甲類風土記は、けっして単純な親子関係に立つものではない。坂本太郎「風土記と日本書紀」(『史蹟名勝天然紀念物』一七—五、昭和十七年五月、のち『坂本太郎著作集』第四巻〈吉川弘文館、昭和六十三年十月〉所収)が「書紀は甲本風土記が参照した多くの材料中の一つであった」(二五頁)とするのが、妥当な見解だと思う。

(30)若井敏明「大和政権の地方支配」(広瀬和雄・小路田泰直編『弥生時代千年の問い』〈ゆまに書房、平成十五年九月〉所収)は、「景行朝の九州遠征は、ヤマトタケルの伝説を捨てて、景行の遠征を取るべきである」という説を主張している。ただし、論証方法などは筆者と大きく異なり、細部の考えかたもちがう。

(31)坂本太郎『国家の誕生』(前掲)八〇頁。このほか、べつな論文でも、「景行天皇の九州巡幸の説話も、古事記にはないから旧辞に伝えられたものではないが、中央の知識人が空で考案したものとは考えられぬ。地方の説話が書紀にとりいれられたものにちがいない」とのべておられる(「日本書紀と九州地方の風土記」『國學院雑誌』七一—一一、昭和四十五年十一月、のち『坂本太郎著作集』第四巻〈前掲〉所収、一〇七頁)。

(32)坂本太郎「日本書紀と九州地方の風土記」(前掲)一一六頁。なお、坂本氏は、『大化改新の研究』(至文堂、昭和十三年六月、のち『坂本太郎著作集』第六巻〈吉川弘文館、昭和六十三年十月〉所収)では、『日本書紀』と現存の風土記(甲類)は「兄弟関係に立つ」(四三頁)とされていたが、その後、「風土記と日本書紀」(前掲)では、母子関係とみたほうがよいと考えを改められた。注29に記したように、甲類風土記が『日本書紀』を材料としたことは、こんにちでは定説と云ってよい。若井敏明「大和政権の地方支配」(前掲)は、坂本氏の旧著に依拠して、『日本書紀』と甲類風土記の関係を「兄弟関係」とみているが、著者自身が撤回された旧説に立脚して自説を展開することには無理があると思う。

なお、甲乙二種の風土記の先後や、『日本書紀』との関係については、拙稿「九州風土記の成立をめぐって」（『皇學館論叢』二八―二、平成七年四月、のち拙著『古代史研究と古典籍』〈皇學館大学出版部、平成八年九月〉所収）で、研究史を辿りつつ詳しくのべたので、参照されたい。

(33) 角林文雄『日本国誕生の風景』（前掲）一六二頁。

(34) 荻原浅男・鴻巣隼人校注・訳『日本古典文学全集1　古事記　上代歌謡』（小学館、昭和四十八年十一月）二一五頁。

(35) 角林文雄『日本国誕生の風景』（前掲）が、この問題にふれ、「『古事記』が出雲タケル討伐をヤマトタケルの事業としているのは、『古事記』の編者が「タケル」という名をここで勢揃いさせたかったからではないか。つまり、ヤマトタケルがクマソタケルを討ち、それに続いてイヅモタケルを討った、というふうに話を展開したのである」（一六四頁）とのべているのは、ユニークな解釈だと思う。

(36) いわゆる「尾張氏」のウヂとしての成立は五世紀後半以降のことであるから、それ以前にはまだウヂという概念は成立していないと考えられる。ここにいう「尾張氏」は、あくまで便宜的な表記で、尾張氏の前身ともいうべき集団の意味で用いていることをお断りしておく。

(37) 岡田登「日本武尊の東征伝承と伊勢神宮」（本多隆成・酒井一編『街道の日本史30　東海道と伊勢湾』〈吉川弘文館、平成十六年一月〉所収）七五頁参照。

(38) 同様に、西征への派遣を懼れた大碓皇子が美濃に封じられ、身毛津君・守君の始祖となったという話も、ヤマト政権とこの地方の結びつきを反映したものであろう。

(39) 草薙剣については、べつに拙稿「『尾張国熱田太神宮縁記』と『尾張国風土記』逸文」（『皇學館大学文学部紀要』四七輯、平成二十一年三月、のち拙著『風土記研究の諸問題』〈国書刊行会、平成二十一年三月〉所収）でふれたので、参照されたい。

(40) 『尾張国風土記』逸文については、拙稿「『尾張国熱田太神宮縁記』と『尾張国風土記』逸文」（前掲）参照。

(41) ヤマトタケルノミコトが伊吹山で神のために害されたことは、『家伝』下、武智麻呂伝にも、武智麻呂が伊吹山に登ろうとしたときの土人の言にも引用されている。

(42) 吉井巖『ヤマトタケルノミコト』（前掲）二四四頁。なお、これらの歌を景行天皇が九州で謳ったものとするのは不自然で、物語との結びつきは稀薄であるとする指摘は、大久保正『日本書紀歌謡全訳注』（講談社、昭和五十六年八月）八三頁にもみえる。

(43) 記紀のヤマトタケルノミコト東征伝承を比較した場合、説話として『古事記』のそれのほうがより古いかたちを伝えていると考える研究者は多いが、その論拠の一つに蝦夷に関する記述がある（直木孝次郎「日本武尊」青木和夫他『エコール・ド・ロイヤル古代日本を考える⑤ 古代日本の人間像(1)』〈学生社、昭和五十九年六月〉所収、四二～四三頁）。坂本太郎氏は、景行天皇紀の一連の記事にふれ、「旧辞の漠然とした東国平定の物語が、特定の異種族たる蝦夷の征討服属の物語にいかめしく発展したのが景行紀であり、その発展には現実の蝦夷の事情が強く反映したのに違いない」として、さらに進んで「大化改新以後国家の力が辺境に延び蝦夷と接触するに及んで、蝦夷がとみに中央政府の関心事となったこと、そうした関心の高まりの間に、この物語は潤色せられ、発展したであろうこと、などが推測せられる」とされている（「日本書紀と蝦夷」古代史談話会編『蝦夷』〈朝倉書店、昭和三十一年五月〉所収、のち『坂本太郎著作集』第二巻〈吉川弘文館、昭和六十三年十二月〉所収、二七九頁）。

(44) この点については、前之園亮一「淡水門と景行記食膳奉仕伝承と国造」（黛弘道編『古代王権と祭儀』〈吉川弘文館、平成二年十一月〉所収）参照。

(45) 坂本太郎『国家の誕生』（前掲）八二頁。

(46) 甲斐銚子塚古墳については、山梨県立考古博物館編『甲府盆地からみたヤマト―甲斐銚子塚古墳出現の背景―』（山梨県立考古博物館、平成十六年十月）に比較的新しい発掘成果が報告されている。

(47) こうした古墳とヤマトタケルノミコト東征伝承との関聯については、原秀三郎『地域と王権の古代史学』（前掲）所収の諸論文に、興味深い指摘がある。なかでも、「王権と東方への道」（『新版［古代の日本］⑦中部』〈角川書店、平成五年一月〉所収、のち同氏『地域と王権の古代史学』〈前掲〉所収）では、甲斐銚子塚古墳を『日本書紀』に登場する「御火焼老人」の墓に比定している（一七八頁）。なお、原氏は、「大和王権と遠江・駿河・伊豆の古代氏族」（『静岡県史』通史編原始・古代〈静岡県、平成六年三月〉所収、のち同氏『地域と王権の古代史学』〈前掲〉所収）において、「紀・記に記された日本武尊の物語は、実在した個人の物語ではなく、大和政権が西を伐ち、東を平らげて政治的支配領域を確立していった歴史的過程を一人の英雄的人物の物語として伝えたもの」（九八頁）だとのべておられる。ただ、本文でも紹介したように、原氏は景行天皇朝を三一〇～三三〇年代とみておられるが、甲斐銚子塚古墳の築造年代は、一般に四世紀後半ないしは四世紀末と推定されている（大塚初重他編『日本古墳大辞典』〈東京堂出版、平成元年九月〉三六七頁、『甲府盆地から見たヤマト―甲斐銚子塚古墳出現の背景―』〈前掲〉七八頁）。原氏は、崇神天皇の崩年＝西暦二五八年とみて、崇神天皇陵（行燈山古墳）を三世紀中葉、ヤマトトトヒモモソヒメとされる箸墓古墳を三世紀前半（二一〇～二三〇年頃）と推定しておられるので、それに合わせて、他の古墳の築造年代も一般の理解よりは古くなるのであろう。しかし、これらは崩年干支が信頼できるという前提の立論である。本文でものべたように、それが危うい以上は、こうした古墳発生の時期に関する提言もしたがいがたい。

(48) 以下、志段味古墳群については、名古屋市教育委員会編『志段味古墳群を巡る』（名古屋市教育委員会、平成二十四年三月）に負うところが大きい。

(49) 名古屋市博物館編『尾張氏　志段味古墳群をときあかす』（名古屋市博物館、平成二十四年三月）参照。

(50) 中司照世「尾張の前期盟主墳と尾張氏伝承―前期盟主墳の新たな調査成果に関連して―」（塚口義信博士古稀記念会編『塚口義信博士古稀記念日本古代学論叢』〈和泉書院、平成二十七年十一月〉所収）一八六～一八七頁。

(51) 中社古墳の築造年代は、「四世紀中葉」と推定されている。しかし、同古墳は、後述の能褒野王塚古墳とともにⅡ期の埴輪を備えている。しかも、双方の埴輪を比較し、築造年代を左右するような大きな相違点が確認されているわけではないので、築造年代の推定に際して、あえて「四世紀後半」と幅をもたせることに不都合はないと思う。

(52) 酒井将人「前期志段味古墳群の盛衰」（名古屋市教育委員会編『志段味古墳群を巡る』〈前掲〉所収）三六頁。

(53) 中司照世「尾張の前期盟主墳と尾張氏伝承―前期盟主墳の新たな調査成果に関連して―」（前掲）。

(54) 以下の記述は、拙稿「三重県亀山市能褒野古墳群見学会参加記」（『地方史研究』三六八、平成二十六年四月）による。

(55) なお、能褒野王塚古墳の周囲には多くの「陪塚」が点在しているが、これらは古墳時代後期のものである。こうした古墳は、能褒野王塚古墳と同時代のものとは考えがたいし、両者の間には連続性も見出しがたい。このように、時期も様式も異なる古墳が一箇所に集まって築造されることを、われわれはいかに理解すべきであろうか。これは今後の課題でもあるが、一つ手がかりになるのが、古墳時代中期（後半）の築造とみられる滋賀県高島市田中王塚古墳（宮内庁陵墓参考地・彦主人墓）の存在である。ここも、古墳の周辺には田中古墳群として知られる四十数基の古墳（方墳・円墳）が展開している。かかる現象は、王陵と認識されていた墳墓が先行し、のちにその周辺にあらたな古墳が築かれるという点で、能褒野古墳群と共通する（中司照世氏のご教示による）。

(56) ヤマトタケルノミコトが後代のある人物をモデルとして作られた架空の人物であるとする説は、古くから提唱されている。その候補としては、天武天皇や大津皇子もあがっているが、もっとも有力視されているのは、雄略天皇である（吉井巖『ヤマトタケル』〈前掲〉七三〜九三頁ほか）。しかし、これらの説には疑問が多い。この点については、塚口義信「『古事記』における雄略天皇像をめぐって」（日本書紀研究会編『日本書紀研究』第三十冊〈塙書房、平成二十六年十一月〉所収）一二二〜一二七頁参照。

(57) 坂本太郎「風土記と日本書紀」（前掲）二六頁、津田左右吉『日本古典の研究』上（前掲）一七五頁。

(58) 上田正昭「タケルの実像—日本武尊」（同氏『日本武尊』〈吉川弘文館、昭和三十五年七月〉所収、のち『上田正昭著作集』7〈小学館、平成十一年九月〉所収）六八〜六九頁。

(59) 直木孝次郎「ヤマトタケル伝説と伊勢神宮」（京都大学文学部読史学会編『国史論集』〈京都大学文学部読史会、昭和三十四年十一月〉所収、のち同氏『日本古代の氏族と天皇』〈塙書房、昭和三十九年十二月〉所収）参照。なお、このほか、直木説については、「日本武尊伝説の成立」（関が原町編『関が原町史』通史編上〈関が原町、平成二年三月〉所収、のち『直木孝次郎古代を語る』3〈吉川弘文館、平成二十年十二月〉再録）も参照されたい。

(60) 直木氏が、神宮の伊勢鎮座を雄略天皇朝以降とみる点については、拙稿「内宮鎮座の時期に関する覚書」（『皇學館大学紀要』三七、平成十年十二月）・「伊勢神宮の創祀について」（『皇學館大学研究開発推進センター紀要』一、平成二十七年三月）で疑問の一端をのべたので、参照されたい。

なお、氏は、「ヤマトタケル伝説が全くの架空談ではなく、何らかの歴史的背景を有しているとすれば、大和朝廷の東西進出が活潑に行なわれた五世紀中葉以降の時代を考えるべき」だとされている（「ヤマトタケル伝説と伊勢神宮」〈前掲〉二七五頁）。しかし、本文でも紹介したように、いわゆる畿内型古墳の分布と築造年代から、ヤマト政権の東西進出は四世紀代にまで溯るのであって、氏が、東征伝承は「何らかの歴史的背景を有している」とお考えなら、それに見合う時期を考え直すべきであろう。

(61) 岡田精司「ヤマトタケルとヤマトヒメ」（伊藤精司・松前健編『日本の神話5　倭建命』ぎょうせい、昭和五十八年七月）八八頁。

(62) 坂元義種氏も、「この伝えによれば、叔母さんからもらった草薙剣が活躍をしています。もっといえば、天照大神を祭っている伊勢神宮の祭り主である倭姫から与えられた剣がタケルを守ったということになると思います。したがって、天皇の祖霊が守った、あるいは天照大神が守ったということになりますが、本文にはそれがはっきり書かれておりません」（「倭武天皇」門脇禎二他『知られざる古代の天皇』〈学生社、平成七年十一月〉所収、二〇頁）とのべておられるが、筆者も同感である。

(63) 天智天皇七年（六六八）に草薙剣の盗難事件が発生している。取り戻された剣は、宮中に安置されたが、天武天皇十五年（六八六）には、卜占によって天皇の病が草薙剣の祟りだと判明したため、剣は熱田社に返還されている。吉井巖氏は、「この祟りは、草薙剣が皇室の神剣でなかった証であろう」としておられるが（ジャパンナレッジ版『世界百科大事典』の「草薙剣」の項）、筆者も同感である。この点からみても、草薙剣を皇室の神剣ととらえ、それに力を得たヤマトタケルノミコトの活躍は天照大神（伊勢神宮）の神威によるものだとする聯想は成り立ちがたいと思う。

(64) 井上光貞氏によれば、成務天皇・仲哀天皇・神功皇后なども、きわめて実在性の乏しい人物であるという。井上氏の論証を詳しく紹介する遑はないが、その要点を摘めば、つぎのとおりである（『日本国家の起源』〈岩波書店、昭和三十五年四月〉、のち『井上光貞著作集』第三巻〈岩波書店、昭和六十年十月〉所収、一〇六〜一〇八・一五二〜一五四頁）。

まず、氏は、天皇の名前のつけかたに着目される。すなわち、神武天皇から元正天皇までの天皇（神功皇后をふくむ）四十五人をA〜Gの七群にわけ、そのなかのD群にあたる景行天皇・成務天皇・仲哀天皇・神功皇后の和風諡号「オオタラシヒコオシロワケ」「ワカタラシヒコ」「タラシナカツヒコ」「オキナガタラシヒメ」が、

①七世紀初頭の天皇の名と「タラシヒコ」「タラシヒメ」を共通にしている、

②とくに、成務天皇・仲哀天皇から「タラシヒコ」を除くと、「ワカ」とか「ナカツ」とかいった普通名詞だけが残って固有名詞をふくんでいない、

③神功皇后の「オキナガタラシヒメ」が舒明天皇の「オキナガタラシヒロヌカ」と「タラシ」を共有している、

という三点から、「七世紀もしばらくたって、これらの名が作られた」と推測。途中のこまかい論証は省くが、結局のところ、井上氏は、記紀にしるされた景行天皇から応神・仁徳天皇に至る系図について、「〔ヤマトタケル・成務天皇・仲哀天皇・神功皇后は〕七世紀的な名をもつか、まったく架空の人物で、それらを除き去ると、この系図は成立しない」とのべて、成務天皇・仲哀天皇・神功皇后の実在性を否定しておられるのである。

こうした井上氏の研究は、その後の学界に大きな影響を与えており、同氏の学説をそのまま踏襲する研究者も少なくない。しかしながら、いっぽうでは、田中卓「稲荷山古墳出土の刀銘について」（同氏『古代天皇の秘密』〈太陽企画出版、昭和五十四年二月〉、のち『田中卓著作集』第三巻〈国書刊行会、昭和六十年四月〉所収）三七三～三九七頁・同「日本古代史の復権」（『田中卓著作集』第二巻〈国書刊行会、昭和六十一年十月〉所収）のように、井上氏の学説に批判的な態度を貫く研究者もおられるので、井上説が万人の承認を得ているというわけではない。

〔附記〕

小論を組稿するにあたっては、生目古墳群についての情報をはじめとして、塚口義信・中司照世両先生のご教示を得たところが少なくない。いつに渝らぬ両先生のご芳情に感謝の誠を捧げる次第である。

なお、小論は、平成二十九年度科学研究費補助金基盤研究（C）「『日本書紀』熱田本の史料学的研究」（研究代表者・荊木美行、課題番号16k03028）の研究成果の一部である。

「加賀郡牓示木簡（勧農・禁令札）」を訓む

――加賀郡牓示木簡の釋文と所用漢字と地方役人の識字能力と――

西崎　亨

キーワード　加賀郡牓示木簡・口示・釋文・所用漢字・地方役人・識字能力

「加賀郡牓示木簡（勧農・禁令札）」（石川県加茂遺跡出土）に見える「深見村」は、『万葉集』巻第十八・大伴池主が大伴家持に宛てた天平二十一年三月十五日の書状に「以今月十四日到来深見村、望拝彼北方。」（越前国掾大伴宿祢池主来贈歌・四〇七三～四〇七五番歌）、同じく大伴池主の天平勝宝元年十二月十五日の書状にも「依迎駅使事。今月十五日、到来部下加賀郡境。面蔭見射水之郷恋緒結深海之村」（更来贈・四一三二～四一三三番歌）と記されるものである。因みに、「フカミ」は高山寺本『和名類聚抄』巻十「北陸驛」の条に「深見」と見え、『延喜式』兵部省式諸国駅伝馬条に「加賀国駅馬　朝倉・潮津・安宅・比楽・日上・深見・横山各五疋。伝馬　江沼・加賀郡各五疋。」と見える北陸道加賀国七駅の一である。因みに、深見駅は北陸道における最も下りの駅で、越中国砺波郡との境界近くに位置する。尚、加茂遺跡からは、牓示木簡と同一の層位から「往還人」と墨書する過所木簡（六号木簡）の出土が見られる。この過所木簡の出土したことで、「加賀、能登、そして越中の国境に位置する加茂遺跡に『延喜式』に記載される深見駅が存在し、さらに駅に付随して深見関が国境近くに存在したということを証明しうるであろう。」（平川南「出土文字資料からみた地方の交通」『古代交通研究』第十一号・八木書店）とも見られ、古代の駅と関との関係を考える貴重な木簡の出土も見られる場所である。

ところで、当該木簡は加茂遺跡の第六次調査によって、出土確認されたものであるが、「墨のほとんどは、風化により失われているが、墨の防腐作用のため字画部分のみ周囲より盛り上がり、文字の判読が可能となっている。文中に「牓示路頭」と記されていることから、一定期間、屋外に掛けられていたと考えられる。（略）木簡の寸法とあわせて考えると、本木簡は同内容の紙の文書を転記したものと考えられる。」（『木簡研究』第二三号）ものである。

なお、本稿で「牓示木簡」と称するものは、多くの文献では「牓示札」とされるものであるが、「牓」字は「フダ」の意であり、「札」と意味が重複する点に鑑み（この詳細については後述する）、「牓」の内容を（　）内に示し「牓示木簡（勧農・禁令札）」と称する。

一　加賀郡牓示木簡（勧農・禁令札）の釈文

1　加賀郡牓示木簡（勧農・禁令札）の本文

加賀郡牓示木簡（勧農・禁令札）の釈文を『発見！　古代のお触れ書き　石川県加茂遺跡出土加賀郡牓示札』（（財）石川県埋蔵文化財センター編・二〇〇一・大修館書店）（以下『報告書』と略称）及び『シンポジウム古代北陸道に掲げられたお触れ書き　加賀郡牓示札から平安時代を考える』（二〇〇一・石川県教育委員会、（財）石川県埋蔵文化財センター）（以下『シンポジウム資料』と略称）、『木簡研究』第二三号所載等の牓示木簡（勧農・禁令札）の釋文・復元図等を参照して本文を示すと次の様になる。（文中ゴシック体は異体字等を示す。□は実測図で字形の不確かな文字。文字については、下段に示す。〔　〕は欠損文字の有ることを示す。）

〔　〕符深見村〔　〕郷驛長并諸刀弥等	1	符（苻）深（深）弥（旀）等（䒭）
應奉行壹拾條之事	2	條（傒）事（亊）
一田夫朝以寅時下田夕以戌時還私状	3	戌（成）還（還）私（私）
一禁制田夫任意喫魚酒状	4	酒（酒）
一禁断不労作溝堰百姓状	5	堰（堰）
一以五月卅日前可申田殖竟状	6	殖（殖）
一可捜捉村邑内竄宕為諸人被疑人状	7	被（被）
一可禁制无桑原養　百姓状	8	桑（来）原（原）蚕（蚕）
一可禁制里邑之内故喫酔酒及戯逸百姓状	9	酔（酔）酒（酒）戯（戯）
一可填勤農業状〔　〕村里長人申百姓名	10	業（業）
〔　〕案内被國去正月廿八日符併勸催農業	11	被（被）正（巨）廿（廾）符（苻）
〔　〕法條而百姓等恣事逸遊不耕作喫	12	等（寺）遊（遊）耕（耕）
〔　〕魚毆乱為宗播殖過時還稱不熟只非	13	播（播）過（過）還（還）熟（熟）
〔　〕弊耳復致飢饉之苦此郡司等不治	14	此（此）等（寺）
〔　〕之〔　〕而豈可　然哉郡宜承知並口示	15	哉（㦲）宜（宜）承（羕）

〔　〕事?早令勤作若不遵?符旨稱倦懈　16　若（若）符（苻）旨（㫖）
〔　〕由加勘決?者謹依符旨仰下田領?等宜　17　依（依）符（苻）旨（㫖）等（䒭）宜（冝）
〔　〕毎村屢?廻?愉有懈怠者移?身進郡符　18　愉（愉）符（苻）
〔　〕國?道之裔靡?羈?進?之牓?示路頭嚴?加禁　19
〔　〕領刀弥?有怨憎隱?容以其人為罪背不　20　背（背）
〔　〕有?符到?奉行　21　符（苻）
大?領錦村主?　　主政八戸史　22
擬?大領錦?部?連真手麿　　擬?主帳甲臣　23
少?領道公　夏〔　〕副?擬?主帳宇治　24
〔　〕少領勘了　25
嘉祥二年〔　〕月〔　〕日　26　嘉（嘉）
二月十五日請田領丈部浪麿?　27

当該牓示木簡（勧農・禁令札）の「釋文（書き下し文）」については、前に示した『報告書』・『シンポジウム資料』の他に、寺崎保広「古代の木簡　五　地方出土の木簡―加茂遺跡の牓示札」（『列島の古代史6言語と文字』二〇〇六・岩波書店）、三上喜孝「『平安時代のお触れ書き』を読む―『嘉祥二年（八四九）加賀郡牓示札』―」（『日本史の研究』205・二〇〇四・山川出版社）等がみられる。これらの「釋文（書き下し文）」は、小異は見られるものの基本的には前の『報告書』・『シンポジウム資料』に依っている。

2　従来の釈文（書き下し文）についての問題点

従来の『報告書』の「釈文（書き下し文）」について、若干の問題点を呈示し、次項以下での釈文の作成にあたっての若干の方向性を述べることとする。

漢字が二字連続する場合、

田夫《でんぷ》・百姓《ひやくせい》・村邑《そんゆう》・里邑《りゆう》・戯逸《ぎいつ》・慎勤《しんきん》・案内《あない》・勧催《かんさい》・逸遊《いつゆう》・殴乱《おうらん》・播殖《はんしよく》・口示《くじ》・倦懈《けんげ》・勘決《かんけつ》・懈怠《けたい》・糜羈《びき》・怨憎《おんぞう》・隠容《いんよう》・寛宥《かんゆう》

のように音読し、ルビを付している。因みに、『報告書』では「竄《カク》れ宕《ひそ》みて」と分訓するものを、寺崎保広氏は前掲論文では「竄宕《ざんとう》」と音読する。

右に示した語のなかで、里邑《りゆう》・戯逸《ぎいつ》・慎勤《しんきん》・勧催《かんさい》・殴乱《おうらん》・口示《くじ》・倦懈《けんげ》・懈怠《けたい》・糜羈《びき》・怨憎《おんぞう》・隠容《いんよう》、及び竄宕《ざんとう》等の語については、例えば諸橋轍次『大漢和辞典語彙索引』（一九九〇・東洋学術研究所・大修館書店）には掲出されていない。因みに、「慎勤」については「勤慎」の掲出が見られる。「懈怠」については、「けたい」（呉音）は見えないが「かいたい」（漢音）で掲出される。「怨憎」については、佛教用語としての八苦の一である「怨憎会苦」の場合は、「をんぞうゑく」と呉音で読まれるものであるが、佛教用語でない場合は、漢音で「ゑんぞう」と読まれるものである。また、「はしょく」とすべき「播殖」を「はんしょく」とする。『報告書』ではルビの付されていない「逸遊・疲弊・牓示」等々、当該牓示木簡の所用の二字の漢字語には難語が多い。

ところで、例えば「郡符」の「郡」「符」、「[　]郷」の「郷」、「〜領」の「領」等の、記録語と思しき語の場合、「グンプ」「ガウ」「リヤウ」等と音読される場合が、当該牓示木簡以外にも、歴史関係の資料にはよく見受けられる。『平安時代記録語集成』（峰岸明・吉川弘文館）の「一郡」には、土井本『太平記』の「一ぐんのものどもは」等の例に基づいて「イチグン」とするが、「和語の表記と見れば、『ひとつのこほり』となろう。」として、観智院本『類聚名義抄』の「クニ・コホリ」等の和訓の例を示している。「符」については、『古文書古記録語辞典』（阿部猛・東京堂出版）は「ふ」と根拠なしで、音のみを記している。「郷」字について『平安時代記録語集成』は、『三巻本色葉字類抄』・『文明本節用集』『天正十八年本節用集』等の例を引き、訓みの「参考になろう」として「ガウ」と読む根拠とする。『平安時代記録語集成』の「読み」の項は、「一郡」を例に見た場合、用例に基づき音読みを示し、同時に「和語」の表記として、用例に基づいて訓読みを示すという記述様式となっている。ただ「一郡」の項に見られる「和語の表記と見る」といった視点は余り多いとは言えない。しかし「和語の視点」という見方は注目されていい。

ところでまた、漢字を呉音で読むか、漢音で読むかという点については、八・九世紀以降は、仏教界では呉音、儒学界では漢音所用であるが、一般社会では呉音・漢音の両方が所用されていた。官僚養成を目的とした大学寮では組織的に漢音教育を企図したものであり、儒学界の学問世界、実社会との直結を勘案する時、当該牓示木簡の場合、漢音所用で処理するのがよいと愚案している。

以下、「口示」を旨とする、当該牓示木簡をいかに読んだかを考えてみたい。

「話すことば」をどう捉えるかということが「口示」を考える重要な課題である。

因みに、「口示」について『報告書』『シンポジウム資料』等は「くじ」とルビする。「口」字の音「ク」は呉音であるので、仮に音読するならば漢音で「コウジ」とすべきか。

ところで、「口示」について、『報告書』は「口で示す、つまり口頭で伝えること」とする。平川南氏は「『口示』は、文字どおり口頭で伝達することを意味しているのであろう。古代の文献史料上に『口示』という熟語は管見の限りみえないが、類似の表現で、いまも行政府の命令伝達の方法として公式令詔勅頒行条があげられる。」（「牓示札―文書伝達と口頭伝達」『古代地方木簡の研究』二〇〇三・吉川弘文館）と述べる。因みに、宣る形式が古く行なわれ、令制下に於いても、口頭伝達が優位であったことについては、早川庄八『宣旨試論』（岩波書店）等多くの先学の説く所ではある。

『古代日本　文字のある風景―金印から正倉院文書まで―』（同名の特別展図録、二〇〇二・国立歴史民俗博物館）のなかでは、「村人への命令」として、次の様に見える。

　律令国家の命令は、地方社会にどのような形で行きわたったのか。（略）注目されているのが「郡符《ぐんぷ》木簡」と呼ばれるものである。「符」とは、律令国家が定めた文書様式のひとつで、命令下達の時に使われる。（略）「郡符す（郡司が命ずる）」という書き出しではじまるこの木簡は、郡司が支配の民衆に対して、人の召還や物品の調達を命じており、郡司が文字を用いて村人たちを支配していた実態が明らかになった。

　だが村人たちは、郡符木簡に書かれていた文字が読めたわけではない。おそらく、郡符木簡をもたらした使者は、村人たちの前で命令の内容を読み上げたのであろう。（三上喜孝執筆）

さらに、「加賀郡牓示札」の項には、

　この難解で膨大な量の漢文を当時の民衆は読めたのだろうか。書かれている文字は小さく、実際に掲示板に掲げると読みづらかったはずであり、読ませようとする意図があったとは考えがたい。（略）「口示」という表現にみられるように、実際には命令の内容を口頭で民衆に伝達していたのである。（三上喜孝執筆）

と見える。

ところで、右に見られる「読み上げ」「口頭で」とは、具体的にどのような「ことば」での、どのような「行為」なのであろうか。

農村等末端における詔勅告示の方法である「詔勅頒行条」（『公式令』第廿二）に、

凡詔勅頒行。関百姓事者。行下至郷。皆令里長坊長。巡歴部内。宣示百姓。使人暁悉。（日本思想大系『律令』二〇〇一・岩波書店）

とある。『魏書・高祖紀』には「宣示品令」とも見える。因みに、「宣示百姓」を日本思想大系『律令』は「百姓に宣《の》び示《しめ》して」と「宣示」を分訓している。因みに、思想大系本は「百姓」に「ひゃくしゃう」とルビする。「ハクセイ」と漢音で読むべきか。観智院本『類聚名義抄』（以下『名義抄』と略称）（法下四九）に「宣」字に「ノフ（平上濁）」とある。ところで、「宣」字には「シメス（上平〇）」の訓もあり、だとすると、「宣示」は共に「シメス」の意の連文と解し、二字一訓で「シメス」と訓むことも可能であろう。

「宣示」にしろ「口示」にしろ、命令内容は口頭伝達の方法がとられた点では問題がないであろうが、口頭による伝達の方法としては種々の点が考えられる。「口頭で伝達する」はいかなるものであるのかを考えなければならないであろう。

ところで、口頭による伝達を示す語には、他に「口宣」「口敕」等がある。

「口敕」は「口頭による敕《みことのり》」である。しかし「口宣」の場合は口頭伝達ではあろうが、誰に向けての伝達か、伝達行為の対象が問題となろう。『平安時代記録語集成』の「口宣」の項には、「口で述べる」として、『後二条師通記』「……、龜山之邊花如錦、人々口宣所申也、聞傳於處外、早所令申案内也、……、」の例が示されている。この場合、「人々」はどの様な「物言い」をしたのであろうか。少なくとも「日常の物言い」であろうことは推測がつく。

この点に関しては、鐘江宏之氏に「口頭伝達の諸相―口頭伝達と天皇・国家・民衆―」(『歴史評論』No.574・歴史科学協議会編・校倉書房)と題する興味深い論考がある。

鐘江氏は同論文の中で、文書行政における情報伝達を、

① 書き言葉によって書かれた文書が伝達される場合

② 書かれた文書が読みことばによって、読み上げられて伝達される場合

の二種類に分類する。情報の伝達の手段としては、文字言語(文書)による情報伝達と音声言語(口頭)による情報伝達とがある。鐘江氏は音声言語(口頭)による情報伝達を、更に

① 読みことば―漢文や宣命体の文章を音読して伝える方法

② 話しことば―日常生活に近いことばによって伝える方法

と分類する。

①の口頭語は書きことばと関連性の強い「晴れ(フォーマル=きちんとした改まった)」の言語であり、②の口頭語は書きことばからは独立した「褻(インフォーマル=日常的なくつろいだ)」の言語と考えられようか。因みに、①の「読みことば」は、「『法師・僧』、『朝参』は、注記(筆者註・新日本古典文学大系『万葉集』四の脚注「『朝参』の訓は、『まゐいり』『まゐり』『みやで』など各説があるが、どれも採りにくい。公式令に見られる公用語と考えれば、音読することも妨げないであろう」を指す)に言われるとおり、いずれも『ほふし』『てうさん』と音読されたのであろうが、(中略)日常の言語としては、意外とふつうのものであったと考えられるかもしれない、と言うのである。」(奥村悦三「話すことばへ」『万葉』第二百十九号)と符合するものか。

因みに、同氏は「声のことば、文字のことば—『古事記』と『万葉集』から、古代日本の口頭語を考える—」(『古代学』第4号・奈良女子大学古代学学術研究センター)の末尾で「『古事記』は、どのようなことばで語っているのであろうか」と記す。例えば「不行」を「行カズ」は漢文訓読したもの—読みことば—であるが、日常語—話しことば—としては、奈良を例に示せば、「行《い》かへん」「行かひん」「行かしん」等の三形が確認されようか。奥村氏は「口頭語こそが、真の言語、人が心に思うことをそのままに表現することばであるとすれば」と記述しているが、古代における口頭語の確認は難しい。当時の口頭語の確認は事実上不可能ではある。

尚又、野村剛史氏も「政治・経済運営などでは漢語が使われることも多いはずで、実際に文書類にはたくさんの漢語が現れる。ただ、それらがどのくらい話し言葉の中で、使われているかは、わかりにくいのである。男たちも文字資料を残してはいるが、それらは大部分漢文・漢字文で、和歌を除いて仮名で日本語が書き記されているケースは少ない。もちろん、庶民の言語はさらに分からない。」(「中古・中世の話し言葉をさぐる　中古の話し言葉」・歴史文化ライブラリー311『話し言葉の日本史』二〇一一・吉川弘文館)と記す。

「庶民の話し言葉の再構」(野村剛史「言葉の基層」)は事実上不可能とは思われるが、当該牓示木簡の場合に当てはめて少しく考えてみたい。

例えば、第一字目の「符」字の上は欠損している。『報告書』は、「『郡司符』『郡符』もしくは『符』のみの三通りが想定できる」として釋文では「[郡]符」として「[郡]符す」と「符」字を漢語サ変動詞として処理している。因みに、当該牓示木簡の釋文を掲載するものは、すべてこの『報告書』に従っている。因みに、『木簡研究』二三号も「冒頭に『符』と書式を記すが、本来はこの上の欠損部分に『郡』字が存在した可能性もあろう。」としている。

「符」が『律令』公式令に規定された符式に従って書かれた正式の文書ならば、儀式的な場での口頭による伝達の場合は「グンプス」のような音読となるであろうか。漢字音による意味の理解は、文字としての漢字に習熟している事が何よりも前提となるであろう。従って、漢字に習熟していない人にとっては、極めて難解である。ところで、「符」字の和訓には、「カナフ　オホセコト　ノタマウ」（『名義抄』（佛下末二九）、「アフ　オシテ　オシテフミ　カナフ　シルシ　ノブ」（築島裕編『訓点語彙集成』（以下『集成』と略称））等とある。「郡」字と「符」字とを日本語の語順に従って、「コホリノオホセゴト（郡《こほり》（の）符《おほせこと》）」、「コホリニシルス（郡（に）符《しる》（す））」等と口頭化することが耳で聞いて理解するのには容易なのではないのか。音読するよりも、少なくとも日常的な「話すことば」ではないかと思われる。しかし、これも必ずしも庶民の日常の生活語ではない。

「口示」は、『報告書』は「口示《くじ》し」と読み下す。他の研究書は「口示し」と読み下すが、ルビは付さない。仮に字音読みをするのならば、「くじ」と呉音ではなく、「こうし」と漢音で読むべきものであろう。

ところで、「口」の和訓には「クチ　クチヅカラ　クチヅカラニ　タヘ　ホトリ　ミクチ」（『集成』）が見られる。石山寺蔵『金剛般若経集験記』平安初期加点に「クチツカラ」、神宮文庫蔵『古文尚書』正和三年点に「クチツカラ（上上○平平）」、大東急記念文庫蔵『辨正論』保安四年点、東寺観智院金剛蔵蔵『正了知王使者形像儀軌』久安五年点、東寺観智院金剛蔵蔵『多聞天王別行儀軌』寿永元年点等の「口」字に「に」のヲコト点の加点が見られることで、「クチツカラニ」（『集成』）とする。「示」字については、「シメス（上平平）」（『名義抄』法下一）で問題はないとも思われるが、東京国立博物館蔵『大毘盧遮那経疏』康和四年点の「呈示」の訓「アラハス」、石山寺蔵『大唐西域記』長寛元年点の「宣示」の訓「ホドコス」なども参考になる。

以下に当該牓示木簡の書き下しを試みるが、日常生活のことばを意識して、可能な限り訓読を旨とする。しかし、和訓の依拠を辞書や訓点資料に求めているので、求めた和訓は読みことばに近いもので、日常的話しことばではないことは十分に承知している。奥村悦三氏のことばを借りれば、「どのようなことばで話していたのであろうか」という疑問は疑問のままではある。

3　牓示木簡の釋文稿

「釋文の凡例」を次に示す。

1　釋文は、平川南監修　石川県埋蔵文化財センター編『発見！　古代のお触れ書き─石川県加茂遺跡出土加賀牓示札─』（大修館書店）および「Ⅱ4（3）牓示札・制札」（『文字と古代日本1　支配と文字』（吉川弘文館））・『木簡研究』二三号等による。

2　当該木簡にみえる「口示」が、口頭による伝達を意味していると考えられる点に鑑み、民衆に「噛み砕いて伝える」事を企図して、可能な限り訓読に努める。

3　釋文の行頭の洋数字は、出土牓示木簡の行数を示す。

1［郡］符深見村［諸］郷驛長幷諸刀弥等

【訓読】①郡《こほり》（に）②符《しる》（す）。③深見《ふかみ》（の）村（の）［　］（の）郷《さと》（の）④驛《むまや》（の）長《をさ》（と）、諸《もろもろ》（の）⑤刀弥《とでい》⑥等《ら》⑦（ともに）〔幷〕

【訓読注】①「郡」字は、漢音で「クン」と清音。「こほり」『名義抄』（法中三六）と訓読する。②『名義抄』（僧上七二）には、「符」字に「シルス（上上〇）」とあるに依る。③『万葉集』（巻十八）の詞書の天平二十一年の書状に「深見村」、天平勝宝元年の書状に「深海村」とある。「フカミ」であろう。④「驛」字は、『名義抄』（僧中一

○九）に「ムマヤ（○○○）」とある。「ミチ」とも見える。『集成』によると『願経四分律』古点等にも見える。『金剛般若経集験記』（天永四年）、『和泉往来』（文治二年・西南院）等には「マヤ」訓も見える。『金剛般若経集験記』（平安初期・天理図書館）には「ウマヤ」とも見える。「驛」字の訓は「ムマヤ」「マヤ」「ウマヤ」の何れでも可か。⑤「刀弥」の「弥」字は「袮」字の誤字か。「弥」字は、止摂支韻所属字でイ列音に属する。呉音「ミ」・漢音「ビ」である。「袮」字は、蟹摂薺韻所属字でエ列音に属する。呉音「ネ・ナイ」・漢音「デイ」・慣用音「ネイ」である。呉音では「トネ」、漢音では「トデイ」。⑥「等」字を「ラ」と訓むことについては、小林芳規『訓點語法史における副助詞ラ』（『國語と國文学』昭和三〇年一一月）等に詳しい。⑦「幷」字を「トトモニ」と訓む。「幷」字は、「ナラビニ（「ナラブ」の連用形の転成名詞化したものに、助詞ニの複合した語）」と接続助詞としての用法で訓むものが多いが、平安初期においては、「幷」字は「トモニ」等の意の副詞である。西大寺本『金光明最勝王経』平安初期点に「並」字に「トモ」の加点例が見られる。接続助詞「ナラビニ」と「幷・並」字が訓まれるのは、平安時代後期からである。

【現代語訳】地域の者達に申し伝える。深見村の駅の長・多くの刀弥らはともに、

2應奉行壹拾條之事

【訓読】①奉《うけたまは》（り）行（ふ）（べき）〔應〕②壱拾《イッシフ》③條《テウ》（の）〔之〕事。

【訓読注】①「奉」字は、呉音「ブ」漢音「ホウ」。「行」字は、呉音「ギャウ」漢音「カウ」。従って呉音読みなら「ブギャウ」、漢音読みなら「ホウカウ」となる。因みに、中山緑朗は「和製・和化漢語の源流—中世刑罰用語に見る—」（『日本語史の探訪—記録語・古辞書・文法・文体—』（二〇一六・おうふう））でも、「奉行」に対して「ホウ

カウ」とその読みを示す。そして「日本では『ブギョウ』と音読し、公務の執行、の意味と、武家社会における重要な職名として鎌倉時代以後、代々用いられてきた。」とある。しかし、中世以後「ブギョウ」と呉音で音読する根拠は示されない。「奉」字には『名義抄』(佛下末二四)に「ウケタマハル」とあるに依る。『日本書紀』巻第二二(平安後期・京都国立博物館)に「奉」字に「ウケ給(り)て」と見える。『将門記』(承徳三年・真福寺)にも「ウケタハル」とも見える。「うけたばりて」も可か。②「壹」字は、呉音「イチ」漢音「イツ」。「拾」字は、呉音「ジフ」漢音「シフ」。従って、漢音で「イッシフ」と訓む。③「條」字は、呉音「デウ」漢音「テウ」。

【現代語訳】命令内容を承諾申し上げて施行するべき十一條。

3 一田夫朝以寅時下田夕以戌時還私状

【訓　読】①一《ひと》(つ)、②田(の)夫《をとこ》、朝《あした》(には)③寅《とら》(の)時(を)以(ちて)④田(に)下《いた》(り)、夕《ゆふへ》(には)⑤戌《いぬ》(の)時(を)以(ちて)私《わたくし》(に)⑥還《かへ》(る)⑦状《かた》。

【訓読注】①『名義抄』(佛上七三)に「一」字に「ヒトツ」とある。②「田夫」は、呉音で「デンフ」、漢音で「テンフ」。「夫」字に、『名義抄』(佛下末三五)には「ヲフト(上上上)一云ヲトコ(平平平)」とある。因みに『日本往生極楽記』(応徳三年・天理図書館)には「ヲト」、『法華文句　巻二』(平安後期・東大寺図書館)には「ヲトコナリ」、『金剛藥叉念誦法』(永久二年・東寺観智院金剛藏)には「ヲフト」等とも見える。③『名義抄』(法下五五)の「寅」字には「トラ」訓は見えない。金澤文庫本『弘決外典鈔』巻一(弘安七年点)に「甲　寅《キノエトラ》」、『日本書紀』巻第二四(院政期点・京都国立博物館)には「トラノトコロ」の例が見られるに依る。④『名義抄』(佛上七四)に、「下」字に「イタル」とあるに依る。⑤『名義抄』(僧中四二)の「戌」字には「イヌ」訓は見えないが、『色葉字類抄』

（前田本）（上9オ5）に「戌イヌ」とある。⑥『報告書』『シンポジウム資料』等は「還るの状」のように訓読するが、用言の連体形に格助詞「の」を続け、連体修飾語になる語法は、訓読文においても見られるが、平安時代にはまだその例は見られない。小林芳規博士の「『花を見るの記』の言い方の成立追考」（東洋大学『文学論叢』一四・一九五九）、築島裕博士の『平安時代語新論』（一九六九・東京大学出版会）等に詳しい。⑦「状」字は、呉音が「ジヤウ」・漢音が「サウ」。『日本書紀』巻第廿（敏達紀）に、「占状」に「ウラカタ」の加点が見られる。「状」字を「かた」と訓読しておく。

【現代語訳】一つ目。農民は朝は朝四時に田に出かけ、夜は八時に仕事を終えて家に帰ること。

4―禁制田夫任意喫魚酒状

【訓読】一（つ）、田（の）夫《をとこ》①、意《おもひ》②（に）任《したが》（ひて）③魚《うを》④・酒《さけ》（を）⑤喫《くら》（ふ）⑥を禁制《いまし》（む）状《かた》。

【訓読注】①『名義抄』（法中七六）には、「意」字に「コ、ロ　オモフ《ヒ》（平平〇《平》）」。『遊仙窟』（真福寺本）にも「ヲモヒ」とある。②「任」字には、『仏説陀羅尼集経』（長寛二年・石山寺）にも「シタカフ」と見える。③「魚」字に、『名義抄』（僧下一）には「ウヲ（上上）」とある。④「酒」字に、『名義抄』（法上四四）には「サケ（上上）」とある。⑤「喫」字には、『蘇悉地羯羅経　巻上』（延喜九年）には「クラフ」と見える。「クフ」も可か。⑥「禁制」は、呉音で「コムセ」、漢音で「キムセイ」。「制」字には、『名義抄』（僧上八七）に「イマシム」、『法華経単字』（保延二年）、『大毘盧遮那経疏』（保延四年）等にも同訓が見られる。因みに、「禁」字には、『名義抄』（法下七）に「制也」とある。尚至徳三年刊『法華経音訓』にも、「禁」字に「イマシム」とある。「禁制」は連文。「イマシム」と二字一訓にする。

【現代語訳】二つ目。農民は意に任せて勝手気ままに、魚を食ったり酒を飲んだりと馳走は慎むこと。

5 一禁断不勞作溝堰百姓状

【訓読】一（つ）、溝①《みぞ》堰②《ゐせき》（を）勞③《つと》（め）作（ら）（ざる）〔不〕百④姓《おほむたから》（を）禁⑤断《や》（む）状《かた》。

【訓読注】①『名義抄』（法上四二）に「ミソ（上上濁）」とある。②『名義抄』（法中六二）に「ヰセキ」とある。③「労」字に、『名義抄』（佛下末三八）には「ツトム」とある。④「百姓」は、呉音で「ヒヤクシヤウ」、漢音で「ハクセイ」。『日本書紀』巻第十一・十三・十五（院政期〜鎌倉）等には「オモムタカラ」とあるに従う。⑤「禁断」は、呉音で「コムダン」、漢音で「キムタン」。『名義抄』（法下七）には、「禁」字に「ヤム（上上）」、『同』（僧中三四）には、「断」字に「ヤム」とある。『医心方』（天養二年）にも「断」字に「ヤミヌ」とある。「禁断」は連文。二字一訓で「ヤム」と訓む。

【現代語訳】三つ目。用水路や用水の堰堤の管理・整備を怠る一般の人々をかたく禁じ、遵守しない者を処罰すること。

6 一以五月卅日前可申田殖竟状

【訓読】一（つ）、五月《ゴグエツ》（の）卅日《サフジツ》①前《セン》（を）以（ちて）、田殖②（へ）（を）竟③《を》（ふる）（ことを）申（す）（べき）〔可〕状《かた》。

【訓読注】①「前」字は、呉音で「ゼン」、漢音で「セン」。「まへ」も可か。②『名義抄』（法下一二九）には、「殖」字に「ウフ（上平）」と見える。『大般涅槃経』（平安後期、東大寺図書館）等に「殖　ウへ」等の類例は多い。③『名義抄』（佛下末一六）に、「竟」字には「ヲフ　ヲハル」とある。「田殖（の）竟（はる）（ことを）」と「竟」字を自動詞で訓むことも可か。

【現代語訳】四つ目。五月三十日（現在の六月末）までに、田植えを終了したことを報告すべきこと。

7―可捜捉村邑内竄宕為諸人被疑人状

【訓読】一（つ）、①村邑《むら》（の）内（に）②竄宕《かく》（れて）、③諸《おほよそ》（の）人（と）為《な》（り）、疑（は）（るる）〔被〕人（を）捜《さが》（し）④捉《とら》（ふ）（べき）〔可〕状。

【訓読注】①『名義抄』（佛下本九三）に、「村」字に「ムラ（上平）」、『同』（法中二七）に「邑」字に「ムラ（上平）」と見える。『東大寺諷誦文稿』『法華経単字』（保延二年）等に「邑」字の「ムラ」訓は多い。「村邑」は連文で二字一訓にして「むら」と訓む。②「竄」字に『名義抄』（法下六二）には「カク〔ス/ル〕（平上〔平/平〕）ノカル　フサク　ウカ、フ」と見える。石山寺本『金剛般若経集験記』平安初期点、輪王寺本『金剛般若経集験記』天永四年点、金澤文庫本『倶舎論音義抄』貞応二年写等にも「カクル」と見える。『集成』には「オソラクハ・カクス・カクル・ナバル」が掲出されている。「宕」字は、『名義抄』に確認出来ない。『集成』にも、「アクガル」（高野山西南院蔵『和泉往来』文治二年写）の訓が見えるのみである。『発見！　古代のお触れ書き』（大修館書店）は、「竄《かく》れ宕《ひそ》みて」と訓み、『列島の古代史6言語と文字』（岩波書店）は「竄宕《ざんとう》して」とする。「宕」字に「いわや」の意味があるので、「竄宕」を連文と見て「かくる」と訓んでおく。但し、確証を欠く。③『名義抄』（法上六五）には、「諸」字に「モロ〳〵（上上〇〇）オホヨソ　ミナ」等の訓が見える。『大毘盧遮那経疏』（寛治七年・仁和寺）、『同』（保安元年・東寺金剛寺）等には、「オホヨス」と見える。なお、『集成』には「スベテ・ミナ・モロ〳〵」等の訓も確認される。ところで、三上喜孝氏は、天慶九年（九四六）八月二十六日の「伊賀国神戸《かんべ》長部解案」（光明寺古文書、『平安遺文』二五五）では、伊勢大神宮の御領である名張《なばり》山に住みついた浪人たちが、神聖な山の土地や木を意のままに利用していると、伊賀国の神戸が訴えているが、この浪人のことを文書では「諸人」と表現している。つまり「諸人」とは「さまざまな人」という一般的な意味で使われるだけでなく、本貫地を離れた「浪人」を意味する語としても用いられるのである。牓示札の発見により、これまであまり注目されていなかった言葉の意味が明らかになった一例といえる。

と前掲「『平安時代のお触れ書き』を読む」（『日本史の研究』205）で記している。『発見！古代のお触れ書き』（大修館書店）もコラム欄で「この木簡の書かれた九世紀半ばは、相次ぐ天災もあり飢饉の多い時期であった。（略）土地を離れ逃亡する人が後を絶たなかった。」として、本状の「諸人」について、「そのような人々を指す」のではないかと記している。

因みに、「伊賀国神戸長部解案」（光明寺古文書、『平安遺文』二五五）には、「諸人」が三例見られる。その一例に「山内至居浪諸人」という例が見られる。「諸人」を必ずしも「浪人」の意にとる必要もないと思われる例である。古文書等の記録語を類聚することで、その意味の検討が必要であろう。因みに、『平安時代記録語集成』（峰岸明・二〇一六・吉川弘文館）には、「諸人」の例として、『小右記』の一七例、『権記』の三例、『貞信公記』の二例、『御堂関白記』の一例、『左経記』の一例の二四例が示されているが、記録資料を対象とした詳細な研究が俟たれるところである。④『名義抄』には、「捉」字に「トラフ（平上〇）」とある。『大般若経字抄』（長元五年・石山寺）、『蘇磨呼童子清問経』（承暦三年・仁和寺）等にも、「捉」字に「トラフ」と見られる。

【現代語訳】五つ目。村内（地域の中）に潜み隠れて、課役等から遁れようとしていると疑われる者達を捜しだし捉えること。

8　一可禁制无桑原養蚕百姓状

【訓読】一（つ）、①桑原《くははら》无（くして）②蚕《こかひ》（を）養《か》（ふ）百　姓《おほむたから》（を）③禁制《いまし》（む）（べき）〔可〕状《かた》。

【訓読注】①『名義抄』（佛下本一二三）には、次の様に見える。「クハ」訓は見えない。

「桒」字に「クワ」（『法華経音訓』至徳三年刊）、「桑」字に『東大寺諷誦文稿』『南海寄帰内法伝』長和五年頃点等には「クハ」と見られる。②『名義抄』（僧下三八）には、「蚕」字に「コカヒ（上上濁上）」、「カヒコ（平上平）」には、次の様に見える。

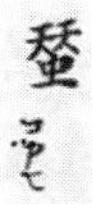

「蠶」字については、『日本書紀』第十七（院政期・前田尊経閣）には「コカヒ（シ）テ」、『史記』（永正八年・宮内庁書陵部）には「コカヒスヘクナヌ」。「蠶」字には、『大唐西域記』巻十二（平安中期・興正寺）、『大般若経』巻二十九（平安後期・西福寺）には「カヒコ」とも見られる。従って、「こかひ」「かひこ」何れでも可。③「禁」字は、『名義抄』（佛下一二七）に「イマシム　トカ　マホル　ヤム　イム」、『法華経音訓』（至徳三年刊）に「イマシム」とあり、「制」字には、『名義抄』（僧上八七）に「イマシム　イム」、『法華経単字』保延二年・『法華経音訓』至徳三年刊に「イマシム」とある。「禁制」は連文。「いましむ」と二字一訓に訓む。

【現代語訳】六つ目。桑畑を所有しないで、養蚕しようとすることを止めること。

9 一可禁制里邑之内故喫酔酒及戯逸百姓状

【訓読】一（つ）①里邑《さと》（の）〔之〕②内《うち》（に）③故《ことさら》（に）酒（を）④喫《くら》（ひ）⑤酔《ゑ》（ひ）、⑥戯逸《あそび》（に）⑦及《およ》（ぶ）百姓《おほむたから》（を）禁制《いまし》（む）（べき）〔可〕状《かた》。

【訓読注】①『名義抄』（佛中一一〇）には、「里」字に「サト（上上）」とあり、『同』（法中二七）には、「邑」字に「ムラ（上平）　サト（上上）」とある。「邑」字の訓「サト」は、『大慈恩寺三蔵法師伝』巻一（延久元年頃・興福寺）、『法華経伝記』（大治五年・東大寺図書館）等にも見える。「里邑」は連文で「サト」と二字一訓とする。②『集成』には、「内」字に「ウチ・イル・ウチツコト・オクル・コモル・ナカ・ミヤコ・ヲサム」の訓が集成されている。「ナカ」は、『大毗盧遮那経疏』（保安元年点・東寺観智院金剛蔵）の一例のみである。「ウチ」の例は二十例弱。「中」字の例ではあるが「郡ノ中チニ」（楊守教本『将門記』・平安後期）の例等は、当該例の訓みを考える参考になるものである。「ウチ」と「ナカ」のちがいについては、日野資純『基礎語研究序説』（桜楓社）、『古典解釈のための基礎語研究』（東宛社）の他、大野晋『古典基礎語辞典』等は参考となる。③場所を示す格助詞としては、「ニ」が一般的であるが、「ニオキ（イ）テ」と添読するのも可　④『名義抄（佛中五四）』には、「喫」字に「クフ　クラフ」と見える。『蘇悉地羯羅経』巻上（延喜九年点・京都大学）等「クラフ」と加点する例は多い。⑤『名義抄』（僧下六三）には、次の様に見える。

⑥『名義抄』（僧中三九）には、「戯」字に「遊也　モテアソフ」等と見え、『同』（佛上四九）には、「逸」字に「アソフ」と見える。従って、「戯逸」は連文と見て「アソブ」と訓む。⑦『名義抄』（僧中五二）には、「及」字に「オヨフ（上上平濁）　イタル（上上〇）」等と見える。従って、「イタル」訓も可か。

【現代語訳】七つ目。村内で故意に酒を飲み酔い潰れて、自由気ままに振るまい秩序を乱そうとする多くの者達をとりしまること。

10 一可禁勤農業状 件 村里長人申百姓名

【訓読】一（つ）、①農業《なりはひ》（を）②慎勤《つつし》（む）（べき）状《かた》。〔③件《くだむ》（の）〕④村里《さと》（の）⑤長《をさ》（なる）人（は）百姓《おほむたから》（の）名（を）⑥申《の》（べよ）。

【訓読注】①『名義抄』（僧下一〇七）には、「農」字に「ナリハヒ（平平平平）」と見え、『同』（僧上四六）には、「業」字にも「ナリハヒ（平平〇〇）」と見える。因みに、『日本書紀』巻第二十二（院政期・京都国立博物館）にも、「農」字に「ナリハヒ」、『法華経単字』（保延二年）に「ナリワヰ」とある。熟字「農業」は連文とみて「ナリハヒ」と二字一訓に訓む。尚、『唐大和上東征伝』（院政期・東寺金剛寺）には、「農業」に「ナリハヒ」と加点する。因みに、「ナリハヒ（平平平平）」には「家業（家—）」（僧上四六）の熟字も見える。なお、「農業」は漢音で「ドウゲフ」。因みに呉音では「ヌゴフ」。②『名義抄』（法中八三）には、「慎」字に「ツ、シム」、『同』（僧上八二）には、「勤」字に「ツ、シム」とある。「謹」字については、『造塔延命功徳経』（長和四年・東寺観智院金剛蔵）に「ツ、シマセ」、『史記呂后本紀』第九（延久五年・毛利報公会）にも「ツ、シムて」等と見える。「慎勤」は連文、「ツツシム」と訓む。「填」字は、『名義抄』（法中四八）には、次のように見える。「慎」字の誤

字とみておく。「慎勤」は、漢音では「シンキン」、呉音では「ジンゴン」。③『名義抄』（佛上一七）には、「件」字「クタムノ」とある。④『名義抄』（佛中一一〇）には、「里」字に「サト（上上）」とあり、『同』（佛下本九三）には、「村」字に「サト　聚落也」等とある。『蘇悉地羯羅経略疏』（寛平八年・京都大学）にも「村」字に「サト」と加点される。「村里」は連文と見て、二字で「さと」と一訓に訓む。⑤『名義抄』（佛下本三三）には、「長」字に

「ヲサ（平上）」とある。⑥『名義抄』（佛上八二）には、「申」字に「ノフ（上上濁）マウス（平平上）」、『同』（佛上八〇）には、「ノフ（平上濁）マウス」とある。『報告書』等は「申《まを》せ」と読むが、ここでは常体の命令形で訓む。

【現代語訳】八つ目。農業に励むこと。以上の勧農・禁令について、其れに違反する者については、村の責任者はその名前を報告しなさい。

11 検 案内被國去正月廿八日符併勸催農業

【訓読】①案《ふだ》（の）②内《これがなか》（を）検（ずるに）國（の）去（る）③正月《せいげつ》（の）④廿八日《はたやつ》（の）⑤符《しるし》（を）⑥被《かうぶ》（る）。⑦偁《いは》（く）農業《なりはひ》（を）

【訓読注】①『冥報記』（長治二年・前田育徳会）には、「案」字に「フタ」と加点するに依る。②「内」字に、『大毘盧遮那成佛経疏』巻第三（永保二年・高山寺）に「コレカナカニシテ」と見える。「内」字は、漢音「ダイ」呉音「ナイ・ネ」。③「正月」は、呉音では「シャウグヮチ」、漢音では「セイゲツ」。④『名義抄』（佛上八二）には、「廿七」に「ハタナ、（〇平平平）」とある。この例に倣って、「ハタヤツ」と訓む。⑤「符」字には、『日本書紀』巻第十三（永治二年・宮内庁書陵部）に「璽符《ミシルシ》」、『日本書紀』巻第十七（院政期点・前田育徳財団）に「璽符《ミシルシ》を」と見える。⑥『名義抄』（法中一四六）には、「被」字に「カウフル（平平〇〇）」とある。⑦「併」字には、『名義抄』（佛上四）に「ナラフ　シカシナカラ　ソフ　トモ　アハス（平平上）カクス　スフ　クロシ　カス　ツラヌ　アツマル　スミ」等の訓が見られるが、文意に不適。「偁」字の誤字とみる。当該例を実測図で示すと  の如くである。16行に見える「偁」字は  である。明らかに異なる字形であると捉え誤字とする謂いである。『名義抄』（佛上二九）に「イハク（上上〇）イフ（上平）ノタマハク」等。『同』（法下一八）に「ノタマフ　イハ《フ》ク」等とある。

【現代語訳】加賀の国の出した去る正月二八日の文書には次の様にある。

12 有法條而百姓等恣事逸遊不耕作喫

【訓読】①勧《すす》（め）②催《うなが》（す）法《のり》（の）條有《えだ》（り）。而《しか》（れども）百姓《おほむたから》③等《ら》④恣《ほしまま》（に）⑤逸遊《あそ》（ぶことを）事（とし）、⑥耕《たがへ》（し）作（ら）（ず）〔不〕、

【訓読注】①『名義抄』には、「勧」字に「ス、ム（上上平）助也」等とあるに依る。②『名義抄』には、「催」字に「ウナカス（平平上濁平）」とあるに依る。③『名義抄』（僧上七九）には、「等」字に「ラ（上）」とある。④『名義抄』（法中九九）に「ホシヒ《ィ》マ、ニ（平平上上上〇）オモフ」、『集成』には「ホシイマ、　ホシキママ　ホシママ」の例が示されている。⑤『名義抄』（佛上四九）には、「逸」字に「アソフ」と有る。「遊」字には当然「アソフ（上上〇）」（佛上五三）と有る。「逸遊」は連文で、二字一訓で「あそぶ」と訓む。⑥「耕」字は、『名義抄』（法下二五）に「タカヘス」とある。

【現代語訳】農業を促す法律の条文がある。だのに、多くの人々は思いのままに怠けてばかりで田畑を耕すことをしない。

13 酒魚殴乱為宗播殖過時還稱不熟只非

【訓読】〔酒〕（と）魚《うを》（とを）①喫《くら》（ひ）②殴《う》（ち）乱《みだ》（るるを）③宗《むね》（と）為《す》。④還《また》⑤播殖《う》（ふる）時（を）過（ぎ）、⑥熟《みの》（ら）（ず）〔不〕（と）⑦偁《い》（ふ）。只、

【訓読注】①『名義抄』（佛中五四）には、「喫」字に「クフ　クラフ」とある。「くふ」でも可か。②『名義抄』

（僧中六五）には、「殴」字に「ウツ（平上）」と有る。『日本書紀』巻第二二（院政期・京都国立博物館）に「ウツ」、『金剛般若経集験記』（元永四年・輪王寺天海蔵）に「ウツこと」等と見られる。③「宗」字には、『六臣註文選』（書陵部藏）に「ムネ〳〵」とある。『名義抄』（法下五三）にも「ムネ」と見える。④「還」字は、『名義抄』（佛上五十）に「マタ」とあるに依る。東大寺図書館蔵『百法顕幽抄』巻第一（延喜頃点）に「還復」と、「還」の義注として「復」字が見える。添加の意味の接続助詞とみておく。⑤『名義抄』（佛下本七四）には、「播」字に「ウフ（上〇）」、『同』（法下一二九）には、「殖」字に「ウフ（上平）」とある。従って、「播殖」は連文とみて二字一訓に「ウフ」と訓む。しかし、「播植」に『大毘盧遮那成佛経疏』（永保二年・高山寺）に「ホトコシウヱテ」、『大毘盧遮那経疏』（元暦二年・醍醐寺）に「ホドコシウヱ」、『大毘盧遮那経疏』（康和四年・東大寺図書館）に「ハシヨクして・マキウフ」とも見られる。分訓も可か。⑥『文集』第四（天永四年・京都国立博物館）に「熟」字に「ミノラ」と加点する例が見られる。⑦『名義抄』（法下一八）には、「稱」字に「イハ《フ》ク」とある。『法華文句』（平安後期・東大寺図書館）にも「稱」字に「イフ」の加点例が見られる。

【現代語訳】馳走を食べ、酒を飲み、荒れた生活に明け暮れている。そして、春の種撒きの時期を逸し、田植えをする時期を逃し、秋になって実らず収穫出来ないと言う。

14 疲弊耳復致飢饉之苦此郡司等不治

【訓読】①疲弊《や》（するに）非《あら》（ずある）（のみ）〔耳〕〔別釋文・疲弊《つか》（れ）（ずある）〔非〕（のみ）〔耳〕〕。復《また》②飢饉《うへ》（の）〔之〕苦《くるしび》（を）致（す）。此（れ）郡《こほり》（の）司《つかさ》等《ら》田《た》（を）治《をさ》（め）（ずある）〔不〕〔之〕

【訓読注】①『名義抄』（法下一二七）には、「疲」字に「ヤス」。『同』（佛下末二三）には、「弊」字に「ヤス」とある。『大唐西域記』巻第三（長寛元年・石山寺）には「疲弊」に「ヤワヒス」の加点例が見られる。『同』巻第八（同）には、「羸」字に「ヤワヒ」と加点する。「羸」字にも「ヤス」と加点する例が、『願経四分律』（弘仁頃・聖語藏）、『金光明最勝王経』（平安初期・西大寺）等に見られる。尚、「羸」字に「ツカル」と加点する例は、『願経四分律』（弘仁頃・聖語藏）の「ツカレ」を初めとして、多くの加点例が見られるが、「弊」字の「ツカル」訓は『法華経単字』（保延二年）、『法華経山家本裏書』（天保十一年刊）等にも見られる。「疲弊」は連文と見て二字一訓とする。「やす」以外に「つかる」「やわひす」等の訓も可であろう。因みに、熟字「疲羸」「羸弊」等も連文である。②『名義抄』（僧上一一〇）には、次の様にある。

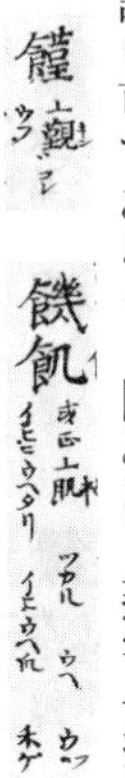

熟字「飢饉」は連文で「ウフ」と二字一訓に訓む。因みに、『日本書紀』巻第二（神代紀下）（嘉禎二年）には、「飢饉之始」の「飢饉」に「ウヱ」の加点例が見られる。

【現代語訳】それではただ食料が乏しく困窮するだけではなく、それに加えて飢え苦しむことになる。このような状況になるのは、地域の役所の役人が田地の管理を十分に行っていないことに依る。

15田之期而豈可□然哉郡宜承知並口示

【訓読】田（の）〔之〕①期《とき》（なり）。而（して）豈（に）然（る）（べけむや）〔可哉〕。郡《こほり》宜《よろ》（しく）②承《う》（け）③知《つかさど》（り）、④並《あまね》（く）符（の）事（を）⑤口《くち》（つからに）⑥示《ほどこ》（し）、

【訓読注】①「期」字の「トキ」は、『日本書紀』巻第二（神代紀下）（嘉禎二年）に加点例が見られる。『名義抄』（佛中一三七）にも、「期」字に「トキ　ホト」等とある。「ホド」と訓むことも可か。②『名義抄』（佛下本六〇）（佛下末二七）には、「承」字に「ウク（平上）」とある。③「知」字については、『法華経単字』（保延二年）に「サ

トル」、『法華経山家本裏書』（天保十一年刊）には「使令知」に「ツカサトラシムレトモ」と見られる。④「並」字の訓は、『大唐西域記』巻第五（長寛元年・石山寺）加点の「アマネク」による。⑤「口」字については、『古文尚書』（正和三年・神宮文庫）に「クチツカラ（上上〇平平）」、『辨正論』巻二（保安四年・法隆寺）に「クチツカラに」と見える。⑥「示」字については、『大唐西域記』巻第四（長寛元年・石山寺）の「宣示」の加点「ホトコシ」によって訓む。

【現代語訳】地域は国からの伝達事項（命令）を謹んで承り、十分に聞き入れて、すべてに渉って通達文書の内容を百姓（地域の人民一般）に口頭で伝えて、

16 符事早令勤作若不遵符旨稱倦懈

【訓読】早（く）勤（め）作《な》（さ）（しめよ）〔令〕。若《も》（し）符《しるし》（の）①旨《むね》（に）②遵《したが》（は）（ず）〔不〕、③倦懈《う》（む）〔之〕由（を）稱《い》（はば）、

【訓読注】①『名義抄』（佛中九八）には、「旨」字に「ムネ（上上）　ヨシ」等とある。「よし」も可か。②『名義抄』（佛上五八）には、「遵」字に「シタカフ（上上〇〇）」とある。③『名義抄』（佛上三〇）には、「倦」字に「ウミヌ《ム》（平上〇）　ツカル　イタム」等とあり、『同』（法中一〇二）には、「懈」字に「オコタル（上上〇〇）　タユム（平平〇）倦也」等とある。因みに、「倦」字には、『大乗阿毘達磨雑集論』巻第十二（聖語藏）に「有六」、「懈」字については、『法華経音訓』（至徳三年）に「ウム」。また、「倦」字は『法華経伝記』（大治五年・東大寺図書館）、「懈」は『大日経義釈』（延久六年・大東急記念文庫）に各々「オコタル」と加点する例が盛られる。「倦懈」は連文で「ウム」と訓むか。「おこたる」も可か。

【現代語訳】早急に耕作に励むようにしむけなさい。仮に国からの伝達事項に従うことなく、怠けるようなことがあれば、

17 之 由加勘決者謹依符旨仰下田領等宜

【訓読】①勘決《さだめ》(を)加(へよ)といふ②〔者〕。謹(みて)符《しるし》(の)旨(に)依(り)、田(の)③領《つかさ》等《ら》(に)仰(せ)下(す)。宜(しく)

【訓読注】①『名義抄』(僧上八四)には、「勘」字に「サタム」、『同』(法上二〇)には、「決」字にも「サタム(平平濁〇)」とある。『蘇悉地羯羅経』(治安三年・高野山大学)には、「決」字に「定也」と義注注記する例が見える。「勘決」は連文で「サダメ」と訓むか。②「者」字については、『観弥勒上生兜率天経賛』巻下(平安初期・箕面学園)に「いふは」、『南海寄帰内法傳』(長和五年頃・天理図書館)に「イフハ」の加点が見られる。③『名義抄』(佛下本二四)には、「領」字に「クヒ(平上濁)」とある。「ツカサ」訓は、『日本書紀』巻第二十(院政期・前田育徳会)の「領客」の加点「マラトノ司」に依る。

【現代語訳】取り調べ、よく考えて罰しなさいとある。国からの伝達事項の趣旨に則って、農業を監督する役人に伝達事項(命令)を伝える。

18 各 毎村屢廻愉有懈怠者移身進郡符

【訓読】各《おのおの》(の)村毎《ごと》(に)屢《すみ》①(やかに)廻《めぐ》(り)②愉《さと》(す)(べし)〔宜〕。③懈怠《おこた》(る)④者《ひと》有(らば)身(を)移(し)郡《こほり》(に)⑤進《のぼ》(らせよ)。符《しるし》(の)

【訓読注】①『名義抄』（法下八七）には、「屢」字に「シバ〳〵（上上濁〇〇）スミヤカニ（平平〇〇〇）」等とある。「シバシバ」については、『金剛般若経集験記』（平安初期・石山寺）等にも見られる。また、『三教指帰』（久寿二年・天理図書館）には「シキリニ」の加点例も見られる。「シバシバ」「シキリニ」等の訓も可か。②「愉」字については、『名義抄』（法中八七）に「服也」とある。「服」字には「ツク（平上）サトル」（佛中一三三）等とある。『集成』に見られる「ウベナフ・シタガフ」等の訓も可か。③『名義抄』（法中一〇一）には、「懈」字に「オコタル（上上〇〇）」とある。『大日経義釋』（延久六年・大東急記念文庫）にも「オコタラ不して」と見える。『同』（法中七九）には、「怠」字にも「オコタル（上上〇〇）」とある。「懈怠」は連文で二字一訓に「おこたる」と訓む。④「者」字は、平安時代初期には「ヒト」と訓み、中期以降は「モノ」と訓む。（門前正彦「漢文訓讀史上の一問題―『ヒト』より『モノ』へ」『訓点語と訓点資料』十一輯）⑤『名義抄』（佛上五八）には、「進」字に「ノホル　ス、ム（上上〇）」等とある。「ススム」訓も可か。

【現代語訳】それぞれの地域毎に時期的に早く回って命令文書の趣旨を告げ知らせるべきである。言い聞かせても聞かず怠ける者があったら、その身を郡の役所へ移しなさい。命令文書の

19 旨國道之裔縻羈進之牓示路頭厳加禁

【訓読】[旨（を）] 國（の）道（の）①裔《ほとり》（に）②縻羈《つな》（ぎ）、之（を）進（め）③牓《ふむた》（を）、路（の）④頭《ほとり》（に）示（し）厳（しく）禁《いましめ》（を）加（へよ）

【訓読注】①『名義抄』（法中一四三）には、「裔」字に「ホトリ（平上〇）」とある。『南海寄帰内法伝』（大治三年・法隆寺）に「南（上）裔《サトリ》（去）」（「サ」は「ホ」の誤）と見える。②『名義抄』（僧中七）には、「縻」字に「ツナク（上

上〇）」、『同』（法下九九）には、「羈」字にも「ツナク」とある。『大慈恩寺三蔵法師伝』（承徳三年・興福寺）にも「羈《ホタサ》《ツナカレ》不」と見られる。「縻羈」は連文で「ツナグ」と二字一訓にする。③「牓」字について、『名義抄』（佛

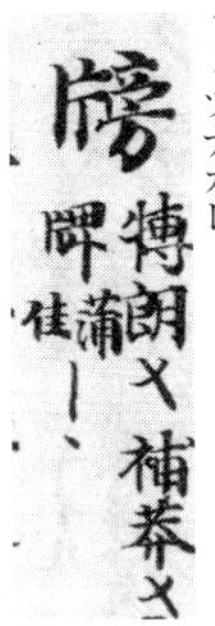

下末七）には、上のように見える。「牓」字は「牌也」と注記する。二字漢語「牌牓」があるが連文である。『四分律行事鈔』巻上（平安初期点・松田福一郎）に「フムタ」の例が見られる。④『名義抄』（佛下本二二）には、「頭」字に「ホトリ（平上〇）」とある。

【現代語訳】趣旨を地域の道ばたに掲示して、命令文書の内容を示した札を道ばたに立てて、厳しく警戒しなさい。

20田領刀弥有怨憎隠容以其人為罪背不

【訓読】［田（の）］領《つかさ》・刀弥《とでい》①怨《うら》憎（み）・②隠《かく》容（すこと）有（らば）、其（の）人（を）以（ちて）③罪《つみ》（と）為《な》（せ）。背（くこと）

【訓読注】①「怨」字に、『名義抄』（法中七〇）には「ウラム《ミ》（平平上）」、『集成』に「ウラム・ソネム・ニクム」等。「憎」字に、『名義抄』（法中一〇一）には「ニクム（平平上）・ソネム」等。『集成』に「ウラム・ソネブ・ソネム・ニクム」等。「怨憎」は連文。「ニクム」「ソネム」等の訓みも可か。②『名義抄』（法中四六）には、「隠」字に「カクル《ス》（平上平）」、『同』（法下五〇）には、「容」字に「カクル」とある。「隠容」は連文。因みに、『大唐西域記』巻第五（長寛元年・石山寺）には「従容」に「カクレヰテ」とも見られる。③『名義抄』（僧中一二）には、「罪」字に「ツミ（平上）アヤマチ」とある。『遊仙窟』（康永三年・醍醐寺）には、「罪過」に「トカアヤマテリ」とある。「トガ」も可。

【現代語訳】田領や刀禰たちがありもしないことで恨んだり、有ったことを隠したりすることがある場合には其の人をその行為で罰しなさい。

21寛有符到奉行

【訓読】①寛宥《ゆる》(さ)(ず)〔不〕。符《しるし》②到《いた》(らば)③奉《うけたまは》(り)④行《つた》(へよ)。

【訓読注】①『名義抄』(法下五四)には、「寛」字に「ユルス(平平平)」とある。『大般涅槃経』(平安後期・東大寺図書館)にも「ナタメテ　ユルシテ」、『大唐西域記』(長寛元年・石山寺)にも「ユルス　ナタム」とある。又、『名義抄』(法下四七)には、「宥」字にも「ユルス」とある。『大日経義釋』(延久六年・大東急記念文庫)、『大毘盧遮那経疏』(仁平元年・輪王寺)にも「宥」字に「ユルス　ナタム」の訓が見られる。「寛宥」は連文。二字一訓に「ユルス」と訓む。②「到」字は『名義抄』(僧上九四)には、「イタル(上上平)」とある。③「奉」字は『名義抄』(佛下末二四)に次のように見える。

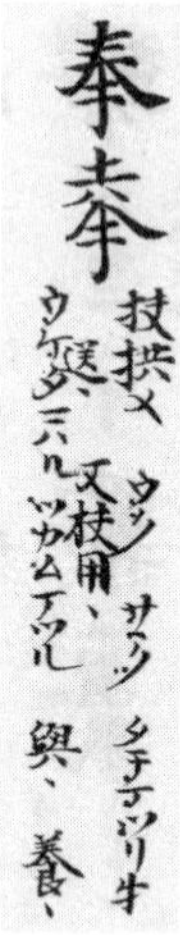

『集成』の「奉」字を検するに、「ウケタマハル　ウケタテマツル　ウケタバル　ウケタウハル」等の訓が見られる。④「行」字は、『名義抄』(佛上四二)には、「ユク(上平)・ヤル・イテマシ(平上上平)・アリク《ル》(平上平)・サル(上平)・ニク(平平濁)・イネ(上平)・サケク(上上上)・ミユキ・ミチ(上上)・フム・メクル(上上濁平)・ツラヌ・ケ(平)・オコナフ(上上上平)・ワサ(上平濁)・シワサ(上上上濁)・オキツ・ナム〳〵トス・ツトム・ツラヌ・タヒ(上平濁)・アヤマル・ハナツ・ツタフ・マタ・ナカル(平平濁上)・クタル・ナケク・ヒク・サイキル・コレ・カタチ・モチイル・テタテ・ウツクシフ・スルコト・マツリコト・コ、ロ・テタツ」と四〇語と実に多くの語が

見られる。

『集成』には、五一の和訓が掲出されている。因みに、二字一訓とする「修業（オコナヒス）・備行（ソナハル）・出行（アリク）・啓行（ミチヒラク・ユク）・巡行（オハシマス）」等の熟字が二十余語掲出されるが、「奉行」は見えない。「つたへよ」と訓むが、「おこなへ」も可か。

【現代語訳】許すことはない。（違反するようなことはないようにしなさい。）伝達する命令内容が届きしだい実行しなさい。

22 大領錦村主　主政八戸史

【訓読】大領《おほつかさ》①錦《にしき》（の）村《さと》（の）②主《をさ》　③主政《まつりごとのつかさ》　八戸《やへ》（の）史《ふひと》

【訓読注】①『名義抄』（僧上一三八）には、「錦」字に「ニシキ（平平上）」。「錦」は、次行の「錦部」と見れば、「ニシコリ」と訓むべきか。『日本書紀』巻第十四（雄略紀）（院政期・前田育徳会）に「ニシコリ」の例が見られる。②『名義抄』（法下三八）には、「主」字に「長也」とある。なお、「主」字には『大日経胎蔵儀軌』巻上（東寺観智院金剛蔵）には「カミ」、『日本書紀』第十四（雄略紀）（院政期・前田育徳会）には「キミ」、『法華文句』（平安後期・東大寺図書館）には「ヌシ」等と見られる。「をさ」以外でも可か。「村主」の「スグリ」訓は『日本書紀』巻第十四（雄略紀）（院政期・前田育徳会）に見られる。③「主政」については、『二中歴』（鎌倉後期・前田育徳会）の「太政」の加点「ヲホマツリコトノツカサ」に倣って訓む。

【補】大領錦村主は「百済系の盥系氏族」、主政八戸史は「高句麗系の渡来系氏族」の由（『木簡研究』二三号）である。

23擬大領錦部連真手麿　擬主帳甲臣

【訓読】大領《おほつかさ》（に）①擬《あた》（る）錦部《にしこり》（の）②連《むらじ》真手麿《まてまろ》　主《ぬし》（の）③帳《ふむだ》（に）擬《あた》（る）④甲《カフ》（の）臣《おみ》

【訓読注】①『名義抄』（佛下本七八）には、「擬」字に「アタル（上上平）」とある。『大般涅槃経』（平安後期・東大寺図書館）にも「アタル」、『瞿醯壇羅経』（院政期・吉水藏）にも「アタリて」と見られる。②「連」字については、『日本書紀』巻第二十二（平安後期・京都国立博物館）に「ムラシ」と見える。③「帳」字の訓は、『日本書紀』巻第十五（永治二年・宮内庁書陵部）の「藉帳　ヘノフムタ」に依る。④「甲」字は、意味は異なるが、開音・合音いずれの訓みも可能である。いずれが可か不明であるが、漢音「カフ」で訓んでおく。

【補】擬大領錦部連は「百済系の盥系氏族」の由（『木簡研究』二三号）である。

24少領道公　夏麿　副擬主帳宇治

【訓読】①少《すくな》（ひ）領《つかさ》道（の）公《きみ》　夏《なつ》麿《まろ》　主《ぬし》（の）帳《ふむだ》（に）②副《つ》（ぎ）擬《あた》（る）宇治《うぢ》

【訓読注】①「少」字は、『集成』には三二訓が見られる。前田育徳会蔵『二中歴』（鎌倉後期点）に「少将」には「スクナヒスケ」と加点する例があるが、その例に倣って「スクナヒ」と訓んでおく。②『名義抄』（僧上八九）には、「副」字に「ツク　カナフ」等とある。「カナフ」も可か。

25擬少領勘了

【訓読】少《すくな》（ひ）領《つかさ》（に）擬《あた》（る）□　勘《かむか》（へ）了《をは》（りぬ）

26嘉祥二年二月十□日

【訓読】嘉祥《かしやう》二年二月《グワツ》十□日

27[二]月十五日請田領丈部浪麿

【訓読】[二]月十五日請（く）田（の）領《つかさ》（の）丈部《はせつかひ》①（の）浪麿《なみまろ》

【訓読注】①「丈部」については、『将門記』（平安後期・楊守敬旧藏）に「丈部子　ハセツカヒノコ」、『同』（承徳三年・真福寺）に「丈部　ハセヒ」（「ヒ」は「へ」の誤）と見える。「はせべ」も可か。

【補】「丈部」については、加茂遺跡の第四次調査で「謹啓　丈部安□……」と記す木簡が出土している。（『木簡研究』第一八号）

二　牓示木簡（勧農・禁止令）の所用漢字

1　牓示木簡　①

「牓」字の意味から考えることとする。

当該史料の一九行目に「牓示路頭」とある。『報告書』を初めとする読み下し文は、「路頭に牓示し」として「牓示」をサ変動詞とする。『大漢和辞典』には、「牓示」に「杙・札などを境界の標に立てること。又其のもの・さかひのくひ」の意として、「定四至、打牓示」（『朝野羣載』七）を引例する。「牓」字には「ふだ・たて札・

掲示」の意として、『玉邊』の「牓　牌也」を引例する。因みに、『玉篇』（包括元刊本『大廣益会玉篇』片部四百七十三）に、

牓　普朗切　牌也　　牌　扶佳切　牌牓

と見える。

ところで、金子修一「唐代史から見た牓示札　報告史料」（前掲『シンポジウム古代北陸道に掲げられたお触れ書き加賀郡牓示札から平安時代を考える』）によると、

スタインS八五一六（坂尻彰宏「敦煌牓文書考」『東方学』第一〇二輯）に、

A1―8　　　　　　　　　　　　　　　C4―6

勅歸義軍節度使　　牓　　　　　　　廣順三年十□□十九日牓

應管内三軍百姓等

『冊府元亀』巻七十帝王部務農

牓示要路　咸使聞知

金子修一氏はA1―8の例に「実際に張紙として掲示することを示す文言」とし、『冊府元亀』の例については、「要路に牓示することを明示している点が貴重」としている。

スタインS八五一六の「牓」字の意味から考えれば、「牓示札」という語には意味の重なりがある。「牓」字は、前に当該牓示木簡の訓読の項（牓示木簡19行）でもふれたが、『類聚名義抄』（佛下末七）に「牌也」との義注があり、連文「牌牓」なる熟字も存するように「ふだ」の意である。『四分律行事鈔』巻上（平安初期点・松田福一郎藏）にも「フムタ」とみられる。だとすると、「牓」字と「札」字とは同義の重複となる。因みに、

「牓」字の意味を「標示の為に掲ぐるフダ。故に片（板の義）をかく」（『大字典』）とある。

「牓示札」という表記について、平川南氏は「牓示札―文書伝達と口頭伝達」（『古代地方木簡の研究』二〇〇三・吉川弘文館）のなかで、「高野山所司愁状案」の「～其後山民帯兵具、過牓示札、散在于寺辺」を例示して、四至牓示（境界の印に立てられたものという意味）の意で「牓示札」を用いるとする。因みに、中世以降、牓示は主として四至牓示の意に変化するともある。前に示した『大漢和辞典』引用の『朝野羣載』七の引例に該当する。

以上は本稿で牓示札を牓示木簡と称するの謂いである。

牓示木簡は「何らかのメッセージを不特定もしくは特定多数の人々に示した木簡」（高島英之『古代出土文字資料の研究』二〇〇〇・東京堂出版）で、牓示する内容によって「〇〇札」と分類すべきものと愚案する。当該牓示札と称されるものは、官司の命令を広くに徹底させる、あるいは伝達するための牓示であるわけで、例えば「牓示木簡禁令札」とでも呼ぶべきものと思われる。

2　牓示木簡　②

当該牓示木簡の性格は、第一行目の「符」字から確認可能である。多くの本牓示札の釋文は「符」の上に「郡」字が欠損しているとする。一行目と二行目を佐野光一氏（國學院大學教授）の筆になる復元案を示すと次の如くである。

郡符深見村諸郷驛長并諸刀祢等
應奉行壹拾條之事

二行目が「應奉……之事」で文意が完結している。従って、「符」のみであった可能性も十分に想定される。必ずしも「郡」或いは「郡司」の欠損を想定する必要はあるまい。

当該牓示木簡の内容は、1事書（1〜2行）・2禁令（3〜10行）・3加賀国府本文（11〜17行）・4加賀郡符本文（18〜21行）・5加賀郡司の署名（22〜25行）・6日付（26行）・7受取記名（27行）から成る。『律令』公式令の符式にかなう正式な文書である。因みに、出土木簡のうち、「符」のみのものには、長野県屋代遺跡出土十六号木簡・静岡県伊場遺跡十八号木簡、「郡司」とあるものに、滋賀県西河原遺跡出土木簡・京都府長岡京出土木簡、「郡符」とあるものに、福島県荒田目条里遺跡出土一号木簡等がある。

22〜25行には、符式に従って、加賀郡司の役職名と名前とが列挙されている。役職名は、大領（長官）・少領（次官）・主政（判官）・主帳（主典）とある。四等官制である。『国史大辞典』によると、主政・主帳の職名は音読する規定になっていた由であるが、その根拠は知らない。即ち、現在のところ確証となる例はない。因みに、主典は「文書の起草」等に当たり、判官は「主典の起草した文案の審査」等に当たった（『国史大辞典』）由である。「擬」「副擬」は「主」に対する語か。

27行目には、田領の署名と受取の日付がみられる。

石川県畝田・寺中遺跡出土木簡に、

（表）符　田行笠□等 横江臣床嶋□ 西岡□物□
（裏）口相宮田行率召持来今□以付
　　　　　田領横江臣　『□』　（『木簡研究』第二五号）

「田領」の史料は多くはないが、「田行」「田領」ともに「田畑の管理に従事したいわゆる郡雑任」（『木簡研究』第二五号）とある。因みに、『いしかわ』№16（石川県埋蔵文化財センター）は、「田領」を「郡の実務担当役人」とする。「丈部」については、『木簡研究』第一八号（石川・加茂遺跡）に、

（表）　謹啓　丈部安□…［　］献上人給雑魚十五隻 □□消息後日参向而語□　无礼状具注以解

（裏）　七月十日　□□造□主

とある。因みに、前掲『発見！古代のお触れ書き　石川県加茂遺跡出土加賀郡牓示札』は、

（表）　丈部安□…［　］→丈部置万呂□□　語□→語奉

（裏）　→勘了（別筆）　□□造□主→潟嶋造□主

とする。

「丈部」は北陸道の諸国などに存在した王廷に直属の部民で、中央に服属した地方豪族から中央に貢進される部民。中央に服属して国造、のちに郡司などになった地方豪族の多くが、丈部氏としてこの部民の伴造となり、その下にあった民が丈部となった（『国史大辞典』）とある。

当該牓示木簡は、其の内容及び形式から官司から農業に精励することや禁止事項を人々に公示するためのもので、田領が口頭伝達によった事を示すものである。

当該加賀郡符について、鈴木景二氏は藤井一二氏の「加茂遺跡出土『牓示札』の発令と宛先―『嘉祥期御触書八箇条』を中心に―」（『砺波散村地域研究所研究紀要』第18号）の説を承けて「この加賀郡符は、加賀国司着任時の政始めの儀礼において発せられた国符を加賀郡司が受け、郡司が改めて作成し配下へ通達した郡符であると結論してまちがいない。」（「加賀牓示札と在地社会」『歴史評論』№643）としている。

平安前期（嘉祥期）に加賀国から加賀郡への「国符」を承けての深見村への「郡符」であるが、当該牓示木簡

の告示文の作成者は加賀の郡司である。全文が漢文で書かれたものであるが、その所用漢字の状況をとおして当時の地方役人の識字能力を小考する。

3　牓示木簡の所用漢字　①

『報告書』には、「三四九字が確認できる。本来は三五九字が書かれていたと推定される」とある。因みに、二〇〇〇年九月八日付け新聞（朝日新聞・日本経済新聞・北陸中日新聞・奈良新聞等）は三四四字と報道した。

所用漢字については、異なり字数一九五、述べ字数三三四。推定文字を含めると異なり字数二〇一、述べ字数三五一である。

但し、『報告書』は「填」（10行目）字は「慎」字の、「併」（11行目）字は「倂」字の、「愉」（18行目）は「諭」字の、「有」（21行目）字は「宥」字の誤字とする。「有」字については「宥」字の省文としての処理も可能ではあろうが、他に省文らしき用例もないので『報告書』の処理に従う。

ところで、『報告書』には、4行目の「喫」字に「この字を中心に削った跡がある。画数が多く普段使い慣れない字であり、削り方も板の表面を整えるものとは違う。恐らく、書き間違いを修正するために削ったのであろう。」とある。また、16行目の「勤」字に「右側の『力』を『刂』に間違えているが、その後、間違いに気付き、上から『力』と書いている。」とある。因みに、後者の「勤」字については『報告書』の掲載写真でも十分に確認可能である。

「刂」と「力」の書き間違いを修正できて、「慎」字の「忄」の「土（つちへん）」と書き誤り、「諭」字の「言（ごんべん）」を「忄（りっしんべん）」に書き誤ったのを気付かないというのも、不自然といえば不自然である。

当該木簡は、「字画部分は、周囲より盛り上がっている。これは、木札が風化するのに対し、字画部分は墨の防腐作用により風化を免れたためである。墨は3行目「一田夫」の部分など若干残るものの、ほとんどが失われている。」（『報告書』12頁）ものである。

ところで、『報告書』には、佐野光一氏（國學院大學教授）の筆になる複製の他に、当該木簡の実測図を掲載する。（上・実測図、下・複製）

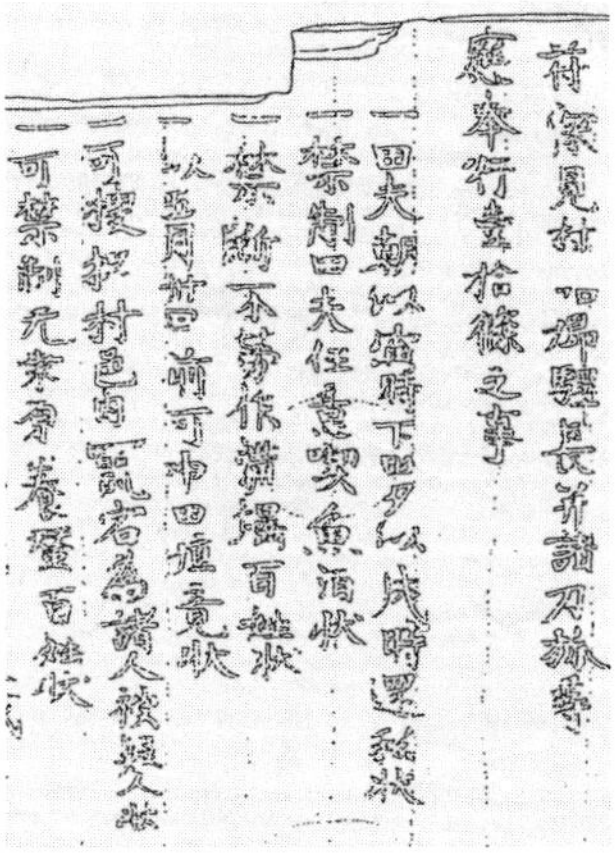

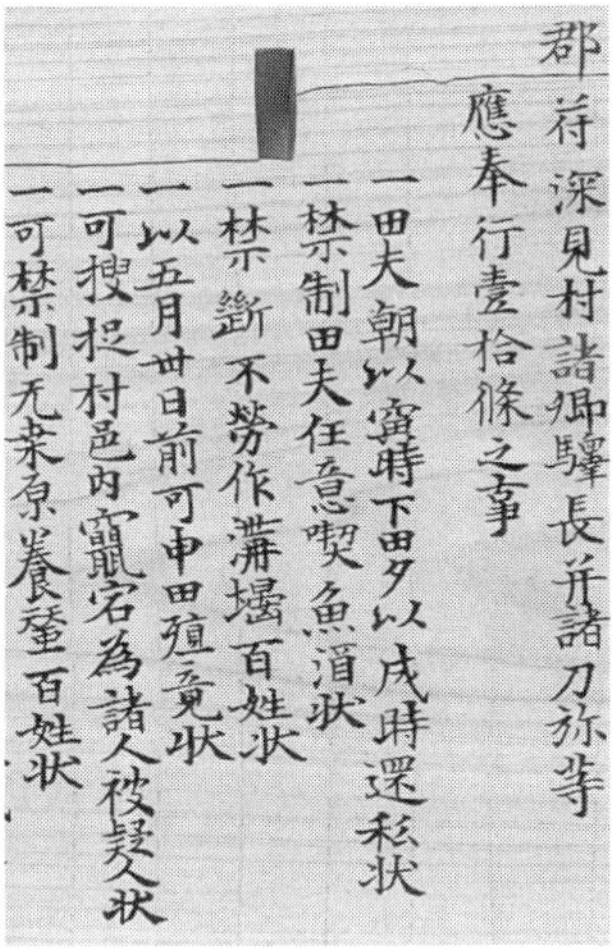

郡符深見村諸郷駅長并諸刀弥等
應奉行壹拾條之事
一田夫朝以寅時下田夕以戌時還私状
一禁制田夫任意喫魚酒状
一禁斷不勞作溝堨百姓状
一以五月卅日前可申田殖竟状
一可搜捉村邑内竄宕為諸人被疑人状
一可禁制无桑原養蚕百姓状

実測図と複製とを比べた場合、盛り上がった墨跡では、画数の多い文字については、その細部の確認は不可能である。

①実測図
②複製

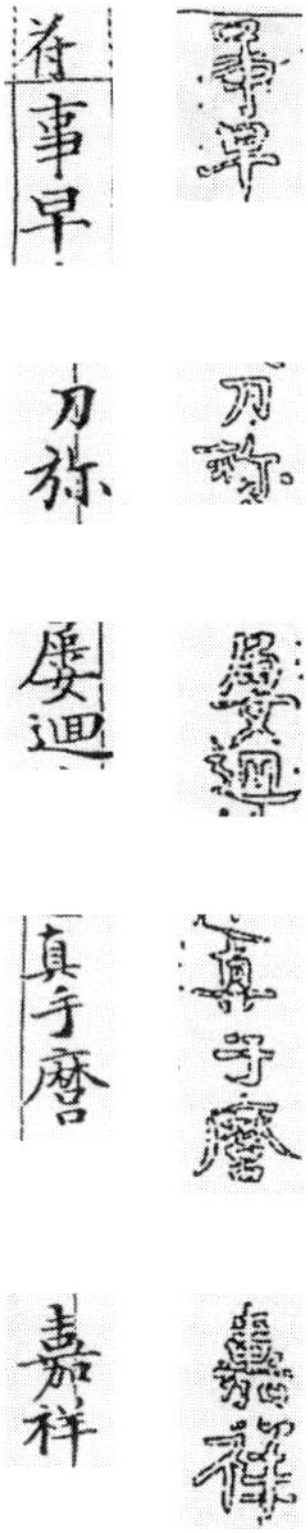

③翻　字　〔符〕事早　刀禰　屢廻　眞手磨　嘉祥

例えば、「事」字は、実測図では初画の確認は出来ない。因みに、当該木簡には他に、（2行目）（12行目）の字形が確認される。複製の字形を選ぶ必然性はない。「禰」の「示」偏を「方」とするのも早計である。「眞」字の終画は、複製では「ハ」とするが、実測図では「丷」（八の逆字形）である。等々。

右の様な類例は、多く存する。実測図を掲載する『報告書』は、右の様な確認は可能であるが、複製のみを示す多くの資料では、その確認は不如意である。

目の前にある資料を、史料たらしめる為には、「単に」文字資料として扱うのではなく、「もの」としての文字資料として扱うことが肝要であろう。

以下、当該木簡所用文字のうちの異体字を対象として検討したい。

ここでは、正倉院文書所載の異体字と比較する。因みに、ここでは『漢字百科大事典』（明治書院）所載の『正倉院古文書影印集成』一～五（宮内庁正倉院事務所編、八木書店刊）を主たる資料とした「正倉院文書の異体字」によって検討する。

「正倉院文書の異体字」中に見られる掲出漢字のうち、当該木簡と重なるのは、「主・亂・事・今・令・作・内・刀・到・前・副・勘・勞・勤・廿・卅・原・司・哉・國・壹・夏・宇・宜・宗・少・帳・并・廻・弊・彌・戲・承・拾・促・捲・擬・政・斷・旨・村・桑・條・業・殖・毎・法・浪・深・溝・然・熟・為・状・疑・百・眞・私・移・稱・符・等・羈・致・苦・蠶・被・謹・路・身・進・過・道・遊・還・郡・部・郷・酒・錦・隱・

領・飢・養・驛・魚」の八十六字をを数える。

正倉院文書所用の異体字とは異なる字体のものには、

等々（「・」の上は実測図、下は複製）

以上の抄出例は、実測図の字形に対しての複製の字形認識に問題があると思われるものである。

正倉院文書の異体字には認められない字体としては次の様なものが認められる。

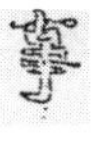
（事）
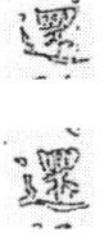
（還）

（祢）

複数の字体の見られるものに、

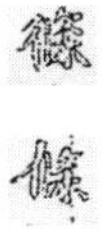
（條）
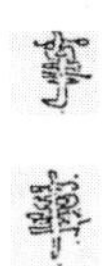
（事）

（符）

等々が見られる。

複製と実測図とを比較した場合、複製は必ずしも実際の字形を模しているとは言えない部分が見受けられる。複製のみを見る場合、誤ったデータをインプットされることになる。複製の作成においては、細部に渉っての細心の留意が必要となろう。

所用漢字がどのようなものであるかは、その漢字を所用する人物の識字の層、識字の能力等を考える上での重要な視点である。

4　牓示木簡の所用漢字　②

平安時代の「識字」に関して、金田一春彦他編『日本語百科大事典』（Ⅱ日本語の歴史　3平安時代）（大修館書店）には、

社会の「識字率」（文字の読み書きのできる人口の総人口に対する比率）が低かった当時（筆者注・平安時代）としては、知識階級と識字階級とはほぼ構成員を同じくしていたわけであるから、貴族階級の言語の資料を中心に残されていることもただちに理解されるであろう。

のように記す。平安時代の識字階級は、社会的属性が僧家・俗家の人々と言ったことが想定される。因みに、漢字表記文献を対象とした、漢字表記の用字法についての研究については、峰岸明『平安時代古記録の国語学的研究』（一九八五・東京大学出版会）、山本真吾『平安鎌倉時代に於ける表白・願文の文体の研究』（二〇〇六・汲古書院）、浅野敏彦『平安時代識字層の漢字・漢語の受容についての研究』（二〇一一・和泉書院）等がある。それらのなかで、漢字の所用においては識字層のなかでも僧家社会の層、俗家社会の層において、漢字の所用字種（選択）に違いのあることが明らかにされている。

平安時代の識字層の漢字使用の概要については、浅野敏彦氏の前掲書の第三章第三節六「平安時代識字層の漢字使用の概要」、小野正弘氏の「使用高頻度漢字の歴史的推移と基本度」（国立国語研究所編『日本語の文字・表記―研究会報告論集』二〇〇二・凡人社）等があり、その中で使用高頻度率、累積使用率及びその使用漢字等の算出がなさ

れている。それらの使用率と個々の使用漢字等については、本稿で対象とする牓示木簡（勧農・禁令札）の所用漢字との関係で後に述べることにする。

ところで、中国の古典籍における文字の出現頻度とその分布の統計・分析を行った北京書同文数字化技術有限公司編『古籍漢字字頻統計』（二〇〇八・商籍印書館）がある。『文淵閣四庫全書』『四部叢刊』の総文字数七八八六九三一四文字数を完全テキスト化した膨大な統計資料である。

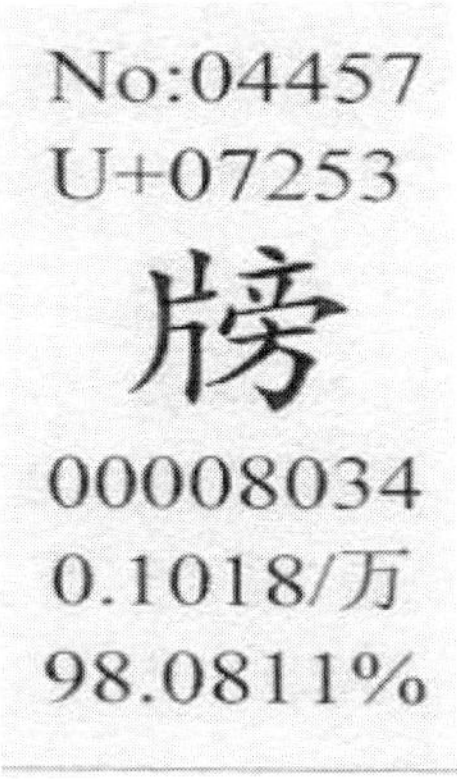

当該書の漢字のコーパス内での「牓」字を例に示すと上の様になる。

「№04457」は、当該コーパス内での「牓」字の出現頻度の順位。「00008034」は、「牓」字のコーパス内における出現回数。「0.1018／万」は、「牓」字の出現頻度の万分率。「98.0811」は、「牓」字のコーパス内での「牓」字の出現頻度の百分率。前に示した「加賀牓示木簡（勧農・禁令札）」所用漢字では、文字出現頻度の順位、出現頻度（百分率）を示した。

（「加賀郡牓示木簡（勧農・禁令札）所用漢字」一覧表は稿末に掲載）

三　地方役人の識字能力

1　文字出現頻度の分析

井上幸氏の「飛鳥藤原京と平城京出土木簡の所用漢字一覧（稿）」（奈良文化財研究所編『文化財學の新地平』二〇一

三・吉川弘文館）は、飛鳥藤原京出土木簡（四七三六点）と平城京出土木簡（一一三二八九点）所用の所用漢字—延べ字数一五五六五九文字、異なり字数二二二二文字—について、高頻度順に順位一七三七位までの一覧表を作成し、考察を加えたものである。因みに、度数一の字種については、末尾に掲出している。そのなかで、累積頻度率が八〇%に達するのは二五九文字目であるとする。その点について、「木簡を使用する環境にある当時の人々にとっての常用漢字であるといえ、この二五九文字を知っていれば、木簡の記述の約八〇%を読み書きできるといえる」とする。

浅野敏彦氏の「漢字専用文献にみえる平安時代識字層の用いた漢字の概要」（前掲書）では、漢字専用文献（『小右記』・『権記』・『将門記』・『陸奥話記』・『尾張国百姓等解文』・『高山寺本古往来』・『日本霊異記』・『田氏家集』）の所用漢字—延べ字数六九八四九文字、異なり字数三二〇五文字—を調査し、その累積使用率を算定し、「80%をめどとして数えると、上位六五三位までで80.4%になる。言い換えると、異なり字数三二〇五字の20.4%にあたる字数の漢字で全体の八割をカバーしていることになる。」と述べる。これらの指摘は、小野正弘氏の前掲論文の中でいう漢字の「基本度」の認定の基準としての「使用の高頻度漢字」の性格と軌を一にするものであろう。

ところで、識字力の程度を云々する場合、使用の高頻度比率よりも、むしろ使用度数の低い（低使用比率こと）ことが問題であろう。

飛鳥藤原京および平城京出土木簡所用漢字の使用度数の低い漢字と加賀牓示木簡（勧農・禁令札）の所用漢字について若干抄出する。

異なり字数二二二二字種のうち、度数二のものが二四五字種（一一・〇三%）、度数一のものが三八二字種（一七・一九%）ある。

度数二に属する加賀牓示木簡所用文字は「遵・祥・巖・寛・嘉・殴・疑」

度数一に属する加賀牓示木簡所用文字は「制・諸・容・弊・併・断・酔・怨・哉・諭」

となる。

次に、『古籍漢字字頻統計』文字出現頻度表による漢字カバー率に基づいて加賀牓示木簡所用文字を考える。

朱岩（千田大介訳）「中国古籍における文字出現頻度および分布に関する統計と分析」（『漢字文献情報処理研究』第5号・好文出版）によると文字出現頻度表の文字種数二〇〇〇で漢字カバー率が九一・六五%、文字種数三〇一三五で漢字カバー率が一〇〇・〇〇〇〇%である由である。

木簡所用漢字で所用数の一二三番目、習書文字の出現頻度で一四番目の「之」字は、『古籍漢字字頻統計』において、文字出現頻度1（コーパス中における出現頻度二・五二三%）である。

『古籍漢字字頻統計』文字出現頻度の順位で、当該牓示木簡において

一桁の漢字には、「不（2）・而（5）・以（3）・人（7）・其（6）・有（9）・為（8）」等がある。

一〇～四九位までの漢字には「一（11）・十（15）・下（25）・五（39）・年（23）・事（33）・二（18）・公（32）・此（28）・可（36）・大（16）・故（44）・日（41）・者（10）」等が見られる。

五〇～九九位までの漢字には「正（86）・夫（89）・作（69）・臣（73）・名（71）・知（52）・國（70）・行（50）・成（96）・然（65）・百（75）・見（57）・非（98）」等が見られる。

当該牓示木簡の所用漢字で習書文字の出現頻度と『古籍漢字字頻統計』文字出現頻度の順位との相関をみた場合、牓示木簡と習書文字との共通の六五字のうち、刀（1391）・廾（8465）・卅（6202）・宇（1119）・拾（1573）・眞（1661）・（4637）・郷（2367）の八字を除く五七字は出現頻度の順序は三桁以内に収まるものである。

『四庫全書』使用総文字数六九八〇七六五九六文字、『四部叢刊』使用総文字九〇六一六五三八文字、異なり文字度数三〇一三六位のなかで、習書文字の殆ど（約九割弱）が出現頻度の順位が三桁以内に収まるという結果は、習書文字は比較的汎用性の高いものであることを示すものであると思われる。

ところで、役人の漢字習得の問題を云々する場合には、出現頻度の順位の下位のものが問題となろう。

加賀腋示木簡所用漢字から、『古籍漢字字頻統計』文字出現頻度の順位のうちで、度数三〇〇〇以上の例を示すと次の様になる。

度数一〇〇〇〇位以上　労・厳・荨・蝅

度数　五〇〇〇位以上　乱・亊・廾・卌・囯・国・塡・廻・弥・断・酔

度数　三〇〇〇位以上　廿・喫・拚・糜・愉・懈・戯・捉・殖・膀・毆

また、漢字カバー率九〇・〇〇〇〇以上の漢字を抄出すると次の様になる。

乱（6116）・倦（2008）・催（1946）・勘（2205）・旨（2366）・廾（8465）・卌（6202）・喫（4064）・堰（2489）・塡（5267）・壹（2409）・竄（3524）・帳（1922）・糜（3946）・廻（5706）・弥（7293）・怠（2303）・恣（2495）・愉（3963）・憎（3380）・懈（3407）・戯（3039）・捉（3627）・捜（2743）・播（2091）・断（5108）・殖（3077）・毆（4289）・膀（4457）・荨（4637）・羈（2906）・蝅（25233）・裔（2329）・郷（2376）・酔（8055）・飢（2074）・饉（4728）

〈但し（　）内の数字は、文字出現頻度の順位を示す。〉

「乱」字については、旧字の「亂」字は出現頻度の順位「421」出現頻度「63.7502」、「廿」字は出現頻度の順位「3607」であるのに出現頻度の順位「8465」の異体字「廾」を用い、「卅」（出現頻度の順位「2436」）についても、6202の異体字「卌」を用いる。「廻」字の出現頻度の順序は「2466」であるのに、出現頻度の順序「5706」の

「廻」字を所用する。出現頻度の順位「7296」の「弥」字に対して、旧字「彌」の出現頻度の順序は「1400」。「嚴」字の異体字「厳」の出現頻度の順序は「26591」。「等」字は、すべて草冠である。因みに「等」字の出現頻度の順序は「166」である。尚「荨」字体の出現頻度の順序は「12314」である。報告書は「土」とするが、「土」か「圡」は存義。また「事」（出現頻度の順序「33」）字については、「口」部分は「事」（出現頻度の順序「5081」）の可能性もある。なお、初画を「古」に作る字体も見られるが、『古籍漢字字頻統計』には見えない字体である。

2　地方役人の識字能力

「牓示木簡の所用漢字」を「木簡所用漢字」（井上前掲論文）、「習書木簡漢字」（渡辺前掲論文）、「中国古籍漢字コーパス（『古籍漢字字頻統計』）」等の先考研究である文字集合の分布統計と比較することで小考を試みた。「木簡所用漢字」「中国古籍漢字コーパス」等に於ける出現頻度順位の上位の漢字は、汎用性の高いものであろうが、注目すべきは、「木簡所用漢字」における度数一・二の漢字の所用、「中国古籍漢字コーパス」の出現頻度の下位の順位の漢字も一定確認される点は、地方役人が相当に漢字に対しての習得能力のあったことを示しているものと思われる。

「牓示木簡」に見られる所用文字は、地方役人の文字能力の高さを示すものであろう。

地方の役人が、どの様な環境のもとで、文字を習得していったかは興味のあるところであるが、文書行政の広まりによる、文書関連文字・用語のみの習得ということもありえようか。

おわりに

本稿では、出土「加賀郡牓示木簡（勧農・禁令札）」に見られる「口示」をキーワードとして、「話しことば」―日常生活に近いことば―を口頭による情報伝達を企図した。識字能力の低い一般庶民にとって、判りやすいのは和語であることと考え、基本的に和訓での訳文に心がけた。なお、各和訓には確証の得られることを基本的な方向とした。従って和訓を基軸にした訳文が、当時の日常生活語とは当然異なる。前に示した「訓み」は、音読を避けた和訓による「読みことば」の誹りを免れないであろう。従って、確証を旨とした和訓による一つの試案である。確証を得ない釋文の多いことへの反省でもある。しかし、当時の人々は、庶民は日常どのような話し方をしていたのであろうか。当該牓示木簡（勧農・禁令札）の「口示」は、「庶民の話し言葉再構」である。

地方役人の識字能力については比較的高いと思われるが、どのようにしてその能力を得たのかは今後の問題であろう。

※「確証を旨とした和訓」「確証にもとづく釋文」については、拙稿「釈文のよみ方―「宇之」（『万葉集』八九三番歌）は「憂し」で良いか―」（古代中世文学論考刊行会編『古代中世文学論考』第34集・新典社）を併わせ読まれたい。

加賀郡　示木簡（勧農・禁令札）所用漢字

			A	B	C
一部	0画	一（8）	4(3102)	00011・11.6681	18(110)
	1画	十（2）	1(3608)	00015・13.9891	8(155)
	2画	下（2）	32(948)	00025・18.1210	65(47)
	3画	不（6）	87(293)	00002・ 3.7562	40(71)
		丈（1）	90(289)	00812・76.9570	79(41)
		五（2）	11(2418)	00039・22.6979	21(100)
	4画	正（1）	77(355)	00086・33.5191	194(20)
	5画	而（2）	325(84)	00005・ 6.9336	76(43)
	7画	並（1）	535(39)	00427・64.0336	
丨部	5画	年（1）	14(1948)	00023・17.3584	
丶部	3画	之（6）	123(232)	00001・ 2.5221	14(128)
	4画	主（3）	48(571)	00167・45.2073	68(45)
		以（4）	210(148)	00003・ 4.9583	85(38)
ノ部	3画	及（1）	501(43)	00103・36.4608	108(32)
		戸（1）	43(703)	00639・72.0860	144(26)
乙部	6画	乱（1）	1287(4)	06116・99.1483	
				亂 00421・63.7502	
亅部	1画	了（1）	556(35)	01321・85.8370	
	7画	事（3）	180(176)	00033・20.8739	55(57)
				亊 05081・98.6043	
		承（1）	991(9)	00440・64.6345	
二部	0画	二（3）	7(2786)	00018・15.3261	23(93)
	2画	夫（2）	154(200)	00089・34.0754	60(50)
		无（1）	122(232)	00873・78.3737	83(39)
人・イ部	0画	人（4）	2(3406)	00007・ 8.6640	2(345)
	3画	令（1）	195(165)	00147・42.7782	110(31)
	4画	仰（1）	1204(5)	00919・79.3662	
		任（1）	778(18)	00293・56.3558	
	5画	作（3）	101(259)	00069・30.1316	
	6画	併（1）	—	01623・88.9418	
		依（1）	228(135)	00619・71.5074	
	8画	倦（1）	—	02008・91.7010	

	9画	條（2）	244(127)	00883・78.5959	
	11画	催（1）	1351(　4)	01946・91.3192	
八部	0画	八（2）	17(1844)	00131・40.6383	28(87)
	2画	公（1）	246(126)	00032・20.5545	
	6画	其（1）	602(　30)	00006・　7.8081	
冂部	2画	内（3）	46(602)	00175・46.1219	46(67)
刀・刂部	0画	刀（2）	145(206)	01391・86.6633	163(24)
	6画	到（1）	883(　13)	00638・72.1178	
		制（3）	—	00279・55.3704	
	7画	前（1）	70(379)	00130・40.4985	93(36)
	9画	副（1）	624(　28)	00816・77.0536	
力部	3画	加（2）	153(200)	00337・59.2048	
	9画	勘（2）	615(　29)	02205・92.7685	
	10画	勞（1）	1312(　4)	00665・72.9605	
				労 15209・99.9478	
	11画	勤（1）	912(　12)	00943・79.8557	
	17画	勸（1）	—	01129・83.1629	
匕部	4画	旨（2）	877(　13)	02355・93.4699	
		此（1）	372(　71)	00028・19.2165	169(22)
	7画	背（1）	274(108)	01183・83.9803	
匚部	4画	臣（1）	75(359)	00073・30.9524	
十部	1画	廾（1）	25(1320)	08465・99.6795	43(68)
				廿 03607・96.9490	
	2画	卅（1）	76(358)	06202・99.1810	181(21)
				丗 02436・93.8140	
厂部	8画	原（1）	111(248)	00362・60.6849	
口部	0画	口（1）	35(880)	00385・61.9486	68(45)
	2画	只（1）	—	00815・77.0294	
		史（1）	213(147)	00135・41.1919	
		可（6）	250(125)	00036・21.8034	98(34)
		司（1）	62(447)	00163・44.7331	41(69)
	3画	名（1）	222(139)	00071・30.5453	
	4画	邑（2）	648(　26)	00582・70.2632	
	5画	知（1）	159(195)	00052・26.3331	123(29)
	9画	喫（3）	—	04054・97.6168	

口部	8画	國（2）	10(2438)	00070・30.3384	11(149)
				国 06617・99.3202	
				国 05646・98.9386	
土部	2画	去（1）	164(187)	00143・42.2598	
	9画	堰（1）	—	02489・94.0274	
	10画	塡（1）	—	05267・98.7260	
士部	9画	壹（1）	—	02409・93.7016	
	11画	嘉（1）	1703(　2)	00449・65.0378	
夂部	7画	夏（1）	806(　16)	00350・58.7716	
夕部	0画	夕（1）	216(146)	00860・78.0808	144(26)
大部	0画	大（1）	9(2490)	00016・14.4444	1(511)
	5画	奉（2）	157(198)	00378・59.2660	134(27)
女部	5画	姓（5）	675(　24)	00528・68.2855	
宀部	3画	宇（1）	221(141)	01119・83.0061	96(35)
	5画	宗（1）	498(　43)	00161・44.4936	
		宜（2）	447(　50)	00282・55.879	
	7画	容（1）	—	00443・64.7692	
		案（1）	780(　18)	00749・75.3572	
	8画	寅（1）	593(　31)	01158・83.6082	
	15画	竄（1）	—	02524・94.1632	
小部	1画	少（2）	60(477)	00228・51.2994	98(34)
尸部	11画	屢（1）	—	01309・85.6867	
山部	7画	豈（1）	—	00305・57.1647	
巾部	8画	帳（2）	167(185)	01922・91.1656	
干部	5画	并（1）	271(109)	04061・97.6274	
广部	14画	應（1）	426(　55)	00224・50/9487	79(41)
	15画	糜（1）	—	03946・97.4737	
		磨（2）	1426(　3)	（国字）	
廴部	6画	廻（1）	1466(　3)	02466・93.9361	
				廽 05706・98.9690	
廾部	12画	弊（1）	—	01680・89.4178	
弓部	5画	弥（2）	376(　70)	07293・99.4935	
				彌 01400・86.7641	
彳部	3画	行（2）	227(137)	00050・25.8201	
	9画	復（1）	—	00127・40.0753	

心・忄部	5画	怠（1）	1082(　7)	02302・93.2316	
		怨（1）	—	01071・82.2215	
	6画	恣（1）	—	02495・94.0509	
	9画	愉（1）	—	03963・97.4972	
		意（1）	502(　43)	00184・47.0867	
	12画	憎（1）	—	03380・96.5271	
	13画	懈（1）	1168(　6)	03407・96.5807	
戈部	3画	成（1）	119(235)	00096・35.2934	30(84)
	6画	哉（1）	—	00368・61.0217	
	12画	戯（1）	—	03039・95.7611	
手・扌部	0画	手（1）	258(120)	00470・65.9483	
	6画	拾（1）	175(180)	01573・88.4989	81(21)
	7画	捉（1）	1193(　6)	03627・96.9833	
	10画	捜（1）	—	02743・94.9215	
	12画	播（1）	199(162)	02091・92.1734	
	14画	擬（3）	1118(　7)	01393・86.6859	
攵部	4画	政（1）	304(　89)	00264・54.2491	
		故（1）	342(　80)	00044・24.1592	
	15画	嚴（1）	1696(　2)	00662・73.1739	
				厳 26591・99.9985	
斤部	7部	断（1）	—	05108・98.6228	
日部	0画	日（4）	3(3287)	00041・23.2893	10(149)
	6画	時（3）	386(　67)	00049・25.5531	
曰部	1画	由（1）	462(　48)	00365・60.8540	
		甲（1）	419(　56)	00441・64.6794	
		申（2）	93(280)	00632・71.9265	48(65)
	2画	早（1）	1051(　8)	00965・80.2931	
月部	0画	月（4）	6(2883)	00053・26.5861	5(175)
	2画	有（3）	214(147)	00009・10.2901	8(155)
木部	3画	村（5）	220(143)	01188・84.0529	
	6画	桑（1）	492(　44)	01093・82.5866	
	9画	業（2）	1217(　5)	00543・68.8537	
歹部	7画	殖（2）	886(　13)	03077・95.8532	
殳部	4画	毆（1）	1717(　2)		
				毆 04289・97.9007	

母部	2画	毎（1）	1225(　5)	01227・84.6056	
水・氵部	4画	決（1）	1457(　3)	01302・85.5983	
	5画	治（2）	239(129)	00176・46.2316	
		法（1）	327(　83)	00178・46.4491	
	7画	浪（1）	897(　12)	01471・87.5178	
		酒（2）	121(234)	00301・56.8984	53(61)
	8画	深（1）	767(　18)	00287・55.9429	
	10画	溝（1）	1471(　3)	01554・88.3252	
火・灬部	5画	為（3）	208(152)	00008・　9.5028	7(165)
	8画	然（1）	1441(　3)	00065・29.2917	
	11画	熟（1）	1070(　7)	01083・82.4216	
片部	10画	牓（1）	—	04457・98.0811	
犬・犭部	3画	状（8）	375(　71)	00952・80.0363	
田部	0画	田（6）	24(1321)	00292・56.2873	
	3画	里（2）	30(1034)	00123・39.5020	18(21)
白部	1画	百（5）	34(901)	00075・31.3586	37(75)
目部	5画	眞（1）	94(279)	01661・89.2614	154(25)
矢部	7画	疑（1）	1729(　2)	00525・68.1704	
示部	0画	示（2）	—	00808・77.1016	
	6画	祥（1）	1540(　2)	01024・81.4054	
	8画	禁（5）	1459(　3)	00761・75.6735	
禾部	2画	私（1）	351(　76)	00673・73.2042	169(22)
	6画	移（1）	—	00710・74.2866	
	9画	稱（2）	1329(　4)	00267・54.6265	
立部	5画	竟（1）	1406(　3)	01090・82.5374	
竹部	5画	符（6）	279(103)	00991・80.7946	98(34)
	6画	等（4）	79(351)	00166・45.0899	
				荨 04637・98.2533	134(27)
				苛 12314・99.8979	
罒部	8画	罪（1）	1043(　8)	00425・63.9395	
	19画	羈（1）	1307(　4)	02906・95.4034	
老部	4画	者（2）	183(174)	00010・10.9986	
耒部	4画	耕（1）	1008(　9)	01216・84.4526	
耳部	0画	耳（1）	725(　20)	00336・59.1435	
肉・月部	8画	朝（1）	116(238)	00138・41.5971	169(22)

至部	3画	致（1）	1224(　5)	00348・59.8694	
艮部	8画	養（1）	163(188)	00574・69.9814	64(48)
艸部	5画	若（1）	81(347)	00119・38.9209	60(50)
		苦（1）	1057(　8)	00671・73.1435	
虫部	8画	蜑（1）	—	25233・99.9969	
衣・衤部	5画	被（2）	653(25)	00736・75.0076	
	7画	裔（1）	—	02329・93.3546	
見部	0画	見（1）	193(166)	00057・27.5529	79(41)
言部	8画	請（1）	152(201)	00289・56.0810	76(43)
	9画	諸（1）	229(135)	00107・37.1000	108(32)
	11画	謹（1）	169(182)	00750・75.3838	
足部	6画	路（1）	576(33)	00315・57.8175	
身部	0画	身（1）	292(97)	00260・53.9436	96(35)
辰部	6画	農（2）	1103(　7)	00900・78.9652	
辵・辶部	7画	連（1）	61(458)	00555・69.2986	134(27)
		逸（2）	—	01132・83.2095	
	8画	進（2）	39(798)	00191・47.8149	39(73)
	9画	遊（1）	1131(　6)	00676・73.2949	
		過（1）	732(20)	00214・50.0411	
		道（2）	51(542)	00058・27.7799	3(334)
	12画	遵（1）	1510(　2)	01376・86.4922	
	13画	還（2）	846(14)	00333・58.9584	
邑・阝部	7画	郡（3）	15(1920)	00277・55.2236	20(102)
	8画	部（2）	5(3095)	00252・53.3146	6(171)
	10画	郷（1）	31(978)	02367・93.5224	144(26)
酉部	4画	酔（1）	—	08055・99.6264	
金部	8画	錦（2）	526(40)	01147・83.4406	
長部	0画	長（2）	66(420)	00102・36.2975	12(130)
阜・阝部	14画	隠（1）	333(82)	01020・81.3331	
				隱 01117・82.9745	
非部	0画	非（1）	845(14)	00098・35.6321	
頁部	5画	領（7）	457(49)	00609・71.1802	
	7画	頭（1）	364(73)	00402・62.8210	
食部	2画	飢（1）	1296(　4)	02074・92.0799	
	11画	饉（1）	1405(　3)	04728・98.3329	

「加賀郡牓示木簡（勧農・禁令札）」を訓む（西崎）

馬部	13画	驛（1）	686(　23)	01568・88.4536	
魚部	0画	魚（2）	92(282)	00564・69.6242	

補遺（※印は推定文字）

丶部	3画	之（1）	123(232)	00001・　2.5221※	
イ部	4画	件（1）	348(　77)	62690・94.7504	131(28)
匕部	4画	旨（1）	877(　13)	02355・93.4699※	
口部	3画	各（1）	269(110)	00232・51.6464	
大部	0画	大（1）	9(2490)	00016・14.4444※	1(511)
宀部	10各	寛（1）	1698(　　2)	01070・82.2048	
扌部	14画	擬（1）	1118(　　7)	01393・86.6859※	
月部	2画	有（1）	214(147)	00009・10.2901※	
	8画	期（1）	1340(　　4)	00616・71.4098	
木部	13画	検（1）	871(　13)	01312・85.7245	
氵部	7画	酒（1）	121(234)	00301・56.8984※	53(61)
田部	0画	田（2）	24(1321)	00292・56.2873※	56(55)
疒部	5画	疲（1）	—	02541・94.2274	
竹部	5画	符（1）	279(103)	00991・80.7946※	98(34)
言部	9画	諸（1）	229(135)	00107・37.1000※	
邑・阝部	7画	郡（1）	15(1920)	00277・55.2236※	

【註】
A：「木簡所用漢字一覧表」（井上幸「飛鳥藤原京と平城京出土木簡の所用　漢字一覧（稿）」（『文化財学の新地平』奈良文化財研究所）
B：『古籍漢字字頻統計』（北京書同文数字技術有限公司編・商務印書館）
　Bの前項…該当文字の出現頻度の順位
　Bの後項…該当文字のコーパス内に出現頻度（単位は%）
　B項末尾の※印…推定文字の内、上段にも見られる漢字
C：「習書木簡の習書文字の出現頻度（稿）」（渡辺晃「日本古代の習書木簡と下級役人の漢字教育」（『漢字文化三千年』臨川書店）

Ⅰ「A」の頻出50字を枠とした文字分布

1位～ 50位	十・人・日・一・部・月・二・大・國・五・年・郡・八・田・廿・里・郷・下・百・口・進・戸・内・主
51位～ 100位	道・少・連・司・長・前・臣・卅・正・等・若・不・丈・魚・中・真
101位～ 150位	件・原・朝・成・酒・无・之・刀
151位～ 200位	請・加・夫・奉・知・養・去・帳・謹・拾・事・者・見・令・捲
201位～ 250位	為・以・史・有・夕・村・宇・名・行・依・諸・治・條・公・可
251位～ 300位	手・各・并・背・符・身
301位～ 350位	政・而・法・隠・故・件
351位～ 400位	私・頭・此・状・弥・時
401位～ 450位	甲・廳・宜
451位～ 500位	領・由・桑・宗
501位～ 550位	及・意・錦・並
551位～ 600位	了・路・寅
601位～ 650位	其・勘・副・邑
651位～ 700位	被・姓・驛
701位～ 750位	耳・過
751位～ 800位	深・任・案
801位～ 850位	夏・非・還
851位～ 900位	検・旨・到・殖・浪
901位～ 950位	勤
951位～1000位	承
1001位～1100位	耕・罪・早・苦・熟・怠
1101位～1200位	農・擬・遊・懈・捉
1201位～1300位	仰・業・致・毎・乱・飢
1301位～1400位	羈・労・称・期・催
1401位～1500位	饉・竟・磨・然・決・禁・廻・溝
1501位～1600位	祥
1601位～1700位	嚴・寛
1701位～1737位	嘉・殴・疑

Ⅱ「Ｂ」の頻出10％を枠とした文字分布

0％～ 10％未満	不・而・之・以・人・其・為
10％～ 20％未満	一・十・下・年・二・此・大・有・者
20％～ 30％未満	五・事・公・可・知・行・故・日・時・月・然・見・道
30％～ 40％未満	正・及・夫・作・臣・名・國・成・里・百・若・諸・長・非
40％～ 50％未満	主・八・内・前・史・司・去・宗・復・意・治・法・等・朝・進
50％～ 60％未満	令・任・制・加・宜・夏・奉・少・豈・應・哉・政・酒・深・田・稱・耳・致・請・路・身・過・還・郡・部
60％～ 70％未満	並・承・原・口・嘉・姓・容・手・由・甲・業・疑・罪・養・連・郷・頭・魚
70％～ 80％未満	丈・无・仰・依・條・到・副・労・勤・只・邑・夕・案・抙・嚴・申・示・禁・移・苦・謹・農・遊・領
80％～ 90％未満	了・併・刀・勸・背・宇・寅・屢・磨・弊・怨・拾・擬・早・村・桑・毎・決・浪・溝・熟・状・眞・祥・竟・符・耕・逸・遵・酔・錦・隠・驛
90％～100％	戸・乱・倦・催・勘・旨・廾・卅・喫・堰・塡・壹・竄・帳・糜・廻・弥・怠・恣・愉・憎・懈・戯・捉・捜・播・断・殖・毆・牓・荢・羈・蠶・被・裔・飢・饉

惜秋と悲秋——萬葉より古今へ——

大谷雅夫

一 「木の間よりもりくる月の」

秋の悲しみは、たとえば次のように詠われた。

題しらず　　よみ人しらず

木の間《こま》よりもりくる月のかげ見れば心づくしの秋は来にけり

『古今和歌集』秋歌上の巻のはじめ、立秋、七夕の作あわせて十五首の後に置かれた歌、すなわち、時節の推移を追って排列される四季歌の原則によれば、初秋の詠と考えられる作（一八四）である。『源氏物語』須磨の巻の名文、「須磨にはいとど心づくしの秋風に…」にも引かれた名歌である。「木の間から漏れてくる月の光を見ていると、悲しい思いの限りを尽くさせるその秋が来たのだなあ」（新日本古典文学大系『古今和歌集』）。そのような意に解されることが今日一般的な歌である。

そして、右の注釈書が、その現代語訳に続けて、

「悲秋」という観念を、宋玉・九弁五首、文選・秋興賦や、白氏文集九・早秋曲江感懐「去歳此悲レ秋。今秋復来レ此」などの漢詩から学んでいる。経国集・重陽節神泉苑賦秋可哀など、平安初期の詩などにも、悲秋をよむ。

と述べるように、中国文学に見られる「悲秋」の観念を、平安初期の日本漢詩とともに、和歌の中に取り入れた一例であることでも重要な意味をもつ作である。

その「悲秋」の観念の、古代日本文学における受容と変容の問題を考えたい。

その前に、やや遠回りになるが「木の間より」の歌の解釈を試みる。その歌意は、右に新古典の現代語訳を今日普通のものと紹介したが、もう一つの通釈を引用してそれを確かめておこう。

木々の間から洩れて来る月の光を見ると、心の限りを尽きさせてしまうような物思いの秋がやって来たのだなあと思うことだよ。（片桐洋一『古今和歌集全評釈』）

これと大同小異の現代語訳が、現在流布するどの注釈書にも示されるであろう。

しかし、古くはそうではなかった。「木の間よりもりくる月」をどう見るか、その捉え方をまったく異にする解釈があった。本居宣長『古今和歌集遠鏡』の俗語訳がその一例である。

木ノ枝ノ間《ダ》カラモーツテ来ル月ノ影ヲ見レバ　広ウ見ルトハチガウテ　スコシヅ、ホカ見エネバ　サテ〳〵シンキナ物ヂャ　是ヲ見レバ　今カラ惣体モノゴトシンキナ秋ガキタワイ

傍線部は「歌にはなき詞なるを、そへていへる所」（例言）。そのようにして意を補いつつ、木の枝の間から漏れてくる月の光を見ると、広い空で見るのとは違って少しずつしか見えないのでいらいらして「シンキ」なものだが、そのような切れ切れの「シンキ」な月を見れば「シンキナ秋ガキタワイ」と感じられるものだと解釈するの

である。思うように月が見られない「心づくし」から、何ごとにつけても物思いの絶えない「心づくし」を連想する。具体的な「心づくし」から抽象的な「心づくし」へと、屈折する文脈を、宣長は読みとるのである。

今日の訳解に慣れた目には奇妙な読み方に見えるだろう。しかしそれは、室町時代から江戸時代中期にかけての古今集注釈書に広く行われた解釈であった。

『古今集童蒙抄』（一条兼良）

木の間をもりかねたる月をみて、心づくしなるといふ也。

『古今和歌集両度聞書』（東常縁授・宗祇受）

木のまの月のさやかにもなきゆへに、心をつくすとて、心づくしの秋は来にけりといへり。

『古今和歌集打聴』（賀茂真淵）

木の間の月は思ふばかりも見えねば、それを心づくしのといひて、さて、秋は物うく心づくしなる時なれば、初秋の木間の月を見ても心づくしなる秋をしると也。

竹岡正夫『古今和歌集全評釈』は、右の他、『栄雅抄』『余材抄』『鄙言』などにも共通するこの解釈をAとし、そして、それを転換したのが香川景樹『古今和歌集正義』であり、『正義』説とそれを踏襲する今日一般の注釈書の解釈をBとする。この歌の読解を新旧二つの説に大別するのである。

竹岡『全評釈』の指摘する『正義』説を引用してみよう。

月をみれば心づくしの秋なりといふが此歌一首の体にて、木のまといふことに深く心をつくべからず。これは其をりみわたしたるとりあはせのみにて、軽く心得べきよし守部翁いへり。さも有べし。

この注は、嘉永二年（一八四九）に刊行された『正義』にはなく、明治二十八年（一八九五）十一月に景樹自筆草稿により再刊された活字本において増補され、しかし、どうしたわけか同二十九年八月に出された訂正再版本では全て削除されたものである。そこに引かれる「守部翁」、すなわち橘守部の言は、守部自筆『古今和歌集註』(天理図書館蔵)には見られないが、中村知至『古今和歌集遠鏡補正』(天保十四年[一八四三]刊)の鼇頭(欄外)に次のように書き入れられているものである。

守部いふ、月に心をつくすのみにして、木の間といふは、夏の頃は月にかゝらぬ樹も、秋と成ては、月にかゝれる所などよりすくに、木の間とはいへる也。されば木の間と云《いふ》を軽く見べき所也。新釈見得たり。

「月にかゝらぬ」「月にかゝれる」は意味がとりにくいが、『補正』の注、そして最後に「新釈見得たり」と言及される藤井高尚『古今和歌集新釈』の注をも参照して守部説を敷衍すれば、およそ以下のようになろうか。――月に心を尽くすことを主として詠う。「木の間」と言うのは、まだ初秋なので落葉はしていないが、うっそうとした夏木立の頃とはちがい、秋になってだんだんと枝葉が透《す》くようになったのでそう言ったまでである。「木の間」という表現は軽く見るべきである。月を見て、すべてに心をつくしてもの思いをする秋になったと詠うのである。

景樹『正義』は、その守部説を引きつつ、「木の間」は「其をりみわたしたるとりあわせのみ」と言う。たまたま月を見あげた所が木の下陰だったからそう詠っただけで、「木の間より」には特段の意味はないとするのである。同じ『古今集』(秋上・一九三)に「月見ればちぢに物こそ悲しけれわが身ひとつの秋にはあらねど」(大江千里)というこれも有名な歌がある。それと同様に、月を見てもの思いを尽くすことがこの歌には詠まれている。「月のかげ見れば」の言葉が重要なのであり、その月の光が木の間から見えようとも、また極端にいえば仮に雲間から見えようとも、それは「軽く心得べき」ことである。月の光を見て心づくしの秋が来たことを思うのがこの歌の主眼だと主張するのである。

その『正義』の読み方が今日の『古今集』注釈書のすべてに基本的に踏襲されていることを竹岡『全評釈』は指摘する。竹岡の注も例外ではない。たしかに、今日の注釈書のこの歌の現代語訳は「木の間」に重い意味を求めない。それらは、『遠鏡』を批判する『補正』『正義』などの解釈を継承するのである。

二　二つの読み方

「木の間より」の名歌について、二つの対照的な読み方があった。しかし、それぞれの説の長短を比較し、是非を論ずることは、今までなかったのではないか。以下、簡単にそれを試みたい。

繰り返せば、『童蒙抄』以来の古説は、木の間から乏しく漏れでる月の光を見ると「心づくし」だとする文脈と、何事につけても「心づくし」なる秋が来たという文脈を重ねる構造の歌と理解するものであった。しかし、そのような複雑な構造は、この歌に読みとれるだろうか。「木の間より」の歌は、おそらく、「…見れば（聞けば）…秋（春）は来にけり」という次のような類型の作の一つとして捉えることができるであろう。

『赤人集』二八二

天の川みづくもり草ふく風になびくと見れば秋は来にけり

『拾遺和歌集』雑秋・一一一〇（『古今和歌六帖』『人麻呂集』にも）

題しらず　　人まろ

庭草にむらさめ降りてひぐらしのなく声聞けば秋は来にけり

『忠見集』五二

御障子のゑに、ふかきやまにうぐひすの声きくひとあり

鶯の鳴くねを聞けば山ふかみわれより先に春は来にけり

『続後撰和歌集』春歌上・五

はじめの春の心を　　　　鎌倉右大臣

朝がすみ立てるを見ればみづのえの吉野の宮に春は来にけり

何らかの景物を見たり聞いたりして、春や秋という季節の到来を実感することを詠うのが、この類型の歌である。「見れば」「聞けば」の対象として上に描かれるのがその季節に特有の景物であることは、改めて言うまでもないであろう。

この類型は、その萌芽が『萬葉集』にすでに見られたものであった。柿本人麻呂歌集の七夕歌に、

天《あま》の川水陰草《がはみづかげくさ》の秋風になびかふ見れば時は来《き》にけり（巻十・二〇一三）

と詠うのは、先の『赤人集』の歌の原型である。他にも、

庭草に村雨《むらさめ》降りてこほろぎの鳴く声聞けば秋づきにけり（巻十・二一六〇）

藤波《ふぢなみ》の咲き行く見ればほととぎす鳴くべき時に近づきにけり（巻十八・四〇四二）

などがある。いずれも、具体的な季節の景物を描いて、それを「聞けば」「見れば」、秋らしくなった、ほととぎすの鳴く夏に近づいたと詠うのである。このような萬葉歌があって、それが平安時代以降の「…見れば（聞けば）…秋（春）は来にけり」の歌型に洗練されていったものであろう。

「木の間より」の歌も、これらの類型に属する作と見られる。つまり、「木の間よりもりくる月のかげ」は秋ら

しさを感じさせる景物であり、それを見ることによって、「心づくしの秋」の到来を知ったという意に理解される。「木の間よりもりくる月のかげ」を「心づくし」なものとして、それから「心づくしの秋はきにけり」が導かれるとする『童蒙抄』から『遠鏡』までの解釈には大きな疑問がいだかれるであろう。

それでは、やはり『正義』から今日の諸注にいたる通解が正しいことになるか。

しかし、古説Aが疑われたのと同じ理由で、この今日の通説Bにも疑問がある。『正義』は「木のまといふことに深く心をつくべからず」と説いていたのだが、この「…見れば（聞けば）…秋（春）は来にけり」の型の歌は、「…見れば（聞けば）」の季節の景物の提示にむしろ表現の核心があった。たとえば『赤人集』の歌は、上に「天の川みづくもり草ふく風になびくと見れば」とあってこそ、「秋は来にけり」という判断と詠嘆が導かれるのである。「天の川」も「ふく風」も初秋の景物である。「みづくもり草」は未詳だが、秋の草として詠まれていることには疑いない。それらを挙げることによって、初めて「秋は来にけり」と結ぶことができた。同じように、「木の間よりもりくる月のかげ」にも、秋の訪れを感じさせる、秋らしい景物の提示であることが強く期待される。「木の間より」を「軽く心得べき」ものと片付けることは、はたして可能であろうか。

今日の注釈書は基本的に『正義』説を踏襲するものである。少なくとも、月の光が「木の間よりもりくる」ことに、たとえば『遠鏡』が「サテ〳〵シンキナ物ヂャ」と述べたような重い意味を求めることはない。ほとんどは、それを「軽く心得」て解釈しているのである。

例外がないわけではない。

『日本名歌集成』（一九八八年）に収録されたこの歌の「鑑賞」（鈴木日出男）がその一つである。

木の間から漏れる月光に、秋の到来を見出した歌。月そのものではなく、その光の色を捉えている点に注意したい。木々の枝葉も地上の草むらも夏の盛りの彩りでないだけに、それを照らし出す月の光もまた、新たな季節の色である。そして、その葉も草もやがて枯れ衰えるほかないと直感されるところに、この季節特有の悲哀が感取されている。

「木の間より」の語に、木々の枝葉や草むらがすでに秋めいた色であること、やがて枯れ衰える様子であることを読みとろうとする。「秋は来にけり」と結ばれる歌なのだから「木の間より」に秋の季節感が示されているはずだと、そのように考えての想像であるのかも知れない。しかし、「木の間より」の表現だけから、「この季節特有の悲哀」までを感じとるのは可能であろうか。

あるいは、さきにその「通釈」を示した片桐洋一『古今和歌集全評釈』の「語釈」に言う、

○木の間より洩り来る月の影＝木々の間から洩れて来る月の光。木の間から洩れて来る月影は、光と陰がはっきりしているということである。光があるゆえに陰がいっそうはっきりし、陰があるゆえに光がいっそうはっきりするのであって、これが人の心の物思いを募らせるのである。

こちらは、光と陰の対照のあざやかさを指摘する。しかし、光と陰がどうして人の物思いを募らせるのかは、よく分からない。また、それは秋の到来を知らせる景とも言えないであろう。

右の二つの詳注は、「木の間よりもりくる月のかげ」という言葉に、一つは草木の衰頽のさまを、もう一つは光と陰の対照の際やかさを読みとろうとする。どちらも、和歌には表現されていないことを敢えて読みこむ。それは、この二人の秀れた注釈家が、「木の間より」という言葉を「軽く心得べき」ではないと見たことを語るものではないか。「秋は来にけり」という判断が歌末に示される以上、「木の間よりもりくる月のかげ見れば」という言葉はその判断の重要な根拠を表すものでなければならない。そう考えられて、このような、いささか過剰と

も思われる読解が試みられたのではないだろうか。

『童蒙抄』から『遠鏡』『鄙言』までの古い注釈Aと、『正義』以来今日にいたる新しい注釈Bと、どちらにも疑問が残るのである。

三　第三の解釈

竹岡『全評釈』にいうA説とB説のほかに、実はもう一つの解釈があった。

新しいものから順に掲げてみよう。

『新釈古今和歌集』（松田武夫・一九七六年）

木の葉の間を通して漏れさして来る月の光を見ると、あれこれと物思いにふける秋が来たことが、思い知られるよ。

木の間より—木の葉を通して。茂っていた木の葉が落ちて、その間隙から。

通釈は今日の注釈のB説に異ならない。しかし、「木の間より」の語釈に「木の葉が落ちて」と言う。葉が落ちてまばらになった木の間から、月明かりが漏れさしてくることと読むのである。B説に「落葉」を加味したものと言えるであろう。

しかし、それは『正義』以前の注釈書にも見られる読み方であった。

『古今和歌集聞書』（荷田春満述・秦親盛記）

秋になれば、木葉ちりかゝれば、木間も月もりやすきなるをみて秋はきにけり、心づくし、秋悲きものなれば心づくしなり、△師曰、木間より月をみれば心づくしなり、秋月さやか成に木間よりもりくれば心をつくす也、秋は物事をおもひ出づる時なれ、木間もる月にいいかけて心づくしをよめる也、

「△師曰」として引かれているのはA説に属する師（春満）説であり、真淵、宣長らに継承される解釈である。しかしその前に、それとは異なる注解が示される。「木葉ちりかかれば」と、落葉によって月の光が漏れることを読みとる説である。それを春満がA説によって否定するという形の注なのである。

『後水尾院聞書』（明暦聞書、古今集古注釈集成）は、それとは逆の形である。

「木のまより―」、木の間の月のもりかねたるを、心づくしと云、悪し。初秋の時節やう〳〵と月のもるかもらぬかの時分、月のもるを見て心づくしの秋の初なると云心也。……「人ン影《エイ》有レリ地ニ仰テ見ル二明月ヲ一」、東坡が賦也。人のかげの地にあるを見て木の葉の散たるを知る心也。

これは、A説にあたる解釈を「悪し」と否定した後に、「初秋の時節やう〳〵と月のもるかもらぬかの時分」と続ける。少しずつ月の光が漏れはじめようとする時分とは、落葉が始まったことを意味するであろう。「東坡が賦」とは「後赤壁賦《こうせきへきのふ》」（『古文真宝後集』）である。それは正しくは「人影地に在り（人影在地）、仰ぎて明月を見る」の句であり、上に「霜露既に降り、木葉尽く脱《お》つ」とあるのを受ける表現である。つまりは落葉によって月の光がさし、地面に人影が映る景を言う。それを表現の類例として引くのである。なお、これは『伝心抄』（三条西実枝伝・細川幽斎受、古今集古注釈集成）にまで遡る注である。

そして、鎌倉時代中期の文永年間に成立した注とされる『古今集素伝懐中抄』（古今集注釈書影印叢刊）には、

このまより　無別義　おほかたの　太平御覧云　文名也千巻有
欣《ヨロコビハ》　莫欣而春日悲莫悲《兮・・此ヲキヂノ書様カ・・兮》而秋夜

又長恨歌云春風桃李花開日秋露梧桐葉落時此意なるへし

とある。これは、「木の間より」の歌と次歌の「おほかたの秋くるからにわが身こそかなしき物と思ひしりぬれ」の二首にわたる注釈であるが、白居易「長恨歌」の「秋露（正しくは「雨」）梧桐葉落《はお》つる時」の詩句の引用は、「木の間より」の歌句が「落葉」の意を含むことを示唆するものであろう。

文永の『懐中抄』から昭和の松田『新釈』まで、この歌に落葉を見てとる解釈は、断続的ながら、このように繰り返し示されていたのである。

四　本歌取の歌

「木の間より」に落葉の含意を見るこれらの解釈は、しかし、今日流布する諸注釈書に採用されることはない。一説として言及されることすらないものである。

この歌は秋歌上巻の第十六首目にあり、初秋の作と考えられる。第一節に取り上げた『遠鏡補正』には「こ、はまだ初秋の歌な□《ればカ》落葉などはせぬものから」と述べる。確かに、常識的には秋の初めに落葉はないだろう。しかも、秋の部の歌とはいえ、この「木の間より」には落葉を表す言葉はどこにもない。第二節に鈴木説、片桐説を引いて「いささか過剰とも思われる読解」と評したが、それと同様に、あるいはそれ以上に、歌に表現されていない内容をあえて読みとろうとする「過剰」な解釈ではないか。そのように考えられて、落葉説は今日の諸注釈で否定されているのだろうか。あるいは忘れ去られているのであろうか。

しかし、それにもかかわらず、「木の間より」に落葉が読みとれるなら、「秋は来にけり」と結ばれる歌にふさわしい内容となることは、改めて言うまでもない。その他にも落葉説には顧みるべき点が少なくないであろう。この節では、「木の間より」の歌を本歌取する諸作について考えることとしたい。

『源氏物語』須磨巻の名文の引き歌となっただけではなく、この名歌は、多くの本歌取の作を生んだ。

『後拾遺和歌集』秋・三六二

月前落葉といふこころを　　御製（白河天皇）

もみぢ葉の雨と降るなる木の間よりあやなく月の影ぞもりくる

『新古今和歌集』冬・五九二

題しらず　　中務卿具平親王

もみぢ葉をなに惜しみけむ木の間よりもりくる月は今宵《こよひ》こそ見れ

『正治二年院御百首』冬・七六四　　藤原忠良

散るまゝに木の間の月の影もりて紅葉のみかは蓬生《よもぎふ》の庭

白河御製の「もみぢ葉の雨と降るなる」、具平親王の「もみぢ葉をなに惜しみけむ」、忠良の「散るまゝに」は、それぞれに落葉があったことを明らかに言う。もちろん、これらは、古今歌の「木の間よりもりくる月のかげ」を落葉ゆえのものと取りなした、つまり、新たな意味を付け加えて本歌取したものとも解釈されよう。しかし、一方で、古今歌の「木の間より」に本来あった含意を顕わにしたものとも考えうるであろう。

本歌取の歌は、表現の趣向を別の状況に変えて用いることがある。藤原定家『毎月抄』が「春の歌をば秋冬などによみかへ、恋の歌などをば雑や季の歌などにて、しかもその歌をとれるよときこゆるやうによみなすべきにて候」と説く通りである。そのように、「木の間より」を夏の歌に「よみかへ」た例をも挙げてみよう。

『三井寺山家歌合』三二

右　　　　　　　　　　　　　　牛王丸

夏山のしげき木の間をいかにしてもりくる月のくまもあらせじ

『宝治百首』一〇六七

夏月　　　　　　　　　　　　　経朝

夏山の木の間やくらくしげるらんもりくる月の影ぞ稀なる

牛王丸の歌は、夏山の繁茂した木の間を漏れてきた月かげも、どうして陰りなく見ることができようか、と詠うものか。また経朝の作は、夏の木の間が暗く茂るようだ、漏れてくる月の光がまれなのはと言う。ともに夏の「木の間」が月を漏らしにくいことを詠うのは、本歌の「木の間もりくる月のかげ」が秋の落葉を含意することを前提とする表現ではないか。

また、「木の間」を、特定の木のそれと詠みなす本歌取もあった。

『基俊集』四〇

林中月

まきもくの檜原の山の木の間より鹿の子まだらにもれる月影

檜の木の間から「鹿の子まだら」の月影が漏れると詠うのは、檜は常緑だが、葉が細いので、月の光が漏れでて「鹿の子まだら」に地面に落ちると言うのであろう。

『新古今和歌集』秋上・三九六

月前風　　　　　　　　　　　　寂蓮法師

月はなほもらぬ木の間もすみよしの松をつくして秋風ぞふく

こちらは松である。この歌の「なほもらぬ」は、今日では、「『月前松風《ママ》』なので、月は出たが低くてまだ射しこまない意」（新古典）とか、「待っていた月は出るには出たが、光はやはりまだ漏れてこない木の間、の意となる」（新編全集）のように解釈されることがある。しかし、「月前」とは、月が「まだ射しこまない」「まだ漏れてこない」状況をいう語ではない。「月前は月下と同じ事なり」（『渓雲問答』）。「月前といふには、眼前にみる月ならではあしく、入て後の月、雨夜の月などは不叶といふ心也」（『初学和歌式』）。「月前風」とは、月明の下を風が吹くことを詠うべき歌題なのである。したがって、この歌に関しては、

『新古今和歌集抄』（新古今集古注集成　中世古注編2）

かねては月のもらざりし木の間よりも月のもりくるは、松ごとに残ず秋風の吹てふきわくるといふ心也。

などの中世の読解を参照すべきである。以前は月の光の漏れてこなかった木の間から、いま現に月がさしているのは、松の木々すべてに秋風が吹いて、枝葉を分けているからなのだと理解するのである。「月はなほもらぬ木の間も」とは、秋になってもなお月の光を漏らさないはずの常緑の松の木の間も、の意である。もちろん現実には、風に吹かれずとも、松葉は月光を通すものであろう。しかし、和歌は写生ではない。寂蓮のこの歌は、本歌の趣向を転じて、落葉しない松は、風に吹かれてはじめて月を漏らすのだと詠うのである。

『後鳥羽院御集』一五五二

月前松風

庭の松木の間もりくる月影に心づくしの秋風ぞふく

同じ「月前」の松ふく「風」を詠うのに、寂蓮は「月はなほもらぬ木の間」、こちらは「木の間もりくる月影」

とする。互いに矛盾した表現のように見えるであろう。しかし、秋風が松の枝葉を吹き動かすことによって月影が漏れるという因果関係の認識は同じである。院のこの歌は、その因果を朧化して順序を逆にして詠うのである。この二首にかぎらず、松の木の間から漏れる月影の詠は、秋風を取り合わせて作られるのが常である。秋風がなければ常緑の松は月影を漏らさないという考え方が前提であり、それがその本意なのである。

『古今集』の「木の間より」の歌は、ほとんど数えきれないほど多くの本歌取の作を生んだ。新たな趣向が求められて、本歌の内容から離れていく場合も当然あったであろう。しかし、それらのおおむねは、本歌の「木の間より」を、秋の落葉によってまばらになった木々の間からと読みとるものと理解できる。夏の木の間や、常緑の檜や松の木の間を詠うものに変奏されることはあっても、本歌の本意の取りようは一貫しているのである。

五　「木の間より」と中国の詩文

前節では「木の間より」を本歌とする後世の諸歌を読み解いたが、ここでは逆に『古今集』以前に遡って「木の間より」の表現の源泉を求めることにしよう。『萬葉集』の歌、あるいは中国詩文がその候補となるであろう。

『萬葉集』には、「月」が「木の間より」出る、あるいは移ろうと表現する歌がある。次の三首である。

妹《いも》があたり我《あ》は袖《そで》振らむ木の間より出《い》で来る月に雲なたなびき（巻七・一〇八五、「詠月」）

朝霞《あさがすみ》春《はる》日《ひ》の暮《く》れば木の間より移ろふ月を何時《いつ》とか待たむ（巻十・一八七六、「詠月」）

木の間より移ろふ月のかげを惜しみ立ちもとほるにさ夜ふけにけり（巻十一・二八二一）

このうち、巻七の例には解釈上の問題がある。その初二句の「妹があたり我は袖振らむ」を、妻の家の方に向かって袖を振ろうとする男の意思の表現と読み、そこで句が切れるとするのが今日の通説である。しかし、それを「石見《いはみ》のや高角山《たかつのやま》の木の間より我が振る袖を妹見つらむか」（巻二・一三二）という柿本人麻呂の歌を用いた「木の間」の序詞であり、全体の歌意には関わらないとする読み方もあった（新考・注釈）。たしかに、初二句がただちに「木の間より」に続くこの形は、序詞説にも一理あることを思わせるものであろう。

しかし、いずれにしても、人麻呂の歌の「木の間より」と、この巻七の歌の「木の間より」では、詠者と「木の間」との間の距離に相当の違いがある。人麻呂の歌は「木の間より我が振る袖を」と詠うのだから、道の辺の木々の間隙から男が袖を振ることを言うにちがいない。男は「木の間」のすぐそばにいる。あるいは「木の間」の中に居る。そこから妻の家に向かって袖を振るのである。他方、巻七の歌の下三句「木の間より出で来る月に雲なたなびき」の「木の間」は、月が出てくるあたりなのだから、詠者の目にはかなり遠くに見える木立、木々の繁りを言うものとなる。巻十と巻十一の「木の間より移ろふ月」も同じである。木立の向こうを移ってゆく月が現れ出るのを待ち、その光を惜しむ心が詠われているのである。

『古今集』の「木の間よりもりくる月の影みれば」の表現が、ただちに『萬葉集』の「木の間より出で来る月・移ろふ月」を承けるものでないことは明らかであろう。「よみ人しらず」とされる『古今集』のこの歌の詠者は、木々の下にいて、その「木の間」から漏れくる月の光を見ているのである。

実は、この歌の本文には異同がある。『古今集』諸本のうち、六条家本に「ヲチクル《もりイ》」とあるのを始め、永治本・前田本に「おちたる」、天理本に「おちたる《もりくるイ》」とあるなど、六条家の伝本として知られる本には「もりくる」が「をちくる」「おちたる」という本文になっているという（久曽神昇『古今和歌集成立論』）。御子左家の藤原定家『僻案抄』が「例の本におちくる月とかきたるをめでたき説といふ物あり。をのがよむ歌もききにくゝ、品なき姿ことばをこのむ物は、ふるき歌をさへをのが歌のさまにつくりなす也」と厳しく批判し、中世の古今注の多くがその定家説を繰り返し引き、否定する本文である。しかし、『新撰和歌』所収のこの歌にもやはり「おちくる」である。――「もりくる」か「おちくる」か、今はその是非は問わないでおこう。しかし「おちくる月」の本文ならなおのこと、木々の下に立って、枝葉ごしに月の光を見あげている詠者の姿勢は明らかであろう。

『古今集』の「木の間よりもりくる（おちくる）月」という発想は、おそらく『萬葉集』の類似表現とは関わりをもたない。この歌の下句の「心づくしの秋は来にけり」の「悲秋観」が中国詩に由来することは、冒頭に引いた新大系の注釈が指摘していた。小論も後にやや詳しく説くはずである。そうだとしたら、その上句の発想もまた、中国詩から得られたものと予想しうるのではないか。

月をどのように眺めるか、その表現のいくつかについて、詩から歌へ影響が及んだことが推測できる。まずは『萬葉集』の次の歌を見ておこう。

玉垂《たまだれ》の小簾《をす》の間通《まとほ》し一人居《ゐ》て見るしるしなき夕月夜《ゆふづくよ》かも（巻七・一〇七三、「詠月」）

簾越しの月を見ることを詠うのだが、『萬葉集』には他に類例のない表現である。

この「玉垂れの小簾」はおそらくは漢語「珠簾」に当たるものであろう。『芸文類聚』居処部所引の「漢武故事」によれば、帝が贅を尽くして造った「神屋」には「白珠を以て簾箔と為」すものがあったという。それほどの豪華なものではないにせよ、「玉垂れの小簾」もまた、古代中国風の調度だったであろう。

そして、簾の向こうの月は次のような中国詩に詠まれていた。「簾中《れんちゆう》に月影を看、竹裡《ちくり》に螢の飛ぶを見《み》る」（南朝梁・何遜「送韋司馬別」）は、簾を通して月の光を見ることを言い、「彩《いろ》を漏《もら》して踈薄《そはく》に含まれ、光を浮べて急瀾に漾《ただよ》ふ」（初唐・駱賓王「秋月」）の上句は、光の色が「踈薄」（すだれ）から漏れでて、月があたかもそこに籠められているように見えることを詠う。萬葉の「玉垂れの」の歌には、そのような中国詩の情趣が感じとられるのではないか。珠簾を通して夕月を眺める風流を試みても、一人では喜びがないと詠うのである。

中国詩文では、簾越しの月だけではなく、松葉や竹の葉の向こうに見える月も好んで詠った。「星を含《ふく》み月を漏らすの奇」（梁・沈約「高松賦」『芸文類聚』松）は、松の枝葉が月の光を漏らすことを言い、また「窓竹茇《か》ること多くして月光を漏らす」（晩唐・韓偓「朝退書懐」）と、窓辺の竹を刈り取って月の光を入れることをやはり「漏らす」と言う。

月の光が秋の落葉により木の間から漏れるさまを描写する詩もある。中唐・韋応物の五言律詩「府舎月遊」の頷聯頸聯の対句に

横河倶半落　河《あまのがは》に横《よこた》はりて倶《とも》に半ば落ち
泛露忽驚秋　露に泛《うか》びて忽ち秋に驚く
散彩疎羣樹　彩《いろ》を散じて羣樹疎《まば》らなり
分規澄素流　規《まろき》を分ちて素流澄む

とあるのがそれである。「彩を散じて」の句は、月の色が落葉でまばらになった木々から散り落ちてくることを詠うのである。

このように、中国の詩文は、月の光が、簾の編み日や、松や竹の細かな葉の間、または落葉した木々のひまひまから漏れでることを好んで詠った。『古今集』の「木の間よりもりくる月」の表現が生まれる以前に、中国の詩文にはそのような発想が普遍的に存在していた。しかも、それは『萬葉集』の先の歌に影響をあたえただけではなく、日本人の漢詩にも受容されていたのである。

そのもっとも早い例は、文武天皇御製「詠月」（『懐風藻』）中の対句である。

水下斜陰砕　水下《くだ》りて斜陰砕《くだ》け
樹除秋光新　樹除《ち》りて秋光新《あら》たし

流れる波の上に映って、西に傾く月の影は砕け、木の葉が散った隙から、鮮やかな秋月の光がさしていると詠うのである。

下って、『古今集』以後の作になるが、『本朝文粋』巻一の例をも引こう。

秋夜感懐敬献左親衛藤員外将軍　橘在列

夜深雲翳尽　夜深くして雲翳《うんえい》尽き
秋月懸清虚　秋月清虚《せいきょ》に懸る
金波浮戸牖　金波戸牖《こいう》に浮び
銀漢映溝渠　銀漢溝渠《こうきょ》に映ず
影漏疎梧桐　影は疎梧桐《そごとう》より漏れ
色照衰芙蕖　色は衰芙蕖《すいふきょ》を照す

「影は」「色は」の対句は、いずれも月の光を描く。「疎梧桐」とは、秋の訪れとともに落葉してまばらになった桐の木である。「影漏」とは、その木の間から月の光が漏れおちることを詠うのである。

落葉賦　紀斉名

林園漏月兮已空　林園月を漏らして已《すで》に空《むな》しく
鷓鴣畏霜而欲負　鷓鴣《しゃこ》霜を畏《おそ》れて負《お》はんと欲す

これもまた、林の木々が月の光を漏らして、すでに葉を落としていることを言う。下句の「鷓鴣」は、霜露から身を守るために樹葉で背を覆うと伝えられる南方の鳥である（『崔豹古今注』）。

さらに、『和漢朗詠集』上巻「落葉」には次の佳句が載せられる。

逐夜光多呉苑月　夜を逐《お》ひて光多し呉苑の月
毎朝声少漢林風　朝毎《ごと》に声少なし漢林の風　　後中書王（具平親王）

『和漢朗詠集私注』によると、これは「秋葉日に随ひて落つ（秋葉随日落）」という詩題による作だという。つまり、夜を経るにつれて月の光が多くなるのは、落葉がすすんで木の間がまばらになるからであり、葉ずれの風音が朝ごとに小さくなるのも、やはり秋の落葉のせいだと詠うのである。

その上句の「光多し」は、おそらく白居易の次の五言絶句（白氏長慶集巻五）を典拠とするものであろう。

前庭涼夜

露簟色似玉　露簟《ろてん》色玉の似《ごと》く
風幌影如波　風幌《ふうこう》影波の如し
坐愁樹葉落　坐して愁ふ樹葉落ち
中庭明月多　中庭明月の多きを

木の葉が落ちて、中庭に明月の光が多いとは、むろん落葉により月かげがさすようになったことを言うのである。

この白詩は、後中書王にかぎらず、『古今集』時代の知識人には広く知られていたものであろう。その詩句は、落葉によって月の光が漏れることを詠い、しかも、その月の光の多きことを「坐して愁ふ」と詠う。その愁いこそ、「心づくしの秋は来にけり」の悲秋の思いに他ならない。

今日の私たちには、「木の間よりもりくる月のかげ見れば」だけでは言葉が十分ではないように感じられるであろう。落葉の含意は、ただちには読みとりにくいかも知れない。しかし、右の白詩をはじめとする中国詩の数々に親しみ、自らその趣向を詩に詠ってもいた当時の人々には、それが落葉の表現であることは明瞭に理解できたのではないか。知識が、言葉の不足をおぎない得たであろう。

さらに、繰り返し言うが、「秋は来にけり」と結ばれる歌の形は、「月のかげ」だけではなく、その月が「木の間よりもりくる」ことにも秋の季節感の表現を期待させたはずである。そこに落葉を読みとることは難しくもなく、不自然でもなく、むしろ望まれることであった。はたして、これを本歌とする後の作は、その落葉の本意を汲みとった上で、それをさまざまに変奏していたのである。

この歌の正解は、注釈史では傍流の位置にあった『懐中抄』から松田『新釈』までの「落葉」説の方にあったであろう。「木の間よりもりくる」は、決して「軽く心得べき」表現ではなく、むしろこの歌の眼目であった。そこには、葉を落として疎らになった木の間から、月の光の漏れくるさまが描かれていたのである。

六　落葉の季節

長々と考証を重ねてきたのは、この「木の間より」の歌が、初秋の落葉を詠う珍しい一首であることを明らかにするためであった。

落葉はもちろん『萬葉集』にも詠われた。しかし、その多くは、晩秋に黄葉が散りゆくのを惜しむ作であった。巻八の「秋雑歌」から二三の例を引いておこう。

山部王の秋葉を惜しみし歌一首

秋山にもみつ木の葉のうつりなば更《さら》にや秋を見まく欲《ほ》りせむ（一五一六）

長屋王の歌一首

うまさけ三輪《みわ》の社《やしろ》の山照らす秋の黄葉《もみち》の散らまく惜しも（一五一七）

仏前に唱ひし歌一首

しぐれの雨間《ま》なくな降りそ紅《くれなゐ》ににほへる山の散らまく惜《を》しも（一五九四）

右は、冬十月、皇后の宮の維摩講の終日《はてのひ》に……

黄葉した木の葉が「うつりなば」、落ちてしまえば、「更にや秋を見まく欲りせむ」、さらに来年の秋が待望される。「散らまく惜しも」と散りゆく黄葉を惜しむ歌は、この他にも例が多い。「しぐれの雨」の歌のように、それは冬十月に詠われることがあった。黄葉が散るのは晩秋から初冬にかけてのこととされたのである。

そして『古今集』秋歌上の巻にはじめて、この「木の間より」の歌が初秋の落葉の詠として現れた。しかもそれは孤立した例ではなかった。同じ巻の三首あと（一八七）の、やはり「よみ人しらず」の歌にも、

物ごとに秋ぞかなしきもみぢつゝうつろひゆくをかぎりと思へば

とある。この歌は、先に引いた『萬葉集』の「秋山にもみつ木の葉のうつりなば更《さら》にや秋を見まく欲《ほ》りせむ」という「秋葉を惜し」んだ作の類想歌と見ることができる。「かぎりと思へば」と「更にや秋を見まく欲りせむ」の結びにもあい似た発想がある。その萬葉の「うつりなば」が散りゆく秋葉を惜しむ表現であったのと同様に、こちらの「うつろひゆく」もやはり落葉を言うであろう。「もみぢつゝうつろひゆく」のツツは、二つの事態が並行して進むことを意味する助詞である。色づく葉がある一方で、同時に散りゆく木の葉があることを詠う初秋

の落葉の作なのである。

『後撰和歌集』秋上巻の第二首目（二一八）にも詠う。

題しらず　よみ人しらず

うちつけに物ぞ悲しき木の葉ちる秋のはじめを今日ぞと思へば

『和漢朗詠集』「立秋」にも採られた歌である。立秋の歌に「木の葉ちる」という表現がありえたのである。

また『詞花和歌集』夏・八〇の次の作は、巻末から二首目にある晩夏の歌である。

題不知　相模

下紅葉《したもみぢ》ひと葉づつ散る木《こ》の下《した》に秋とおぼゆる蟬《せみ》の声《こゑ》かな

『和漢朗詠集』巻上「蟬」の許渾の詩句、「蟬黄葉に鳴いて漢宮秋なり」に基づく作であろう。晩唐・沈鵬「寒蟬樹」にも「一葉初めて飛ぶ日、寒蟬益《ます》ます驚き易し」という落葉の中に鳴く蟬を詠う句が見いだせる。そのような中国詩の影響下に詠まれた歌であることは明らかであろう。

下って『風雅和歌集』秋歌上の五首目（四五〇）に、勅撰集としては久々の、これは紛れもない初秋の落葉の詠がある。落ちる木の葉を実景として描くものである。

秋歌とて　入道二品親王法守

おちそむる桐の一葉の声のうちに秋のあはれを聞きはじめぬる

桐の一葉が落ちる、その音に秋の哀れをはじめて聞いたと詠うのである。

さらに『新続古今和歌集』秋歌上・三六〇の

後鳥羽院御時、秋撰歌合に　後久我太政大臣

吹く風にした葉かつちる青柳のかづらき山に秋は来にけり

は、最後の勅撰集に収められた新古今集時代の作である。こちらは秋風に青柳の下葉が散ることを、柳の鬘《かづら》の意によって「かづらぎ山」の序詞とした表現である。序詞ではあるものの、それは同時に初秋の景の表現であり、だからこそ「秋は来にけり」と秋の到来が詠われたのである。

このように、『萬葉集』には例のなかった初秋の落葉が、『古今集』では「木の間より」「物ごとに」の両首に、『後撰集』では「うちつけに」の歌に、そして『詞花集』に晩夏の作に詠まれた後に、それ以降の勅撰集では桐や柳の落葉としてとびとびに一二の作に詠われるに過ぎなくなる。初秋の歌の多くは、具体的な例はもう挙げないが、「秋風ぞふく」「秋の初風」と結ばれるような秋風の詠にほぼ占められてゆくのである。

その落葉の歌の変遷にはどのような意味があるだろうか。

立秋は、グレゴリオ暦の八月七日ごろにあたる。残暑きびしく、実際には木の葉の散り落ちる季節ではない。初秋の落葉は、実は、中国文学の長い歴史のなかで生まれ、育まれてきた一つの「観念」であった。

落葉は、はやく『詩経』に詠われていた。衛風「氓」は、不幸な結婚をした女の嘆きを詠うが、その「桑の落つるや、其れ黄ばみて隕《お》つ」という句は、老い衰えた女が夫に棄てられることを譬える表現である。『楚辞』の「離騒」（屈原）に、「日月忽として其れ淹《とど》まらず、春と秋と其れ代序す。草木の零落を惟《おも》ひ、美人の遅暮を恐る」とある「草木の零落」も、美人（懐王をさす）が空しく老衰することの譬え（王逸注）であった。

落葉が、そのような人の衰老の譬喩としてではなく、秋という季節の表現として用いられることは、『楚辞』のなかでも、屈原の弟子宋玉の作、「九弁」冒頭の次の有名な二句に始まる。

悲哉秋之為気也　悲しき哉《かな》秋の気為《た》るや

蕭瑟兮草木揺落　蕭瑟として草木揺落す

「草木揺落」とは、王逸注に「華葉隕零し、肥潤去るなり」と言う。「蕭瑟」とさびしく、草木が枯れ、散りゆくことの表現であった。

これ以降、漢魏晋南北朝時代の詩文に数多くの落葉の表現が見られるようになるが、挙例は一例だけに留めておこう。『文選』（巻四十五）に収められた漢武帝の「秋風辞」の、これも有名な冒頭の二句である。

秋風起兮白雲飛　秋風起りて白雲飛ぶ
草木黄落兮雁南帰　草木黄落して雁南に帰る

草木が色づき落ちることは、秋景の描写として後にも繰り返されることになるであろう。

ここで、武帝の「草木黄落して雁南に帰る」の句が晩秋の表現であることに注意しておきたい。『文選』李善注に「礼記に曰く、季秋の月、草木黄落し、鴻雁来賓す」と指摘する通り、「黄落」は季秋九月の景であった。先の『詩経』の「氓」の句に、後漢・鄭玄の箋が「桑の落つるやは、其の時の季秋なるを謂ふなり」と指摘するのも同じである。木々の落葉が晩秋の景であることが、通念として認められていたのである。

しかし、隋唐になると、早秋の落葉が詠われるようになる。隋・孔紹安の「落葉」がその早い例である。

早秋驚落葉　早秋落葉に驚く
飄零似客心　飄零すること客心に似たり
翻飛未肯下　翻《ひるがへ》り飛びて未だ肯《あ》へて下《くだ》らず
猶言惜故林　猶《な》ほ故林を惜しむと言ふがごとし

「早秋」、秋になったばかりの落葉が詠われるのである。

唐詩の例をいくつか摘句しておこう。

初唐・崔湜「襄陽早秋寄岑侍郎」

落葉驚衰鬢　落葉衰鬢を驚かし

清霜換旅衣　清霜旅衣を換ふ

盛唐・孟浩然「和盧明府送鄭十三還京兼寄之什」

洞庭一葉驚秋早　洞庭一葉秋の早きに驚く

晩唐・杜牧「早秋客舍」

風吹一片葉　風一片の葉を吹きて

萬物已驚秋　萬物已に秋に驚く

なかでも、中唐・白居易の詩句にはこの表現が目立つであろう。

新秋

二毛生鏡日　二毛鏡に生ずる日

一葉落庭時　一葉庭に落つる時

新秋病起

一葉落梧桐　一葉梧桐落つ

年光半又空　年光半ば又た空し

新秋

西風飄一葉　西風一葉を飄《ひるがへ》し

庭前颯已涼　庭前颯《さつ》として已《すで》に涼し
　一葉落
煩暑鬱未退　煩暑鬱《うつ》として未だ退《しりぞ》かず
涼飆潜已起　涼飆《りやうへう》潜《ひそ》かに已に起る
寒温與盛衰　寒温と盛衰と
遞相為表裏　遞相《たがひ》に表裏と為る
蕭蕭秋林下　蕭蕭として秋林の下《もと》
一葉忽先委　一葉忽《たちま》ちに先づ委《お》つ
勿言微揺落　言ふこと勿《な》かれ揺落《えうらく》微かなりと
揺落従此始　揺落はこれより始まる

これらの白詩に共通して「一葉」という詩語が含まれていることは重要である。それは、類書『白孔六帖』に「一葉落知天下秋」とある唐某人の詩句、あるいは『淮南子』逸文の語に基づく表現であった。

宋・陳元靚『歳時広記』の一項を挙げてみよう。

　一葉落
淮南子一葉落而天下知レ秋、韓文公詩云、淮南悲二葉落一、今我亦傷レ秋、唐人詩云、山僧不レ解レ数二甲子一、一葉落知二天下秋一、韋蘇州詩云、新秋一葉飛

木の葉が一枚散り落ちるのを見て、天下に秋が来たことを知るという『淮南子』の逸文があり、それが韓愈や韋応物や、また唐某人の詩句の典拠とされていたのである。秋の到来を告げる落葉、初秋の落葉という観念が成立

していたのである。

そして、その「一葉」が梧桐の葉とされることもあった。先に挙げた白詩の二例目「一葉梧桐落つ」、あるいは中唐・李賀「秋来」の「桐風心を驚かせて壮士苦しむ」、また中唐・盧綸「和太常王卿立秋日即事」の「堦桐葉に声有り」などの句にその考え方が窺えるであろう。

その観念は、ほとんど時を移さずに平安時代の『経国集』に伝えられた。良安世「重陽節神泉苑賦秋可哀応制」の表現がそれである。

秋可哀兮　　秋は哀しむ可し
哀初月之微涼　　初月の微涼を哀しむ
……　　……
睹桐林之早彫　　桐林の早く彫《おとろ》ふるを睹《み》て
感節物而増傷　　節物に感じて増《ます》ます傷《いた》む

秋三月の間の悲しみを詠う詩の最初の部分、初月（七月）に悲しむこととして、桐の林の落葉をあげるのである。

この節のはじめに、「木の間より」の後に初秋の落葉を詠った歌五首を示したが、そのうち、『風雅集』の「おちそむる桐の一葉の声のうちに秋のあはれを聞きはじめぬる」が、これらの唐詩、日本漢詩の「桐」の表現を受けることは一目瞭然であろう。『詞花集』の「ひと葉づつ散る」が詩語「一葉」に、また『新続古今集』の「した葉かつちる青柳」が、挙例は省くが、「朧柳」という詩語に基づくことも容易に推測しうるであろう。『古今集』の「木の間より」、「物ごとに」の歌、『後撰集』の「うちつけに」の歌も含めて、それらの発想は、「早秋落葉に驚く」をはじめとする隋唐詩、ことに白居易の詩句の影響の下に成立したものであった。問題の「木の間より」の歌は、悲秋観だけではなく、初秋の落葉という観念をもまた、中国詩文から受容していた。その意味でも、新しい歌だったのである。

七　秋の悲しみ、秋の喜び

『古今集』に現れたそのような新しい着想の歌が、しかし、それ以降は折々に思い出されたように詠われるだけで、ほとんど姿を消してしまう。初秋は秋風の歌ばかりになってしまう。新しく受容された表現は、さまざまに変奏され、長く定着する場合もあれば、たちまち忘れ去られる場合もある。初秋の落葉を悲しむ歌は、後者に近い一例だったのである。それは、なぜだろうか。

種々に考えうる問題である。中国と日本の気候の違い、または樹木の植生の異なり等々が、初秋の落葉という観念の受容に影響を与えた可能性はあるだろう。しかし今は、和漢における季節観の相違について考えてみたいと思う。

秋を悲しい季節として観念することは、中国の文学史では、『詩経』には見られず、『楚辞』に始まり、魏晋の文学において顕著になったものという。小川環樹「風と雲」（著作集第一巻）、小尾郊一『中国文学に現れた自然と自然観』などの説くところである。小川の論文は、

たとえば季節の感情について言えば、秋を悲しむということは『楚辞』にはじまるものであって、屈原の弟子宋玉の作といわれる「九弁」の第一章の「悲しい哉《かな》　秋の気為《た》る、蕭瑟《しょうしつ》たり草木揺落して変衰す」云々、あるいは第三章の「皇天《こうてん》　四時を平分す、窃《ひそ》かに独り此の廩《りん》たる秋を悲しむ（廩は即ち凜、さむきこと）」の有

名な言葉は、後世まで愁人の心を感ぜしめている……

とした上で、それに先だつ『詩経』については、

恋愛の季節なる春のものおもいを叙した句はあっても、秋の悲しみを言っている処はない。秋は五穀ゆたかにみのったことを喜び、神に報賽して歓楽をつくすときであったことは、他国と同様であって、悲哀が秋の季節に伴う感情であったことはなかったらしく想われる。

と論じている。たとえば、同じ「蟋蟀」を詠う詩においても、『楚辞』の宋玉・九弁に「蟋蟀此の西堂に鳴く、心怵惕《ぢゆつてき》して震盪《しんたう》す」と悲しく詠われるその声は、『詩経』唐風「蟋蟀」には「蟋蟀堂に在り、歳聿に其れ莫《く》れぬ、今《いま》我れ楽しまずんば、日月其れ除《さ》らん」と、歓楽をつくすことを励ます声として聴かれていた。「悲秋」の思いが『詩経』にはなく、『楚辞』以降の中国詩に始まったことが、その例においても確認できるであろう。

ところで、秋が歓楽の時であったことは「他国と同様であって」と小川が説く通り、それは日本の古代文学においても同じであった。『萬葉集』の歌でも、秋は心楽しい時であり、その到来を待ちわびる季節として詠われたのである。

『萬葉集』巻十の秋雑歌の蟋蟀を詠む三首もその例である。

蟋《こほろぎ》を詠みき

秋風の寒く吹くなへ我《わ》がやどの浅茅《あさぢ》がもとにこほろぎ鳴くも（二一五八）

影草《かげくさ》の生《お》ひたるやどの夕影に鳴くこほろぎは聞けど飽かぬかも（二一五九）

庭草《にはくさ》に村雨《むらさめ》降りてこほろぎの鳴く声聞けば秋づきにけり（二一六〇）

「聞けど飽かぬかも」と、その美しい声は愛でられ、また「秋づきにけり」と、秋の到来を告げる声として喜ば

れた。

その「こほろぎ」は『古今集』では「きりぎりす」と呼ばれるようになるが、

題しらず　　　よみ人しらず

秋萩も色づきぬればきりぎりす我が寝《ね》ぬごとや夜《よる》は悲しき（秋歌上・一九八）

のように、悲しい声に聴かれる。『詩経』と『楚辞』との相違が、『萬葉集』と『古今集』にも生まれていたのである。

『萬葉集』には「悲秋」の思いが詠われることはなかった。もちろん、秋に人を亡くしたり、妻とわかれて旅にあったり、または秋の夜長に恋人を待つという歌に悲哀が詠まれることはあるだろう。しかし、秋をすなわち悲しみの季節ととらえるような見方はなかった。

やや問題になるのが巻八「秋雑歌」の穂積皇子の歌である。

穂積皇子の御歌二首（その一）

今朝《けさ》の朝明《あさけ》雁が音《ね》聞きつ春日山《かすがやま》もみちにけらし我《あ》が心痛《いた》し（一五一三）

この「我が心痛し」とは、どのような悲痛であろうか。

穂積は異母妹の但馬皇女との悲恋で知られる人である。巻二の相聞の部には、穂積への許されぬ恋に苦しむ但馬の歌が並べられ（一一四～六）、また挽歌の部には、先に亡くなった但馬の墓に降る雪を思った皇子の悲痛な作（二〇三）が見える。この「今朝の朝明」の皇子の作の直後にも、但馬の「言繁《しげ》き里に住まずは」（一五一五）という、噂を恐れて人に逢えない辛さを訴える歌がある。穂積のこの「心痛し」を、但馬への恋の苦しみと読みとることは十分に可能であろう。

しかし、その一方で、雁の声を聞き、黄葉を思いやり、「心痛し」と詠うこの表現からは、先にも引いた漢武帝の「秋風辞」との関わりを考えることもできる。「秋風起りて白雲飛ぶ、草木黄落して雁南に帰る」と始まる帝のその「辞」は、「歓楽極まりて哀情多し、少壮幾時《いくばく》ぞ老いを奈何《いかん》せん」と結ばれる。そのような「悲秋」の思いを、『古今集』の諸歌にさきだって受容する詠と見ることも不可能ではないであろう。

穂積皇子の歌の解釈にはなお一考の余地がある。それにしても、『萬葉集』には秋という季節の悲しみを詠う表現は、ほぼないと言ってよい。萬葉人は、黄葉の秋を、花の春とともに楽しみ、愛でてきた。彼らは、秋の到来を心待ちにした。巻十の「夏の雑歌」のなかに、

花を詠みき

野辺《のへ》見ればなでしこが花咲きにけり我《あ》が待つ秋は近づくらしも（一九七二）

と詠むのがその一例であり、先の「蟋蟀」の歌の「鳴く声聞けば秋づきにけり」も秋の喜びを詠っていた。そして、逆に秋が去ることを惜しむ心は、

内舎人石川朝臣広成の歌二首（その二）

めづらしき君が家なるはだすすき穂《ほ》に出づる秋の過ぐらく惜しも（巻八・一六〇一）

のように詠われた。第六節に引いた黄葉の落葉を惜しんだ歌（三九六頁）にも、その心が見られた。

過ぎ行く秋を惜しむ心は、同じ時代の詩人にも詠まれた。『懐風藻』の田中浄足「晩秋於長王宅宴」の次の対句である。

苒苒秋云暮　苒苒《ぜんぜん》として秋云《ここ》に暮れ

飄飄葉已涼　飄飄《へうへう》として葉已《すで》に涼し

「飄飄」は落葉のさま。ひるがえり落ちる木の葉を見て、秋が尽きようとすることを惜しむのである。

また『文華秀麗集』にも、

御製「神泉苑九日落葉篇」

秋云晩　　秋云に晩《く》る

無物不蕭條　　物として蕭條《せうでう》ならずといふこと無し

坐見寒林落葉飄　　坐して寒林に落葉の飄るを見る

巨勢識人「神泉苑九日落葉篇」

観落葉　　落葉を観れば

落林中　　林中に落つ

林中葉尽秋云窮　　林中葉尽きて秋云に窮まる

とある。これらの「秋云暮」「秋云晩」「秋云窮」は、いずれも落葉を見て、秋が終わることを嘆く表現である。それは『萬葉集』の黄葉の落葉を惜しむ歌の心、また「穂に出づる秋の過ぐらく惜しも」と詠われた惜秋の心を漢詩に移すものではないか。すなわち和習表現と見うるものではないだろうか。

そのことは、「秋云暮」「秋云晩」「秋云窮」が中国詩文に用いられない語であることからも裏付けられるであろう。古詩十九首に「凜凜《りんりん》として歳云《としここ》に暮る（歳云暮）」とあるのを初めとして、「歳云〇」は中国詩文にはありふれた表現である。しかし「秋云〇」は唐代以前の詩文にその用例を見いだせないのである。

中国詩文は過ぎ行く秋を惜しむのではなく、秋の訪れに驚き、悲しむことを常とする。

汾上驚秋　　蘇頲

北風吹白雲　北風白雲を吹き
萬里渡河汾　萬里河汾を渡る
心緒逢搖落　心緒搖落《しんしょえうらく》に逢ひ
秋声不可聞　秋声聞く可からず

これも、汾水のほとりで「秋に驚く」ことを詠う詩である。北風に吹かれた木々が葉を落とす（搖落）のを目で見、耳に聞いて、秋が来たことに気づき、悲しむ心を詠う。この他にも特に唐代の詩には「驚秋」という言葉が繰り返され（渡辺秀夫「立秋詩歌の周辺」『平安朝文学と漢文世界』）、その多くは落葉を詠うのである。

『古今集』の「木の間より」の歌は、それらの初秋の落葉を詠う詩の影響の下に成った詠であった。そして、その趣向は、およそ百年の後には、冬の詩のなかに姿をかえて再び現れる。『和漢兼作集』巻第九・冬部上の佳句の中から、一例だけを抜き出してみよう。

葉落満関山　　藤原敦基
林漏寒光呉岫月　林は寒光を漏らす呉岫の月
地留秋色蜀門風　地は秋色を留む蜀門の風

本節の最初に問うたのは、初秋の落葉を悲しむ「木の間より」などの悲秋の歌が中国詩の影響の下に生まれながら、それがほどなく忘れ去られたのはなぜかという問いであった。その答えは、林の木々から漏れ落ちた月光が秋の色を地に留めていることを詠うこの惜秋の詩句に暗示されているのではないか。

中国の詩、ことに唐代の詩では、落葉によって秋の到来を知り、驚き、悲しむことが多いのに対して、日本では、『萬葉集』以来、秋を待ち、秋を喜び、秋が去るのを惜しむことが繰り返し詠われ、晩秋初冬の落葉が愛惜されてきた。「木の間より」などの初秋の落葉の歌がしばらく詠まれ、やがて忘れられていった理由の一つは、その悲秋の心と惜秋の心との遠い隔たりにあったのではないだろうか。

八　まじわる二つの心

悲秋と惜秋、その二つの心が接近し、交錯することもあった。菅原道真の次の詩と序文（『菅家文草』巻五）がその一例である。

暮秋、賦秋尽翫菊、応令。併序。

古七言詩に曰く「大底四時心総《すべ》て苦し、就中《なかんづく》腸《はらわた》断ゆるは是《こ》れ秋天」と。又た曰く、「是れ花の中に偏《ひとへ》に菊を愛するにあらず、此《こ》の花開き尽きて更《さら》に花無ければなり」と。詩人の興、誠なる哉《かな》此の言。夫《そ》れ秋は惨《さん》懍《りん》の時、寒来《きた》り暑往《ゆ》く。菊は芬芳の草、花盛んにして葉衰ふ。時に九月廿七日、孰《たれ》か之《これ》を尽秋と謂《い》はざらん。孤叢両三茎、孰か之を残菊と謂はざらん。謹んで令旨を奉り、この双関を賦す。意の鍾《あつ》まる所、刀火交《こもご》も刺す。故に五言を献じ、以て一劇に資すと云爾《いふことしかり》。

惜秋々不駐　秋を惜めども秋駐まらず
思菊々纔残　菊を思へども菊纔《わづ》かに残るのみ
物与時相去　物と時と相ひ去る
誰厭徹夜看　誰か厭はむ夜を徹して看ることを

（日本古典文学大系の原文を私に訓読する）

寛平六年（八九四）、季秋九月二十七日の作である。序文は、最初に白居易と元稹の詩句を挙げて、「誠なる哉此の言」と共感し、それに触発された自らの心を詠うことを宣言するかの如くである。元稹の「菊花」の詩句は今はとりあげない。ここでは、白居易「暮立」と、道真の「賦秋尽翫菊」の二つの絶句とを比較対照してみたいと思う。

この白詩は、『千載佳句』（秋興部）と『和漢朗詠集』（巻上「秋興」）にも載せられる著名な作品である。

黄昏独立仏堂前　黄昏独《ひと》り立つ仏堂の前
満地槐花満樹蟬　満地の槐花満樹の蟬
大抵四時心総苦　大抵四時心総て苦し
就中腸断是秋天　就中腸断ゆるは是れ秋天

白詩も道真の詩も、ともに秋の悲哀を詠う。しかし、両者には大きな相違がある。詠まれる時節が異なるのである。道真の詩は「九月二十七日」、すなわち、あと三日で秋も果てようとする日の作である。詩題に「暮秋」の語がある通りである。ところが、白居易の作は初秋を詠う。「満地の槐花満樹の蟬」という槐《えんじゅ》の落花と蟬とは、「季夏中の気候、煩暑此《ここ》より収まる、蕭颯《せうさつ》たり風雨の天、蟬声暮に啾啾、永崇里巷静かにして、華陽観院幽なり、軒車到らざる処、満地槐花の秋……」（『白氏長慶集』巻五「永崇里観居」）ともあるように、夏から秋に移ろう時節の景物なのである。

つまり道真は、秋到来の悲しみを詠う白居易の詩句を引用し、それに共感する気持を表明しながら、自らは「秋を惜めども秋駐まらず」と、晩秋、過ぎゆく秋を惜しむ心を詠うのである。そこに、和と漢の心、惜秋と悲秋の心の交差、混淆を見ることができるであろう。

白居易は三月尽日に春を惜しむ心を繰り返し詠った。彼の詩句に「惜春」「春可惜」に類する語は珍しくない。

しかし、「惜秋」に類する表現は白詩にはない。それどころか中国文学のどこにも「惜秋」の語は見いだせない（渡辺秀夫・同上）。言うまでもなく、中国文学には秋を悲しい季節とすることが、『楚辞』以来の伝統として強固に存在したからである。悲哀の秋の終わることを、誰が愛惜するだろう。

しかし、日本の文学においては、『萬葉集』以来、秋はうるわしく、心楽しい季節と意識されてきた。秋が過ぎ行くことは、常に惜しまれてきた。前節に引いた『懐風藻』の「秋云暮」などの表現がそれであった。白居易の三月尽日の惜春の詩の刺激によって平安朝の詩歌に「三月尽」の主題が定着した後、それにほとんど遅れずに、中国の詩にはない「九月尽」の「惜秋」の詩歌が詠われるようになった事情は、太田郁子「『和漢朗詠集』の『三月尽』・『九月尽』」（『国文学　言語と文芸』九一号）が詳細に説くところである。

もちろん『古今集』に悲秋観が浸透したことは「木の間より」などの和歌で確かめてきた通りである。「物ごとに秋ぞ悲しき」（一八七）とも、「月見ればちぢに物こそ悲しけれ」（一九三）とも詠われていた。そして、それが後の和歌に受けつがれ、秋のそこはかとなき哀れが詠われ続けたことは言うまでもない。しかし、その古今風の悲秋の観念は、さほど根の深いものではなかったのではないか。『古今集』の選者の二人は、秋歌下の巻の終わりに、「九月尽」の、暮れゆく秋を惜しむ自らの作を配する。彼らには悲秋と惜秋の心が両立したのである。

秋のはつる心を、たつた河に思ひやりてよめる　　つらゆき
年ごとにもみぢばながす竜田河みなとや秋のとまりなるらむ（三一一）

ながつきのつごもりの日、大井にてよめる

ゆふづく夜をぐらの山になく鹿の声の内にや秋は暮るらむ（三一二）

同じつごもりの日よめる　　みつね

道しらばたづねもゆかむもみぢばを幣《ぬさ》とたむけて秋はいにけり（三一三）

このように「九月尽」の惜秋の心を詠うことは、太田氏が検証したように、中国の詩には類例がなかった。それは、道真の「秋を惜めども秋駐まらず」の句、また『懐風藻』の「秋云暮」などの和習表現をつぐものであり、さらには晩秋の黄葉の落葉を惜しむ『萬葉集』の歌の心にもはるかに響き合うものであった。

大岡信『折々の歌』は「木の間より」の歌について次のように述べる。

木のまより
もりくる月の影見れば
心づくしの秋は来にけり
よみ人しらず

古今集秋上。「心づくし」は心を尽くさせること。秋になると野山の趣が変わってあちらにもこちらにも美しく色づきはじめた自然界のすがたがある。しかもそれらはたちまち過ぎ去ってゆくつかのまの黄金の輝きである。それを思うたびに気がもめる。それが「心づくしの秋」。こちらの主観的な気分に重点をおいて、実は秋の情感を客観的に深くとらえた含蓄ある表現が受け、『源氏物語』その他にひろく愛用された。

「心づくしの秋は来にけり」を、たとえば女郎花に、または萩に尾花に黄葉にと、その時々の「黄金の輝き」を見逃さぬように心を労する秋が来たことと解釈する。「心づくし」の語意を誤るものと言わざるを得ないが、その理解もまた、菅原道真の詩と同じく、秋に驚き秋を悲しむ心と、秋を喜び秋を惜しむ心と、その二つの心を交差させ、混淆するものであった。

秋のさまざまな景物に心惹かれ、秋を愛惜してきた日本文学の伝統には、底の深いものがあったのである。

はしがき

万葉集の研究は近年ますます盛であり、刊行される著書、発表される論文はおびただしい数に上つてゐる。著書はしばらく措き、論文について見ると、その多くが雑誌に発表される関係から、紙数の制限を受けたり、特集の題目に縛られたりして、筆者が十分に驥足をのばし得ない場合が少くないやうに思はれる。勿論、珠玉の掌篇の輝きは貴ぶべきであるが、意を尽した大作が右の事情によつて活字化を妨げられて居るかに見受けられるのは残念なことである。論文は紀要のたぐひにも載せられ、この方は概ね少い制約のもとに長篇が発表されて居るが、紀要が非売品であるために、一般研究者の入手しがたい憾みがある。

右のやうな感想を持つて居たところへ、塙書房から私達両名に、学界の中堅・新進による万葉集研究論文集編纂の依頼があつた。題目は万葉集に関するものならば何でもよろしく、枚数は五十枚から百枚程度で、未発表原稿であることといふのが示された条件である。第一集で書き足りない場合は第二集に書き継ぐ事もできるし、これならば執筆者も心ゆくまで言ひ尽すことも可能であらう、万葉学の進歩の役にも立たうと考へて、私達はこの依頼を承諾し、協議の上、学界第一線に活動中の知友諸氏に執筆をお願ひしたところ、幸に快諾を得て第一集を世に送る運びになつた。学界にそこばくの寄与をなし得ることを信じ、執筆者各位に厚く御礼申しあげる。

今回都合がわるく次回以後の執筆を約された向もあり、当方で多忙を推察して依頼状発送を次回以後に繰延べた場合もあり、今後順次新しい執筆者の参加を仰ぎつつ、年一回刊行の予定を滞りなく果して行きたいと考へてゐる。御期待いただき、御支援をたまはることを得れば、これに過ぎた幸はない。

終りに、差し当つて経済的利益の見込まれないと思はれるこの企画を立案し、熱意を以て推進された塙書房社長白石義明氏・同専務白石静男氏に敬意を表し、事務万般を円滑に運ばれた編集部吉田嘉次・田中由美両氏の労を謝する次第である。

昭和四十七年三月三日

編　者　識

はしがき

『万葉集研究』の創刊は、今から十七年前の昭和四十五年四月のことであった。五味智英・小島憲之両先生を編者として着実に刊行を重ね、両泰斗の学風さながらに重厚かつ精細な論文集として高い声価をえてきたのである。しかし、第十二集が編まれたのちの昭和五十八年三月九日、五味先生の御他界という思いもかけぬ事態に直面した。

もともと五味・小島両先生にはぐくまれた『万葉集研究』であるから、五味先生追悼記念の第十四集をもって終刊とすることも一つの道であろう。が、この十五年余りの間に築かれた高い評価と学界への貢献を思うと、これを維持し発展させることこそ、本書創刊の趣旨に沿うこととも考えられる。幸い、小島先生に監修の御承諾を得、意欲的大作に活字化の場を提供して研究者および読者の便に資するという創刊の目的をあらためて確認しつつ、現在第一線で活躍中の方々に執筆をお願いしたところ、快諾を得て、ここに第十五集刊行の運びとなった。学界に対する寄与の少からぬことを信じ、執筆者各位に厚く御礼を申し上げる。

第十三集までと変わることなく、今後も多くの方々の参加を仰ぎ、優れた業績を集めて年一回刊行の予定を滞りなく果したいと考えているので、強力な御支援をお願いしたいと思う。

終りに、出版事情のきわめて悪い折にもかかわらず、本書の続刊を熱意をもって支持され推進された塙書房社長白石タイ氏に敬意を表し、編集の事務に携わられた吉田嘉次・米沢泰子両氏に感謝する次第である。

昭和六十二年十月一日

編　者　識

はしがき

平成十年（一九九八）二月十一日、小島憲之先生が急逝された。八十五歳であった。先生は、昭和四十五年（一九七〇）の四月から、五味智英先生とともに、『萬葉集研究』の編輯に当たられ、その成果は学界の高い評価を受けてきた。ところが、中途、昭和五十八年（一九八三）の三月九日、五味先生が他界。第十五集以降は、小島先生監修のもとに、稲岡耕二・伊藤博の両名が編輯を委任された。

創始者お二人が他界されたあとはいかがすべきか。塙書房編輯部ともども、種々思案に及んだ。しかし、結局、五味・小島両先生の築かれた貴重な伝統を絶やすべきではないと考え、非力ながら、両名が任を引き継ぐことにした。

今後とも、斯界のご協力をいただければ幸いである。

平成十三年（二〇〇一）九月七日

編者識

はしがき

二〇〇三年十月六日、伊藤博先生が逝去された。

伊藤先生は、二〇〇一年から稲岡耕二先生とお二人で『万葉集研究』の編集にあたってこられた。第二十四集から第二十六集までが、お二人の編集で刊行されたが、第二十七集ははからずも伊藤先生の追悼記念となってしまった。

『万葉集研究』は、枚数の制約をもうけず、意欲的で充実した論文を収載し、学界の最高水準を示すものとして高い評価をうけてきた。これを絶やすことなく、維持し発展させねばならないという任を、稲岡先生監修のもとに与えられて、第二十八集以後、神野志隆光・芳賀紀雄の両名が編集の役を引き継ぐこととなった。

今後も、優れた論文を集めて毎年の刊行を滞りなく果したいと念じる。ご支援をお願い申し上げる。

二〇〇六年九月

編者識

監修者／編者／執筆者紹介

芳　賀　紀　雄（はが・のりお）
筑波大学名誉教授

鉄　野　昌　弘（てつの・まさひろ）
東京大学大学院人文社会系研究科教授

奥　村　和　美（おくむら・かずみ）
奈良女子大学研究院人文科学系言語文化学領域教授

荻　原　千　鶴（おぎはら・ちづる）
お茶の水女子大学名誉教授

吉　井　　　健（よしい・けん）
関西大学非常勤講師

北　川　和　秀（きたがわ・かずひで）
群馬県立女子大学名誉教授

村　瀬　憲　夫（むらせ・のりお）
近畿大学名誉教授

金　　文　　京（きん・ぶんきょう）
鶴見大学文学部教授

山　崎　福　之（やまざき・よしゆき）
京都府立大学文学部日本・中国文学科教授

山　田　健　三（やまだ・けんぞう）
信州大学学術研究院人文科学系教授

荊　木　美　行（いばらき・よしゆき）
皇學館大学研究開発推進センター副センター長・教授

西　崎　　　亨（にしざき・とおる）
武庫川女子大学名誉教授・元京都女子大学教授

大　谷　雅　夫（おおたに・まさお）
京都大学名誉教授

萬《まん》葉《よう》集《しゅう》研《けん》究《きゅう》　第三十七集

平成29年11月20日　第1版第1刷

監修者　芳　賀　紀　雄

編　者　鉄　野　昌　弘
　　　　奥　村　和　美

発行者　白　石　タ　イ

発行所　株式会社　塙　書　房

〒113-0033　東京都文京区本郷6-8-16
TEL　03(3812)5821
FAX　03(3811)0617
振　替　00100-6-8782

亜細亜印刷・弘伸製本

定価はケースに表示してあります。落丁・乱丁本はお取替えいたします。

ISBN978-4-8273-0537-1　C3391